독일의 괴담

金淵三 編譯

명문당

머리말

    독일의 괴담 이야기는 중세기(中世紀) 이래, '페스트병(病)'의 기억이 아직 잊혀지지 않았던 때부터 생겨났는데 주로 페스트와 관계되는 이야기가 많았었다. 육체의 무의식적 기억은 민속학적(民俗學的) 공동성(共同性)이 퇴색한 다음에도 아직 끈질기게 남았었던 것 같다.

    그러다가 18세기 말엽, 즉《라인의 친구의 비밀 상자》라는 작품으로 유명한 J.P. 헤벨의 무렵부터는 유령 이야기들이 우스개 이야기와 종이 한 장 차이의 이야기로 바뀐다. 그렇다고 해서 공포 그 자체가 소멸된 것은 아니었다. 소멸되었다기보다는 오히려 우스개에 가리어서 변신(變身)하고, 그때문에 사람들의 눈을 도회(韜晦)하고 있는 것이 실정이라고 보는 편이 옳겠다.

    이 책에서는 J.P. 헤벨의 〈기묘한 유령 이야기〉, E.T.A. 호프만의 〈폐가(廢家)〉, K.H. 스트로블의 〈죽음의 무도회〉를 비롯하여, L. 티크의 〈금발(金髮)의 에크베르트〉, H. 크리스트의 〈로카르노의 여자 거지〉 등, 모두 16편의 괴담 소설들을 엄선하여 실었다.

    편역자의 좁은 식견으로도, 이밖에 독일의 괴담 소설 중 걸작에 속하는 것은 많이 있다. 다만 너무 장편이라든가 사람들의 입에 그다지 회자되지 않는 것은 할애된 지면상 간추려내다 보니 이상 16편만을 싣게 된 것이다. 독자 제현의 혜량을 바라마지 않는다.

끝으로 이 졸역을 나무라지 않으시고 상재해 주신 명문당(明文堂) 김동구(金東求) 사장님과 관계직원 여러분께 심심한 감사의 말씀을 드린다.

2000년　월

編譯者　識

4

차 례

괴 담

나에게 '괴담'을 실제로 체험한 적이 있느냐고 물으시는 겁니까? 네, 그 괴담은 아직도 생생하게 기억하고 있습니다. 그러니 그 이야기를 하겠습니다.

그러나 내 이야기가 끝나더라도 질문을 한다거나 보충설명을 해달라고 요구하시면 안됩니다. 왜냐하면 나는 지금부터 이야기하고자 하는 것밖에 모르니까요. 그 이상은 아는 것이 전혀 없다는 것을 이해해 주시기 바랍니다.

이야기하고자 하는 사건의 체험은, 극장에서, 그것도 런던에 있는 올드비크 극장에서 — 셰익스피어의 《리처드 2세》 상연(上演)을 시작할 때에 있었던 일입니다. 나는 그때 처음으로 런던에 갔었는데 남편도 마찬가지였습니다. 이 도시는 우리에게 대단한 영향을 끼쳤습니다.

나는 그동안 오스트리아의 한적한 시골에서 살고 있었습니다. 물론 빈은 알고 있었고 뮌헨이라든가 로마도 알고 있었는데, 이런 도시들이 세계적 도시라는 것은 아직 모르고 있었습니다. 런던에 대해서는 더욱 캄캄했었구요 —.

지금까지도 기억하고 있습니다. 극장에 가는 도중, 지하철의 속도감이 있는 에스컬레이터로 올라갔다 내려갔다 한 일이라든가 플랫

폼에서는 얼음처럼 찬 바람이 구멍 속에서 뿜어나왔고 그 바람이 열차(列車)가 지나갈 때면 더욱 세차게 불었던 일 — 나는 흥분과 기쁨이 교차되는 아주 묘한 기분이었습니다.

또 막 시작되는 무대에서 상연되는 크리스마스 동화극(童話劇)을 보는 어린이들의 심정이 되어 아직 내려져 있는 무대 막(幕) 앞에 앉아 있었던 일도 —.

마침내 막이 오르고 연극이 시작되었고, 이어서 미청년(美靑年), 플레이보이인 젊은 임금이 등장했는데 우리는 운명이 그를 어떻게 바꾸어 놓을 것인지, 어떻게 그를 굴복시킬 것인지, 그리고 나중에는 그가 어떻게 권력을 잃고 스스로 멸망해 가는지 그 줄거리는 대충 알고 있었습니다.

그러나 내가 연극의 전개(展開)에 대해서 막이 오르자마자 활발한 흥미를 가지고 무대장치라든가 의상(衣裳)의 불타는 것 같은 색채(色彩)에 마음을 빼앗기고 눈길을 떼지 못하고 있는 데 비해, 남편인 안톤은 갑자기 무엇인가 다른 것에 주의를 뺏긴 것처럼 정신이 산만해져서 마음이 연극 무대에는 전혀 없다는 눈치였습니다.

내가 문득 남편 쪽을 바라보았던 바, 그는 마치 무대 쪽에는 관심조차 없다는 듯, 대사(臺詞)에도 귀를 기울이지 않은 채, 우리의 앞줄에서 조금 오른쪽에 앉아 있는, 한 여성을 바라보고 있는 듯했습니다. 그 여성도 두어 차례 내 남편 쪽을 돌아보았는데 그때 그녀가 비스듬하게 돌아보는 옆얼굴에는 엷은 미소를 짓고 있다는 느낌이었습니다.

안톤과 나는 당시, 결혼한 지 6년이나 지났었으며, 나는 남편이 예쁜 여자라든가 젊은 아가씨의 얼굴을 바라보기 좋아한다는 것, 그리고 아름다운 남국적(南國的)인 인상을 가진 눈의 매력을 시험해 보려는 듯, 그녀들에게 기꺼이 접근한다는 것을 체험으로 잘 알고 있었습니다.

그러나 이런 태도가 나로 하여금 진짜 질투를 일으키는 이유가 된 적은 한번도 없었고, 그때 역시 그로 인하여 질투가 나지는 않았지만 안톤이 재미보기 위해, 나로서는 특별히 보고 들어야 할 가치가 있는 연극 구경인데, 그것을 훼방하는 것 같아서 화가 다소 났던 것은 틀림없었습니다.

그러므로 나는 그가 이제부터 할 생각인 여성정복(女性征服)에 대해서는 그 이상 신경을 쓰지 않고 있었습니다. 한 차례, 남편이 — 제1막이 연출되는 도중에 내 팔을 가볍게 잡으면서 턱을 치켜들고 눈길을 아래로 보내면서 상대방 미인을 슬며시 가리켰을 때에도 나는 단지 생긋 웃으며 고개를 끄덕이었을 뿐 다시 무대 쪽을 바라보았습니다.

이윽고 휴식 시간이 되자 나는 더 이상 모르는 척할 수가 없게 되었습니다. 왜냐하면 안톤은 휴식 시간이 되자마자 재빠르게 몸을 일으키면서 나를 출구 쪽으로 끌고 나갔던 것입니다. 그가 그곳에서 미지(未知)의 여성이 우리들 앞을 지나가기를 기다릴 셈이란 것을 나는 잘 알고 있었습니다.

그녀 역시 자리에서 일어났습니다. 처음에는 이쪽으로 올 것 같은 눈치를 보이지 않았는데, 어쨌거나 그녀는 혼자가 아니라 젊은 남성과 함께 왔다는 것을 알았습니다. 그 남성은 그녀와 마찬가지로 섬세하고 창백한 얼굴이었는데 머리는 붉은기가 섞인 블론드로서, 매우 피곤해 보이는 — 거의 생기가 없는 인상을 풍기고 있었습니다.

각별하게 예쁜 여성은 아니었으며, 또 특별하게 엘레강트한 의상을 걸치고 있는 것도 아니었는데 주름이 잡힌 스커트와 스웨터를 입고 있어서 나는,

'마치 교외로 산보하러 나온 차림이로군.'
이란 생각을 했습니다. 그래서 남편에게 나는,

"밖으로 나가서 걷다가 들어오죠 뭐."

라며, 밖에 나가면 연극 이야기라도 할 생각이었습니다. 그러나 그런 생각이 통할 리 만무하다는 것을 나는 곧 알아차렸습니다.

왜냐하면 남편은 밖으로 함께 나갈 생각이 전혀 없을 뿐 아니라 내 이야기 따위에는 귀조차 기울이지 않고 있었기 때문입니다. 좌석에서 일어나 건들건들, 마치 꿈이라도 꾸고 있는 것처럼, 우리들 쪽으로 걸어오고 있는 젊은 남녀를, 남편은 무례(無禮)할 정도로 넋을 잃고 바라보는 것이었습니다.

남편으로서는 그녀에게 말을 붙여볼 수가 없을 것입니다. 여기서는 — 아니, 어디서라도 그런 행위는 예의에 어긋나는 것이며, 만약 그런 짓을 했다가는 용서받지 못할 과실을 저지르는 것이라고 나는 생각하고 있었습니다.

그사이에 젊은 여성은 이쪽의 얼굴을 보지도 않은 채, 우리들 바로 앞을 지나가고 있었습니다. 그런데 바로 그때였습니다. 그녀의 손에서 프로그램이 융단 위로 떨어지는 것이었습니다. 마치 그 옛날 남자와 여자를 맺어주는 수단이었던 '따라오세요(suivez-moi)'라는 신호의 레이스 손수건과 같았습니다.

안톤은 번득이는 프로그램 쪽으로 몸을 구부리었는데 그것을 줍더니 돌려주는 대신에,

"잠깐, 보아도 되겠습니까?"

라며, 그것을 펴들고 서투른 영어로 오늘 밤 공연되는 연극과 배우들에 대하여 여러 가지, 조리가 안맞는 말을 중얼거리던 끝에, 나와 자기를, 이 미지의 두 사람에게 소개했는데, 소개를 받은 젊은 사나이는 적지아니 놀라는 눈치였습니다.

젊은 아가씨는 분명히 일부러 프로그램을 떨어뜨린 주제에 ─ 그리고 광택이 없는 이른바 베일로 가린 듯한 눈초리로 내 남편의 눈을 대수롭지 않게 훔쳐보았던 주제에 ─ 그녀의 얼굴에는 놀람과 경계의 표정이 나타나 있는 것이었습니다.

그녀는 안톤이 대륙풍(大陸風) 방식으로 서슴없이 내민 손을 무시하고 이름조차 대지 않으면서,

"우리는 오누이간이랍니다."

라고 말했는데 그 감미롭거나 두려움이 전혀 없는 목소리에 나는 묘하게도 소름이 끼치는 것이었습니다. 안톤은 그말을 듣자 어린아이처럼 얼굴이 빨개졌는데 그로부터 우리 네 사람은 나란히 걸으면서 회랑(回廊)을 왔다갔다했습니다. 그리고 대수롭지도 않은 이야깃거리로 띄엄띄엄 대화를 나누었습니다.

거울이 걸려 있는 곳을 지날 때마다 그 젊은 미지의 여성은 멈추어 서서 머리를 매만지고, 거울에 비취는 안톤에게 미소를 던지곤 하는 것이었습니다. 그리고 벨이 울리자 모두 좌석으로 돌아갔는데 나는 귀와 눈을 무대에 빼앗기어 그 영국인 남매의 일을 잊어버리고 말았지만 안톤은 잊지 않았던 것입니다.

아까처럼 그들에게 눈길을 자주 주지는 않았지만 안톤은 연극이 더디 끝나는 것이 안타까운 듯, 리처드 2세의 무서울 만큼 고독한 죽음을 전연 알아차리지 못하고 있었음이 분명합니다.

막이 내려가자 남편은 박수를 치는 것도 잊었을 뿐 아니라 배우들이 다시 모습을 나타내는 것조차 기다리지를 못하고 그들 남매가 있는 좌석으로 돌진하여 이야기를 걸었습니다. 자기에게 휴대품 보관증을 넘겨달라고 설득했었을 것임에 틀림없습니다.

왜냐하면 그런 다음 곧, 평소의 남편과는 전혀 관계가 없는 ─ 아주 불유쾌할 만큼 재빠른 속도로 관객들 사이를 누비며 빠져나가더

니, 이윽고 외투와 모자를 찾아가지고 돌아왔기 때문입니다.

나는 그 충실하고 부지런함에 화가 치밀었습니다. 그리고 남편과 나는 이 새로 알게 된 지인(知人)으로부터 냉대(冷待)받게 될 것이란 점과, 또 셰익스피어의 비극을 보고 감격을 받았지만 결국에는 실망하고 기분이 상해서 안톤과 함께 숙소로 돌아가는 수밖에 없을 것임을 확인하고 있었습니다.

그런데 모든 것은 예상밖으로 되어갔습니다. 왜냐하면 내가 몸치장을 바로잡고 현관 앞에 나왔을 때, 억수 같은 비가 쏟아지고 있었으며 택시를 잡을 수조차 없었기 때문입니다.

한참동안 안톤이 이리 뛰고 저리 뛰며 가까스로 잡은 택시 한 대에 네 명 모두가 가까스로 올라탔을 때 — 그것이 재미라도 있다는 듯 시시덕거리며 웃어댔을 때, 기분 나빴던 내 마음을, 나는 잊을 수가 없습니다.

"어디로 먼저 갈까요?"

안톤이 묻자 젊은 아가씨는 달콤한 목소리로,

"우리집으로 가죠 뭐."

라고 응답하더니 운전기사에게 동네 이름과 가옥 번호를 대주었습니다. 내가 놀라자 그녀는,

"차라도 한 잔 마시고 가세요"

라며 초대하는 것이었습니다. 그리고 그녀는,

"나는 비비안이고 오빠는 로올리라고 합니다. 서로 세례명(洗禮
名)으로 부르자구요"

라고 말했습니다. 옆에서 그녀의 얼굴을 바라보니 아까보다는 훨씬 생기가 도는 것을 확인했습니다. 나는 그점이 이상하여 깜짝 놀랐습니다. 아까는 마치 마비되어 있는 것 같았는데 — 우리가, 아니, 안톤이 바로 옆에 있기 때문이었을까요

12

택시에서 내리자 안톤이 운전기사에게 택시요금을 건네주었습니다. 나는 하는 수 없이 그들과 나란히 걸었습니다.

한 채 한 채의 집들이 아주 똑같은 구조로 되어 있는 집들 — 그리스 신전식(神殿式) 원주(圓柱)가 있는, 작은 현관과 똑같이 생긴 식물(植物)들이 나있고 앞뜰을 가진 집들을 바라보고 있었습니다. 그러다가 그집들 중 한 채를 찾아낸다는 것은 굉장히 어려울 것이란 생각을 기계적으로 했습니다.

그러던 나는 그 남매의 집 앞뜰에는 다소 특징이 있는 석조(石造) 고양이의 좌상(座像)이 있는 것을 보고 안도의 한숨을 내쉬었던 기억이 납니다.

그사이에 로올리가 현관의 문을 열었고 그와 그의 누이가 우리들의 앞에 서서 계단을 올라갔습니다. 안톤은 나에게 속삭일 기회를 잡아가지고,

"틀림없이 내가 본 일이 있는 아가씨라구. 대체 어디서 보았을까? 그것을 알 수 있으면 좋겠는데……."

라고 말하는 것이었습니다. 안으로 들어가자 비비안은 홍차를 끓이기 위해 곧 어디론가 갔습니다. 안톤은 로올리를 향하여,

"최근 당신네들은 어디에…… 어느 외국에 나간 일이 없습니까? 나갔었다면 어느 곳에 가셨던가요?"

라고 물었습니다. 로올리는 매우 괴롭다는 표정으로 무슨 말을 중얼거렸는데 알아들을 수는 없었습니다. 그는 기분이 안좋다는 표정이었는데 어쩌면 일신상의 일을 질문한 것이 마음에 안좋아서인지 아니면 외출 나간 일이 있는데 그 지방의 이름이 기억나지 않아서인지 — 그것은 나로서는 알 수가 없었습니다.

그러나 두어 번이나 이마에 손을 얹고 난처한 얼굴로 찌푸리는 것을 보니 아무래도 후자(後者)인 것 같았고 나는 이상한 사람이라

고 생각했습니다.

나는 방안을 둘러보면서 마음속으로 생각했습니다.

'모든 게 다 이상해. 기묘한 집, 이렇게 을씨년스럽고 컴컴하고 — 가구들은 하나같이 먼지투성이이고, 방마다 사람이 살고 있는 지 오래된 것만 같다구. 전구(電球)조차 모두 끊어져 있는지 아니면 돌려서 빼놓은 것인지, 촛불을 켜야 하고 — 여기저기 낡아빠진 가구들 위에는 높직한 은촛대가 놓여 있다니……'

그렇습니다. 촛대에 불이 켜져 있어서 그런대로 분위기는 안정되고 아름답다는 생각이 들기도 했습니다. 비비안이 유리 쟁반에 받쳐가지고 온 찻잔은 섬세하고 아름다운 감색 무늬가 있어서 꿈나라의 전경(全景)이 그려져 있는 것 같았습니다. 홍차는 진하여 쓴맛이 났는데 설탕도 크림도 넣지 않았습니다.

"무슨 이야기를 하셨어요?"

비비안은 이렇게 말하면서 안톤의 얼굴을 바라보았습니다. 그러나 남편은 거의 무례하다는 생각이 들 정도의 억센 어조로 아까 로올리에게 했던 질문을 반복했습니다. 비비안은,

"아아! 예……"

라고 대답한 다음 곧이어,

"오스트리아에……"

라고 말했는데 자기네가 있었던 지명(地名)까지 대지는 못했고, 혼란스럽다는 듯, 먼지가 쌓여 있는 둥근 테이블을 뚫어지라고 내려다보는 것이었습니다.

그순간, 안톤이 담배케이스를 꺼내놓았습니다. 편평(扁平)한 금(金)케이스로서 아버지로부터 유산으로 물려받은 것인데 케이스채로 담배를 권하는 현대식 케이스가 아니라 본인이 늘 보관하는 애장용(愛藏用) 케이스였습니다. 그는 찰칵 소리를 내면서 그것을 열

14

었고 일동에게 담배를 한 개비씩 권한 다음, 다시 그것을 닫아 테이블 위에 놓았습니다.

다음날 아침, 남편이 그 담배케이스를 분실했다는 사실을 자각했을 때, 나는 이때의 일을 분명히 기억해 낼 수 있었습니다.

그야 어쨌든 우리는 차를 마시고 담배를 피웠는데 — 돌연 비비안이 일어서면서 라디오 스위치를 넣자 스피커의 소리는 갖가지 토막소리를 높게 내더니 조용히 흐르는 댄스곡으로 바뀌어 갔습니다.

"한번 추실까요?"
라며 비비안은 남편의 얼굴을 뚫어지라고 바라보았습니다. 안톤은 얼른 일어났고 그녀를 껴안았습니다. 그녀의 오빠 로올리는 나에게 춤을 추자고 말하지 않았습니다.

그래서 그와 나, 두 사람은 테이블에 앉은 채로, 음악에 귀를 기울이고 있으면서 — 넓은 방 한쪽에서 빙빙 돌며 춤을 추는 안톤과 비비안 커플을 바라보고 있었습니다.

그 모습을 보고 나는, 영국 여성은 소문에 들은 것처럼 차디차지는 않다는 생각을 했는데, 나 자신이 이미 딴 생각에 사로잡혀 있다는 것을 알아차렸습니다. 왜냐하면 이 젊은 여성에게서는 여전히 차가움 — 우아하면서도 부드러운 차가움이 발산되고 있었고 그와 동시에 일종의 기묘한 욕정(欲情)이 발산되고 있었기 때문입니다.

그 조그마한 두 손은 덩굴식물의 흡반(吸盤)처럼 내 남편의 어깨에 감겨 있었고, 그 입술은 진퇴(進退)가 극에 달했을 때의 비명을 지르는 모습과 같은 느낌으로 소리는 내지 않은 채 움찔움찔 움직이고 있었습니다.

당시는 아직 정력적인 젊음으로 댄스에 자신이 있었던 안톤은 상대방의 이 이상한 태도에 아무런 낌새도 채지 못한 듯, 사랑스러워서 견딜 수가 없다는 표정이었습니다. 다만,

'이것은 일시적인 일이야. 아무 일도 없을 거야.'
라는 말을 나에게 하고 싶다는 표정으로 가끔 나를 힐끗힐끗 바라
보는 것이었습니다.

그러나 비비안이 내 남편과 가볍게 춤을 추고 있었는데도 불구하
고 라디오 음악은 언제까지나 그칠 줄을 모르는 채 리듬과 멜로디
만이 변화되어가는 이 댄스는, 안톤을 매우 지치게 만든 것같이 보
였습니다.

그의 이마에서는 이윽고 땀방울이 송송 맺혔는데 비비안과 돌아
가면서 내 옆으로 올 때마다 호흡하는 소리가 마치 숨이 차서 헐떡
이는 신음 소리처럼 들렸습니다.

내 옆에서 상당히 지루한 표정으로 앉아 있던 로올리가 돌연, 음
악에 맞추어 박자를 치기 시작했습니다. 그는 박자를 맞추기 위해
손가락 관절을 교묘하게 사용하기도 하고 차 스푼을 사용하기도 했
습니다. 그러다가 끝내는 내 남편의 담배케이스까지 사용하면서 싱
코페이션도 교묘히 테이블을 두드려 대는 것이었습니다.

이런 모든 것들이 어쩐지 음악에 생기를 불어넣을 정도로 절박감
을 주어 나는 별안간 불안한 기분에 사로잡히게 되었습니다.

'이것은 덫이야. 이 2층에 유괴당한 거라구. 가지고 있는 것 모두
를 털리든가 — 아니면 감금해 놓고 몸값을 요구할지도 몰라!'
나는 이런 생각을 해보았지만 곧,
'내가 무슨 바보스런 생각을 하고 있는 거람. 우리가 뭐 대단한
사람이라고…… 별볼일없는 외국인, 여행자, 관극가(觀劇家)에 지
나지 않으며 연극이나 구경하고 적당한 것을 사먹으러 갈 돈 정
도나 다소 몸에 지니고 다니는 주제가 아닌가? 그런 우리를 유괴
해서 뭘 어쩌자고…….'
라며 생각을 바꾸었던 것입니다. 나는 갑자기 졸음이 왔고 두어 번

하품을 했습니다. 마신 홍차가 이상하게 쓰지 않았던가 — 비비안이 끓여서 타가지고 온 — 그런즉 어쩌면 우리 부부가 마실 홍차에는 수면제를 넣고, 자기네 남매가 마실 홍차에는 수면제를 넣지 않은 게 아닐까 하는 생각을 해보았습니다.

'그래, 어서 도망치자. 호텔로 돌아가야 해.'

나는 이렇게 생각하고 남편의 시선이 나에게로 쏠리기를 기다렸지만 남편은 내가 있는 쪽을 바라보는 일 없이 파트너의 섬세한 얼굴을 자기 어깨에 묻은 채 두 눈을 지그시 감고 있는 것이었습니다.

"전화는 어디 있나요? 택시를 부르고 싶습니다."

나는 무례하다는 것을 알면서도 물었습니다. 로올리는 얼른 뒤쪽을 가리켰습니다. 전화는 장식용 찬장 위에 놓여 있었습니다. 그러나 수화기를 들어보니 발신음(發信音)이 전혀 들려오지 않는 것이었습니다. 그는 유감이라는 듯 어깨를 한번 으쓱해 보였습니다.

그때 안톤이 뭔가 이상하다는 낌새를 챘는지 멈춰서면서 젊은 아가씨의 몸으로부터 두 팔을 뗐습니다.

그녀는 실망했다는 듯 안톤의 얼굴을 올려다보았고, 바람에 흔들리는 관목(灌木)처럼 이쪽에서 조마조마해할 정도로 몸을 비틀거리고 있었습니다.

"너무 늦었습니다. 이제 그만 가봐야겠습니다."

라고 남편은 말했습니다. 그런데 놀랍게도 그 남매는 조금도 붙잡으려고 하지 않았습니다.

"우리 네 사람은 참으로 멋진 하룻밤을 보냈습니다. 고맙습니다."

라며 공손히 대꾸하는 것이었습니다. 그리고 말수가 적은 로올리가 우리 부부를 안내하여 계단을 내려왔고 현관으로 안내해 갔습니다. 비비안은 위층 무도장에 서서 난간에 몸을 기대고 서있으면서 새가 소리내듯 작고 가벼운 소리를 냈습니다. 그러나 그것은 무엇을 의미하는 것 같기도 하고, 아무 의미가 없는 것 같기도 했습니다.

　가까운 곳에 택시 정류장이 있었는데 안톤은 조금 걷자고 말했습니다. 처음에는 입을 열지도 않고 무뚝뚝했지만 갑자기 기운이 치솟는 듯 지껄여대기 시작했습니다.

　"나는 그 남매와 어디선가 분명히 — 그것도 최근에 — 아마도 이 봄에 키츠뷰르에서 만났던 거요. 이 지명(地名)은 외국인들에게는 — 기억하기 매우 어려운 이름이니까 비비안이 기억하지 못했을 것은 — 조금도 이상한 일이 아니지. 아니, 나는 확실히 기억난다니까. 아까 댄스를 추고 있을 때 기억이 살아나더라구.

　어느 산 밑에서 자동차가 전진·후진을 하면서 차와 차 사이를 빠져나가려고 하는데 차 안에서 시선이 마주쳤던 거라구.

　이쪽 차 안에는 나 혼자 타고 있었고 빠져나가려던 차 안에는 그 남매가 타고 있었는데 그 차는 스포츠카였지. 핸들은 아가씨가 잡고 있었어. 그바람에 교통이 막혔는데 2, 3분쯤 지난 다음 그들의 차와 내 차는 나란히 달리게 되었고 그녀의 차가 내 차를 앞지르면서 굉장한 스피드로 쏜살같이 달려갔었지."

　그리고 잠시 말을 끊은 안톤은 다시 덧붙였습니다.

　"분명 예쁘고 — 그 아가씨 말야, 하지만 좀 이상하다는 생각이 들지 않아?"

　그는 나에게 묻더군요.

　"예쁘고 귀여운 감은 들지만 기분 나쁜 면도 있더군요."

라고 나는 말한 다음, 그 집안이 온통 곰팡이투성이인데다가 퀴퀴한 냄새가 났고, 먼지와 끊어져 있는 전화 등을 지적했습니다. 안톤은 그런 것에 대해서는 전혀 알아차리지 못한 듯했고 내가 하는 말은 들으려고 하지도 않았습니다.

　그러나 우리는 그런 일로 말다툼을 할 생각은 없었습니다. 너무나 피로했으므로 이야기는 더 이상 하지 않고 사이좋게 호텔로 돌아가서 잠을 잤습니다.

우리는 다음날, 오전중에 페이트 미술관에 갈 계획이었습니다. 우리는 이 유명한 회화(繪畵)의 컬렉션 카탈로그를 사전에 입수해 놓고 있었으며 아침 식사 때, 그것을 펴놓고 어떤 그림은 보되, 어떤 그림은 보지 않겠다며 이야기도 나누었습니다.

그런데 남편이 아침 식사 직후에 담배케이스를 찾다가 그것이 없어진 것을 알아차렸고, 나는 그것을 그 영국인 남매의 집 테이블 위에서 마지막으로 보았노라고 말했습니다. 그러자 남편은 미술관에 가기 전에 찾으러 가자고 했습니다.

나는 남편이 담배케이스를 그집에 일부러 두고 왔을 것으로 판단했지만 아무 말도 하지 않았습니다. 우리는 시가지 지도에서 그 동네를 찾아낸 다음, 버스를 타고 그곳 가까운 광장까지 갔습니다. 비는 이미 개어 있었고 넓은 공원의 잔디 위에는 초가을 연한 금색(金色) 안개가 깔려 있었습니다.

원주(圓柱)와 박공(牔栱)이 있는 대형 건물이 안개 속에 우뚝 서 있는가 했더니 흐르는 안개 속에서 신비적인 느낌으로 보이다가 다시 사라져 버리는 것이었습니다.

안톤은 기분이 좋은 것 같았고 나 역시 마찬가지였습니다. 나는 어젯밤의 그 불안감을 말끔히 잊어버리고 있었는데, 갓 알게 된 그 두 사람이 한낮의 햇빛 속에서는 어떤 모습으로 어떤 행동을 할 것인지 ― 그 기대감으로 가슴이 두근거렸습니다.

길과 집은 그런대로 찾아냈지만 아직 깊은 잠에 떨어져 있는지, 아니면 이곳 주민들 모두가 장기간의 여행을 떠났는지 빈지문이 모두 닫혀 있는 것을 보고는 할 말을 잊었습니다. 처음에는 내가 벨을 살며시 눌러보았지만 인기척이 전혀 없었습니다. 그래서 나는 좀더 세계 — 나중에는 무례하다며 욕을 할 정도로 오랫동안 큰 소리가 나도록 계속해서 벨을 누르고 있었습니다.

문에는 고풍(古風)스런 놋쇠로 만든 고리쇠도 달려 있었으므로 우리는 그것도 흔들어 보았습니다만 내부에서는 발짝 소리가 난다든가 목소리가 들려오지 않았습니다. 포기하고 걸어나오는데 그집에서 두어 채 지난 곳에서 안톤이 멈춰서는 것이었습니다.

"담배케이스를 꼭 찾으려는 게 아니야."

그는 이렇게 말했고 다음과 같이 덧붙였습니다.

"그 젊은 두 사람에게 — 그 남매의 신상에 어떤 사건이 생겼는 지도 모를 일이잖아. 예컨대 가스중독 같은 것 말야. 이 근방은 모두가 가스 난방이고, 나는 그집 거실에서도 가스관이 지나가는 것을 보았어. 그 남매가 여행을 떠났을 것이라고는 생각되지 않아. 자칫하면 경찰을 불러야 할지도 모를 일이라구. 나는 이제 마음 편하게 미술관에 가서 그림이나 한가하게 볼 생각은 없어."

그러는 사이에 안개가 땅위에 깔리더니 교통량이 적은 거리와, 여전히 조용하기가 죽은 것처럼 서있던 79번의 가옥 위에는 초가을의 아름다운 — 푸른 하늘이 보였습니다.

"이웃집에 가서 물어봅시다."

내가 말했습니다. 그때 내 말을 듣기라도 했다는 듯 오른쪽 이웃집의 창문이 하나 열리면서 뚱뚱한 여인이 앞뜰의 귀여운 데이지(이탈리아 국화) 위로 빗자루를 휘둘러댔습니다.

우리는 그녀에게 방문한 목적을 이해시키고자 시도했습니다. 이름은 비비안과 로올리라고밖에 알지 못하며 성(姓)은 알 수 없다고 서투른 영어로 지껄였건만 그 여인은 누구를 찾고 있는지 금방 알아차린 것 같았습니다.

여인은 빗자루를 내려놓고 꽃무늬 블라우스를 걸친 단단한 몸매

20

의 가슴을 창틀에 올려놓고 놀랐다는 듯 우리의 얼굴을 바라보았습니다. 안톤이,

"우리는 어젯밤, 이집에 처음 왔었는데 분실물이 있어서 그것을 찾으러 왔습니다."

라고 말하자 여인은 그순간 수상하다는 표정을 지었습니다. 그 여인은 코맹맹이 소리로,

"그럴 리가 없습니다. 그집 열쇠를 가지고 있는 사람은 나 하나뿐이며 그집은 빈집입니다."

라고 말하는 것이었습니다. 나는,

"언제부터 비어 있는 집인가요?"

라고 물었습니다. 지금은 밝은 햇빛을 받아 그집의 앞뜰에는 그 석각(石刻) 고양이 상(像)이 확실하게 보이기는 했지만 집 번호를 잘못 알고 있는 게 아닌가 생각했습니다.

"3개월 전에 그 젊은 두 사람은 세상을 떠났습니다."

라고 그 여인은 분명하게 말했습니다.

"죽었단 말인가요?"

우리는 다시 물었고 이렇게 덧붙였습니다.

"그럴 리가 없습니다. 어제 우리와 같이 연극을 구경했으며 또 그들의 방에서 차도 마시고 음악에 맞추어 춤도 추었는걸요."

나와 남편은 번갈아가며 그럴 리 만무하다고 말했습니다.

"잠깐만 기다려 주세요."

그 뚱뚱보 여인은 창문을 닫으면서 말했습니다. 틀림없이 전화를 걸어서, 우리를 정신병원이든가 경찰서로 데려가려는 것으로 생각했습니다. 그러나 여인은 호기심에 가득 찬 얼굴로 한쪽 손에 커다란 열쇠 꾸러미를 들고 문밖으로 나왔습니다.

"나는 정신이 어떻게 된 사람이 아닙니다. 그 젊은 두 사람은 죽

었고 장사도 이미 지냈습니다. 자동차로 외국에 나갔다가 — 어떤 산속에서 미친듯이 스피드를 내며 달렸기 때문에 사고를 냈고, 목뼈가 그만 부러지고 말았다는 것입니다."
라고 그 여인은 말했습니다.
"키츠뷰르에서 사고가 났다고 하지 않았나요?"
깜짝 놀라면서 남편이 묻자, 그 여인은,
"그랬다고 했는지 잘 모르겠습니다. 외국 지명(地名)은 누구도 잘 기억하지 못하니까요."
라고 말했습니다. 그러면서 여인은 앞장서서 걸어갔고 계단을 올라가더니 현관문을 열고는,
"나는 거짓말을 할 줄 모릅니다. 이집이 빈집이란 것을 납득해 주세요. 방안까지 들어가도 상관없습니다. 그러나 전구(電球)는 관리인의 허락을 받고 빼서 내가 보관하고 있습니다. 따라서 전깃불은 켜지 못하겠으니 양해하십시오."
라고 말하는 것이었습니다.
우리는 여인의 뒤를 따라갔습니다. 갑자기 곰팡이 냄새가 풍겨왔습니다. 나는 계단을 올라가던 도중, 남편의 손을 잡으면서,
"틀림없이 집을 잘못 찾은 거예요. 아니면 꿈을 꾼 것이고요. 두 사람이 똑같은 날에 똑같은 꿈을 꿀 수도 있는 일입니다. 그러니 이제 그만 돌아가자구요."
라고 말했습니다.
"응, 그래."
안톤은 한숨을 푸욱 내쉬었습니다. 그리고,
"당신 말이 옳소. 이런 곳에 용건은 없으니까……"
라며 멈춰섰고, 이웃집 여인의 수고에 보답하기 위해 돈을 꺼내려고 주머니 속에 손을 넣었습니다. 여인은 이미 2층에 있는 방안으로 들

어가고 있었습니다.

'모든 것은 착각이었든지 아니면 공상(空想)이었다.'

라고 확신을 하고 있기는 했었지만 — 우리는 그렇게 생각하고 있으면서도 여인의 뒤를 따라 그 방안으로 들어가지 않을 수 없었습니다.

"이리로 들어와 보시죠."

여인은 그렇게 말하면서 빈지문을 열기 시작했습니다. 그러나 빈지문 모두를 열지는 않았고 일부분만 — 가구가 모두 분명하게 식별될 정도까지만 열었던 것입니다.

특히 주변에 의자가 빙 — 둘러 놓여져 있는 원반(圓盤)의 표면에 자디잔 먼지가 쌓여져 있는 둥근 테이블을 식별할 수 있도록 말입니다. 테이블 위에는 단 한 가지의 물건이 놓여 있었습니다.

그것은 한 줄기 광선을 받아 반짝반짝 빛을 발하고 있었습니다. 그것은 그 편평한 금제(金製) 담배케이스였던 것입니다.

죽음의 무도회

베티네와 의학생(醫學生)인 헬베르트 오스타만은 약 2년 동안 동거하고 있었는데 그녀가 죽은 후로 오스타만은 완전히 인간 기피증에 걸려 있었다.

학생 적령기를 넘기어 이제 곧 30세가 되는데 —— 새학기가 될 때마다 그는 쓸쓸한 절벽 위에 서있는 것처럼 무거운 짐을 지고 그 학기의 대좌(臺座) 위에 홀로 서있었다. 그리고 여자 친구를 잃은 슬픔이 자꾸만 되살아나서 젊은 학생들과의 교제도 완전히 끊어질 것만 같았다. 청춘의 끓는 피 따위는 옛날의 먼 안개 속 이야기가 되어 버리고 말았다.

그러나 오스타만은 젊은 학생들 사이에 자신이 마음쓰는 것에 비하면 많은 친구들을 가지고 있었다. 그다지 유연하지는 못하지만 언제나 겸손한 태도와 하찮은 약속이더라도 반드시 지키는 일이라든가, 남에게 주는 절대적 신뢰감 등의 인상은, 남성의 본질적인 성질상, 이 오스타만이야말로 모범적인 인물로, 젊은 학생들의 눈에 비쳤던 것이다.

결국 나중에는 지금까지 의식했던 것 이상으로 그 귀여운 독일계 러시아인이었던 여자 친구와의 관계로 모든 사람들의 관심을 모으게 되었던 것이다. 두 사람의 관계는 아주 신속하게 —— 어느 정도는 수수께끼 같은 죽음에 의해 — 가슴 아프게도 끝이 났던 것이다.

대강당이라든가 대교실(大敎室)에서 나오는 두 사람의 모습은 이제 보기에 익숙해 있었다. 아베크는 늘 하고 있었는데 어쩌다가 혼자 있는 것이 보이곤 했다. 키다리에다가 여윈 남성과 귀엽고 성급한 동해(東海) 연안 출신인 여성은 겉으로 보기에는 잘 어울리는 커플이라고 할 수 없었다.

어쩐지 어색해 보이는 그의 동작과 어떻게 움직여도 실로 매력적인 곡선을 그리는 그녀의 동작은 전혀 일치되지 않았다. 그런데도 불구하고 외적인 불일치(不一致)를 초월하여, 마음으로는 그 이상 없이 딱 맞는다는 인상을 주는 그 무엇인가가 존재했었다.

그렇기 때문에 이런 경우 흔히 일어나는 일이지만 여학생들 가운데 인기가 제일 좋았던 그녀를 그에게서 빼앗아, 자기 것으로 만들려는 엉큼한 생각을 하는 사람은 한 명도 없었다.

오스타만은, 자기 전공과목에 집중하며 공부하기 좋아하는 여학생을 위해, 그가 지금 듣고 있는 강의보다 훨씬 하급(下級) 강의실에 출석하여 끈기있게 해부학 입문(入門) 강의도 다시 한 번 들었다. 그녀를 위해 시작했고 함께 듣고 있는 이 강의로 인하여 학창생활을 상당히 오래 끌 생각인 듯했다.

두 사람이 결혼할 것은 이미 정해진 일로서, 남들이 이러쿵저러쿵 이야기 할 것이 못된다며, 오히려 이 커플을 축복해 주어야겠다는 중론이었으므로 이 두 사람의 관계를 호기심 어린 눈으로 보지 않게 되었다.

그러므로 베티네의 죽음은 모두에게 쇼크를 주었다. 인정어린 마음이 경화(硬化)되고, 우쭐대는 말이나 하며 시니시즘을 의학생에게 있어 불가결(不可缺)의 미덕이라고 생각하는 무리들까지도 이 무참한 좌절의 인상에서 초연해질 수가 없었던 것이다.

연인을 잃은 오스타만의 동향인(同鄕人)으로서 그보다 상당히 나이가 아래인 학생, 리히아르트 크레츄마가 자기가 사는 곳으로 이사해 오라고 권한 것은 오스타만에 대한 동정과 경의의 표시라고 해도 좋았다.

처음엔 오스타만은 이 선의의 권유를 적당한 말로 거절했다. 그러나 여러 차례나 반복해가며 권유하자 한번 생각해 보겠노라고 대답했고 — 마침내는 승낙했는데 자칫하다가는 이 적막감을 더이상 견디어 낼 수 없을 게 아닌가 하는 생각이 들었기 때문인지도 모른다.

오스타만은 그때까지 살아온, 야생 포도가 우거져 있는 교외(郊外)의 집을 나섰다. 그집의 탑(塔)과 같은 다락방에서 약 2년간 베티네와 함께 살아왔었던 것이다. 그리고 동향인인 크레츄마가 사는 곳으로 이사를 했다.

즉 아직 시정(詩情)이 남아있는 교외의 작은 집에서 대도시의 한산한 학생들 하숙집으로 옮긴 것이다. 그는 무언가 부족되는 마음을 남이 알아차리지 못하도록 주의했으며, 가급적이면 친구의 생활에는 참견을 하지 않으려고 애썼다.

하지만 그의 일을 보호자가 된 입장에서 걱정해 주는 이 친구의 노력 목표는 불모(不毛)의, 위험한, 울적한 기분으로부터 탈피시켜 주는 것이었으므로 몇차례나 거듭하여 오스타만을 조그마한 연회라든가 학생들의 모임에 데리고 가고자 시도했다.

그러던 중 베티네가 세상을 떠난 후 처음으로 맞는 사육제(謝肉祭)가 가까워졌다. 최근에 조합을 결성한 대학의 인턴들은 하룻밤 유쾌한 연회를 열고 그 발족을 축하하는 계획을 세웠다.

그리고 카니발의 기분에 어울리는 재미나는 프로그램을 여러 가지 하게 되었는데 크레츄마는 오스타만을 이 특별한 축하연에, 숨통이 막힐 것 같은 하숙집에서 데리고 가기 위해 열심히 계획을 세웠던 것이다.

"그녀에게 나쁜 짓을 하고 싶지 않네."

라며 오스타만은 반대했다.

"그게 왜 나쁜 짓입니까?"

친구는 격렬하게 말했다.

"죽은 사람은 이제 되살려 낼 수 없습니다. 아무리 슬퍼하더라도 죽은 사람이 다시 살아서 돌아오는 예는 없으니까요."

오스타만은 젊고 성급한 친구의 얼굴을 진지한 표정으로 바라보다가 무어라고 말하려고 했지만 입을 다물고 말았다. 그러다가 크레츄마가 계속 공격해오자 나중에는 연회에 참석할 것을 승낙했다. 찜찜한 마음이 없어진 것은 아니지만 친구의 선의가 실로 가상했기 때문에, 그런 친구를 잃고 싶지가 않았던 것이다.

카니발이 향해지는 레스토랑의 홀은 저녁때가 되자 젊은 의학생들로 만원을 이루었다. 인턴들은 의기양양한 표정들이었다. 조합의 창립은 당당하게 성공적으로 끝이 났다. 수많은 교수들이 출석을 했고 아버지와 같은 호의로 학생들의 활동상을 지켜보았다.

기다란 테이블 위에 덮어놓은 — 먼지 하나 묻지 않은 테이블클로스는 새로 세탁을 한 듯, 세탁비누 냄새를 풍기고 있었고 천장 밑의 아크등(燈)은 홀 안에 바늘처럼 가느다란 백열(白熱) 광선의 꽃다발을 뿜어내고 있었다. 주방에서는 식기가 맞부딪치는 소리와 함께 구름처럼 가득 담아놓은 음식 냄새가 풍겨왔다.

식탁 위에는 추첨용 경품이 진열되어 있었다. 젊은 의학생들에게 인기가 있을 것 같은 책상 위의 장식품들로서 소박한 경품들이었다. 하얀 뼈를 갈아서 만든 문진(文鎭)이라든가, 견갑골(肩胛骨)로 만든 대좌(臺座)와, 창문 등살의 쇄골(鎖骨), 멋지고 커다란 재떨이가 된 해골의 반쪽 등이었다.

젊은 사람들 속에는 숱한 여학생들도 섞여 있었는데 모두 어슬렁 거리며 걷거나 그룹을 만들기도 하고 또 그 그룹에서 떨어져 나가 는 사람도 있었다.

오랫동안 붐비는 사람들 속에 나간 일이 없었던 오스타만은 이처 럼 생기가 넘치는 곳에서 어떻게 해야 좋을지 알 수가 없었다. 크레 츄마가 그의 옆에서 식탁 옆을 종횡으로 누비고 다니며 인사를 시 켰다. 또 건배의 의무가 주어지는 자리에 그를 끌어넣기도 했다. 그 러는 사이에 오스타만은 점점 우울해졌다.

한없이 시끄러운 속에서, 바늘처럼 날카롭고 섬세한 아크등의 불 빛이 내려쪼인다. 모든 것이 혼란스러울 뿐인데 어떤 때는 도가 넘 도록 조포(粗暴)하고 또 어떤 때는 극도로 날카로우며 쨰지는 것 같은 소리가 나는데 그 소리가 마음속에 침입해 오는 것이었다. 그 는 친구를 따라온 것을 후회하기 시작했다.

그러는 사이에 연회는 정규 코스로 접어들었다. 연설과 합창이 바 뀌어가며 이어지는데 교수들은 기분이 마냥 좋은 듯 학생들의 건강 한 정신을 칭찬해댔다.

"하루하루는 고생스럽지만 축제는 즐거운 법이고……."

이따금 농담이 튀어나오면 젊은 여학생들은 밝은 웃음을 웃었다. 그 웃음소리를 들을 때마다, 혹은 여학생의 밝은 색깔의 옷이 스칠 때마다 그는 심장이 찢어지는 것 같았다. 날카로운 빙괴(氷塊)의 강 물이 온몸에 흐르고 있는 것 같은 느낌이 들었다. 이미 11시 직전. 이제 충분히 할 일을 했다고 생각한 그는 크레츄마에게 돌아가자고 했다.

"넌센스요!"

크레츄마는 큰 소리로 웃었다.

"기분을 내는 것은 지금부터입니다. 저 문 옆에 보초가 서있으니까 슬쩍 빠져나가려고 해도 소용없다구요."

그때 바로 임원 한 명이,

"두어 가지 카니발용 연극을 보시게 될 것입니다. 카니발 임금님의 명을 받들어 상하 관계없이 마시고 놀되 서로 용서하시라. 이런 의향이 없는 분은 부끄러움을 당할 것이오."

운운하며 연설을 시작했다. 어느 정도 취한 사람의 이 연설이 끝난 다음, 홀의 한쪽 교수석 앞에 쳐졌던 커튼이 열리자 무대에는 다만 허리에만 천을 두른 시체가 놓여 있는 해부대(解剖臺)가 보였다.

이어서 해부 조수(助手)와 ― 숙취(宿醉)가 심하다는 표정으로 우르르 들어와서 만약 할 수만 있다면 공부보다 트럼프의 스커트 놀이를 할 것 같은 몇명의 학생들과 연극을 하기 시작했다. 이 연극 가운데 제일 재미있는 장면은 제일 유명하고 제일 인기있는 교수를 ― 그 교수의 흉내를 똑같게 표현하는 장면으로서 ― 교수의 기침 소리는 물론, 교수가 침을 뱉는 모습 등, 소소한 버릇까지 똑같게 재현하는 것이었다.

이것이 관객 일동을 얼간이처럼 좋아하게 만들었는데 자신의 그로테스크한 분신(分身)을 바로 코앞에서 보고 있는 교수 장본인이 아무래도 제일 신명이 나는 것 같았다. 이 교수를 풍자하고 나서 내친 걸음에 렘브란트의 해부도 활인화(活人畫)를 하려는 것이 목적인 것 같은데 피날레 장면은 교수가 렘브란트 그림 속의 토우루프 박사가 되어 학생들에게 에워싸인 가운데 시체 옆에 있는 장면이다.

렘브란트의 그림과 다른 점은 교수가 신경이라든가 근육조직을 보여주는 것이 아니라 시체의 배 속에서 비르머트라든가 부싯돌, 열쇠, 학생연회가집(學生宴會歌集) 등 갖가지 잡동사니를 꺼내는 것이었다.

더구나 교수가 시체를 뒤집어놓고 그 등을 주무르기 시작하면 죽은 사람이 크게 신음 소리를 내며 해부대 위에서 뛰어내리고, 일동이 소란을 떨며 그것을 따라가는 장면에서 막이 내려갔다.

관객 일동을 더없이 기쁘게 해준 이 그로테스크한 유머는 오스타만의 기분에까지도 영향을 주지는 못하였다. 오히려 이처럼 죽음에 대한 공포를 연극으로 보여주는 것은 비록 방일한 청년시절의 사람들이라 하더라도 예의에 어긋나는 짓이 아닌가 하여 불쾌감까지 느끼게 되었다. 그러나 한편 그는, 이처럼 음울하게 생각하는 것은 자신의 감수성이 이상해진 결과임에 틀림없다는 생각도 했다.

그야 어쨌든 어쩐지 매우 침통해진 그는 그자리를 뜨고 싶은 생각이 들지 않았다. 잠시 후, 막 앞에 한 젊은 의학생이 손에 책을 들고 나타나더니 썩 잘 읽어나가지는 못했지만 열을 올리며 시(詩)를 낭독하기 시작했다. 그것은 괴테의 〈사자(死者)의 무용〉이었다.

"한밤중 탑(塔)지기는
눈 아래 묘지를 내려다보면서……."

오스타만은 이 열정적인 낭독을 음울하여 개운치 않은 생각으로 듣고 있었는데 마지막 구절의 낭독이 끝남과 동시에 돌연 홀 안이 캄캄해졌다. 그때서야 그는 이 시 낭독의 목적이 무엇이었는지 알 수 있었다.

다시 커튼이 올라간 무대는 묘지의 정경(情景)을 보여주고 있었다. 어둠을 배경으로 하여 무엇인가 하얀 것이 움직이더니 비석 사이를 돌아다니는 아마포(亞麻布)를 걸치고 있는 모습이 보였다. 그 유령은 한 묘지로 하느작거리면서 다가갔고 뼈만 남은 턱에 바이올린을 대더니 기묘한 곡을 타기 시작했다.

어디선가 — 교회의 탑이라고 생각되었는데 — 12시를 알리는 종을 치고 있었다.

무대 앞의 소규모 오케스트라가 유령의 바이올린 음절을 따라 울리더니 더없이 기괴하고 소름이 오싹 끼치는 곡으로 이끌어 나가다, 어둠 속에서 퍼져나오는 하모니와 내리치는 것 같은 리듬은 공포란 공포는 다 불러들이는 것처럼 생각되었다.

그러더니 괴테의 시 그대로 좌우에서 부딪치고 비틀거리고 또 뒤뚱거리며 걷는 이 묘지의 주민들이, 파헤쳐진 무덤 속에서 또는 묘석(墓石) 뒤에서 출현하여 캄캄한 땅 위를 이리저리로 마구 걸어다니는 것이었다.

그들의 사지(四肢) 주변에서는 기다란 수의가 펄럭이며 춤을 추고 — 얼굴에는 눈과 코가 시커먼 구멍만으로, 또 이빨을 드러내고 웃는 해골의 인(燐)을 칠한 하얀 마스크 — 등등 차마 눈을 뜨고는 볼 수 없는 모습들이었다.

그들은 듣기도 싫은 음악의 박자에 맞추어서 걷다가 서로 만나면 뼈를 탈구(脫臼)시키고 무릎을 탁 꺾어가며 인사를 나누었는데 그것은 살아 있는 사람들 사이에서 하는 교제의 형식을 조롱하는 것이었다. 뼈끼리 마주치는 삐거덕 소리, 하얀 수의 아래에서 바싹 마른 관절이 부딪치는 뚝뚝 소리가 음악에 강렬하게 반주를 이어나가는 캐스터네츠 — 묘지의 캐스터네츠를 생각나게 해주고 있었다.

이 연극의 창작자 겸 연출자는 아마도 대학생일 것인데 공상(空想)으로 가득 차서 이상해진 두뇌의 소유자일 것은 틀림없는 일이었다.

이번에는 무대 위에서 재빠르게 움직이며, 빙글빙글 돌면서 유령이 둘씩 한 쌍이 됨으로써, 저승에도 남녀의 구별이 있다는 것을 나타냈다. 관중은 이제 눈들이 어둠에 익숙해져서 남녀가 짝을 이루어 비석 사이를 누비고 다니는 유령들의 윤무(輪舞)가 시작되었음을 알 수 있었다.

관객은 그 누구든 간에 ─ 이런 정경은 남녀 학생들에 의해 의논되었고 기획되었으며 연습을 했을 것임을 알고 있었다. 또 유령으로 분장을 하고 있었다 해도 저것은 누구고 이것은 누구라고 식별을 할 수 있었음에도 불구하고 매우 묘한 기분에 사로잡혔으며, 예상외로 신경의 흥분을 느끼게 되었다. 여흥으로 즐길 생각이었는데 오히려 긴장된 기분이 되었으며 그 기분을 저속하다고 생각했지만 그것에서 도망칠 수는 없었다.

이 등골이 오싹해지는 느낌과 그로테스크한 느낌의 혼합은 싫지만 그런대로 매력이 있어서, 마치 심연(深淵)을 기웃거려 보는 것과 같은 불안한 기분이 드는 한편, 매료되기도 하였다. 그 연령과 직업상 죽음이란 것을 무언가 일상적이고 불가피한 것으로 받아들이게 되어 있던 학생들은 이 사자(死者)의 무용, 이 부패와의 희롱을 어떤 위험을 도발하는 행위로 느끼고 있었다.

왜냐하면 의식이 두드러지지 아니하는 곳에서는 삶·빛·건강에 대한 의지가 이 정경이 주는 어두운 영향과는 대조적으로 존재하고 있었기 때문이다.

무대의 무용은 그런 중에서도 계속되어 한 쌍의 남녀를 만나게 하기도 하고, 헤어지게 하기도 하고, 사슬로 묶기도 하고, 미친 것처럼 선회하기도 했다. 그러는 동안에 하얀 빛이 섞인 파란색의 빛, 부패한 인광(燐光)이 무대 자락에서 그들 위로 투광(投光)되었는데 그것이 차츰 강렬해지자, 유령 자신이 발산하고 있는 것 같은 느낌이 들었다.

출연자는 괴테의 시에 충실하게 ─ 그리고 자기네들의 동작 속에 ─ 살이 없는 수족(手足)이 춤을 추면 이렇게 된다고 생각하게 되는 ─ 예리하면서도 자상한 느낌, 심술궂을 만큼 변덕을 부리는 느낌, 조종받는 인형극처럼 어색한 느낌 등을 주고 있었다.

32

헬베르트 오스타만은 이 연극이 시작되었을 때 괴로운 분노를 느꼈지만 그런 기분은 저장원(貯藏源)에서 큰 압력을 받아 몸속으로 흘러 들어오는 것 같은 느낌이었다. 일종의 격노라고 해야 하는 것으로서, 좌석으로부터 뛰어올라가 이 무의미한 짓을 하면서 계속하는 연극을 불가능하게 만들고 싶은 마음에 사로잡혔다.

테이블을 쾅 치고, 맥주 컵을 바닥에 집어던지면서 큰 소리로 — 째지는 것 같은 소리 — '걷어쳐! 그만 해!'라고 노도와 같은 소리를 질러야겠다는 생각이 머리속을 가득 채웠다.

그러나 전광석화(電光石火)와 같이 재빠르게, 이런 행위의 가능성 모두를 검토하고 있는 사이에 분노의 마음이 다시 몸속에서 흘러나오더니 사라졌다. 그리고 축 늘어질 만큼 힘을 잃고 허탈상태가 되었으며 아직 형상을 갖추고 있지 아니하는 공포에 무저항으로 지배당하고 있음을 느꼈다.

이어서 재빨리 이 세계의 바닥, 즉 비장되어 있는 사물에 대한 공포와 불안이 이 허탈감 속에 마치 흐릿하고 묵직한 점액(粘液)처럼 스며들어왔다. 그 점액은 그의 자아(自我)를 둘러싸고 있는 벽을 뛰어넘으면서 넘쳐흐르는데 그의 의식 중 태반이 이 흐름 속에 묻혀버리고 가라앉았다.

그리고 나머지 얼마 안되는 부분은 섬처럼 흐름 속에서 돌출해 있으며 부자연스런 빛에 의해 희미하게 비춰지고 있었다.

오스타만은 맥주잔을 꽉 잡았고, 다른 한쪽의 무릎 위에 놓여 있던 손도 주먹을 꽉 쥔 채 앉아 있었다. 얼굴은 돌출되었고 눈동자가 튀어나올 것처럼 부어올라 있었다. 무대 위에서 하얀 천을 휘두르며 난무하고 있는 것은 부패하는 농양(膿瘍), 묘지에서 부어오른 꽃, 죽음의 점액 찌꺼기였다.

자기말고는 누구 한 사람 이 무용에서 발산되는 어두움, 타버리는 광선(光線)을 어떤 종류의 금속이라든가 돌이 가지고 있는 — 눈에 보이지 않는 심술궂은 광선을, 이 윤무(輪舞)의 살과 뼈를 투과하여 영혼까지 잠식(蠶食)하는 부패성의 분비물을 느끼지 못하고 있는 것일까?

이 독성(毒性)의 진한 즙(汁) 아래에는 무서운 속도로 주위를 침투해 오다가 끝내는 인간 전체를 침해하고 마는 종양(腫瘍)이 있다는 것을 왜 아무도 모르고 있는 것일까?

헬베르트 오스타만이 이처럼 공포를 한 방울 남김없이 맛보고 있는 동안에 그는 춤을 추고 있는 무리들의 동작 속에서 어쩐지 친밀감을 주고 있는 것이 있음을 알았다. 그것은 멀리 떨어져 있어서 윤곽이 흐릿한데, 잘 알고 있는 것과 재회(再會)한 것 같은, 그리고 기억이 굳어져 있어서 잡으려고 하지만 잡히지 않는 것 같은 느낌이었다.

수족을 휘두르며 미친듯이, 때로는 산만해지면서 수축하는 영혼들의 윤무의 움직임을 수놓으며, 어떤 기억의 그림자가 튀어나왔다가 사라지고 소용돌이 속에서 해체(解體)되었다가는 다시 떠오르는 것이었다.

줄곧 경직되어 있던 오스타만은 다시 호흡을 격렬하게 하기 시작했다. 그는 유령들이 몸을 구부리거나 걷거나 손을 올리는 동작 하나하나에 매우 감동되어 있었다. 아무리 애를 써도 기억을 되살려낼 수 없는, 그림자와 같은 느낌이 춤을 추고 있는 여자 유령 중 하나에 고정(固定)되었다.

혼돈 속에서 여러 가지 모양과 모습이 손으로 더듬거리면서 커져가듯하더니 — 어둠 속에서 중얼중얼 말을 걸어오는 듯한 느낌이 들자, 불안과 동시에 열렬한 애정, 자기자신에 대한 연민의 감정이 느껴졌다.

34

그는 무수히 많은 실로, 칭칭 얽혀 매어져 있었다. 그 한올 한올이 — 이미 해명(解明) 불가능하며 그 실들은 머리 위에 펴져 있으면서 과거의 희미한 일부분과 연계되어 있었다.

무대의 유령들은 더욱 격렬해지면서 비석 사이를 빙글빙글 돌아가며 춤을 추고 있었다. 수의를 걸치고 도약하는 모습과, 조금도 움직이지 않는 해골의 가면(假面)이 등골이 오싹해질 만큼 대조적이었다.

뼈들이 서로 맞부딪치는 소리가 점점 커지더니 — 건조하고 딱딱한 소리가 홀 안에 가득 찼다. 묘지 속에 들어가서도 아직 떨쳐 버리지 못한 욕정(慾情)이 — 유령들을 서로 포옹케 하는 등 — 해골들의 보기 싫은 섹스 파티가 행해지는 느낌이었다.

그때 꽤 높은 곳에서 — 윤무를 추는 유령들 머리 위쪽에서 종소리가 한번 울려퍼졌다. 그러자 유령들은 폭탄을 맞고 튀어오르듯 — 윤무의 윤형(輪形)은 흐트러지고 심한 불안감에 쫓기고 비석에 걸려 쓰러지는 등 — 뼈의 일부를 분실하고 그것을 필사적으로 찾는가 하면 다시 몸에 갖다붙이는 등, 일대 소란이 일어났다.

수의를 걸치고 의지할 데 없어서 벌벌 떠는가 하면 다시 자유를 빼앗기고 그들은 비석 옆에 몸을 웅크리고 앉아 있더니 어느 사이에 어둠 속으로 모습을 감추었다.

홀에서는 한숨이 새어나왔다. 그리고 망설이다가 마침내 박수가 터져 나왔다. 한 사람이 박수를 치자 여러 사람이 동조하여 박수를 쳤는데 그 소음은 무대에서 테이블 위에까지 걸쳐져 있던 회색의 거미집과 같은 것을 끊어 버리고자 하는 것처럼 오스타만에게는 느껴졌다.

회장(會長)은, 짚고 있던 단장을 들어 테이블을 탁탁 치더니 큰 소리로 뭔가 알아들을 수 없는 명령을 내렸다.

"빌어먹을! 하긴 잘했어!"

이렇게 말한 크레츄마는 김이 빠진 맥주를 쭈욱 들이켰다. 그리고 일어나더니 허리의 벨트를 조이며 하품을 했고, 몸을 구부렸다 폈다 하면서 자신의 살과 뼈가 평소처럼 제대로 붙어 있는지 확인이라도 하는 것 같았다.

헬베르트 오스타만은 아무 말도 하지 않았다. 산란해진 마음을 다 잡기 위해 우선 마음을 진정시키지 않으면 안되었던 것이다. 입안에는 기묘한 맛이 남아있고, 뭐라고 형언하기 어려운 기분이었는데, 갑자기 분노가 치솟아 올라왔는데 — 이런 기분은 정신적 가슴앓이라고 부를 수밖에 없을 것이라는 생각이 들었다.

돌아보니 사자(死者)의 춤에 참가했던 무리가 무대 뒤쪽 작은 계단을 내려와 홀 안으로 들어오고 있었다. 그들은 아직도 수의를 입고 있었는데 해골 가면을 뒤로 제치고 있었다. 그들은 입고 있는 수의와는 대조적으로 상기된 얼굴, 젊음이 약동하는 표정을 보여주고 있었다.

이것은 방금 30분간의 연극에 의한 압박감을 극복하고 — 본디의 쾌활함을 되찾기 위한 확실한 방법이었다. 사람들은 그들을 둘러싸고 질문을 하기도 했고 칭찬을 하기도 했다. 그리고 아슬아슬했던 절박감을 떨쳐 버리고 또 지금까지 느껴왔던 공포감을 극복했던 것이다.

오스타만이 다시 테이블 쪽으로 방향을 바꾸어 앉았을 때, 그의 심장은 얼음처럼 차갑고, 동시에 불타오르듯 뜨거워졌다.

이웃 자리에 — 지금까지 리히아르트 크레츄마가 있던 곳에 한 무용수가 하얀 장갑을 낀 두 손을 무릎 위에 다소곳이 놓은 채로 앉아 있었다. 다른 사람들처럼 그녀도 아직 수의를 걸친 채로 있었는데 해골 가면도 아직 벗지 않은 채였다. 그리고 그녀가 오스타만 쪽을 바라보았을 때, 그 눈초리는 마치 어두운 동굴 속에서 멀리 보이는 불과 같은 느낌을 주었다.

말을 걸어오기를 기다리고 있는 것 같아서, 오스타만은 억지로 애정어린 웃음을 입가에 띠고는,

"어때요? 아가씨는 상연(上演)의 성공에 만족합니까?"

라고 물었다.

말수가 적은 듯한 그 무용수는 고개만 끄덕일 뿐이었다.

"출연한 사람들은 틀림없이 무대 위에서도 관중들이 꽤 긴장하고 있다는 것을 알아차렸을 것입니다. 처음에는 여기저기서 서툴러서, 충분치 않은 점이 발견되던 댄스가 점차 자유롭고 대담하게, 예술적으로 되어가더군요. 그처럼 능력의 한계를 돌파하는 것은 무대와 관객 사이에 발랄한 교류가 있었기에 가능한 것입니다."

오스타만은 열심히 생각하고 있던 바를 말했다. 그녀는 오스타만을 뚫어지라고 바라보고 있는데 그 시선에서는 희미한 빛이 끊임없이 비치고 있는 것 같았다. 어쨌든 오스타만은 관객들이 연극에 빠져 있었던 기분을 올바로 이성적(理性的) 방칙(方則)에 따라 분석하고 설명하고자 노력했다.

그러나 그렇게 하면서도 오스타만은 자기가 말하고 있는 이야기가 ― 마치 힘이 다 빠진 수영 선수가 최후의 기대감을 가지고 물살을 가르고 나가는 것처럼 힘이 없다는 것을 느꼈다.

상대방 여인은,

"예, 살아있는 사람에게 죽음의 연극을 보여주다니, 참으로 기묘한 느낌입니다."

라고 말했다.

"그리고 그 묘지의 음악은……."

이라며 헬베르트 오스타만은 흥분된 말투로 계속했다.

"기묘한 변조(變調)로 바뀌는 리듬의 그 현대음악은 청중에게 묘지의 공포를 철저히 느끼게 해주기 위해 작곡된 것 같았습니다. 그것은 비논리적(非論理的)인 음악입니다. 음악의 논리는 멜로디입니다.

예를 들면 모차르트는 논리적인 사람이었기 때문에 유령의 느낌을 내려고 한 〈돈 조반니〉의 기사장(騎士長) 장면에서는 우리를 감동시키지 못합니다…… 오늘밤의 현대적 비논리 음악은 비논리 그 자체인 죽음과 아주 멋지게 조화가 되고 있었습니다……"

"당신은 의학생?"

상대방은 물었다. 그 목소리는 불순한 매체(媒體)를 통해서 들려오는 것처럼 — 속으로 기어들어가는 탁한 목소리였는데 그래도 진짜 목소리는 좋은 목소리임을 알고는, 가면(假面) 때문에 이처럼 변화되어 띄엄띄엄 끊어져서 들리는 것은 매우 유감스럽다는 생각이 들었다.

그런 생각이 죽음을 카니발의 위안물로 삼고 있는 혼응지(混凝紙)의 가면으로 그의 주의력을 예리하게 돌리도록 만드는 것이었다. 아무래도 가면세공(假面細工)치고는 상당히 고급인 것을 선택한 것 같다. 그 나름대로 완벽한 세공이었다.

가면이라고 하면 단순한 재료로, 심술궂은 계모(繼母), 얼빠진 농민, 호색하는 영감, 이중(二重) 턱, 부어오른 볼, 붉은 코, 큼지막한 혹 등등을 만드는 것이 보통인데 이번에는 번쩍이는 뼈를 실감나게 그대로 만들어 낸 것이었다. 색깔이라든가 구조는 모두 정확하여 그 어떤 뼈도 해부학적으로 올바랐고 봉합선(縫合線)은 두개골의 선(線) 그대로 조립되어져 있었다.

이 해골이라면 표본으로써 그대로 학습용에 사용할 수 있을 것이다. 어디 그뿐인가, 팔의 기가 막히는 모형 제작자는 — 정밀한 모방을 철저하게 추구한 결과이며 눈과 코의 구멍이라든가 치아의 틈새 등 여러 곳에서 썩은 살이 남아있는 점까지 암시하고 있었다.

그러나 제일 오싹해지는 것은 두개골의 뒤쪽으로서 어떻게 심었는지 머리털이 늘어져 있다는 점이었다. 물론 이것만 보더라도 수제품(手製品)이란 점이 확실했다. 왜냐하면 머리털이 나있게 하기 위한 살은 이미 존재할 수 없기 때문에 해골은 번들번들하는 대머리여야 했기 때문이다.

그러나 보는 사람의 공포심을 가급적 고조시키기 위한 것이 목적이었다면 물을 들이고, 뒤엉키게 하고, 흙까지 묻혀 놓은 이 머리털은 진짜 묘지 속에서 갓 나온 것처럼 보였으니, 제작자의 목적은 실로 성공했다고 할 수 있겠다.

헬베르트 오스타만은 큰 위험에 처한 사람에게 흔히 있는 것처럼, 스스로도 이유를 알 수 없는 냉정성을 가지고 머리끝에서 발끝까지 날카롭게, 그리고 명료하게 바라보고 있었다. 위험에 처해진 순간, 인간이라고 하는 거대한 발전소의 긴장된 에너지는 오로지 자아(自我)의 주장만을 따르는 법이다.

"당신은 의학생이로군요?"

상대방은 반복해서 물어왔다.

"그럼 — 달리 무엇 하는 사람이라고 생각합니까? 물론 의학생입니다. 나를 아십니까?"

"잘 알고 있어요"

"가면을 벗어 주지 않으렵니까? 댄스는 이미 끝이 났습니다. 다른 아가씨들은 모두 벗었다구요"

그러자 가면의 치아 사이에서 웃음소리가 희미하게 아주 희미하게 새어나왔다. 그러나 그는 그순간, 어린시절의 어떤 잡음을 들었던 일이 떠올라서 기분이 언짢아졌다.

상인(商人)인 프루지크가 카운터에 기괴한 모양을 한 말린 대구의 커다란 조각을 집어던지자 바로 지금 이런 소리가 났었던 것이다. 그 기억과 함께 완전히 말라서 굳어진 미라처럼 된 검은 성대(聲帶)가 이 간헐적인 웃음에 의해 흔들리고 묘지의 꽃다발이 바람에 흔들리며 바스락 소리를 내는 것만 같았다.

무용수는 웃음을 그쳤다.

"다른 여자들은 가면이 안 어울린다고 생각하는 것입니다. 나는 허영심이 없기 때문에 가면은 나에게 잘 어울린다고 생각합니다. 그럼 내가 누구인지 알아맞춰 보세요"

"내가 아는 분인가요?"

그녀는 약간 그에게 다가가면서,

"예!"

라고 말했다.

또다시 차가우면서도 뜨거운 쇼크가 심장을 꿰뚫는 것 같았다. 왜냐하면 이 사소한 동작, 이 어깨의 무심한 회전방법에 그는 또 불안한 추억에 사로잡히게 되었기 때문이다. 그는 이 동작 하나로부터 그 미치광이와 같은 윤무(輪舞) 속에서 그 동작에 의해 그 자신의 주의를 끌었던 그 무용수가 지금 자기 옆에 앉아 있다는 것을 확인했던 것이다.

그러자 그순간 그 마구 일어나는 격렬한 불안감이 다시 나타나면서 집중하여 관찰하던 그를 애매한 세상으로 끌고 가는 것이었다. 그는 주변을 둘러보았다.

좌우에서 학생들이 맥주잔을 들고 이야기를 나누기도 하고, 그림엽서에 무언가를 쓰기도 하고, 건배를 하기도 하는데 — 어느 누구도 그에게 주의를 기울이는 사람은 없었다. 어쩐지 자기와 상대방 여성은 존재하지도 않는다는 그런 눈치였다.

그런데도 불구하고 갑자기 그자리에 더 있기가 싫어졌다. 소음과 빛을 견뎌낼 수 없다는 생각이 들자 그는 갑자기 일어서면서 말했다.

"따라오세요. 좀더 조용한 곳으로 가십시다."

그녀는 곧 승낙했고 접수계가 있는 곳까지 따라와서 재빨리 외투를 걸치더니 그의 옆에 다가섰다. 그런 다음 두 사람은 도시의 거리를 ― 눈이 약간 내려서 쌓인 거리를 걷기 시작했다.

높은 건물들 사이의 골짜기에 이루어진 거리에서 올려다보니 눈이 조금 쌓여 있는 전선(電線) 사이로 두어 개의 별이 보였다. 그 별은 전선 사이에 매달려 있는 악보(樂譜)의 기호처럼 반짝이고 있는데, 이 지상(地上)에서 굴욕을 견디어 내며 고통으로 가득 찬 ― 그것을 위로해 주는 천상(天上)의 멜로디를 나타내고 있는 것 같았다.

그는 모자를 벗었다. 그러자 한기(寒氣)가 머리를 옥죄어 오고, 얼굴과 목 근육의 피부를 긴장시켰다. 무용수는 그와 나란히 걷고 있었다. 하얀 수의를 입은 기묘한 모습으로 ― 수의 위에는 외투가 짧고 검은 두 개의 날개처럼 걸쳐져 있었다.

마차가 요란한 소리를 내면서 달려온다. 자동차가 클랙슨을 울리며 거리 모퉁이를 날아가듯 돌아갔고 째지는 것 같은 비명을 지르는 집의 벽에 서치라이트를 비추고 있다. 먼곳에서 자동차가 달려오는 것이 보이는가 했더니 길 건너편 끝쪽에 두 개의 작은 불빛이 보였고 그것이 진동하는 어두운 한 줄기 도랑 위를 순식간에 이쪽을 향하여 달려온다.

그리고 바로 가까이에까지 오자 넓은 빛의 띠가 포도(鋪道)를 쓸며 청소하듯 했고, 그들은 눈이 부신 빛의 진동 속에서 섰다. 그러나 그것은 순식간에 지나쳐 버렸고 차디찬 암흑이 그자리를 메우는 것이었다.

이따금 음식점이 보였는데 재빠르게 여닫는 문 틈으로 댄스 음악이 두어 소절(小節)을 토해낸다. 토막나는 웃음소리가 잠시 밤거리를 누비며 들려온다. 카니발은 상쾌한 잔물결을 그와 그 일행이 걸어가는 이 쓸쓸한 길에 찰랑찰랑 뿌려주고 있었다.

그러나 이런 일들은 모두 그의 마음속에서 무겁고 진하며 차디찬 연기처럼 — 그 마음을 가득 메우고 있는 공포감에 비하면 아무것도 아니었다.

두 사람은 자그마한 카페로 들어갔다. 필요해서라기보다 의무감 같은 것에서, 반 시간쯤 신문을 읽기 위해 그가 이따금 들어왔던 카페이다. 입구에서 그는 문득, 이제는 같이 온 여성이 가면을 벗으리라고 생각했었는데 그녀는 기선을 제압하는 것이었다.

"앞으로 당분간은 사람들에게 내 얼굴을 보여주고 싶지 않아요. 야간 영업을 하는 점포는 모두 카니발로 소란스럽게 마련이니까 가면을 쓰고 있어도 상관없을 겁니다."

그녀는 이렇게 말했다. 그녀가 한 말은 옳았다. 테이블 위 재떨이에 수북히 쌓여 있는 담배 꽁초 위로 연기가 피어오르는데, 가장(假裝)을 빌려주는 점포에서나 볼 수 있는 민족의상을 걸친 사람들이 눈에 띄었다.

즉 티롤인(人), 에스키모인, 인디언 등등 — . 그리고 베니스, 스페인, 터키 여성들도 있었다. 이런 진부하고 고풍스런 전통의 가장(假裝) 속에서 유령의 의상과 가면은 어울리지 않을 것으로 생각했는데 오스타만 일행은 여기서도 주의를 끌지 못했던 것이다.

그녀는 앞장서서 사람들 틈을 누비고 다녔는데 누구 한 사람 당황하며 몸을 피하는 사람이 없었고 — . 그때도 어디선가 본 적이 있는 것만 같은 이 여인의 동작에 오스타만은 육체적인 고통을 느껴야 했다.

그녀가 비어 있는 테이블에 앉으려고 했을 때 그는 얼른 그녀의 팔을 잡으면서,

"당신은 대체 누굽니까?"
라고 물었다.

그는 그녀의 눈길을 살피려고 했는데 가면 속의 눈 언저리 속에서는 희미한 빛만 내고 있을 뿐이었다.

카페 종업원이 그의 앞으로 와서 섰다. 그는 잡고 놓치 않으려던 그녀의 가늘고 딱딱한 팔을 놓고 커피를 주문했다. 잠시동안 잠자코 있으면서 주위의 떠들썩한 환락의 상태를 바라보고 있노라니 종업원이 커피를 한 잔만 들고 와서 주문한 그의 앞에 놓았다. 부아를 내며 종업원의 부주의(不注意)를 나무라려고 하는데 그녀는,

"가만 둬요. 나는 아무것도 마시고 싶지 않습니다."
라고 말했다.

그말 속에는 또 수수께끼와 같은 친밀감이 있었다. 이 짧은 말이 오스타만으로 하여금 말할 수 없는 슬픈 기분이 들게 만들었다. 그는 두 손으로 머리를 감싸고 네 손가락을 이마에, 엄지손가락은 귀에 대고, 자신의 감각을 외계(外界)로부터 차단시키려고 했다.

상대방 여인이 아까 의미있는 말로, '당신은 의학생인가요?'라고 물었던 일이 떠올랐다.

'나를 알고 있다면서 왜 그런 질문을 했을까?'

그는 생각해 보았다.

벌어진 손가락 사이로 그는 심술궂게 상대방의 눈을 살펴보았다.

"당신이 의학생인 나에게 직업상 죽음과 화해하는 것을 배웠을 것이라고 물어보고 싶어했음을 나는 잘 알고 있습니다."

그는 말을 계속했다.

"의사와 사신(死神)은 일종의 동료라고 하는 것은, 일반적으로 순진한 무리라든가 혹은 조악(粗惡)한 풍자잡지(諷刺雜誌)의 의견에 지나지 않습니다. 또 어떤 계급의 사람도 자기 영업의 조건을 하느님이 창조해 내신 세계의 질서라고 생각하고 있습니다.

예를 든다면 모피(毛皮) 상인은 모피를 가진 동물은 자기를 위해 성장한다고 생각하며, 석탄업자(石炭業者)는 석탄이 된 원시림(原始林)은 자기를 위해 무성했을 것으로 생각합니다. 또 건축가는 중력(重力)이란 자기를 위해 발견되어진 것이라고 생각하는 것처럼 의사는 자기 직업의 논리에서 죽음의 논리를 주장합니다.

그러나 내 의견은 다릅니다.

나는, 죽음은 무언가 절대적으로 무의미한 것으로 생각하고 있습니다. 죽음 그 자체가 그렇다는 것은 아닙니다. 살만 잔뜩 찐 무위도식자(無爲徒食者), 소대변(小大便)의 주머니와 다름없는 자, 파렴치한 방탕자의 생활에 종지부가 찍히는 것은 올바른 이치에 따른 것입니다. 싸움이나 하고, 지조가 없는 놈이 죽는 것보다 더 좋은 일은 없습니다.

하지만 착한 사람, 사랑을 주는 사람, 즐거움을 주는 사람, 빛나는 사람을 죽인다는 것은, 죽음이 무의미하다는 것의 부정할 수 없는 증거입니다. 그렇습니다. 미지(未知)의 여인이여, 이것은 결코 흔해빠진 감상(感傷)이 아니라 정확하게 증명되는 진리인 것입니다. 세계가 더없이 엉터리로 만들어졌다는 것은 의심할 여지가 없을 것입니다.

그것은 왜냐하면, 매일 의의가 있고 가치가 있는 것이, 평판적(平板的)인 것, 보잘것없는 것의 뒤로 떠밀리고 악(惡)이 번영하는가 하면 선(善)은 진구렁텅이 속에 버려지다가, 최후에는 죽음이 모두를 하나같이 뭉뚱그려서 인생의 식탁(食卓)으로부터 말살하고 만다는 실로 바보스런 청산을 하는 광경을 보여주기 때문입니다.

만약 실제로 인간의 가치가 보증되어 사신(死神)으로부터 사면장(赦免狀)을 받을 수가 있다면 이세상은 얼마나 많이 변해질런지 모릅니다. 본성(本性) 때문에, 보다 높은 자아(自我)에 도달할 수 없는 인간은 말살되지만, 자기를 정화(淨化)할 수 있는 인생은 그 선행에 따라 신장(伸張)하고 위인(偉人)의 영역에 도달한 사람은 영원한 생명을 얻을 수 있는 것입니다.

그렇게 되면 오늘날에는 아직 단테라든가 미켈란젤로라든가 알프레드 뒬러와 대화를 나누게 될 수 있을는지도 모릅니다. 이렇게 되어야만 인생은 서로 사랑하고 상부상조로 가득 찬 뜻있는 것이 될 것입니다."

상대방 여인의 눈 속 깊은 데서 뿜어나오던 작은 불꽃은 큰 빛이 되었고, 희박하긴 하지만 탄력이 있는 공기, 일종의 가스상(狀) 유리가 오스타만과 그녀를 둘러싸는데 그 테두리 밖의 것은 단지 너저분하고 연관성이 없는 세계의 단편(斷片)으로밖에 보이지 않았다.

"나는 다분히 죽음에 대하여 어느 정도 의견을 말할 자료가 있다고 생각합니다. 왜냐하면 죽음을 아주 가까이에서 바라본 적이 있으며, 죽음은 그 비논리성을 특히 잘 보여주었기 때문입니다.

세계가 아까 이야기한 논리적인 계획대로 되어 있었다면, 베티네는 살아 있어야 하며, 나는 이처럼 쓸쓸하고, 마음이 굳어지고, 피가 독(毒)이 되고, 뇌가 파괴될 정도로 적적함을 느끼지는 않을 것입니다. 나는 인생의 — 길이 없는 대해(大海)의 한복판에 놓여진 로빈슨, 양극(兩極)의 모든 공포를 갖춘 얼음 궁전(宮殿)에 갇혀 있는 사람이 되고 말았습니다.

베티네를 알고 있겠지요? 당신은 나를 알고 있다니까 그녀도 알고 있을 것입니다. 베티네의 이름을 들으면, 이 이름이 의미하고 있었던 것이 이제는 존재하지 않는다는 것을 생각하면, 피까지도 얼어붙는 것을 느끼지 못하십니까? 영원히 살아야 했던 사람인 그녀, 만약 세계에 정의가 있었다면 아직도 몇십 년이나 더 살아야 했을 그녀인데 말입니다.

오오! 나는 죽음이란 놈을 잘 알고 있습니다. 그 허투로 볼 수 없는 어릿광대, 보잘것없는 장난꾸러기를 말입니다. 나는 그것을 눈앞에서 본 적이 있습니다. 그것은 변장을 하고 가면을 쓰고 정체를 숨기고 있습니다.

그러나 서투른 배우처럼 동기(動機)조차 없이 대사(臺詞)조차 없이 등장하는가 하면 중요한 대사를 까먹고, 그래서 공연자(共演者)들을 엉망진창으로 만듦으로써 징역을 살게 하고 살인도 하는 것입니다.

그렇습니다 — 살인한다는 것을 그놈은 알아야 합니다. 누군가가 그 연인(戀人)을 죽이면 살인자라고밖에 부르지 않을 것입니다. 지금 어머니의 태(胎) 속에서 한 태아가 자라나고 있다고 합시다. 그 아이가 배 속에서 커감에 따라 자연히 올바른 취급을 향유하는 것을 좋아하지 않는 세간(世間)에 대한 공포도 자라나게 됩니다.

일찍부터 주위 사람들은 기다란 목과 구부러진 주둥이, 날카로운 손톱을 기르고, 일찍부터 기름기가 돌아 번쩍번쩍 빛나는 동그스름한 손가락이 이 사생아(私生兒)라는 치욕에 공격을 가하려고 뻗어댑니다. 여러 개나 되는 살덩어리의 권총, 총개머리와 같은 주먹, 총신(銃身)과 같은 집게손가락이 이 치욕을 겨냥합니다.

그리고 누군가가 간단없이 떠들어댑니다. 날마다 먹을 빵을 내

놓아라! 두 사람뿐이라면 어떻게든 해나가겠지만 세 사람이 되면 이제는 어떻게 할 수가 없다라고요.

그런데 당신에게 말하겠는데 — 싹이 터있는 생명을, 이미 뿌리를 내린 생명을 파괴하는 것은 허용되지 아니합니다! 그것이 빛을 보기 전, 어둠 속에 장사지내는 방법은 있습니다. 그것이 벌을 받는다는 것은 어처구니없는 일입니다. 다시 한번 말하겠는데 범죄는 살아있는 자에 대해서만 존재하는 것이며, 태어나지 않은 자에 대해서는 존재하지 않습니다.

그렇습니다 — 그러나 어딘가 한쪽 귀퉁이에 죽음이, 그 보잘 것없는 익살꾼이 쭈그리고 앉아 있으면서 눈을 깜박이고 — 약병의 냄새를 조금 맡다가 그것을 흔들어 대면 눈에 보이지 않는 점액(粘液), 그놈의 침과 독이 모든 것에게 부착되는 것입니다.

그런 다음에 연인(戀人)이 경련을 일으키고 있는 것이 보입니다. 뒤척이면서 삶을 위해 전력으로 붙잡지만 생명이 도망가는 것이 보입니다. 생명은 강이 되어 서서히 넘치고 어두운 문이 있는 곳을 향하여 흘러가다가 그곳에서 소리도 없이 사라집니다.

의사의 알[卵 : 의학생]이 되어 온힘을 다 기울이어 강가에 서서, 마지막 생명의 물방울이 죽음의 은하 속으로 졸졸 소리를 내면서 사라져 가는 것을 보았을 때, 새빨갛게 달구어진 커다란 못이, 딱딱하게 주조(鑄造)된 못이 가차없이 — 살인이란 말이 내 머리끝에서부터 하체(下體)에 이르기까지 꿰뚫어지도록 찌른 것입니다.

후회막급합니다 — 그것은 한걸음 한걸음 다가서면서 거슬러 올라가 과거를 조사하는데 부끄럽지 않을 것 같지 않은 날이 없다는 것, 매시간을 우활(迂闊)하게 보냈던 것을 가르쳐 줍니다."
헬베르트 오스타만은 점차 진정되어갔다. 벌린 손가락 사이에는 뜨거운 이마가 있고, 테이블 밑에는 무거운 두 다리가 있으며, 이마와 다리가 고통의 커다란 띠로 매어져 있었다. 마음속으로 말을 한 것인지 큰 소리로 지껄여댄 것인지 자기자신도 알 수가 없었다. 그러나 자신이 알고 있는 것처럼 상대방 여성도 알아들었을 것으로 느껴졌다.

이 외톨이로 혼자 앉아 있던 손님은 종업원의 눈길을 끌게 되었다. 종업원은 모퉁이 쪽에 혼자 앉아서 이따금 혼란스런 눈길을 보내다가는 손을 격렬하게 흔들어대면서 중얼중얼 뭐라고 말하는 이 젊은 사나이를 만취하여 괴로워하는 것이라고 생각했다.

그러나 카페의 방이 텅텅 비게 되었고 밖에서 전차(電車)가 지나가는 소리가 들려오자 종업원은 이 최후까지 남아있는 손님에게로 갔다. 그리고 주머니 속에 손을 넣고 동전을 짤랑짤랑 소리가 나게 흔들어 보였다.

오스타만은 눈을 뜨고, 급사가 안개 낀 것 같은 조명의, 오팔과 같은 광선 속에서 그림자처럼 서있는 것을 보았다. 끈적끈적한 물웅덩이처럼 되어 버린 테이블 위에 비어 있는 컵과 성냥 부스러기와 잿더미가 놓여 있는 것이 인상깊었다.

"갑시다."

그는 내뱉었다.

무용수는 앞서서 걸어나갔다. 그러나 이미 서먹서먹한 감은 없고, 그의 생활에 뿌리내린 친근감이 있는 것, 생활의 뿌리에서 생겨난 것, 아직 이름은 없었지만 머지않아 이름이 붙여질 것으로 되어 있었다.

"당신은 누구입니까? 당신은 누구냐 말예요?"

그는 그녀의 옷을 붙잡았다. 그 옷의 단이 그의 손에서 미끄러져 나갔다. 그러자 여자의 눈 속에서 전기(電氣)가 합선된 것처럼 번쩍

번쩍 새파란 빛이 나오는 게 보였다. 그리고 그의 팔에는 감전된 듯 전기가 흘렀다.

"어디로, 어디로 갈까요?"

라며 그는 망설이다가 물었다.

"함께 따라갈 것입니다."

모르는 젊은 여인이 아무렇지도 않다는 듯 이런 말을 해도 그는 놀라는 빛이 조금도 없었다. 이 모든 일은 지금까지 수백 번이나 있었던 일이다. 어떤 말이든, 어떤 걸음걸이든 모두 낯이 익었고 그 목소리도 어디서 들은 듯한 느낌이었다. 그러기에 두 사람은 당연한 것처럼 나란히 걸었던 것이다.

만약 그렇지 않았더라면 마음속 깊이 간직하고 있었던 모든 것을 어떻게 알지도 못하는 여인에게 털어놓을 수 있었겠는가?

그런 이야기를 들을 권리가 있는 사람은 단 한 사람뿐이다. 그런 고백은 애틋하고 깊이가 있는 빛과 같이, 그 사람에게 향해지는데 미지(未知)의 것을 절친한 것으로 바꾸고, 그 빛을 발산하고 있는 그에게로 되돌아오는 것이었다.

이렇게 해서 두 사람은 겨울철 새벽길 속을 걸어갔다. 겨울철의 아침 길은 아직도 꿈속의 무거운 수증기 속에서 잠자고 있는 느낌이었으며 노동의 힘든 제일소절(第一小節)에 맞추어 슬슬 출발하려는 참이었다.

때마침 카니발의 즐거웠던 여운이 쉰 듯한 소리를 내고 있었다. 그는 마치 환상처럼, 한 대의 전차의 발판에 — 햇빛이 쪼이기 시작한 발판 옆에 눈을 반쯤 뜨고, 불 꺼진 시거를 입 가장자리에 문, 피에로가 털썩 주저앉아 있는 것을 보았다.

그의 오른팔은 손잡이 너머로 축 처져 있는데 손가락에는 끈이 들려 있고 장난감 곰이 매달려 있었다. 그 곰은 그로테스크한 모습으로 튀어오르기도 하다가 전차의 진동에 의해 좌우상하로 흔들리는 것이었다.

이것은 헬베르트 오스타만이 분명하게 본 것 가운데 어쩌면 최후의 것이리라. 그런 후에는 안개 속을 걷고 있는 것 같은 느낌이었는데 안개 속에서 이따금 무서운 스피드로, 물체 또는 인간이 나타났다가 바로 사라져 갔다.

그러므로 동행하는 여성이 환상도로(環狀道路)에서 도심 쪽으로 가는 길을 택하지 아니하고, 교외(郊外)로 나가는 길로 접어드는 것 같은 느낌을 받았다.

"그쪽 길이 아니오…… 나는 도심에 살고 있습니다."

"나는 다른 주거(住居)는 모릅니다."

그녀가 한 말은 옳았다. 오스타만은 그대로 따라가기로 했다. 그래서 그녀의 옆에 서서 걸어갔다. 안개가 걷혀가는 차디찬 길에 시커먼 전차 궤도가 어디까지나 이어졌다.

지금 나에게 주어진 상황은 이상하다고 그는 생각했다. 그녀도 그렇게 생각하고 있는 것일까? 지금 나는 미래와 동시에 과거로, 즉 시간이 없는 곳으로 걸어서 들어가는 것이다. 죽음이란, 시간이 없는 것으로서 ─ 그렇기 때문에 모두 아리송한 것을 지양(止揚)하는 것은 아닐까?

그렇다면 ─ 그러나 죽음은 해결이며, 만약 그러하다면 강한 의지력과, 어쩌면 회개하는 힘에 의해 죽음으로부터 인간을 불러낼 수 있는 것인지도 모른다. 가상(假象)이 본질(本質)을 낳는 일은 있을 수 없다 하더라도 본질이 가상을 이용할 수는 없겠기 때문이다.

그야 어쨌든 그녀의 이름만 알았더라면 이 모든 의문은 풀렸을 것이다. 이제 그 이름이 내 마음속에서 형작(形作)되어지고 굳어져 간다. 모든 것이 이 이름에 걸려 있다…….

많이 본 현관 앞에 왔다. 대좌(臺座)와 돌담 주변에 마른 포도나무 가지가 걸려 있고, 사자(獅子) 머리를 한 노커가 달려 있다. 얼굴을 찌푸린 이 두 사람은 지난날 이곳에서 잘 웃었었다.

계단을 올라갔다. 계단은 새벽 아지랑이에 싸여 어슴푸레한데 위쪽으로 이어져 있었다.…… 변함없이 17계단째 계단에서 삐꺼덕 소리를 냈다. 주인 부인의 방 앞을 지나갈 때는, 여전히 뒤꿈치를 들고 조용히 지나가지 않으면 안되었다.

좁아진 계단이 다락방 쪽으로 이어지고 조그마한 밝은 창문에는 벗나무 가지가 가려져 있는데 언젠가, 봄철에 그 가지에서 꽃을 딴 적이 있었다. 그리고 벽에 끼워져 있는 빨간 유리 상자에는 등불이 켜져 있고, 그앞에는 조그마한 검은 성모상(聖母像)이 있었다.

다락방 문을 열고 안으로 들어갔다 — 그리웠던 물건들, 책상과 책꽂이를 비롯하여 녹색 커튼 뒤에 놓여진 두 개의 침대를 그는 다시 분명히 보았다. 이 침대에서 두 사람은 조금 전에 일어난 것 같았다.

그가 돌아보니 베티네가 그곳에 있었다. 하얗고 부드러운 옷을 입고 지금까지 빗어 늘어뜨리고 있던 머리를 풀고 두 갈래 머리로 빗어 머리 좌우로 내리고 있었다.

그녀는 눈을 떴다. 그는 그 속에 파란 빛이 반짝이고 있는 그 눈을 응시했다. 그러나 살이 기묘하게 변화되어 있으며 그 마스크의 하얀 뼈 위에 얇은 젤라틴 막이 깔려 있어서 마치 해파리의 몸처럼 투명하여, 해골의 움푹 패인 곳이라든가 봉합점(縫合點) 등이 모두 확실하게 보였다.

그리고 이 부드러워 흐늘흐늘하는 살덩어리에 머리털이 금방이라도 빠져 버릴 것처럼 가까스로 매달려 있었다.

뼈가 투명하게 보이는 이 얼굴에는 여러 곳에 음울한 반점(斑點)

이 있고 눈 가장자리와 입 가장자리에는 흙이 묻어 있었다. 그리고 머리고 머리카락은 그 밑에 작은 벌레 같은 것이 우글거리고 있는 것 같았다.

베티네는 얼굴에서 머리카락을 긁어 뒤로 넘기더니 두 팔을 머리 위로 높이 쳐들고 아주 격렬하게, 그러나 탈구(脫臼)는 되지 않도록 조심하면서 — 자기가 이겼다는 자긍심을 가지고 — 정욕적으로 미치광이 같은 이상한 유령의 춤을 추기 시작했다……

사 진

    얼마 전, 앨범을 뒤적이고 있자니, 우리 부모님의 결혼식 사진이 눈에 띄었는데 나는 다른 사진보다 시간을 더 할애하면서 그 사진을 유심히 들여다보았다. 사진 속에 내가 아는 사람이 혹 있지나 않을까 하는 호기심도 있었지만, 나 자신도 이미 결혼을 하여 아내가 있는 몸이며 사진 속의 신혼부부 나이를 이미 지나고 있었으므로 부모님이 지금의 나보다 과연 젊게 보이는지 어떤지에 흥미를 가지고 있었기 때문이다.

    그러나 사진 속의 두 사람을, 마치 나하고는 아무 관계가 없는 사람처럼 — 마치 언제나 나보다 젊은 사람처럼 바라본다는 것은 불가능했다. 그리고 설령 그럴 수 있었다 하더라도 두 사람이 내 눈에 정말로 젊게 비쳐질 수는 없었을 것이다.

    사진 속에 있는 인물의 복장이라든가 맵시에서 그것이 과거시대의 사람으로서 과거에 젊은 시절을 가졌던 사람임을 간파하면, 분명 그 사람에게도 청춘이 있었을 것으로는 생각이 들지만 실제로 그 사람이 젊었었다는 것은 생각하기 어려운 법이다.

    사진은 식을 올린 교회(敎會) 앞에서 찍은 것으로서, 그속에는 부모님 외에, 내 조부모와 외조부모 등 네 명이 찍혀 있었다. 지금은 그 가운데 두 분만 생존해 있을 뿐이다. 그리고 증조부 —. 이 증조부에 대해서는 내가 직접적으로 아는 것이 없다. 아무리 보아도 가까이 대하기 어려운 노인이다.

고모가 고모부와 함께 있기도 했다. 그러나 사진 속의 고모부는 지금만큼 피로해하는 기색이 없다. 그리고 외숙부 두 사람 ─. 그 중 한 사람은 아직 어린이였고 또 한 사람은 사관학생(士官學生)의 제복을 입고 있다. 이 신랑·신부를 에워싸듯하여 조부모·외조부모의 형제자매들도 있었다. 다소 촌수가 먼 친척·인척들도 찍혀 있었고 ─.

또 누구인지, 나로서는 알 수가 없는 사람들도 몇명인가 있었다. 목사(牧師)님 옆에는 신랑·신부의 친구들이 있었다. 그 대부분은 내가 모르는 사람들이었다. 그중 한 사나이가 내 눈길을 끌었다. 이 사나이는 사진 가장자리에 찍혀 있었는데, 나무 밑에 놓여 있는 석조(石造) 벤치에 앉아서 결혼 축하객들의 모습을, 마치 자기는 그 일단(一團)의 사람이 아닌 양 바라보고 있었다.

눈은 검고 눈동자는 진실하게 보였는데 머리에는 머리카락이 한 올도 없고, 손은 은제(銀製) 손잡이가 달린 단장 위에 올려놓고 있었다. 더더욱 이 사나이가 내 주의를 끄는 것은 하얀 장갑을 끼고 있다는 점이었다.

내가 알기로는 이무렵에는 하얀 장갑을 끼는 습관 따위는 없었을 것이기 때문이다. 부모님의 지우(知友)를 만났던 기억도 없는 나로서는, 아버지를 만날 기회가 있으면 아버지에게 이 인물에 대해서 물어보아야겠다고 생각했다.

그후 아버지 집을 방문했을 때 나는 결혼식 사진이 붙어 있는 앨범을 보자고 했다. 그러나 교회 앞에서 찍은 어떤 사진에도 그 사나이는 찍혀 있지 아니했다. 아버지도 내 설명에 해당되는 인물을 기억해 낼 수 없었다. 아버지는 말했다.

"네가 사진에서 보았다는 사나이란, 때마침 그곳을 지나가다가 벤치에 잠시 앉았던 행인이었을 거야. 교회는 항상 깨끗한 곳이니까 찾아오는 사람이 많은 법이지. 산책의 목적지로 삼은 사람도 많으니까."

나는 이 설명에 만족하지 아니했다. 그 사나이가 사진을 촬영할 때만 벤치에 앉아 있었다고 생각하기 어려웠고, 사진 속에 보이는 그의 성장(盛裝)한 모습을 감안할 때, 그저 어슬렁거리며 산책이나 하고 있던 사람이라거나 단순한 하이커일 까닭이 없었기 때문이다.

그리고 그의 눈초리에는 결혼식 주인공을 전혀 모르는 남이라고는 볼 수가 없는 관심이 깃들어 있는 것으로 생각되었다.

그리고 얼마 후, 내가 가지고 있던 사진을 아버지에게 보여드렸더니, 아버지는 깜짝 놀라면서 고개를 가로젓는 것이었다.

"나는 이 사나이가 전혀 기억나지 않는다. 그리고 지금 네 앨범에 붙어 있는 이 사진과 똑같은 사진에서도 이 사람을 본 적이 없어. 그렇다면 그날 같은 교회에서 또 한 커플의 결혼식이 있었고, 우리의 예식이 끝날 무렵에는 이미 그 커플의 손님들이 모여들었을 것이고 ―.

이 사진은 교회 앞에서 마지막으로 찍은 사진인데 때마침 다음 차례의 예식에 참석하러 온 사나이가 일찌감치 와있다가 그만 우리 사진에 찍힌 게 아닐까."

이 설명은 일단 나를 설득시켰다. 다른 예식에 참석할 손님이 왜 남의 사진에 나오는, 그런 장소에 앉는 실례를 범했느냐는 점은 이해가 되지 않았지만 말이다.

몇번이고 사진을 다시 들여다보는 동안, 나는 이 사나이가, 내가 결혼하기 직전에 세상을 떠난 우리 어머니와 어떤 관계가 있는 게 아닌가 하는 생각을 하게 되었다.

이 사나이를 전혀 모른다고 강조하는 아버지의 말을 참고로 할 때, 아버지도 똑같은 생각을 하고 있는 게 아닌가 하는 추측을 해보았지만 그런 것을 아버지에게 직접 물어볼 수는 없는 일이었다.

내가 이 일로 신경을 곤두세우고 있다는 것을 내 아내도 눈치채게 되었다. 아내로서는 내가 왜 아버지의 설명을 그대로 받아들이지 않는 것인지 이해가 안되었던 것이다. 그래서 여러 친척들에게 물어보기도 했으나 아무런 단서도 잡지 못했다. 그래서 나는 이 사나이에 대한 천착(穿鑿)을 단념하고 말았다.

그러나 그후로의 평온은 표면적인 것일 뿐, 곧이어서 또 다른 사건에 의해 혼란하게 되고 말았다 ─. 얼마 전에 결혼을 한 내 여동생이 아기를 낳았고 나에게 대부(代父)가 되어 달라고 청해왔다. 나는 그 역할을 기꺼이 떠맡았는데 세례식은 누이동생이 살고 있는 마을의 교회에서 있었다. 아기의 부모와 그 근친(近親)들만이 모여서 치르어지는 조촐한 식이었다.

사진 찍는 솜씨가 좋다 하여 특별히 초빙된 내 매제(妹弟)의 친구가 카메라맨 역할을 했다.

얼마 후, 여동생은 참석자들에게 이 친구가 찍은 세례식 때의 사진을 모은 조그마한 앨범을 보내왔다. 사진에는 각각 번호가 붙여 있었으며, 만약 더 인화해 가지고 싶은 것이 있으면 맨끝 페이지에 그 번호를 적어놓으라고 했다. 내 눈길은 제일 먼저 12번 사진에서 멈추었다.

그것은 대모(代母)와 내가 교회 앞에서 나란히 서있는 것을 찍은 것이었는데 아기를 안고 있는 내 모습의 뒤쪽, 두 발짝쯤 떨어진 곳에 그 대머리에 하얀 장갑을 낀 사나이가 서있어서, 내 어깨 너머로 보이는 것이었다.

사나이는 팔짱을 끼고 사진을 찍었는데 양쪽 손에 하얀 장갑을 끼고 있는 것이 확실히 보였다. 예의 결혼식 사진에 찍혀 있었던 단장이 이번에는 보이지 않았다.

나는 즉시로 누이동생에게 전화를 걸어, 그 사나이를 알고 있느냐고 물었다.

"나는 그런 사나이가 찍혀 있는 것을 본 기억이 없는데요."

누이동생이 한 대답이다. 지금 누이동생네 집에는 사진이 없다고 하기에, 나는 이 사진을 찍은 사람에게 전화를 걸고 그 번호를 대면서 내 뒤에 찍혀 있는 사나이는 누구냐고 물었다.

그러나 자신이 가지고 있는 인화에는 그런 사나이가 없다고 했다. 그리고 혹시나 하여 네가티브 필름도 조사해 보았는데 대모를 섰던 사람과 나와 세례 받은 아기만이 찍혀져 있을 뿐이란 것이 그의 대답이었다. 나는 그 사진을 떼낸 다음 나머지 앨범을 누이동생에게 보냈다.

그날 나는 이런 일을 믿지 않겠노라고 결심했다. 그러고 보니 이 사나이는 두 장의 사진에서 사라져 버렸는지도 모르겠다고 나는 은밀히 기대하기도 했는데 그것은 허사였다.

한편 나는 이 사진을 다른 사람에게 보였는데 그 사람들은 하나같이 그 사나이의 모습을 인정하는 것이었다. 이전에는 이런 짓을 한 적이 없는데, 예를 들면 계단을 올라갈 때라든가 광장을 가로지를 때, 나는 돌연 뒤를 돌아보게 되었다.

영화관 안에 앉아 있을 때도, 가게에서 쇼핑을 할 때도 마찬가지였다. 홀로 방안에 앉아 있을 때조차도 그랬으며 방안에 있을 때가 제일 빈번했다. 누군가가 나를 바라보고 있다는 감각은 점점 더해가서, 한밤중에 벌떡 일어나 스탠드의 스위치를 넣는 경우까지 있었다. 침대 끝에 누군가가 앉아 있으면서 내가 잠자는 얼굴을 바라보고 있는 것처럼 생각되었기 때문이다.

역(驛)이나 정류장에서 하차(下車)할 때도 누가 나를 기다리고 있다는 생각이 들었는데 그래서 우선 그런 사람이 있는지 어떤지 잠시동안 확인해야 하는 경우도 이따금 있었다. 무언가를 기다려야만 하는 이런 상태가 계속되었는데 그것이 현실적인 것으로 바뀌리라고는 꿈에도 생각하지 않았었다.

사정이 일변(一變)된 것은 지난 주(週)의 일이다. 전차(電車) 뒤쪽에 타고 창문 유리에 등을 기대고 서있을 때, 나는 또 누군가가 바라보고 있다는 느낌이 들어 뒤를 돌아보았다.

그러자 뒤쪽에 연결되어 있는 차량(이 전차는 路面電車로서 2~3대의 차량이 연결되어 있다) 속에 그 대머리의 사나이, 하얀 장갑을 낀 사나이가 있었던 것이다.

사나이는 유리창을 사이에 두고 나와 마주 서있었으며, 내가 바라보자 오른손을 들어 보이며 미소지었다. 나는 얼어붙은 듯, 움직이지조차 못하고 종착역까지 전차 안에 서있었다. 전차가 멎자 나는 얼른 내려서 뒤쪽 차량으로 가보았다. 그러나 그곳에는 이미 아무도 없었다.

나는 그후, 더 이상 불안하지 아니했다. 나는 이 사나이로부터 도망칠 수 없음도, 그리고 이 사나이와의 만남 — 이번에는 실제로 만나게 될 것인데 그것이 멀지 않다는 것도 각오하고 있다. 어떤 방법으로 이 사나이와 만나게 될 것인지, 그것은 알 수가 없다. 어디서 만나게 되는지도 모른다.

어째서 그 사나이와 만나지 않으면 안되는지, 나는 알지 못한다. 그 사나이가 나를 어떻게 할 것인지도 나는 모른다. 내가 알고 있는 것은 이 일이 그저 우연한 일이 아니라는 것, 다른 사람이 아닌 바로 내가 그 사나이의 표적이 되어 있다는 것뿐이다.

금발(金髮)의 에크베르트

하르츠의 어느 지방에 금발의 에크베르트라는 별명으로 불리는 기사(騎士)가 살고 있었다. 나이는 40세가량 되었는데 키는 중키이고 짧게 잘라서 착 붙인 연한 금발이 다소 여위고 창백한 얼굴 양쪽을 감싸고 있었다.

이 사나이는 조용히 살고 있었으므로 이웃 사람들과의 분쟁에 말려드는 일이 없었고, 자기 소유의 조그마한 집에서 나오는 일도 드물었다. 그의 아내도 남편과 마찬가지로 고독을 사랑했으며 부부의 금슬은 더 이상 없이 좋았는데 이 두 사람이 언제나 탄식했던 것은 슬하에 자식이 없다는 점이었다.

에크베르트를 찾아오는 손님은 거의 없었다. 비록 찾아오는 손님이 있다 하더라도 일상적인 페이스는 거의 바뀌지 아니했다. 그의 집에서는 어떤 일이든 간에 치우치는 일이 없었고 조신함을 기조로 삼고 있는 것 같았다.

에크베르트는 손님이 찾아오면 기분이 좋아지는 것 같았지만 혼자 있을 때에는 어느 정도 내성적인 성격이 되며 무뚝뚝하고 출입을 하지 않는 우울증(憂鬱症)이 된다는 것을 사람들은 간파했다.

이집에 이따금 찾아오는 — 거의 유일한 손님은 필립 바르터였다. 에크베르트는 이 사람이, 자신이 가장 좋아하는 사고방식과 거의 같은 사고방식을 가지고 있음을 알고 사이좋게 지내고 있었던 것이다. 바르터는 원래 프랑켄 지방에 살고 있었는데 반 년 이상씩이나 에크베르트네 집 가까이에 체재하는 일이 흔히 있으며, 약초와 광물(鑛物) 따위를 수집하고 정리 · 분석을 하고 있었다.

그에게는 다소의 재산이 있어서, 그것으로 어느 누구든 돌봐주기를 좋아했다. 에크베르트는 이따금 바르터와 함께 두 사람만이 산책을 나가곤 했다. 이렇게 해서 해가 더해감에 따라 두 사람의 우정은 깊어져 가고 있었다.

인간이란 것은 그때까지 주의깊게 숨겨오던 비밀을 친구에게 털어놓아야 할 경우, 어쩐지 불안해지며 — 그런가 하면 모든 것을 다 털어놓고 싶어지며 그 친구에게 마음속 깊은 곳까지 다 열어보이고 싶어지고, 그러는 만큼 참된 친구가 되어주기를 원하는 — 그런 충동을 느끼게 마련이다.

그럴 때 상대방의 진정을 알게 되어 안도의 한숨을 내쉬는 경우도 있지만, 또 한편으로는 그런 친구와 알게 된 것을 두려움으로 생각하는 경우도 있을 것이다.

에크베르트가 친구인 바르터와 아내인 베르타와, 어느 안개가 짙게 낀 저녁 무렵, 난로를 사이에 두고 둘러앉아 있었을 때, 계절은 이미 가을로 접어들어 있었다. 불꽃은 방안을 밝게 비춰주고 있었고, 천장에서 반짝이며 반사하고 있었다. 어둠이 창문을 기웃거리고 있었고 문밖의 나무들은 습한 냉기(冷氣)로 몸을 떨고 있었다.

바르터가 이제부터 돌아가야 할 길이 멀다며 탄식을 하자, 에크베르트는 자기집에서 밤이 깊어질 때까지 즐겁게 이야기를 하다가 자기와 한방에서 날이 샐 때까지 자고 가라고 권했으며 바르터는 이를 승낙했다.

그래서 와인과 식사를 내왔고 난로에는 장작을 듬뿍 넣었으며 두 친구는 이야기를 계속했는데 그러는 동안에 기분이 좋아졌고 더욱 친밀해져 갔다.

식사가 끝나고 하인들이 나가자 에크베르트가 친구의 손을 잡으며,

"저어 자네 말일세, 내 아내의 젊었을 때 이야기 좀 들어보지 않으려나? 실로 재미있을 것 같은데……."

라고 말했다.

"좋아, 기꺼이 들어보겠네."

바르터는 흔쾌히 대답했고 세 사람은 다시 난롯가에 앉았다.

마침 한밤중이 되었을 때인데 달이 바람에 흘러가는 구름 사이로 이따금 얼굴을 내밀었다.

"정도가 지나친 여자란 생각은 하지 마시기 바랍니다."

라고 전제한 베르타는 이야기를 하기 시작했다.

"남편은 바르터씨는 고결한 인품을 지닌 분이시므로 무엇이든지 숨기는 짓은 안좋다고 늘 말해 왔습니다. 단, 지금부터 내가 하는 이야기가 아무리 기묘하게 들리더라도 꾸민 이야기라고 생각하지는 말아 주십시오."

나는 어느 시골 마을에서 태어났습니다. 아버지는 양치기였습니다. 집안 살림은 몹시 어려웠지요. 그래서 어떻게 하면 그날의 빵을 먹을 수 있게 되는지 모를 때가 흔히 있었습니다. 그러나 그런 일보다 더 내 마음을 슬프게 만든 것은 아버지와 어머니가 가난 때문에 툭하면 싸움을 하고, 상대방을 심하게 비난하는 일이었습니다.

그런데다가 나는 언제나,

"너는 그따위 일도 제대로 해내지 못하는 천치 바보야!"

라는 욕을 먹어야 했습니다. 사실 나는 재주가 없는 처지로서 손에

들고 있는 것을 툭하면 떨어뜨렸고, 길쌈이나 바느질도 배우지를 못했는데, 어쨌든 집안 살림을 제대로 돕는 일이라고는 무엇 한 가지 없었습니다. 그래도 부모가 살림에 쪼들리고 있다는 것은 너무나 잘 알고 있었습니다.

그럴 때 나는 곧잘 방 귀퉁이에 앉아서, 돌연 부자가 된다면 어떤 방법으로 부모님을 도와드릴까, 금화(金貨)와 은화(銀貨)를 듬뿍 드리어 두 분이 깜짝 놀라는 것을 보고는 기분이 좋아지는 것을 열심히 생각하고 있었습니다.

그러면 지하(地下)의 보물을 가르쳐 주기도 하고, 보석으로 변하는 자갈을 주기도 하고, 요정(妖精)이 훨훨 날아오는 것이 보이는 것이었습니다.

즉, 나는 일어나서 뭔가 심부름을 한다든가 물건을 운반해야 하는 때에 이런 터무니도 없는 공상에 빠져 있었던 것이지요. 그러니 점점 더 하는 짓은 어색해지고 마는 것이었습니다. 머리가 그런 기묘하기 짝이 없는 공상으로 어지러워졌기 때문입니다.

아버지는 내가 집안에서 아무 도움도 안되는 존재요, 짐만 되는 존재라며 언제나 화를 냈습니다. 그래서 때로는 아버지로부터 무섭게 혼이 나는 일은 있었어도 아버지에게서 부드러운 말을 들은 적은 거의 없었던 것입니다.

이렇게 해서 여덟 살 가까이 되었을 때, 아버지는 나에게 무엇을 시킬 것인지, 무엇을 가르치면 좋을지를 진지하게 생각하는 것 같았습니다. 내가 아무 일도 하지 않고 허송세월만 하는 것은 게으름뱅이요, 제멋대로 굴려는 것이라고 아버지는 생각했던 것입니다.

그야 어쨌든 아버지는 나에게 입에 담지 못할 욕설을 해댔습니다. 그래도 효과가 전혀 없자 이번에는 무서운 징벌을 가하는데 그때마다,

"너 같은 것은 곡식이나 축내는 바보이니까 앞으로는 날마다 이런 징벌을 가하겠다."
라고 위협하는 것이었습니다.

나는 밤새도록 엉엉 울었습니다. 나 자신이 아무 쓸모도 없는 인간으로 취급당하고 있으니 나와 내 몸둥이가 가련하다는 생각이 들었고 마침내는 죽어 버려야겠다는 생각을 하기에 이르렀습니다. 밤이 새는 것이 두려웠고 어떻게 해야 좋을지 몰랐습니다.

이런저런 솜씨가 몸에 익었으면 얼마나 좋을까 하는 생각이 들자, 나는 왜 다른 아이들에 비하여 이처럼 어리석은 것인지 그 이유를 알 수 없었습니다. 그래서 거의 절망적인 상태가 되고 말았지요.

밤이 새기 시작했을 때 나는 일어나서, 거의 무의식인 가운데 부모와 함께 살고 있던 오두막집 문을 열었습니다. 그리고 광활한 들판으로 나왔으며 이윽고 아직 햇빛이 들지 아니한 숲속으로 들어갔습니다. 뒤를 돌아다보지도 않으면서 무작정 걸어갔는데 그랬건만도 피로한 줄을 전혀 몰랐습니다.

왜냐하면 이정도의 괴로움은, 아버지가 쫓아와서 나를 잡아가고, 도망 나간 벌까지 아버지에게서 받는 것에 비하면 아무것도 아니라고 생각했기 때문입니다.

다시 숲속에서 나왔을 때, 태양은 꽤 높이 떠올라 있었고 눈앞에는 짙은 안개가 끼어 있는데 그 안개에 싸여 있는 것 — 뭔지 시커먼 물체가 누워 있는 것 같은 것이 보였습니다.

나는 그것을 피해 가기 위해 언덕을 넘고 바위틈을 돌아나가는 길로 걸어가지 않을 수 없었습니다. 그러다가 틀림없이 가까운 산속에 내가 와있을 것으로 생각되었을 때, 나는 나 혼자 있다는 것이 돌연 무서워졌습니다.

그도 그럴 것이 나는 평야에서 자랐었기 때문에 아직 산을 본

적이 없고, 사람들로부터 산이란 말을 듣기는 했지만 내 어린 귀에
는 그말이 굉장히 무섭게만 들렸었으니 말입니다. 그러나 다시 돌
아갈 용기도 없어서, 불안감에 싸인 채 그저 앞으로 앞으로 걸어나
갔습니다.

바람이 머리 위로 쭉 뻗어 올라간 나무들 사이를 스쳐 지나갈 적
마다, 또는 아침의 정적을 깨고 나무를 벌채(伐採)하는 소리가 울려
퍼질 때마다 나는 기겁을 하며 주변을 살폈던 것입니다.

그러는 동안에 어찌어찌하여 숯을 굽는 아저씨를 만났고, 그 아저
씨가 이상야릇한 이야기를 했을 때는 그만 어찌나 놀랐던지 실신을
할 뻔했습니다.

배가 고프고 갈증이 심하여 구걸을 하면서 몇몇 마을을 지나갔습
니다. 사람들이 무슨 사정이 있어서 이렇게 어린 것이 혼자 다니느
냐고 물어올 때마다 용케도 적당히 대답을 하면서 빠져나올 수가
있었습니다.

이렇게 해서 4일쯤 걷다가 어느 작은 길로 접어들었습니다. 그
때문에 큰 길에서는 점점 멀어졌고 인근에 있는 바위 덩어리들은
지금까지 보아왔던 것과는 그 모양이 완전히 달랐습니다. 첩첩이
쌓여진 단애(斷崖)로서 돌풍이라도 부는 날에는 우르르 무너져 내
릴 것만 같은 그런 바위가 — 높은 산에까지 까마득하게 박혀 있
었습니다.

이대로 더 나아가도 되는 것인지 어쩐지 알 수가 없었습니다. 나
는 그때까지는 숲속에서 잠을 자든가 아니면 사람이 사는 동네에서
상당히 떨어져 있는 양치기의 오두막에 들어가 잠을 잤습니다. 마침
1년 중 제일 좋은 때였기 때문입니다.

그러나 이제 이근처에까지 와보니 인가(人家)라고는 한 채도 구
경할 수가 없었습니다. 이처럼 험한 곳에서 인가를 만나리라고는 도

저히 기대할 수 없었습니다. 바위는 점점 더 험하여 무서워졌으며, 이따금 현기증이 날 것 같은 심연(深淵) 바로 옆을 지나가지 않으면 안되는 때도 있었습니다.

그러다가는 길이 완전히 없어지는 수도 있어서 나는 절망한 나머지 엉엉 울기도 했습니다. 그러한 소리가 계곡의 절벽에서 산울림이 되어 무서운 소리로 되돌아오는 것이었습니다.

드디어 또 밤이 되었으므로 나는 이끼가 나있는 장소를 찾아가 그곳에서 쉬기로 했습니다. 그날 밤은 잠을 못 이루었는데 그것은 여러 가지 기묘한 소리가 들려왔기 때문입니다.

야수(野獸)가 짖는 소리 같기도 하고, 바위 사이를 스쳐 지나가는 바람의 비명(悲鳴) 같기도 하고, 또는 아주 진귀한 새가 우는 소리 같기도 했습니다. 나는 하느님께 기도를 했고, 새벽녘이 되어서야 겨우 잠이 들 수가 있었습니다.

얼굴에 햇빛이 쏟아질 때, 나는 눈을 떴습니다. 눈앞에는 험준한 바위들이 치솟아 있었습니다. 그곳에 올라가면 이 거친 땅에서 벗어날 수 있는 길이 있을 것 같았고, 또 어쩌면 인가(人家)가 있든지, 사람의 모습이 있을지도 모른다는 희망을 가지고 나는 그 바위를 기어올라갔습니다.

그러나 정상(頂上)에 올라가 보니 시야(視野)에 들어오는 것은 모두 똑같았고 모두가 안개와 같은 것으로 싸여져 있었습니다. 어둠 침침하게 흐린 날이었습니다. 그래서 나무도, 목초지(牧草地)도, 숲도, 눈에 들어오지 않았고, 보이는 것은 바위틈에 쓸쓸하고 슬프게 나있는 몇그루의 관목(灌木)뿐이었습니다.

나중에는 무서워지고, 그 사람으로부터 도망을 치는 한이 있더라도, 어쨌든 사람의 얼굴이 보고 싶을 만큼 인간이 그리워졌습니다. 그와 동시에 괴로울 만큼 배가 고파서 어쩔 수가 없었습니다. 나는 쪼그리고 앉아서 죽을 각오를 했습니다.

그러나 조금 지나니 살아야 한다는 마음 쪽이 이기는 바람에 나는 벌떡 일어났고 눈물을 흘렸습니다. 그리고 탄식을 하면서 온종일 걸었습니다. 나중에는 거의 의식조차 없을 만큼 지쳐서 더 이상 살고 싶지 않다는 생각을 하면서도 역시 죽기는 싫었던 것입니다.

저녁때가 되자 주변의 풍경이 다소 편안해지면서 생각하는 힘과 희망이 되살아났으며, 살아야겠다는 마음이 몸속의 혈관을 타고 온몸에 퍼지는 것 같았습니다. 멀리서 물레방아 돌아가는 소리가 들려오는 것 같았습니다. 나는 걸음을 재촉하여 마침내 거친 바위산의 끝에까지 갔는데 그때는 실로 안도의 마음으로 가슴을 쓸어내릴 수 있었습니다.

멀리 아름다운 산을 배경으로 하여 숲과 목초지가 펼쳐져 있었습니다. 이제는 마치 지옥에서 천국에 온 기분이었습니다. 나는 그누구에게도 기댈 데가 없는 홀몸이었지만 이제는 그런 점 때문에 무섭지는 않았습니다.

그런데 그곳에까지 막상 가보니, 있을 것으로 짐작했던 물레방앗간은 없고 폭포가 있을 뿐이었습니다. 내가 크게 실망했던 것은 두말할 나위도 없습니다.

내가 산골짜기를 흐르는 시냇물 앞에 가서 두 손으로 물 한 모금을 떠서 마셨을 때 돌연 다소 떨어진 곳에서 가벼운 기침 소리가 들려오는 것 같았습니다. 일찍이 이처럼 기쁜 일이 나에게는 있지 않았습니다.

가까이 찾아가 보니 숲 가장자리에서 휴식을 취하고 있는 것 같은 노파의 모습이 보였습니다. 온몸에 검은 옷을 걸치고 머리와 얼굴의 대부분을 검은 천으로 가리고 있었는데 손에는 목발을 들고 있었습니다.

나는 다가가서 도와달라고 부탁했습니다. 그러자 노파는 자기 곁에 나를 앉히고 빵과 포도주를 조금 나누어 주었습니다. 내가 그것을 먹는 동안 노파는 찬송가를 부르고 있었는데 노래를 다 부른 다음 나에게 따라오라고 말했습니다.

그 목소리와 사람 됨됨이가 어쩐지 기묘하다는 생각이 들었지만 나는 노파의 말이 여간 고맙고 기쁜 것이 아니었습니다. 노파는 목발을 짚고 있는데도 불구하고 상당히 빠른 걸음으로 걸었습니다.

노파는 한 발짝 떼어놓을 때마다 얼굴을 일그러뜨렸기 때문에 그 모습을 보고 처음에는 웃지 않을 수 없었습니다. 그 거칠은 바위들은 점점 멀어져 가고 있었고, 우리는 평온한 목초지를 넘고 꽤 큰 숲을 지나갔는데 그때 마침 해가 지고 있었습니다.

그때 본 석양의 경치와 그것을 보는 기분을 나는 평생을 두고 잊지 못할 것 같습니다. 모든 것이 부드러운 적색(赤色)과 금색(金色)에 녹아들어 있고 나무들은 저녁 노을 속에서 그 우듬지를 솟구치고 있었습니다. 밭 위에는 보는 이를 황홀하게 만드는 빛이 감돌고 있었고, 숲과 나뭇잎은 움직이지 않았으며, 맑게 갠 하늘은 마치 천국처럼 보였습니다.

또 샘에서 졸졸 흘러나오는 물소리가 아름다운가 하면 나무들이 웅성거리는 소리가 이따금 침묵을 깨면서 ─ 우수(憂愁)를 담은 환희를 주는 것처럼 들려왔습니다.

나이 어린 나는 그때 처음, 이세상이란 것과 그곳에서 일어나는 사건을 희미하게나마 깨달을 수 있었습니다. 나는 나 자신에 대해서도, 그리고 안내해 주는 노파에 대해서도 모든 것을 다 잊고 있었으며, 마음도 눈도 단지 금색 구름 속을 헤매고 있었습니다.

우리는 자작나무가 잔뜩 나있는 언덕을 오르고 있었는데 그 정상(頂上)에서는, 자작나무가 가득 들어서 있는 녹색 골짜기가 보였습

니다. 그 골짜기 한가운데에 오두막이 한 채 있었고 기운차게,
  "멍! 멍!"
하고 짖어대는 개소리가 들리는가 했더니 한 마리의 약삭빠른 작은
개가 노파에게 덤벼들면서 꼬리를 흔들어댔습니다. 그런 다음 개는
나에게로 와서 빙빙 돌며 나를 뜯어보았고 다시 노파에게로 가는
것이었습니다.

　우리가 언덕에서 내려가자 새가 부르고 있는 것 같은 이상한 노
랫소리가 오두막 안에서 들려오는 것이었습니다.

　　　숲속의 침묵이여
　　　그것은 나의 환희
　　　오늘도 그리고 내일도
　　　영원히
　　　오오! 나의 환희
　　　숲속의 침묵이여.

　이 짧은 시구(詩句)가 끊임없이 계속되고 있었습니다. 이 노래를
들었을 때의 느낌을 말하라고 한다면, 멀리 멀어져 있는 곳에서 프
렌치호른과 샤르마이(木管樂器의 일종)가 어우러지면서 내는 소리
와 같았다고 말씀드릴 수 있겠습니다.

　내 호기심은 이상할 만큼 발동해서 노파의 지시를 기다리지도 않
은 채 오두막 안으로 들어갔습니다. 이미 어두워지고 있을 때였습니
다. 모든 것이 제자리에 깨끗이 정돈되어 있는데 두어 개의 술잔이
벽쪽에 있는 찬장 속에 있었고 테이블 위에는 이상한 용기(容器)가
놓여 있었습니다.

　창가에 있는 ─ 반짝반짝 빛이 나는 새장 속에 한 마리의 새가

들어 있었는데 이 새가 바로 그 노래를 불렀던 새였습니다. 노파는 계속해서 기침을 하고 헐떡이었는데 멎을 것 같지 않았습니다. 노파는 개를 쓰다듬어 주기도 하고 새와 이야기를 나누기도 했습니다. 새는 노래만 하는 것이 아니라 대답도 하는 것이었습니다.

그건 그렇다 치고, 노파는 나 따위가 옆에 있다는 것은 전혀 의식하지 않고 행동을 하는 것이었습니다. 그런 노파를 보고 있노라니 이따금 등줄기가 오싹하기도 했습니다.

왜냐하면 그 얼굴이 일각(一刻)도 쉬지 않고 계속해서 변화했기 때문입니다. 그런데다가 나이가 많아서인지 머리를 쉴새없이 흔들어 대고 있었기 때문에 그 진짜 얼굴 모양은 도저히 알아낼 수가 없었습니다.

노파는 가까스로 기운을 되찾자 불을 켜고 작은 테이블에 테이블보를 깔더니 저녁 식사를 준비했습니다. 그리고 나를 돌아다보더니 등나무 의자에 앉으라고 권했습니다. 나는 불을 가운데에 두고 노파의 바로 앞에 앉았습니다.

노파는 뼈만 앙상한 두 손을 모으고 큰 소리로 기도를 드렸습니다. 그때 또 얼굴을 일그러뜨렸으므로 나는, 그만 웃음을 터뜨릴 뻔했습니다. 그러나 노파를 화나게 해서는 안되겠기에 나오는 웃음을 꾹 참고 있었습니다.

저녁 식사가 끝나자 노파는 다시 기도를 드렸고, 나에게 천장이 낮은 좁다란 방에 놓여져 있는 침대에서 자라고 말한 다음 자기는 자기방에 가서 잤습니다.

나는 잠시 후 꾸벅꾸벅 졸다가 잠이 들었는데 밤중에 두어 차례 눈을 떴습니다만, 노파는 기침을 하면서 개와 대화하고 있는 소리가 들리는 것이었습니다. 또 비몽사몽간에 노래하는 새의 노랫소리도 들려왔습니다.

그 소리가 창문 앞에서 웅성거리고 서있는 자작나무들과, 멀리서 울고 있는 나이팅게일의 소리와 절묘하게 조화되면서 들려왔습니다. 그래서 나는 자신이 눈을 뜨고 있는 것이 아니라 또 하나의 기묘한 꿈속에 빠져들어 있다는 생각이 들었습니다.

아침이 되자 노파는 나를 일으켰고 곧바로 일을 하라고 명했습니다. 길쌈을 하라고 시켰는데 나는 곧 그 요령을 익혔습니다. 그밖에 개와 새를 돌보아 주어야 했습니다. 나는 점차 집안 살림에 익숙해졌는데 신변 잡사는 무엇이든지 잘 해낼 수 있게 되었습니다.

그런데 그것이 당연한 일로 생각되었을 뿐 아니라, 노파가 이상한 사람이란 점, 이집이 또한 이상한 느낌을 준다는 점, 찾아오는 사람이 한 명도 없다는 점, 새에게도 이상한 면이 있다는 점 등은 전혀 생각도 하지 않게 되었습니다.

분명 새의 그 아름다움은 언제 보더라도 황홀할 정도였습니다. 깃털이 가지각색으로 빛이 나는데 목과 배는 더욱 아름다운 연한 파란색과 불타는 것 같은 빨간색이 섞여 있었고 노래를 부를 때에는 자랑스럽게 가슴을 펴는데 그 털이 한층 더 예뻤습니다.

노파는 자주 외출을 하는데 저녁때가 되어서야 돌아오는 것이었습니다. 그럴 때면 개와 함께 마중나갔는데 노파는 나를 가리켜,

"내 딸아, 귀여운 내 딸아."

라고 불러 주는 것이었습니다. 그래서 나는 마침내 노파를 사랑하기에 이르렀습니다. 사람의 마음이란 것은 — 특히 어린아이일 때에는 무엇에든지 쉽게 길들여지고 익숙해지게 마련입니다.

밤이 되면 노파는 책읽는 것을 가르쳐 주었는데 나는 아주 수월하게 그것을 배웠습니다. 이 독서라는 버릇은 그후 혼자 있게 되었을 때에 더없는 즐거움이 되었습니다. 노파는 이상하고 재미있는 이야기가 실려 있는 옛날 책의 사본을 여러 권이나 가지고 있었기 때

문입니다.

당시의 생활을 더듬어 보면 지금도 기묘한 생각이 듭니다. 찾아오는 사람은 한 사람도 없어서 언제나 이렇게 얼마 안되는 가족들만 살았었기 때문입니다.

얼마 안되는 가족이라고 말한 것은 개도, 그리고 새도, 옛날부터 친하게 지내온 친구라고 나는 느꼈기 때문이지요. 그러나 그당시에는 늘 불렀었던 그 개의 이상한 이름은, 지금 아무리 기억을 떠올리려고 해도 생각이 나질 않습니다.

4년 동안 노파와 함께 이런 생활을 했습니다. 마침내 그 노파가 나를 완전히 신용하고 어떤 비밀을 털어놓았을 때, 나는 열두 살쯤 되었던 것으로 기억합니다. 그 비밀이란 그 새가 매일같이, 진주라든가 보석이 들어 있는 알을 한 개씩 낳는다는 것이었습니다.

그때까지 노파가 소중히 새장 속에 넣고 새를 길러왔었고, 남몰래 새장 속에 손을 집어넣곤 하는 것을 눈치채고 있었지만 그이상의 것을 나는 알지 못했었습니다.

나는 노파가 집을 비울 때에는 그 알을 꺼내어 어떤 이상한 용기(容器)에 조심조심 넣고 보관하는 일을 위임받게 되었습니다. 그때부터 노파는 식량을 넉넉히 마련해 두고는 몇주일, 혹은 몇달씩이나 집을 비우게 되었습니다.

그럴 때면 실을 뽑는 물레는 윙윙 소리를 내었고, 개는 짖었으며, 이상한 새는 노래를 불렀는데 주변은 조용했습니다. 그 시절에는 한 차례도 폭풍이라든가 뇌우(雷雨)를 만난 기억이 없습니다.

그 일대에서 길을 잃고 찾아오는 사람은 없었고 또 우리가 살던 오두막 가까이에 올 사람도 없어서 나는 만족하며 다음날도, 또 그 다음날도 열심히 일을 할 수 있었습니다 — 인간 중에 만약 한평생을 아무런 방해도 받지 않고 이렇게 마지막 날까지 살아갈 수 있다면 얼마나 행복할까요.

나는 내가 읽은 얼마 안되는 책을 통하여 세상과 인간에 대하여 아주 이상한 관념을 창출해 냈습니다. 즉 모든 일을 나와 내 동료에게 적용시키어 생각했던 것이지요. 유쾌한 인간이란 조그마한 스피츠(개의 품종 중 하나)라고 생각했고, 멋쟁이 숙녀란 우리집 새와 같은 것이라고 생각했으며, 나이 지긋한 부인이라면 우리집의 그 이상한 노파일 것으로 생각했던 것입니다.

연애에 대한 이야기도 그책에서 몇가지인가 읽었는데 공상을 하며 기묘한 이야기를 만들어 가지고 놀았습니다. 즉 세상에서 제일 멋진 기사(騎士)를 생각해 냈고, 모든 장점으로 그 기사를 장식시키는 것이었습니다.

그러나 실제로는 그 기사가 어떤 풍채를 가진 인물인지 전혀 알지 못했던 것입니다. 하지만 기사가 내 사랑을 받아주지 않는다면 자기자신이 가련해지기 때문에, 그 기사의 마음을 끌기 위해, 가슴 속에서, 혹은 목소리를 내어 상대방의 마음을 움직이게 만드는 말을 계속 중얼거렸던 것입니다 —.

아니, 웃고 계시네요. 그것도 무리는 아닙니다. 우리는 모두 젊은 시절에는 특히 과장된 행동을 하게 마련이니까요.

이렇게 되니 이제 혼자 있는 것이 좋아졌습니다. 내 자신이 집주인이 되기 때문이지요. 개는 나를 잘 따라주었는데 그래서 내가 원하는 일이면 무엇이든지 해주었습니다. 새는 무슨 질문에도 예의 노래로 대답해 주었고, 물레는 점점 더 위세가 좋아졌으며, 나도 마음 속으로는 이 환경을 바꾸고 싶은 생각은 조금도 없었습니다.

노파는 오랫동안 나가 있다가 돌아오면 내가 그동안 일을 잘 처리했다면서 칭찬해 주었고 내가 이집에 온 이후로 살림이 늘었다며 좋아했습니다. 그리고 내가 자라났고 건강하게 보이는 것을 여간 기뻐하는 것이 아니었습니다. 즉 노파는 나를 마치 자기의 친딸처럼 귀여워해 주었던 것입니다.

"너는 참 정직한 아이로구나."

어떤 때 노파는 이런 말도 하는 것이었습니다.

"장래에도 그런 식으로 살아간다면 틀림없이 행복해질 것이다. 하지만 정도(正道)에서 벗어나는 일이 있는 날에는 행복을 보장할 수가 없어. 비록 그당장에 보복을 받지 않더라도 언젠가는 반드시 벌을 받게 된다."

나는 노파가 한 이말에 그다지 관심을 가지지 않았고 또 주의도 하지 않았습니다. 왜냐하면 나는 몸도 마음도 슬슬 활발하게 움직였기 때문입니다.

밤이 되자 그 노파의 말이 생각났지만 그것이 무엇을 뜻하는 것인지 알 수가 없었습니다. 한마디 한마디 곱씹어 보았으나 오로지 책에서 부(富)와 재산 등에 대해서 읽었던 것만 생각이 나고, 그래서 노파의 진주라든가 보석은 틀림없이 귀중한 것이란 것만 깨달아지는 것이었습니다.

이런 생각은 어느새 내 마음속에서 굳어져 버렸습니다. 그러나 정도(正道)란 도대체 무엇을 의미하는 것일까? 이말의 의미는 아무래도 알 수가 없었습니다.

나는 이제 열네 살이 되었습니다. 인간이 지식을 몸에 익히게 되면 반드시 영혼의 순결을 잃게 되는데, 그것은 아주 불행한 일입니다. 이런 말을 내가 하는 것은 노파가 집을 비운 사이에 그 새와 보석을 훔쳐가지고, 책에서 본 세상으로 도망친다는 것은 내 결심 하나에 달려 있다는 것을 알았던 것입니다.

어쩌면 죽어도 잊지 못하게 될 멋쟁이 기사(騎士)와 만나게 될는지도 모를 일이 아니겠습니까.

처음 얼마동안은 이런 생각도 다른 어떤 생각과 조금도 다를 바가 없었습니다. 그러다 물레 앞에 앉을 때마다 그 생각이 자꾸만 떠올라서 그 생각만 하게 되었고, 마침내는 그 생각에 사로잡혀 있게 되었습니다.

그러다가는 내가 아름다운 옷을 입고, 기사라든가 왕자(王子)들에게 둘러싸여 있는 장면을 공상하는 것이었습니다. 그러다가 그만 자아(自我)를 잊고 말았으며, 다시 눈을 뜨고는 나 자신이 보잘것없는 오두막 속에 있다는 것을 깨닫자 슬퍼졌습니다.

그야 어쨌든 노파는 내가 맡은 일만 하고 있으면 그 이상의 것은 조금도 신경을 쓰지 않았습니다.

어느 날, 노파는 또 외출을 하였는데 이번에는 평소보다도 더 오래 있다가 돌아올 것이라면서,

"그동안 정신을 바짝 차리고 있거라. 무료하게 시간을 보내는 일이 없도록 하고……."

라고 충고를 했습니다. 나는 어쩐지 불안한 마음으로 작별했습니다. 그 노파와 이제 다시 못 만날 것 같은 생각이 들었던 것입니다. 나는 한참동안 서서 노파를 배웅했는데 내가 왜 그처럼 불안한 생각이 드는 것인지 알 수가 없었습니다. 어떤 계획인지는 나 자신도 분명히 알 수는 없었지만 그 계획의 실행이 목전에 다가와 있는 것같이 생각되었던 것입니다.

개와 새를 돌봐주는 일에, 일찍이 없었을 정도로 정성을 기울였습니다. 개도, 새도, 평소보다 훨씬 더 귀엽게 생각되었기 때문입니다. 내가 새와 함께 이 오두막을 빠져나와서 이른바 세상을 찾아가려고 마음속에 굳게 작정을 한 것은 노파가 외출한 지 며칠이 지나서였습니다.

그렇게 결심을 하자 가슴을 에는 듯 괴로웠고, 이곳에 그냥 남아

있는 편이 좋겠다는 생각이 들었습니다. 그러나 잠시 후에 생각을 해보니 그것은 역시 싫었습니다. 내 마음속에서는 마침 사이가 나쁜 두 요정(妖精)이 싸우는 것 같은 기묘한 전쟁이 일어나고 있었습니다.

어느 때에는 조용하고 고독한 생활이 좋을 것 같기도 했는데, 다음 순간에는 수없이 재미있는 것을 가지고 있는 새로운 세계를 상상하는 데 열을 올리고 있었습니다.

나는 도대체 어떻게 해야 좋을지 알 수가 없었습니다. 개는 쉴새 없이 날뛰며 덤벼들었고, 태양은 들판을 따갑게 비추고 있었으며, 녹색의 자작나무는 반짝반짝 빛을 발하고 있었습니다.

나는 뭔가 서두르지 않으면 안되겠다는 마음에 사로잡히고 말았습니다. 그래서 작은 개를 붙잡아다가 방안에 묶어놓고, 새가 들어 있는 새장을 떼어 옆구리에 끼었습니다.

개는 계속해서 짖어댔습니다. 지금까지는 한번도 당해보지 않았던 이 부당한 취급에 항의하면서 깽깽대며 울었습니다. 그리고 애원하는 듯한 눈초리로 나를 바라보았지만 나는 이 개를 데리고 가는 것이 두려웠습니다. 그런 다음 나는 보석이 들어 있는 용기를 한 개만 꺼내어 품속에 간직했는데 다른 용기는 그대로 두었습니다.

내가 새장을 옆구리에 끼고 문밖으로 나오려 할 때 새는 기묘하게 머리를 뒤쪽으로 비틀어서 젖혔고, 개는 필사적으로 따라오려고 했는데 아무래도 오두막 속에 남아있지 않으면 안되었습니다.

그 험준한 바위투성이의 산 쪽으로 가는 길을 피하여 그 반대쪽 길을 택했습니다. 개는 짖어대고 계속 울어댔으므로 가엾다는 생각이 들었습니다. 새는 몇번인가 울 듯했는데, 나에게 들려서 가게 된 것이 기분 나빴던지 한 번도 울지 않았습니다.

나는 계속해서 걸었습니다. 그러는 사이에 개가 짖는 소리는 점점 약해져 갔고 마침내는 들리지 않게 되었습니다. 나도 너무 슬퍼서 그만 울고 말았는데 조금만 더 지체하다가는 되돌아갈 뻔했습니다. 그러나 새로운 것을 보고 싶다는 동경(憧憬)의 마음은 나를 앞으로 앞으로 걸어가게 만들었던 것입니다.

몇개의 산과 숲을 지날 무렵 해는 졌고, 그래서 어떤 마을에서 묵어야만 했습니다. 여관에 들어갔을 때의 나는 매우 떨고 있었습니다. 그래도 나는 방과 침대를 얻을 수 있었는데 노파에게 혼이 나는 꿈을 꾸었습니다. 하지만 생각했던 것보다 편안하게 잠을 잘 수 있었습니다.

여행은 비교적 단조로웠는데 가면 갈수록 노파와 작은 개 때문에 불안했습니다. 개는 나에게서 먹이를 얻어먹지 못할 것이니 굶어 죽을는지도 모르고, 숲속에서 — 저쪽에서는 노파가 갑자기 나타나서 나에게로 걸어오는 것 같았습니다. 그래서 나는 눈물을 흘리고 한숨을 내쉬면서 걸어나갔습니다.

잠시 쉬기 위해 새장을 땅 위에 내려놓을 때마다 새는 예(例)의 이상한 노래를 불렀고, 나는 그것을 들으며 버리고 온 그 아름다운 장소를 또렷하게 떠올렸습니다. 인간의 본성은 망각을 잘하게 마련인데 그곳으로 갈 때 — 즉 더 어렸을 때의 여행은 현재의 여행만큼 슬프지 않았을 것이란 생각이 들었고, 그래서 그시절의 경우로 돌아가고 싶다는 생각이 들었습니다.

보석을 두어 개, 팔아가지고 그돈으로 며칠씩이나 여행을 계속하여, 어느 마을에 도착했는데 그 마을에 들어갈 때부터 어쩐지 이상한 기분이 들어 섬뜩해지는 경우도 있었습니다만 그 이유가 무엇인지 알 수 없었습니다. 그러나 잠시 후에는 그 이유를 알 수 있었습니다.

그곳은 내가 태어난 마을이었던 것입니다. 나는 얼마나 놀랐는지 모릅니다. 여러 가지의 체험을 했던 일들을 떠올리면서 어찌나 기뻤던지 눈물이 뺨에 주르르 흘러내렸습니다.

마을의 모습은 완전히 바뀌어 있었습니다. 새 집이 들어섰는가 하면 옛날에 새 집이었던 것이 낡은 집으로 변하여 있었습니다. 또 불이 난 집의 흔적도 있었구요.

모든 것이 생각하고 있던 것보다 그 규모가 작았습니다. 오랜 세월이 흐른 지금에 와서야 부모님과 다시 만나게 되었으니 말로 표현할 수 없는 기쁨이었습니다. 내가 살던 오두막이 눈에 들어왔습니다. 그리웠던 우리집, 대문의 손잡이는 조금도 변하지 않았고 — 나는 어제 내 손으로 이 문을 닫은 — 그런 생각이 들었습니다.

내 심장은 마구 두근거렸습니다. 나는 서둘러 문을 열었습니다 — 그런데 집안에는 낯선 사람들이 앉아 있었고, 나를 노려보는 것이었습니다.

"저어, 양치기 마틴을 모르십니까? 우리 아버지, 마틴을요?"

내가 묻자 아버지는 이미 3년 전에 세상을 떠났고, 어머니도 함께 세상을 떠났다는 것이었습니다. 나는 얼른 발길을 돌렸고 큰 소리로 울면서 그 마을을 떠나고 말았습니다.

나는 부자가 된 것을 부모님께 보여주고, 부모님이 깜짝 놀라는 것을 즐기는 공상을 하고 있었던 것입니다. 기괴한 우연에 의해, 어렸을 때, 꿈꾸던 일이 현실로 나타나 있었던 것입니다.

그러나, 이제 와서는 모든 일이 헛되고 헛되며, — 부모님과 기쁨을 나눈다는 것은 불가능해졌고, 내가 인생에서 제일 강력하게 소망했던 일이 이제는 영원히 이루어질 수 없게 되었습니다.

나는 어느 안락해 보이는 마을에 가서 정원이 아담한 작은 집을 장만하고 하녀를 한 명 고용했습니다. 세상은 상상했던 것보다 좋은 곳이 아니라는 생각이 들었습니다. 그렇지만 노파와 그 오두막에서 살던 시절의 일은 어느 정도 잊어버렸으며 그런대로 만족스런 생활을 영위해 나갔습니다.

새는 벌써 훨씬 이전부터 울지 않고 있었으므로, 어느 날 밤에 그 새가 갑자기 울었을 때는 적지않게 놀랐습니다. 더구나 이번에는 이전과 다른 가사로 노래부르고 있었던 것입니다.

숲속의 침묵이여
아주 멀리 떨어졌구나
오오, 어느 날인가
그대는 후회할 것이다
아아, 기복이 심한 환희로다
숲속의 침묵이여.

나는 그날 밤, 잠을 한숨도 못잤습니다. 갖가지 생각이 떠올랐고 너무나 나쁜 짓을 했다는 생각을 했습니다. 아침에 일어났을 때 나는 새를 바라보기 싫었습니다. 새는 계속해서 나를 바라보고 있었는데 그 존재만으로도 불안하게 되었습니다.

이제는 노래를 그치려고 하지 않았으며 지금까지 불렀던 것보다 더욱 큰 소리로 울어대는 것이었습니다.

그런 새를 보면 볼수록 불안해졌던 나는 마침내 새장을 열고 손을 집어넣어 새의 목을 잡자 손가락에 힘을 주면서 꽉 죄었습니다. 새는 애원을 하는 듯 나를 쳐다보았으므로 나는 손을 떼고 말았는데 이미 새는 죽은 다음이었습니다. 그래서 죽은 새를 정원에 묻어버렸습니다.

이제는 고용한 하녀에게까지도 이따금 공포감을 느끼게 되었습니다. 자신이 한 행동을 되돌아보면 장차 그 하녀가 내 물건을 훔쳐간다든가 나를 죽일는지도 모른다는 생각이 들었습니다.

한편 나는 훨씬 이전부터 한 젊은 기사(騎士)와 알게 되었고 그 기사를 좋아하게 되었는데, 그 기사가 청혼을 했을 때 나는 쾌히 승낙했습니다 — 바르터씨, 내 이야기는 이것으로 끝입니다.

"자네에게 옛날의 내 아내에 대한 이야기를 들려주고 싶었어."
에크베르트가 아내의 말을 받아 얼른 말했다.
"그 젊음과 아름다움을, 그리고 외로운 환경 속에서 자라난 일이 얼마나 멋진 매력을 그녀에게 주고 있는지를 — . 그녀는 나에게 있어 아주 기적처럼 생각되었다네.

그래서 나는 홀딱 반하고 만 것이지. 나에게는 재산이 없었어. 그러나 그녀의 사랑에 의해 나는 이처럼 유복한 신분이 되었으며, 우리 두 사람은 이곳으로 이사와서 살게 되었다네. 우리는 한순간도 결혼한 것을 후회한 적이 없어."
"이야기를 하는 사이에……."
베르타가 말했다.
"벌써 밤이 깊었습니다. 어서 자야겠네요."
그녀는 일어서서 자기방으로 돌아가려 했다. 바르터는 그녀의 손에 키스를 하면서,
"편히 쉬십시오"
라고 인사를 한 다음,
"부인, 이야기를 들려주셔서 대단히 고맙습니다. 그 기묘한 새와 부인의 모습이, 그리고 작은 개 슈토로미안에게 먹이를 주고 있는 부인의 모습이 내 눈에 분명히 떠오릅니다."
라고 덧붙였다.
바르터도 잠자리에 들었다. 에크베르트만이 아직도 거실 안에서

왔다갔다하고 있었다. 그는 왠지 몹시 불안한 듯했다.

"인간이란 하나같이 바보스런 존재란 말인가."

그는 혼잣말을 중얼대고 있었다.

"처음에는 내가 자진하여 아내의 신상에 관한 이야기를 하도록 시켜놓고 — 이제와서는 바르터를 너무 신용했었던 게 아니냐며 후회를 해야 하다니 — 그는 들은 이야기를 악용하지는 않을까? 다른 사람들에게 소문을 내지는 않을까? 그럴 가능성이 많지. 그리고 바르터의 성격으로 볼 때, 내 보석을 훔치려고 불순한 계획을 은밀히 세우고 있을지도 모를 일이야."

바르터가 자러 갈 때, 그처럼 비밀스런 이야기를 들은 직후였으니, 좀더 정다운 인사를 했어야 할텐데, 뜻밖으로 냉정한 인사를 하고 간 것이 에크베르트의 마음에 걸리는 것이었다. 마음이 일단 불신(不信) 쪽으로 기울면 아무리 소소한 점에서도 증거를 찾아내게 되는 법이다.

그후 그는 정직한 친구인 바르터를 의심했던 자신을 부끄러워했는데 아무래도 그런 의심에서 벗어날 수가 없어서, 밤새도록 그 생각을 하느라고 거의 잠을 자지 못했다.

베르타는 몸이 아프다면서 아침 식사를 하러 나오지 않았다. 바르터는 그런 일에는 거의 신경도 안쓰는 것 같았다. 그리고 에크베르트와도 덤덤하게 작별 인사를 나누었다.

에크베르트는 바르터의 그런 행동이 이해되지 아니했다. 아내의 방을 찾아가니 베르타는 누워 있는데 몸에서는 열이 났다. 어젯밤, 신경을 곤두세우고 장시간 이야기를 했기 때문에 열이 나는 것임에 틀림없다고 그녀는 말했다.

그날 밤 이후로 바르터가 친구네 집을 찾아오는 일은 거의 없었다. 설령 찾아오더라도 어련무던한 이야기를 조금 하고는 그냥 돌아가는 것이었다.

　에크베르트는 그런 바르터의 행동에 극도로 고민을 했다. 베르타와 바르터에 대해서는 무엇 한 가지 빼놓지 않고 신경을 곤두세우며 주의를 기울이고 있었는데, 누구의 눈에도 그의 그런 불안감이 비치지 않을 리 없었다.

　베르타의 질병은 차츰 더 무거워져 갔으므로 의사까지도 불안하게 생각했다. 얼굴에서 핏기가 사라졌고 눈에서는 점점 열기(熱氣)가 뿜어나오고 있었다.

　어느 날 아침, 그녀는 남편을 침대 옆으로 부르더니 하녀들을 내보냈다.

　"여보!"

　베르타는 말하기 시작했다.

　"당신에게 어떤 일을 고백하지 않으면 안되겠어요. 그것은 아주 작은 일 같지만 내 이성(理性)을 거의 돌게 만들었고 건강상태를 엉망진창으로 만들어 놓았습니다 — 당신도 알고 계신 것처럼 나는 내가 어렸을 때의 이야기를 할 때마다, 그처럼 오랫동안 같이 살았던 작은 개의 이름이 영 생각나지 않았는데…….

　그날 밤 바르터씨는 내가 자러 나올 때 돌연 '나는 부인이 작은 개 슈토로미안에게 먹이를 주고 있는 것을 눈으로 보는 듯 선합니다'라고 말했습니다. 그것은 우연한 일이었을까요 — 즉, 개 이름을 한 번 대본 게 용케 들어맞은 것일까요? 처음부터 알고 있었던 것을 말한 것일까요? 그렇다면 그 사람은 내 운명과 어떤 관계를 가지고 있는 것일까요?

　이 기괴한 일은 공상에 지나지 않는 것이라며 나 자신에게 설득하려고 이따금 시도해 보지만 그것은 확실한 — 너무나도 확실한 일이었습니다. 나와 아무 관계도 없는 인물이라면 — 어째서 이렇게도 뚜렷하게 내 기억 속에 되살아나는 것인지 실로 기겁을 할 일입니다. 여보, 당신은 어떻게 생각하십니까?"

에크베르트는 병석에 누워 있는 아내를 위로해 주려고 했으나 할 말을 잃은 채 잠자코 생각에 잠겨 있었다. 그러다가 두어 마디, 위로의 말을 한 다음 방에서 나왔다. 그는 아내의 방에서 꽤 떨어져 있는 자기방으로 들어갔는데 뭐라고 표현할 수 없는 불안감에 사로잡히어 왔다갔다하고 있을 뿐이었다.

바르터는 다년간(多年間) 그의 단 한 명뿐인 교우(交友)였는데, 지금은 그를 압박하면서 괴롭히는 ― 이세상에서 단 한 사람뿐인 인간이 된 것이다. 이 유일한 방해물을 제거할 수 있다면 얼마나 편할까 ― 그는 이런 생각을 해보았다. 에크베르트는 활을 집어들고 사냥을 하러 나섰다.

그것은 겨울의 추운 날이었다. 산 위에는 눈이 높이 쌓여 있었고 나뭇가지는 쌓인 눈 때문에 휘어져 있었다. 그는 사냥감을 찾으며 이곳저곳을 뛰어다녔다. 이마에는 땀방울이 송알송알 맺혀 있었지만 사냥감을 만나지는 못했다. 그런 점이 그를 점점 더 초조하고 기분 나쁘게 만들었다.

그때다. 돌연 멀리서 무엇인가가 움직이고 있는 것이 시야에 들어왔다. 그것은 나무 그루터기에서 이끼를 수집하고 있는 바르터였다. 에크베르트는 무의식중에 활시위를 당겼다. 바르터는 몸을 돌리어 협박하는 행동을 취했는데 화살은 그순간 시위를 떠났고 바르터는 쓰러졌다.

에크베르트는 안도의 한숨을 내쉬었지만 공포감에 쫓기듯 집으로 돌아왔다. 숲속에서 헤매고 다녔기 때문에 시간이 상당히 걸렸었다. 그가 도착했을 때 베르타는 이미 숨을 거두었다. 죽기 전에,

"바르터……."

라든가,

"할머니……."

운운하며 뭐라고 자꾸 중얼거렸다고 한다.

그후 에크베르트는 오랫동안 독신으로 생활해 왔다. 더구나 그는 아내가 세상을 떠나기 전에 이미 우울증에 걸려 있었다. 아내의 기괴한 이야기를 듣고는, 불안해졌으며 불행한 일이 일어날 것을 두려워했었기 때문이다.

그러나 지금은 자기혐오증(自己嫌惡症)에 빠져 있었다. 친구를 죽인 정경(情景)이 언제나 눈앞에 아른거리어, 양심의 가책을 받으며 고민하는 것이었다.

그는 기분전환을 하기 위해 이따금 가까이에 있는 대도시에 나가서 파티라든가 축하연에 참석했다. 친구를 사귀어 마음의 허전함을 메우려고 시도했던 것이다. 그럴 때 또 바르터의 사건을 떠올리면 친구를 사귀려는 생각 자체가 무서워졌다. 왜냐하면 어떤 친구를 사귀더라도 불행해지고 말 것이라고 확신했기 때문이다.

오랫동안 베르타와 평온하게 살아왔었고 바르터와의 우정이 행복하게 해주었었는데, 돌연 이 두 사람이 모두 세상을 떠나고 말았으니 말이다. 그래서 자신의 일생이 현실적인 것이라고 하기보다 진귀한 옛날 이야기처럼 생각되는 경우가 있었던 것이다.

푸고라고 하는 젊은 기사(騎士)가 은거하다시피 하고 있는 에크베르트와 교제하게 되었으며, 푸고는 에크베르트에 대하여 진짜로 애정을 느끼고 있는 것처럼 보였다. 에크베르트는 처음에는 은근히 놀라고 있었는데, 기대를 하고 있지 않았던 만큼 곧 상대방의 우정에 호응하게 되었다.

그래서 그후로 두 사람은 이따금 만났고, 푸고는 그에게 모든 호의를 다 보였으므로 두 사람은 말을 타고 먼곳까지 구경을 다녔는데, 혼자 다니는 일이 거의 없을 정도였다. 또 사교장에 나갈 때는 늘 그자리에서 만났다. 즉 이 두 사람은 헤어질래야 헤어질 수 없는 친구가 된 것 같았다.

에크베르트가 즐거운 기분으로 지낼 수 있는 것은 아주 짧은 시간뿐이었다. 푸고가 사랑해 주는 것은 어떤 오해에 근거하고 있다는 것을 분명히 느끼고 있었기 때문이다. 푸고는 자기라는 인간과 자기의 과거를 모르기 때문에 사랑해 주는 것이다.

그래서 에크베르트는 자신에 대한 모든 것을 털어놓고 싶은 충동을 느꼈다. 그렇게 하면 푸고가 진짜 친구인지 아닌지 알 수 있겠기 때문이다.

막상 그렇게 생각하니 또다시 언짢은 일이 일어나지 않을까 하는 두려움으로 망설이게 되었다. 평소의 에크베르트는 스스로 자신이 비겁한 인간이라고 생각하는 일이 이따금 있었으므로 그러한 자신을 조금이라도 알고 있는 사람은 자신을 존경해 줄 리 만무하다는 생각을 했다.

그래도 자기의 과거를 털어놓고 싶은 충동을 이겨내지 못하고, 두 사람만이 먼곳으로 말을 타고 갔을 때 푸고에게 모든 것을 털어놓았고,

"자네는 살인자를 사랑할 수 있겠는가?"
라고 물었다. 푸고는 감동한 듯 그를 위로하려고 했다. 에크베르트는 안도의 한숨을 내쉬면서 도시로 들어갔다.

그러나 상대방을 신뢰했을 때에 시의(猜疑)의 생각에 사로잡히는 것이 에크베르트의 버릇인 것 같았다. 두 사람이 넓은 거실로 들어가고 숱한 촛불에 비쳐지는 친구의 얼굴을 보았을 때, 마음에 들지 않는 것이 바로 그런 버릇의 발로라고 할 수 있겠다.

푸고가 비아냥대는 미소를 띠고 있는 것처럼 느껴졌고, 또 자기하

고는 대화를 거의 하지 않고, 다른 출석자들과 많은 대화를 하고 있었는데 그것은 자기를 거의 무시하고 있는 것 같아서 묘한 생각이 들었다.

그 자리에는 언제나 이곳에서 에크베르트와 만나는 노기사(老騎士)가 있었는데 이 사람은 늘 에크베르트의 재산 액수라든가 아내에 관한 일을 꼬치꼬치 물어오곤 하였다.

푸고는 이 노기사를 상대로 하여 이야기를 나누고 있었는데 이 두 사람은 잠시 후 에크베르트 쪽을 바라보면서 수군수군 지껄이는 것이었다. 에크베르트는 자기의 의념(疑念)이 이것으로 실증되었다는 것을 확인했고, 배신당했다는 생각에 분노를 금치 못하였다.

그래서 잔뜩 노려보고 있노라니 돌연 푸고의 얼굴이 바르터의 얼굴로 보이는 것이었다. 세세한 표정까지 쏙 빼놓았으며 몸맵시도 바르터와 똑같았다. 그래서 눈을 떼지 않고 있는 동안에 노신사와 이야기를 나누고 있는 사람이 바르터임에 틀림없다는 것을 확신하기에 이르렀다.

에크베르트는 마음속으로 크게 놀랐다. 그는 밖으로 뛰어나왔고 그날 밤중에 그 도시를 떠났다. 그리고 몇번이나 길을 잃고 헤매면서 자기집으로 돌아왔다.

방황하고 다니는 망령(亡靈)처럼 그는 이방에서 저방으로 돌아다녔다. 어떤 생각을 해도 마음이 안정되지 않았다. 무서운 상상을 하다가 더욱 무서운 상상으로 빠져들었으며 잠을 통 잘 수 없게 되고 말았다. 이따금 자기자신이 발광을 하고 있어서, ― 자기 멋대로 이상한 공상을 하고 있는 것이라고 생각하기도 했다.

그러나 다시 바르터의 얼굴이 떠오르고 ― 모든 일들이 왜 그렇게 되는 것인지 점점 더 모르게 되었다. 그래서 에크베르트는 여행을 떠나 생각을 정리해 보려고 하였다. 우정을 구하고 교제 상대를 찾는 등의 일은 이제 영원히 체념키로 했다.

그는 행선지를 정하지 않고 출발했다. 어디 그뿐인가. 눈앞에 전개되는 풍경조차 제대로 바라보는 일이 없었다. 될 수 있는 한 먼 곳으로 가겠다며, 2, 3일 동안 말을 타고 나아가다가 바위투성이인 산 속에서 길을 잃고 말았다. 출구(出口)는 그 어디에서도 찾아볼 수 없었다.

가까스로 한 농부를 만났는데 그에게서 폭포를 넘어서 가는 오솔길을 안내받았다. 에크베르트는 사례금으로 동전을 주려고 했지만 농부는 거절했다.

"이상도 하다. 왜 안 받는 거지."

그는 혼잣말을 했다.

"저 농부를 바르터로 착각할 뻔했네."

그러면서 다시 돌아보니 농부는 실로 바르터였던 것이다. 그는 말에 박차를 가하면서 가급적 속력을 내어 목초지와 숲을 차례로 지나면서 도망쳤는데 마침내 말이 지쳐서 쓰러지고 말았다. 그래서 그는 도보로 계속 도망을 쳤다.

그는 꿈을 꾸듯하며 언덕을 올라갔다. 그런데 가까이에서 개가 험하게 짖고 있는 소리가 들려오는 것 같았다. 이따금 자작나무가 바람에 흔들리는가 하면 기묘한 곡조로 다음과 같이 부르는 노랫소리가 들려왔다.

숲속의 침묵은
나를 다시는 기쁘게 하지 못한다
고민스런 일은 일어나지 않고
시샘하는 마음도 없다
다시는 나를 기쁘게 해주지 않는

숲속의 침묵이여.

이때 에크베르트의 의식과 분별력은 없어졌다. 그는 지금 꿈을 꾸고 있는 것인지 — 지난날 베르타란 여성에 관한 꿈을 꾸고 있는 것인지 — 그 수수께끼는 아무래도 풀어지지 아니했다.

뭐라 말할 수 없는 불가사의한 일이 아주 흔해빠진 일과 뒤섞이어 있었다. 주위의 세계가 마법(魔法)에 걸려 있어서, 어떤 생각도 할 수가 없었고 지난 일을 떠올릴 능력도 잃었다.

등이 굽은 노파가 목발을 짚고, 기침을 하면서 홀로 언덕을 올라가고 있었다.

"내 새를 가지고 왔는가? 내 진주와 개는 어떻게 했어?"

노파는 에크베르트를 보고 호령했다.

"두고 봐! 나쁜 짓을 하면 반드시 보복을 당하게 돼! 나는 네 친구인 바르터이자 푸고였었다!"

"오오! 하느님!"

에크베르트는 낮은 목소리로 중얼거렸다.

"나는 얼마나 고독한 가운데서 한평생을 살아왔단 말인가!"

"그리고 베르타는 네 누이동생이었단다!"

에크베르트는 이말을 듣자 비틀거리면서 땅바닥에 쓰러지고 말았다.

"베르타는 왜 나를 속이고 도망을 쳤던고? 그런 짓을 하지 않았더라면 모든 일이 잘 풀려나갔을 것이고 또 행복한 한평생을 살아갈 수 있을 것인데……. 그녀의 견습(見習) 기간은 그때 이미 끝났으니까……. 베르타는 어느 기사(騎士)의 딸이었는데 기사는 그녀를 어떤 양치기에게 맡겨서 키웠던 게야. 그 기사란 자가 바로 네 아버지이고……."

그말을 듣자 비로소 에크베르트는 어렴풋이 기억나는 바가 있었다.

"왜 나는 그처럼 무서운 사실을 이제서야 희미하게나마 떠올릴 수 있는 겁니까?"

"네가 어렸을 때 네 아비가 그런 이야기를 했는데 너는 그때 그 이야기를 들은 적이 있기 때문이다. 그는 아내 앞에서, 즉 네 어머니 앞에서 베르타를 기를 수 없었던 처지였지. 다른 여자 몸에서 낳은 아이였거던."

에크베르트는 정신이 돌았고, 진짜로 죽고 싶었다. 그는 휘청거리며 숨을 몰아쉬다가 땅바닥에 다시 쓰러졌다. 노파가 이야기하는 소리, 개가 짖는 소리, 새가 예의 노래를 반복해가며 부르는 소리 등이 뒤섞이어 들려오고 있었다.

로카르노의 여자 거지

　알프스 산기슭, 이탈리아의 높직한 로카르노 근방에 어느 후작(侯爵) 소유의 고성(古城)이 있었다. 잔토크 고트라르트 방면에서 오다가 보면 지금은 황폐해질대로 황폐해진 잔해(殘骸)를 드러내고 있는 모습이 보인다. 성에는 천장이 높고 넓은 방들이 여러 개 있었는데 그중 방 하나를 빌려가지고 사는 여인이 있었다. 병이 든 노파였다.

　문전걸식을 하러 온 이 노파를 후작 부인이 불쌍히 여기어 방 한 칸을 빌려주었던 것이다. 후작은 평소에 엽총을 이방에 두곤 했었는데 사냥을 나갔다가 돌아와 보니 그곳에 누워 있는 거지가 영 못마땅했다. 후작은,

　"그 구석에서 일어나 저기 저 난로 뒤로 가라구!"
라고 명했다.

　여자 거지는 가까스로 일어나더니 매끄러운 방바닥 위에서 목발을 끌어당기었고, 위태로운 자세로 비틀거리며 간신히 일어났다. 그리고 후작이 명한 대로 방을 가로질러서 난로 뒤에까지 가기는 했지만 그곳에서 헐떡이며 신음을 하더니 푹 고꾸라지면서 그대로 숨을 거두고 말았다.

　그로부터 몇해가 지나, 후작은 전란(戰亂)과 흉작(凶作)으로 인

하여 생활이 몹시 어려워졌다. 이때 피렌체의 어느 기사(騎士)가 후작네 집을 찾아왔다. 기사는 아름다운 성을 보고 마음에 들어 후작에게서 그성을 사들일 생각이었던 것이다. 후작은 이 거래에 마음이 통하여 부인에게 그 손님을 맞아들이게 했고, 우선 깨끗하고 아름답게 꾸며놓은 그 빈 방에서 묵도록 권했다.

그런데 후작 부부가 낭패한 것은 한밤중이 되자 착란을 일으키어 얼굴이 창백해진 기사가 달려오더니,

"방안에 유령이 나옵니다!"

라며 단언하는 것이었다. 눈에는 보이지 아니하는 어떤 것이 부스럭 부스럭, 마치 짚 위에 누워서 뒤척이는 것 같은 소리를 냈으며, 분명 절뚝거리며 힘이 없는 걸음걸이로 방을 가로질러 가는데, 헐떡이고 신음을 하면서 난로 뒤에 갔고, 그곳에서 푹 고꾸라지는 소리가 나더라는 것이었다.

질겁을 한 후작은, 왜 그런 일이 일어났는지 짐작을 하고 있으면서도 시치미를 뚝 떼고 기사의 이야기를 일소에 붙이면서,

"그렇다면 나와 함께 그방에 가서 잡시다. 그러면 마음이 진정될 것입니다."

라고 제안했다. 그러나 피렌체의 기사는,

"후작님 침실의 안락의자에서 하룻밤 자게 해주십시오."

하며 호의를 베풀어 달라고 사정을 했고, 날이 새자마자 마차에 말을 매더니 정중하게 인사를 하고 떠나 버렸다.

이 사건은 의외로 세상의 이목을 모으게 되어, 후작으로서는 난처하게 되고 말았다. 왜냐하면 몇명의 원매자(願買者)가 있었는데 하나같이 겁을 먹고 그성을 사지 않겠노라고 했기 때문이다. 후작네 하인들 사이에는 기괴하고 또 불가해(不可解)하게도 어떤 자가 한밤중이면 그 방안을 오락가락한다는 소문이 나돌았다.

일이 이렇게 된 만큼, 단호한 조치를 취하여 이 의념(疑念)에 종지부를 찍기 위해 후작은 다음날 밤, 자기가 사태를 답사해야겠다는 뜻을 굳혔다. 그래서 그는 황혼이 지기 시작하자 예의 방에 침대를 갖다놓고는 꼼짝도 않은 채 한밤중이 되기를 기다리고 있었던 것이다.

밤 3시를 알리는 시계 소리와 동시에 정말로 정체모를 소리가 들려왔을 때, 후작은 공포에 질려 와들와들 떨었다. 어떤 사람이 침대 밑의 짚 속에서 일어나, 방안을 가로질러 가는데 목에서는 가래가 그르렁거리는가 하면 비틀거리면서 난로 뒤쪽으로 갔고, 그곳에서 푹 고꾸라지는 것 같았던 것이다.

이튿날 아침, 후작이 내려오자 후작 부인은,

"결과가 어찌했습니까? 조사해 본 결과가……."

라고 물었다. 그러자 후작은 초점을 잃은, 겁먹은 눈으로 사방을 두리번거리더니 문을 잠그고,

"유령이 나온다는 건 사실이오."

라고 확언했다. 후작 부인은 난생 처음으로 경험하는 공포에 사로잡혔다. 그녀는 남편이 이런 말을 남들에게 이야기하기 전에, 다시 한번 자기와 함께 냉철히 수사해 보자고 권했다.

그래서 이날 밤, 두 사람은 평소 믿었던 하인 한 명을 데리고 그 방안에 들어갔다가 실제로 전날 밤과 같은 정체모를, 유령 비슷한 것이 돌아다니는 소리를 들었던 것이다.

후작은 값의 고하(高下)에 상관않고, 빨리 성(城)을 팔아야겠다는 생각을 했다. 그런 생각을 굳히자 그는 공포에 떨면서도 하인들 앞에서는 이 사건을 숨기기에 안간힘을 썼다. 사건의 원인이 언젠가는 밝혀지겠지만 어떤 우연한 일에 지나지 않는다고 꾸며대는 그였다.

사흘째 되던 날 밤, 후작 내외가 다시 사건의 진상을 규명해 보고자, 벌벌 떨면서 객실 쪽 계단을 올라가고 있을 때였다. 때마침 사슬이 풀어진 애완견이 예의 방 문앞에 나타났다. 그개가 어떻게 해서 이곳에 와있는지 그 이유를 즉각 설명할 수는 없었지만 자기네 두 사람 외에 제삼자를 동행시킨다는 기분이었음인지, 두 사람은 그개를 데리고 방안에 들어갔다.

후작 부인은 두 자루의 촛불을 탁자 위에 켜놓았고 옷을 입은 채 한쪽 침대에 가서 앉았다. 후작은 벽장 속에서 꺼내온 검(劍)과 권총을 옆에 놓고 역시 한쪽 침대에 가서 앉았다. 시간은 11시경이었다.

그들은 서로 가급적 가볍고 편안한 이야기를 하려고 노력했는데, 한편 개는 머리와 앞다리를 마주하면서 몸을 움츠리고 방 한복판에서 잠이 들어 있었다.

이윽고 한밤중이 되자 그 무서운 소리가 또 들려오기 시작했다. 눈에는 보이지 않는 그 무엇이 방 한쪽 귀퉁이에서 목발을 짚고 일어나는 소리가 났다. 그리고 다리를 움직일 때마다 부스럭거리는 짚소리가 났다.

"부스럭! 부스럭!"

맨 처음에 난 소리를 듣고 개가 눈을 뜨더니 귀를 쫑긋 세웠다. 이어서 엎드리고 있던 몸을 벌떡 일으키면서 마치 어떤 인간이 이쪽으로 걸어오는 것을 본 것처럼 짖어대면서 슬슬 뒷걸음질을 치는데 난로 쪽으로 방향을 돌리는 것이었다.

그순간 후작 부인은 온몸에 소름이 쫙 끼치어 방 밖으로 뛰어나갔으며 어서 마차를 대령하라고 명했다. 그녀는 시내에 있는 집으로 도망가려는 것이었다. 한편 후작은 검을 빼들고,

"누구냐? 그곳에 있는 건 대체 누구란 말이냐?"

92

라며 고함을 쳤다. 그러나 대답이 없었다. 그래서 미친 사람처럼 검을 번쩍 들고 허공을 마구 휘저었다. 그러나 가벼운 소지품만 챙겨 가지고 마차 문을 열면서 올라탄 후작 부인이 돌아보니 성(城)의 한쪽부터 불길이 치솟았다.

공포에 질린 후작이 촛불을 손에 들고 사면이 모두 널빤지로 되어 있는 방의 벽 네 귀퉁이에 불을 붙이고 돌아다녔던 것이다. 후작 부인은 불운한 남편을 구출해 내기 위해 성안으로 하인들을 들여보냈지만 모두 허사였다. 후작은 어이없게도 숨을 거두고 말았던 것이다.

그리고 지금도 후작의 백골은, 그때 마을 사람들의 손에 의해 수습하여 묻은 — 그가 여자 거지에게 그곳에서 일어나라고 명했던 그방의 한 모퉁이에 안치되어 있다.

유령선(幽靈船) 이야기

우리 아버지는 바르솔라에 조그마한 가게를 가지고 있었습니다. 아버지는 빈궁하지도 않았지만 부자는 아니었습니다. 아버지는 얼마 안되는 재산을 잃는 것이 두려워서 모험 따위는 하지 않는 그런 유(類)의 사람 중 한 사람이었습니다.

아버지는 나를 실질강건(實質剛健)한 교육을 시켰는데 이윽고 아버지의 오른팔 역할을 해낼 수 있게 만들었습니다. 그것은 내가 만 18세가 되었을 때의 일이었는데 아버지는 난생 처음으로 거액을 투기 사업에 투자했다가 그 직후에 세상을 떠났습니다.

1천이나 되는 금화(金貨)를 하루아침에 바다에 투자한 아버지는 근심 걱정을 하며 속을 태우고 있었는데 이처럼 너무 고민했던 까닭이었을 것입니다.

나는 얼마 후, 아버지가 세상을 떠난 것은 나에게 있어 행운이었노라고 알라신(神)에게 감사하지 않을 수 없었습니다. 아버지가 세상을 떠난 지 몇주일쯤 지나자 아버지의 화물을 실은 배가 침몰했다는 소식이 날아들었기 때문입니다. 이 소식을 아버지가 들었더라면 오죽했겠습니까.

그러나 나는 아직 철이 덜 든 탓에 무서운 것을 모르고 지내던 터라 그런 정도의 사고에는 눈 한번 꿈쩍하지 않았습니다. 나는 아버지가 남겨준 재산을 모두 팔아서 현금으로 만든 다음, 이판사판식으로 외국에 나가서 내 운명을 걸고 장사를 한번 크게 해볼 생각이었습니다.

그래서 아버지 때부터 우리집에서 일을 하던 나이든 하인 한 명만 데리고 나라를 떠났습니다. 이 하인은 우리집에 오래 있던 자로서 나에게서도, 그리고 내 운명에서도 떨어지려고 하지 않았습니다.

바르솔라의 항구에서 배를 탔는데 다행스럽게도 순풍을 만났습니다. 우리가 탄 배는 인도로 가는 배였습니다. 그로부터 15일 동안이나 무사히 항해를 하고 있었는데,

"태풍이 몰려온다!"

라며 선장이 소리쳤습니다.

선장은 매우 걱정스러운 표정이었는데 이 사람은 아무리 보아도 태풍을 제대로 피해 갈 수 없을 것 같았습니다. 이 근방의 항로를 잘 알지 못하는 것 같았으니까요. 선장은 돛이란 돛은 모두 말아올리게 했으므로 배는 아주 서서히 전진했습니다.

밤이 되고 달빛이 밝게 비치자 선장은 태풍이 올 것으로 판단했던 것은 자신의 착각이었다고 믿는 것 같았습니다.

그때입니다. 갑작스럽게 지금까지 본 적이 없는 배 한 척이 우리배의 우현(右舷 : 오른쪽의 뱃전)을 스치듯 지나갔습니다. 그배의 갑판(甲板) 위에서는 시끌벅적한 갈채 소리와 함께 고함 소리가 울려퍼졌습니다. 태풍이 불어올지도 모르는 때에 그런 소동을 떨다니 좀 이상하다는 생각이 들었습니다.

그러는 동안에 내 옆에 있던 선장은 죽은 사람과도 흡사하게 얼굴이 창백해지는 것이었습니다.

"우리 배는 이제 끝장났다!"

그는 큰 소리로 외치더니,

"저기에 사신(死神)의 배가 가고 있다!"
라고 또 소리쳤습니다.

나는 그게 무슨 뜻의 말이냐고 물으려고 했는데 그럴 틈도 없었습니다. 그때 마도로스들이 웅성거리며 달려왔습니다.

"저것을 못보았소?"

마도로스들은 한마디씩 떠들어댔습니다.

"저것이 방금 이곳을 지나갔다구요."

그러나 선장은 그들에게 코란 속의 기도 구절을 외우게 한 다음 직접 조타석(操舵席)에 가서 앉았습니다. 하지만 그게 무슨 소용이겠습니까?

태풍이 몰려오기 시작하더니 한 시간쯤 지나자 우리가 타고 가던 배는 큰 굉음을 내면서 좌초되고 말았습니다. 보트가 내려지고 최후까지 배에 남았던 마도로스들이 구조되었는가 했더니 배는 우리 눈앞에서 가라앉았습니다. 나는 알몸으로 바다에 떠있었던 것입니다.

그런데 사고는 이것으로 끝나지 않았습니다. 태풍은 무섭게 불어닥쳐서 이제 보트도 조종할 수 없게 되었습니다. 나는 나이든 하인을 꼭 껴안고 어떤 일이 있더라도 서로 헤어지는 일이 없도록 하자며 맹세했습니다.

그러는 사이에 날이 샜습니다. 그러나 아침 해를 구름 사이로 보는 둥 마는 둥 하는 사이에 우리가 타고 있던 보트는 태풍에 휘말리어 전복되고 말았습니다. 함께 타고 있던 사람들의 얼굴은 하나도 보이지 않았습니다. 보트에서 떨어질 때 받은 충동으로 나는 실신하고 말았구요.

정신을 차리게 되자 나는 그 충실한 하인의 품안에 있었습니다. 이 사나이가 전복된 보트 위로 기어올라가서 목숨을 구하자 나를 끌어올렸고 이렇게 두 팔로 껴안고 있었던 것이었습니다.

우리가 타고 있던 배는 이미 모습조차 보이지 않았습니다만 우리가 있는 곳으로부터 그다지 멀리 떨어져 있지 않은 곳에 다른 한 척의 배가 멎어 있었습니다. 우리는 파도에 떠밀리어 그곳으로 가게 되었습니다.

가까이에까지 가자 그배가 어젯밤, 우리가 타고 있던 배 옆을 스쳐 지나갔던 배라는 것을 알았습니다. 우리 선장을 공포의 도가니 속에 빠뜨렸던 그배 말입니다. 선장의 예언은 적중했었습니다. 그배의 외견(外見)만 보더라도 그배는 분명 무시무시한 배였으니까요.

우리는 또 두려움에 떨어야 했습니다. 하지만 지금은 이배에 올라가는 것만이 살 수 있는 유일한 길입니다. 우리는 예언자인 마호메트에게 감사의 기도를 드렸습니다.

배 앞쪽에는 기다란 로프가 한 개 늘어져 있었습니다. 우리는 두 팔과 두 다리로 각각 저어가서 가까스로 그 로프를 잡았습니다.

"로프를 잡았어! 해냈다구, 우리는."

나는 크게 소리를 질렀습니다. 그런데 이배 위에서는 의연히 아무 반응도 없었습니다. 그야 어쨌든, 젊은 내가 먼저 로프를 타고 올라갔습니다.

그런데 이게 웬일입니까! 갑판 위에 발을 들여놓은 나는 그만 기절하고 말 뻔했습니다. 거기에는 진짜로 무서운 광경이 벌어져 있었던 것입니다. 갑판 바닥은 검붉은 피로 물들어 있고 터키복(服) 차림의 시체가 2,30구 바닥 위에 쓰러져 있었던 것입니다.

중앙의 마스트에는 화려한 옷을 입고 양검(洋劍)을 손에 잡은 사나이 한 명이 있었습니다. 안면은 창백하고 괴로운 듯 찡그린 표정이었는데 이마에는 못이 박혀져 있었습니다. 즉 그 못으로 마스트에 매달아 놓는 것인데 이 사나이 역시 죽어 있었습니다.

나는 경악한 나머지 양 다리가 와들와들 떨렸고 숨조차 쉴 수가 없었습니다. 그때서야 나와 동행한 하인이 로프를 타고 올라왔습니다. 살아있는 사람이라고는 한 명도 없고 ─ 실로 무서운 사자(死者)들만이 득시글거리는 갑판의 광경을 보자, 이 하인도 오금이 저려오는 것 같았습니다.

우리는 공포감으로 가슴을 두근거리며 오로지 예언자 마호메트에게 기도를 드리고 있을 뿐이었습니다. 그런 다음 가까스로 발길을 옮기기 시작했습니다. 걸을 때마다 쭈뼛쭈뼛 주변을 살피면서 더 무서운 일이 나타나지 않기를 빌었습니다.

사방을 살펴보니 움직이는 것이라고는 우리 두 사람과 넘실거리는 대해원(大海原)만 있을 뿐, 다른 것이라고는 하나도 없었습니다. 우리는 큰 소리로 이야기하는 것조차도 삼가고 있었습니다. 마스트에 못박혀 죽어있는 그 선장이 경직된 눈을 부라리며 우리를 노려보지는 않을까, 또는 죽은 사람 중 누군가가 고개를 번쩍 드는 것은 아닐까 ─ 그것이 무서웠던 것입니다.

드디어 배의 창고로 통하는 계단까지 왔습니다. 우리는 그곳에서 발길을 멈추고, 서로 얼굴을 쳐다보았습니다. 두 사람 모두 자기가 생각하고 있는 바를 먼저 이야기할 용기가 나지 않았던 것입니다.

"저어, 나리."

충실한 내 하인이 이렇게 허두를 꺼내더니 말을 이었습니다.

"이배에서는 무언가 무서운 일이 일어난 것 같습니다. 그렇지만 ─ 비록 배 밑 창고 안에 살인자들이 우글거린다 하더라도 이 이상 시체들 사이에서 우리가 우물쭈물하고 있기보다는 ─ 이판 사판이 아닙니까? 그 살인자들과 맞붙어서 싸워 보는 겁니다."

나도 같은 생각을 하고 있던 터라 우리는 일심동체(一心同體)가 되어 가슴을 조이면서 내려갔습니다. 그러나 배의 창고는 쥐죽은 듯이 조용할 뿐이었고, 우리의 발짝 소리만 요란스럽게 들렸습니다.

선원실(船員室) 문앞에서 우리는 또 걸음을 멈추었습니다.

그리고 문에 귀를 대고 무슨 소리가 들려오지 않을까, 신경을 곤두세웠습니다. 그러나 아무 소리도 들려오지 않았습니다. 마침내 문을 열고 들어가 보았습니다만 방안은 실로 어수선했습니다.

의복과 무기(武器), 그밖의 잡동사니가 마구 흩어져 있었습니다. 승무원들은 아니, 어쩌면 선장까지도 방금 전까지 술을 퍼마시고 있었을 것임에 틀림없었습니다. 아직도 그 방안 이곳저곳에는 술판을 벌였던 흔적들이 그대로 남아있었던 것입니다.

우리는 이방에서 저방으로, 이 선원실에서 저 선원실로 돌아다니며 살펴보았는데 가는 곳마다 비단이라든가 진주, 그리고 설탕 따위가 수북수북 쌓여 있었습니다.

그것을 본 나는 기뻐서 어쩔 줄을 몰랐습니다. 배 안에는 살아있는 사람이라고는 하나도 없으니 이 값비싼 것들을 내가 모두 차지할 수 있다고 생각했던 것이지요

그러나 하인 이브라힘은 이렇게 주의하는 것이었습니다.

"나리, 우리는 지금 육지에서 굉장히 떨어진 곳에 있습니다. 그리고 남의 힘을 빌지 아니하고 우리 독자적인 힘만으로는 육지에 오를 수 없을 것입니다."

그야 어쨌든 우리는 이곳저곳을 뒤지어 찾아낸 식료품으로 배를 채우고 음료수도 마신 다음 기운을 회복했습니다. 그리고 우리는 다시 갑판 위로 올라갔습니다. 하지만 그곳에는 무서운 시체들만 뒹굴고 있을 뿐이어서 여전히 섬뜩했습니다. 그 시체들은 그 장소에서 미동도 하지 않았는데 보기에 얼마나 소름이 끼쳤겠습니까.

마치 저주를 받고 갑판 바닥에 묶여 있는 것 같아서 그 시체들을 끌어내기 위해서는 갑판 바닥을 뜯기라도 해야 할 것 같은데, 그렇게 하기 위한 도구가 하나도 없는 것입니다. 선장도 마스트에 못박

힌 채 꿈쩍도 하지 않았으며 양검(洋劍)까지도 경직된 손에서 빼낼
수가 없었습니다.

그날 하루동안 우리는 우리 자신의 처지를 비관하면서 그 시체들
을 지켜보고 있을 수밖에 없었습니다. 그러나 이윽고 밤이 되어 어
둠이 깔리기 시작했습니다. 하인은 나에게,

"어떻게든 주무셔야 합니다."
하고 권하는 것이었습니다. 자기자신은 혹 구조선이 지나갈지도 모
르니 그것을 지켜보겠노라며 갑판에서 밤을 새우겠다고 말했습니다.
달이 떠올랐습니다. 별의 위치를 보며 계산해 보니 11시쯤 된 것 같
았습니다. 나는 갑자기 참기 어려울 만큼 잠이 쏟아지는 것이었습니
다. 그래서 갑판 위에 있는 술독에 기대어 눈을 감았습니다.

잠을 잔다기보다는 오히려 실신을 했던 것 같습니다. 왜냐하면 바
닷물이 뱃전을 치는 소리도 분명히 들었고, 돛이 바람에 쌩쌩 소리
를 내는 것도 들었기 때문입니다.

그런데 그때 갑자기 갑판 위에서 사람이 떠드는 소리가 나는 것
같았고 발짝 소리도 들려오는 것 같았습니다. 나는 소리나는 쪽을
바라보려고 일어섰습니다.

그런데 어떤 힘이 — 모습조차 안보이는 어떤 힘이 내 수족을 묶
어놓은 것 같았고 눈을 뜰 수도 없었습니다. 그런데도 사람들이 웅
성대는 소리는 분명하게 들려왔으며 그것은 마치 선원들이 축제 분
위기에 싸여 있는 것 같았습니다.

그러다가 그중 한 사람이 명령을 내리는 듯한 소리가 크게 들려
왔고, 이어 로프를 걸어올린다든가 돛을 말아올렸다가 다시 푸는 것
같은 소리가 내 귀에 분명히 들려오는 것이었습니다.

그렇건만 나는 점점 더 의식이 희미해지면서 아까보다 더 깊은
잠에 빠져들었는데, 그 잠 속에서는 무기가 쩽그렁 소리를 내며 맞

부딪치는 소리밖에 들려오지 않았습니다. 그러다가 가까스로 눈을 떠보니 해가 벌써 중천에 올라와 있었습니다.

나는 깜짝 놀라며 주위를 둘러보았습니다. 배도, 죽은 사람들도, 그리고 그처럼 심하게 불어댔던 태풍도, 어젯밤에 들었던 소리들도, 모두가 일장춘몽과 같았습니다. 그렇건만 사방을 자세히 둘러보니 모든 것들이 어저께 보았던 것 그대로 변한 것이 없었습니다.

죽은 사람들은 꿈쩍도 하지 않고 그대로 있었으며 선장은 마스트에 못박힌 채 죽어있었습니다. 나는 내가 꾼 꿈을 비웃었고, 즉시 일어나서 하인을 찾아나섰습니다.

하인 이브라힘은 무언가 골똘히 생각하는 표정으로, 선원실 안에 앉아 있었습니다.

"저어, 나리!"

내가 들어서자 그는 이렇게 나를 부른 다음,

"이 저주받은 배에서 하룻밤을 또 지내느니, 차라리 바다 속에서 잠자는 편이 낫겠습니다."

라며 고개를 절레절레 흔드는 것이었습니다.

"뭘 그렇게 투덜대는 거야?"

내가 그 까닭을 묻자 그는 말했습니다.

"나리께 주무시라고 말한 다음 네댓 시간쯤 지나서 깜빡 잠이 들었다가 눈을 떠보니 머리 위쪽에서 사람들이 왔다갔다하는 것 같았습니다. 처음에는 나리께서 걸어다니시는 것으로 생각했었는데 자세히 들어보니 왔다갔다하는 사람들은 20여 명인 것 같은데다가 서로 대들어대는 소리도 들려오는 게 아니겠습니까.

나중에는 그중 몇몇 사람이 뚜벅뚜벅 걸으면서 계단을 내려오는 소리가 들리더군요. 저는 그만 기절하여 의식을 잃고 말았습니다. 그 다음 일은 토막토막으로밖에 기억나지 않는데요 — 어쨌거나 한참 후에야 의식이 되돌아왔습니다.

그런데 그때 저기 저 테이블 앞에 — 마스트에 못박혀 있던 사나이가 앉아서 술을 마시며 노래도 부르는 등 소란을 피우는 것이 보였습니다. 그리고 또 한 사람, 빨간색 비단옷을 입고, 마스트에서 멀지 않은 곳에 쓰러져 있던 사나이가 그옆에 앉아서 대작을 하고 있는 게 아니겠습니까."

여러분들은 믿어주시겠지만 — 나는 어쨌든 좋은 기분이 아니었습니다. 그것은 착각이 아니겠기 때문입니다. 내가 들었던 것도 역시 죽은 자들의 목소리였을 것임에 틀림없습니다.

이런 무리들과 같이 항해(航海)를 한다는 것은 실로 소름이 끼치는 일이 아닐 수 없습니다. 이브라힘은 또 무슨 생각인가를 심각하게 하고 있었습니다.

"나리, 알았습니다!"

그가 외쳤습니다. 그는 어렸을 때에 경험이 풍부한 대항해가(大航海家)인 자기 할아버지가 들려준, 유령이라든가 마법의 요괴를 퇴치하는 데 효험이 있는 — 주문(呪文)을 기억해 냈던 것입니다. 이브라힘은 또 코란의 주문을 재빨리 외면, 우리들을 사로잡았던 그 부자연한 졸음도 퇴치할 수 있을 것이라고 자랑하는 것이었습니다.

이 하인의 제안은 내 마음에 들었습니다. 우리는 밤이 오기를 괴로운 마음으로 기다렸습니다. 선원실 옆에는 작은 창고가 하나 붙어 있었는데 우리는 그곳에 들어가 잠복하기로 했습니다. 창고의 문에는 여러 개의 구멍을 뚫어 선원실 전체를 살펴볼 수 있도록 준비했습니다.

그런 다음 문에 안쪽에서 자물쇠를 걸어놓고 이브라힘이 예언자 마호메트의 이름을 네 귀퉁이에 써붙였습니다. 이렇게 만반의 조치를 해놓은 다음 밤의 공포를 기다리고 있었던 것입니다.

그것은 아마 밤 11시경이었을 것입니다. 우리는 맹렬한 졸음에 시달려야 했습니다. 이브라힘이 나에게 귀엣말을 하는 것이었습니다.

"코란의 주문을 몇구절이든 간에 어서 외우십시오."

나는 주문을 외웠습니다. 졸음이 다소 가셨습니다. 그때 돌연 머리 위쪽에서 활기를 띠는 것 같더니 로프가 삐걱거리고 갑판에서는 발짝 소리가 났습니다. 그리고 몇사람인지 모를 인간의 목소리가 확실하게 들려오는 것이었습니다.

우리는 팽팽한 긴장감에 싸여서 안절부절못하고 있었는데 선원실 계단을 누군가 내려오는 소리가 들려왔습니다. 이브라힘은 그소리를 듣자 그의 할아버지가 유령이라든가 마법 퇴치 등으로 가르쳐 준 주문을 얼른 외우기 시작했습니다.

공중에서 내려오는 게 좋을 것이다
깊은 바다 속에서 올라오는 게 좋을 것이다
어두운 구멍 속에서 잠자는 게 좋을 것이다
타오르는 불꽃 속에서 나오는 게 좋을 것이다
알라신은 그대의 주님이자 스승
모든 정령(精靈)은 알라신의 명령에 따를지어다.

솔직히 고백하겠는데 나는 이런 주문 따위는 전혀 믿고 있지 않았기 때문에 문이 활짝 열릴 때는 그만 소름이 오싹 끼치면서 머리털이 곤두서는 것이었습니다.

선원실로 들어온 자는 마스트에 못박혀 있었던 그 당당한 체격의 거인(巨人)이었습니다. 못은 아직도 이마 한복판에 박혀 있었는데 양검(洋劍)은 칼집 속에 넣어져 있었습니다. 그의 뒤에서 또 한 사람, 그보다는 싸구려 옷을 입은 사나이가 따르고 있었습니다. 그 사나이도 갑판 위에서 본 기억이 있는 자였습니다.

선장은 — 이 거인의 사나이가 선장인 것은 불을 보듯 뻔한 일인데 — 안면이 창백하고 시커먼 수염은 덥수룩하게 나있으며 눈망울은 매서운데, 그눈으로 방안을 이곳저곳 노리며 살펴보고 있었습니다. 그가 우리들이 있는 창고 문앞을 지나갈 때에는 그 모습이 그다지 분명하게 보이지 않았습니다. 그리고 선장은 우리가 숨어있는 것을 눈치챈 것 같지는 않았습니다.

그 두 사람은 선원실 한복판에 놓여 있는 테이블 앞에 마주앉자, 큰 소리로 이야기를 했는데, 그것이 외국어(外國語)인 듯하여 우리로서는 전연 감을 잡을 수가 없었습니다.

목소리가 점점 높아져 갔고 열을 뿜고 있었는데, 마침내는 선장이 주먹을 불끈 쥐고 테이블을 탕탕 소리내며 두들겼습니다. 그때문에 방안이 울리면서 무너질 것 같았습니다.

마른 사나이는 껄껄대며 큰 소리로 웃더니 벌떡 일어났고, 선장에게 따라오라는 신호를 보냈습니다. 선장이 일어나서 양검을 칼집에서 뽑아들었고 두 사람은 선원실에서 나갔습니다. 그들이 나가자 우리는 다소 숨쉬기가 가벼워졌습니다. 그렇지만 우리의 불안감은 아직 가시지 않았습니다.

갑판 위에서는 사람들의 목소리가 차츰 높게 들려왔습니다. 이곳저곳에서 종종걸음으로 달리는가 하면 고함을 지르고 웃는 등 시끄럽게 떠드는 소리가 들려왔습니다.

그러다가 나중에는 지옥의 아비규환처럼 소동을 부리는데 무기가 맞부딪치는 소리, 외쳐대는 소리가 뒤섞이어 들려오는 것이었습니다. 어찌나 소동을 떠는지 당장에라도 돛대들 모두와 갑판까지 몽땅 뒤집어지면서 가라앉는 게 아닌가 하고 걱정을 할 정도였습니다.

그리고 나서 돌연, 이번에는 쥐죽은 것 같은 정적(靜寂) ─. 다시 얼마간의 시간이 흐른 연후에야 우리는 밖에 나가 볼 용기를 되찾았습니다.

그런데 나가 보니 조금도 변한 것이 없는 것이었습니다. 모두가 원상 그대로이고, 전원이 목재(木材)처럼 여기저기에 경직된 채로 쓰러져 있는 게 아니겠습니까.

이렇게 해서 우리는 그후 며칠이고 며칠이고 계속하여 이배 위에서 지냈습니다. 그런데 내 눈짐작으로 이배는 아무래도 육지가 있는 동쪽을 향하여 달리고 있는 것 같았습니다.

그런데 묘한 일은, 낮동안 이배는 몇마일쯤 전진을 했다가도 밤만 되면 다시 후퇴하는 것 같아서, 해가 뜰 때에는 그 전날 해가 뜰 때 있었던 곳에 그대로 있는 것이었습니다.

이런 일은 사자(死者)들이 매일 밤마다 돛을 모두 올리어 바람을 타고 뒷걸음질치게 하는 것이라고밖에 생각할 수가 없었습니다. 이런 일이 일어나지 않게 하기 위해서는 밤이 되기 전에 모든 돛을 돛대 위로 말아올리되 선원실 옆 창고 문에 써붙인 것과 같은 조치를 취해야 했습니다.

그래서 양피지(羊皮紙) 위에 예언자 마호메트의 이름을 쓰고 이브라힘의 할아버지가 가르쳐 준 주문(呪文)까지 더 써서, 이것을 말아올린 돛 주변에 붙들어 맸던 것입니다. 우리는 예의 선원실 옆 창고 안에 들어가서 결과가 어떻게 될지 기다리고 있었습니다.

유령은 이번에도 지난번과 마찬가지로 휘젓고 돌아다녔는데 ─ 그래도 다음날 아침에 확인해 보니, 모든 돛들이 전날 밤에 말아올렸던 상태 그대로 말아올려져 있었습니다. 이날은 낮동안 배를 미끄러지게 달릴 만큼 돛을 올렸습니다. 이렇게 해서 우리는 5일 동안 상당한 거리를 계속 달렸습니다.

6일째 되던 날 아침, 드디어 얼마 떨어지지 않은 거리에 있는 육지를 발견했고, 우리는 알라신과 그 예언자 마호메트에게 기적적인 구조를 감사했습니다. 그날 밤에도 그 육지를 향하여 열심히 배를 몰았으며 7일째에는 저멀리 큰 도시가 보이는 곳까지 다가갔습니다.

그리고 천신만고 끝에 닻을 내렸는데, 그닻이 바다 바닥에 닿은 것을 확신하자마자 갑판 위에 있는, 작은 보트를 내리고는 건너편 도시를 향해 있는힘을 다해서 노를 저어나갔습니다.

반 시간쯤 가자 바다로 흘러나오는 강으로 들어갔고, 곧 그 강기슭으로 기어올라갔습니다. 도시의 문(門)에 이르러 우리는,

"이 도시의 이름이 무엇입니까?"

라고 물었으며, 그것이 인도의 한 도시란 것과, 당초에 우리가 정했던 항해 목적지와 그다지 멀지 않은 곳임을 알았습니다. 우리는 대상(隊商)들이 묵는 여관에 숙소를 정하고 그동안의 모험 여행으로 지친 몸과 마음을 안정시키기에 노력했던 것입니다.

이 여관에서 나는 주인에게,

"마법술(魔法術) 퇴치에 조예가 있는 사람을 만나고 싶습니다."

라고 부탁했습니다. 그리고,

"가급적 분별력이 있는 현인(賢人)을 만나고 싶습니다."

라고 덧붙였습니다. 그랬더니 주인은 도시에서 떨어진 한적한 거리의 한 모퉁이로 나를 데리고 갔고, 겉으로 보기에는 허름한 집 앞에서 걸음을 멈추었습니다. 그리고 현관을 노크하면서 나에게,

"무조건 '무라이'는 계십니까?"

라고 물으면 될 것이라고 귀띔을 해주는 것이었습니다.

집에 들어가자 회색 수염을 기르고 코가 큰 노인 — 키가 작은 노인이 맞아주면서,

"무슨 일로 오셨습니까?"

라고 물었습니다. 그래서 나는 그에게,

"무라이를 찾고 있습니다."

라고 했고 그는,

"바로 나입니다. 내가 그 무라이입니다."

라는 것이었습니다. 나는 얼른 예의 그 죽은 사람들에 대한 이야기를 한 다음 이렇게 물었습니다.

"그들을 어떻게 처리하면 좋겠습니까? 그들을 배에서 운구(運柩)하려면 어떤 방법을 써야 합니까?"

무라이는 대답했습니다.

"그배 위에 있는 사람들은 바다 위에서 어떤 악행(惡行)을 저지른 것이 원인이 되어 마법에 걸려든 것입니다. 내 생각에는 그들을 육지로 옮겨오면 마법에서 풀어질 것입니다. 그런데 그들을 운구해 오려면 그들이 쓰러져 있는 갑판을 억지로라도 잡아떼어야 합니다.

배는 물론, 그곳에 실려 있는 보물까지도 당신이 발견한 것이므로 신(神)과 정의(正義)가 내리는 것으로 보아, 당신의 소유입니다. 그러나 입밖에 그런 말을 내서는 안되며, 재물을 다소 나에게 떼어 준다면 그 죽어있는 자들을 처리하는 데 돕도록 내 노예들을 보내겠습니다."

나는 그에게 보수를 넉넉히 주겠노라고 약속했습니다. 이렇게 해서 우리는 톱과 도끼 따위를 든 5명의 노예들과 함께 출발했습니다. 가는 길에 무라이는 코란의 구절을 돛에 매어놓은 우리의 행운적인 착상을 칭찬해 주었습니다.

"그것은 아무리 칭찬을 해도 모자랄 정도입니다."

그가 하는 말에 의하면 그 방법말고는 우리가 구원받을 길이 없었다는 것이었습니다.

배에 도착한 것은 아침나절이었습니다. 일동은 곧 작업에 착수했는데 1시간쯤 지났을 때에는 이미 네 구의 시체를 거룻배에 옮겨 실었습니다. 몇명의 노예들이 그것을 육지에까지 운반해 갔습니다. 땅에 묻어야겠기 때문입니다.

그런데 그들이 다시 배로 돌아와서 말하기를,

"죽은 자들을 흙 위에 눕히자마자 금방 흙으로 변해 버렸기 때문에 매장하는 수고를 덜 수 있었습니다."

라고 하는 것이었습니다.

우리는 죽은 자들을 떼내는 작업을 계속하여 저녁때까지는 전원을 육지로 옮길 수 있었습니다. 마침내 마스트에 못박혀 있는 사나이 외에는 갑판 위에는 한 사람의 시체도 없게 되었습니다.

마스트에서 못을 빼려고 했는데 아무리 애를 써도 허사였습니다. 온갖 방법을 다 써가며 여러 명이 힘을 썼지만 끄떡도 하지 않았습니다.

"어떻게 하면 좋담?"

그렇다고 마스트를 톱으로 절단해서 그것째 육지까지 가지고 갈 수도 없는 일이었습니다. 그럴 때 무라이가 이 난처한 문제를 해결해 주었습니다. 그는 한 노예에게 명령했습니다.

"얼른 육지에 거룻배를 타고 가서 항아리 가득 흙을 담아오라!"

그리고 흙이 도착하자 마술사는 그것에 수수께끼 같은 주문을 불어넣더니 죽은 자 — 마스트에 못박혀 있는 선장인 듯한 자의 머리에 흙을 뿌렸습니다.

그러자마자 죽은 자는 눈을 번쩍 뜨고 숨을 크게 들이마시는 것이었습니다. 그리고 이마의 상처 — 못박힌 상처에서 피가 흐르기 시작했습니다. 그제서야 못은 쉽게 빠졌고 피를 흘리는 부상자는 한 노예의 팔에 기대어 쓰러지는 것이었습니다.

"나를 여기에 눕힌 사람은 누구입니까?"

그는 이윽고 어느 정도 정신이 들자 이렇게 물었습니다. 이때 무라이가 나에게 신호를 보냈습니다. 나는 고개를 끄덕이고 그 죽었던 자 앞으로 다가갔습니다.

"낯모르는 이국(異國) 분 같은데 우선 고맙다는 인사를 드리겠습니다. 당신은 나를 이 영원한 고통 속에서 구해 주셨습니다. 지난 50년 동안 내 육체는 이 바다의 파도 사이를 표류하고 있었습니다. 내 정신은 저주를 받았고 밤이면 밤마다 육체로 돌아오곤 했습니다. 그러나 이제서야 내 머리에 흙이 뿌려졌습니다. 나는 안심하고 조상들이 있는 곳으로 갈 수 있게 되었습니다."

내가 그에게,

"도대체 어떤 무서운 상태에 있었던 것인지 그 이야기를 들려주십시오."

라고 부탁을 하자, 그는 이렇게 말하는 것이었습니다.

"50년 전의 일입니다. 나는 고집이 세고 힘도 셌으며 명망(名望)이 있는 인간으로서 알제리에서 살고 있었습니다. 욕심도 많았던 나는 무장한 배를 타고 나와서 해상(海上)의 약탈행위를 일삼았답니다.

이렇게 해서 돈벌이를 짭짤하게 하던 어느 때의 일입니다. 이탈리아의 잔테에서 수중에 돈 한푼 지니지 않은 채 여행을 떠나려는, 한 탁발승(托鉢僧)을 배에 태운 적이 있습니다.

나와 내 동료들은 하나같이 난폭한 자들이어서, 그 탁발승의 신성성(神聖性) 따위는 염두에도 없었습니다. 도리어 그 사람을 놀림거리로 삼았었지요. 그런데 이 사나이가 어느 때 성스러운 열정에 사로잡히어, 나의 죄많은 인생행로(人生行路)를 낱낱이 지적하는 것이었습니다.

그러다가 밤이 되어 선원실로 돌아온 내가 조타수(操舵手)와 술을 마시고 있을 때, 탁발승은 화를 내며 우리를 습격했습니다. 그가 말하기를 — 어떤 술탄(回敎 지도자)이라 하더라도 나에게 그처럼 심한 말을 할 수 없었을 그런 말을 마구 하기에 나는 그만 노기충천하여 탁발승을 갑판 위로 끌어내고 그의 가슴을 향해 내 단검(短劍)을 찔렀습니다.

그랬더니 그 사나이는 단말마를 외치면서 나와 내 승무원들을 저주하는 것이었습니다. '머리를 흙 위에 눕히기 전에는 너희 모두는 죽지도 못하고 살지도 못할 것이다'라고요 — . 그리고 탁발승은 죽었습니다.

우리는 그를 바다에 던졌고 그자가 한 협박을 비웃었습니다. 그러나 그날 밤이 되자마자 그가 말한 저주는 실현되었습니다. 승무원 일부가 나에게 반기(反旗)를 든 것입니다. 무서운 분노와 함께 전투가 벌어졌는데 내 편은 마침내 모두 죽었고, 나도 마스트에 못박히고 말았습니다.

그러나 반란자들 역시 모두 부상을 입고 쓰러졌으며, 마침내 내 배는 거대한 묘장(墓場)이 될 수밖에 없었습니다. 나는 눈이 뒤집혔고 숨이 끊어졌습니다. 나는 내가 죽는 것으로 생각했습니다. 그러나 나를 속박해 놓은 것은 육체의 경직(硬直)에 지나지 않았습니다.

다음날 밤, 탁발승을 바다에 던진 시각과 똑같은 시각에 나와 내 승무원들은 눈을 떴습니다. 생명이 되돌아온 것입니다. 그런데 우리는 그날 밤에 이야기했던 것, 그리고 한 행위말고는 — 어떤 이야기도 할 수가 없었습니다.

이렇게 해서 우리는 그로부터 50년 동안 돛을 올리고 항해를 해왔는데, 죽을 수도 없고 살 수도 없는 처지였습니다. 아무리 애를 써도 육지에까지 갈 수가 없기 때문이지요.

태풍이 불어오면 언제나 미친 사람처럼 기뻐하며 모든 돛을 올리고 배를 전속력으로 달리게 했습니다. 어떻게든 육지의 단애절벽(斷崖絶壁)에 부딪치고 배와 사람이 산산조각이 나면 우리는 육지의 흙에 머리를 박고 죽을 수 있겠기 때문이었습니다.

그러나 그것도 뜻대로 안되었습니다. 배가 전진했다가는 후진(後進)을 하는데, 허구한 날 이처럼 전진·후진을 반복하니 우리는 항상 바다 한가운데에 떠있을 수밖에 없었지요.

그런데 이번에는 죽을 수 있을 것입니다. 다시 한번 당신에게 감사드리고 싶습니다. 낯모르는 기사(騎士)님! 내가 싣고 가던 보물들이 당신에게 조금이라도 감사의 예물이 될 수 있다면 — 이 배까지 모두 인수하십시오."

선장은 이야기를 끝내자마자 머리를 푹 숙이면서 영원한 작별을 고했습니다. 그 역시 그의 동료들과 마찬가지로 오직 한줌의 흙으로 돌아가고 만 것입니다.

나는 그 흙을 모아가지고 조그만 상자에 담았고 그것을 육지에 갖다가 묻어 주었습니다.

그리고 나는 이 도시에서 이제는 내 소유가 된 배를 수리해 줄 노동자들을 조달할 수 있었습니다. 배 위, 여러 곳에 있던 상품(商品)들은 다른 상품과 교환했는데 그것만으로도 짭짤하게 이익을 올렸습니다. 나는 마도로스를 고용하고 무라이에게는 답례를 충분히 한 다음, 내 조국을 향하여 배를 출발시켰습니다.

나는 멀리 돌아가는 항로를 택했습니다. 그리고 여러 섬과 대륙에 배를 대고는 지니고 있던 상품들을 시장에서 팔았습니다. 예언자 마호메트가 내 장사를 축복해 주었던 것입니다.

그로부터 9개월 후, 나는 죽은 선장에게서 받았던 것의 갑절이나 되는 재물을 싣고 바르솔라 항구에 도착했습니다. 바르솔라의 시민들은 내가 싣고 온 재물에 경탄을 금치 못했습니다. 그들은 내가 그 유명한 여행가인 신드바드가 다이아몬드 골짜기를 발견한 것과 같다고 믿는 것이었습니다.

나는 그들이 상상하는 대로 내버려두었습니다. 그런데 그때부터 이 바르솔라의 젊은이들은 18세를 전후하여 하나같이, 나와 같은 기회를 만들기 위해 바깥 세상으로 떠나곤 하는 것이었습니다.

그러는 한편에서 나는 조용하고 평화롭게 살아갔고 5년마다 한 번씩 메카로 여행을 떠났으며 그 성지(聖地)에 가면 알라신에게 감사하곤 했습니다. 모든 축복은 알라신이 내려준 것으로 믿었기 때문입니다. 그리고 그 선장과 그 일당을 위해 알라신이 그들을 알라신의 낙원(樂園)으로 인도해 주기를 기도하고 있습니다.

말을 하는 해골

　팔걸이 의자의 양쪽 팔은 무두질을 한 가죽 장갑 — 하얀색의 기다란 장갑을 끼고 있었는데 — 그 끝의 주먹은 장갑을 낀 손이었다. 장갑은 구멍투성이로서 못질이라도 해놓은 것 같았다. 손가락도 제대로 갖춰져 있지 않았다. 왼손은 4개, 오른손은 2개 반(半) — .

　이런 유물(遺物)들이 그 사람의 등받이가 높은 팔걸이 의자에 붙여져 있는 것이다. 그 이유는 하느님만이 알고 계실 것이다.

　앉은 곳에는 여러 색깔의 깃털들이 장식되어 있는, 차양이 넓은 모자가 — 방금 누군가가 돌아와서 그곳에 집어던진 것처럼 놓여 있었다.

　그러나 이 의자에는 먼지가 잔뜩 묻은 끈이 이쪽 팔걸이에서 저쪽 팔걸이까지 늘어져 있었다. 그리고 예(例)의 눈에 익은 플레이트가 걸려 있는데 거기에는 이른바 '손대지 마시오'라고 적혀 있었다.

　그것을 읽으면 이곳에 있는 이 모자는 이미 어떤 인간의 머리에도 올라갈 수 없다는 것을 금방 알 수 있게 된다.

　모자, 팔걸이 의자, 그리고 이 거실의 주인은 여행 안내서를 한번만 훑어보면 알 수 있듯이 — 또 차양 넓은 모자를 쓴 수위(守衛)가 이 성(城)을 찾아오는 관광객들에게 말한 것처럼 그 권세를 따를

자가 없는 '그리말디 각하'였다.

고인(故人)의 갖가지 소장품, 가구 집기들이 이 거실에 진열되어 있어서 열람토록 해준다. 도제(陶製) 파이프, 담배통, 냄새맡는 담뱃갑, 기도서(祈禱書) 몇권, 벨트 장식 금구(金具), 사도서간집(使徒書簡集), 권총, 새로 칠한 벽에 걸어놓은 엽총과 양검(洋劍) 종류, 갖가지 깃발과 화기(火器), 깃털 장식을 한 모자가 몇개, 한쪽 귀퉁이에는 가죽 장화 한 켤레와 탈화기(脫靴器), 방충기(防蟲器) ―.

또 고문서(古文書), 서간문(書簡文), 범선(帆船)과 나침반의 그림으로 장식된 수채색(手彩色) 지중해 지도(地圖), 그 옆에는 고인 자신의 유발(遺髮) ―.

스승의 해골은 검은 벨벳 쿠션 위에 놓여져 벽 틈속에 안치되어 있었다. 그리고 이 해골로부터는 이따금 위대한 스승의 목소리가 들려오는 것이었다. 입장료가 인상된 것도 이해가 되는 일이다. 스승은 순간적으로밖에 입을 열지 않았다.

만조(滿潮) 시간과 관계가 있다는 설이 있었다. 습도가 관계된다는 이설(異說)도 있었다. 3년 동안 그리말디 스승이 말했던 시각이 극명하게 기록되었다. 규칙성은 보이지 아니했다. 통계학(統計學)의 외삽법(外揷法)을 적용해 보아도 소용이 없었다. 모든 예측은 성립되지 않았다.

"시뇨르는 마음이 내킬 때에 이야기한다구요"

자료관의 수위들은 말했다.

"맞습니다. 시뇨르가 살아계실 때부터 그랬습니다."

신문에는 '그리말디 통신'이란 제목의 컬럼이 실렸다. 위대한 시뇨르의 목소리가 들릴 때마다 그 요지가 고지(告知)되었는데 말한 내용이 그대로 보도된 적은 없었다. 그래도 이 컬럼은 공란인 채로 발간되는 일이 많았다. 잡보(雜報) 밑에 백발(白拔)의 작은 띠가 남겨져 있는 일이 많았던 것이다.

왜냐하면 1주일 가까이나 시뇨르의 해골에서는 아무 말도 들려오지 않았기 때문이다. 그런가 하면 시뇨르가 같은 날에 두 번씩이나 입을 여는 일도 있었다.

평소의 컬럼에 '어제 3시 15분부터 5시 15분까지 고인의 두부(頭部)가 말했다'라는 식의 기사가 실리면 자료관의 수위 주임은 가까운 술집에 나타나서, 그 지방 사람이면 누구누구를 가리지 않고 그곳에 있는 사람들에게 아니스 향기가 나는 연록색의 술을 따라주었다.

수위 주임이 그처럼 술을 살 수 있었던 것은 시뇨르가 이야기를 하면 그의 모자는 팁으로 가득 차게 되는 것이었다. 경화(硬貨)라든가 지전(紙錢)이 돌 문지방 위에 수북하게 쌓이는 일도 있었다. 모자로는 다 받지 못하기 때문이다.

그리말디 각하의 음성을 들은 사람은 자기 이름을 증인록(證人錄)에 기재했다. 그것은 입장권을 파는 매표장 옆에 진열되어 있었는데 이 자료관에 오는 사람은 자유롭게 펼쳐볼 수 있었다. 그리고 이 책자를 모두 펼쳐본 사람은 누구나 모두 가능하다면 시뇨르의 말을 들은 증인록에 자기 이름을 영원히 남기기를 원했다.

그러나 얼마나 많은 사람들의 그 원망(願望)이 수포로 돌아갔는지 모른다. 수천 명의 사람들이, 이 넓은 방에서 기다리다가 지쳤던가……

이때 한 역사를 전공하는 젊은 학자가 — 한편으로는 통신기술의 연구에도 힘을 기울이고 있는 학구파였는데 — 말을 하는 해골의 현상에, 과학의 메스를 대보려는 시도를 했다. 그는 자료관 당국으로부터 위임장을 받아내는 데 성공했다.

당국은 시뇨르 그리말디라고 하는 돈줄을 아주 진귀한 존재로 다루어 왔는데, 그런 관점에서 과학의 파도가 밀려오는 것을 원하지 아니했다. 돈줄의 구실을 톡톡히 하고 있는 지금, 그것을 끊어 버리는 비탄의 바람이 불어와서는 안되겠기 때문이다.

그런 반면에 은밀히 숨기고는 있었지만 해골의 탁선(託宣)은 관리(官吏)들에게 공포심과 미신과 같은 전율을 불어넣고 있기도 했다. 그들은 이 젊은이의 사적(史的) 호기심에 은근히 기대를 걸고 있었다. 관리들은 이 젊은 역사학자에게서 용맹스럽고 과감한 기사(騎士)를 보았다. 신청된 학술 조사계획은 만장일치로 승인되었다.

역사학자에게는 자료관의 입관증(入館證)이 교부되었다. 그리말디 각하의 방 열쇠도 지급되었다. 이제 그는 마음대로 자료관에 출입하면서 행동할 수 있게 된 것이다.

첫날에 통신기술 연구가 겸 역사학자인 이 사람이 취한 조치는 실로 당연한 것들이었다. 수위 주임에게 포켓 테이프레코더와 마이크를 건네주고, 시뇨르가 무슨 말을 하거던, 즉시 스위치를 누르라고 부탁했던 것이다.

우선 시뇨르 그리말디 각하가 말을 하는 자료를 수집해야 한다. 그런 연후에 그 요인을 찾아내는 것이다. 자료 수집을 위해 자기가 꼭 그 성(城)에 있어야 할 필요는 없을 것이라고 이 연구가는 판단했다. 그런 일은 조수(助手)에게 맡기면 되는 것이다. 그는 이 작업을 수위 주임에게 맡겼다.

박물관의 수위란 사람들은 결코 근면하지 아니하다. 그냥 서있든가, 아니면 의자에 앉아 있다. 더러는 순찰을 돌기도 하지만 곧 옆의 구역을 담당하고 있는 동료와 만나서 몇마디 수다를 떨다가는

116

반짝반짝 윤이 나게 닦은 구두를 되돌리어 왔던 길로 돌아간다.

아직 글을 읽을 줄 몰라 '손대지 마시오'라고 써붙여 놓은 것을 모조리 만져 보면서 돌아다니는 어린이들이 입관(入館)하지 않는 한, 관람객들 사이에 비집고 들어가려고 하지 않는다.

그들로서는 관람객들 사이에 비집고 들어간다는 것 자체가 어쩌면 폭력이라고 생각했던 것이리라. 따라서 관람객들 사이에 결코, 비집고 들어가지 아니한다. 손으로 신호를 보내든가 눈짓으로, 혹은 혀를 차서 경고를 보내는 것이다.

수위 주임은 이제 학술조사의 조수도 겸임하게 되었는데, 위대한 스승 시뇨르가 이야기하는 동안, 멍하니 입을 벌리고 있는 관람자들이 삥 둘러 에워싸고 있는 가운데서 잠시 녹음을 하는 수고쯤은 문제도 되지 아니했다.

어느 날 아침, 역사학자는 신문에서 어제 3시 23분부터 3시 27분 사이에 고인(故人)의 두부(頭部)가 입을 열었음을 읽었다. 그는 곧 자전거를 집어타고, 의기양양하게 성(城)을 향해 달렸다.

그러나 이것은 한 가지 단서에 지나지 않는다. 문제는 산적(山積)되어 있다. 그렇다. 예컨대 시뇨르가 하는 말은 일정하게, 그리고 똑같은 개연성(蓋然性)으로 반복되어지고 있는 것일까? 아니면 그때마다 변하고 있는 것일까? 먼저 그것을 확실하게 파악하도록 하자고 그는 생각했다.

다음으로 시뇨르 그리말디가 내는 신호를 집계하고, 그 통신 시스템을 분석·연구하여 문제점을 밝혀내자. 발신자는 어디에 있는 것일까? 해골은 역시 통신회로(通信回路), 시뇨르가 하는 통신의 물질적 미디어인 것일까? 그러나 그 방법은 무엇일까? 메시지의 내용은 또 무엇일까? 그리고 그 목적은?

중세기(中世期)의 좁은 노지(露地)에서 역사학자가 탄 자전거의 바퀴가 울퉁불퉁한 포석(鋪石)에 부딪쳤다. 그때 그의 머리속에 번쩍이는 것이 있었다. 통신? 과연 ——.

그러나 원래 통신이란 무엇일까? 오늘날 사망한 인간의 음신(音信)을 대망(待望)하는 사람이 있을까? 또 죽은 인간이 몇대(代)에 걸쳐, 미래의 낯모르는 수신자(受信者)에게 무언가를 털어놓고 싶어할까?

통신이란 다이내믹한 시스템과 시스템 사이의 교환이다. 그런데 죽은 인간은 이미 다이내믹한 존재가 아니다. 하지만 시뇨르 그리말디는 이야기하고 있는 것이다. 이것은 역사적 음향현상(音響現象)이며, 그 이상의 것은 아니다.

통신기술 연구가가 얼른 방안에 들어가자 수위 주임은 자기 의자에 앉아서 경화(硬貨)와 지전(紙錢)을 세고 있었다.

"테이프는 어찌 되었습니까?"

돈 계산에 여념이 없던 그는 그제서야 수입금에서 눈길을 떼는 것이었다.

"예?"

"테이프는 어떻게 되었느냐니까요?"

그러나 수위 주임의 표정은 '그까짓 것, 무슨 상관이냐'고 반문하는 것 같았다.

그는 시뇨르가 하는 말을 녹음하기로 되어 있었던 것이다. 그렇게 주장하는 자가 악마라 하더라도 동의하지 않을 수 없을 것이다. 그리고 신문에는 분명히 어제 3시 23분부터 3시 27분까지 목소리가 들렸다고 적고 있는 것이다.

"한 시간 전에도 이야기를 했습니다만……"

경화가 그득하게 들어가 있는 가죽 주머니의 주둥이를 매면서 수위 주임은 말했다.

"그런데 그만 아깝게도 스위치 누르는 것을 잊었습니다."

"사과한다고 될 문제가 아닙니다!"

역사학자는 발을 구르며 고함을 쳤다. 그바람에 시뇨르 그리말디의 유품 진열장이 흔들리면서 몇개의 유품이 흔들렸다.

"이것 보십시오."

눈망울을 굴리면서 수위 주임은 이렇게 덧붙였다.

"그 누구도 그분이 하는 말의 마력(魔力)에 걸려들면 넋이 나가고 맙니다. 주임인 나도 넋이 나가서 녹음이고 뭐고 잊고 만 것이지요. 그건 누구도 다 그렇게 된답니다."

"그래요? 그말이 그토록 무섭단 말입니까?"

라고 역사학자는 물었다.

수위 주임, 즉 조수는 지전을 한장 한장 접어서 비어있는 담배케이스에 넣었다. 그리고 난 다음에 차양이 달린 모자, 즉 집금모(集金帽)를 머리 위에 쓰면서 말했다.

"시뇨르가 한 말을 입밖에 내는 것은 ─ 우리에게는 엄금되어 있습니다."

"누가 그런 엉터리 금령(禁令)을 내린 겁니까?"

"모르겠습니다. 그러나 규칙은 어디까지나 규칙입니다."

수위 주임은 대답했다.

공적(公的) 위탁(委託)을 받은 연구가는,

"나는 속물(俗物)이 아니오!"

라며 설명하기 시작했다. 그의 질문은 학문적인 근거에 바탕을 두고 있었으며, 국가로부터 연구비를 받고 있는 이상 명확하고 신뢰할 수 있는 자료, 어떤 이해관계에도 휘말리지 않는 자료가 필요하다고 설명한 다음 이렇게 덧붙였다.

"시뇨르 그리말디는 무슨 말을 했습니까? 예를 들어서 말해도 좋으니 어서 가르쳐 주십시오"

수위 주임은 창문 쪽을 바라보면서 일어나더니 요새(要塞)의 벽에 눈길을 주었다. 그 벽은 파도에 씻기고 있었다. 밖에서는 바다가 거의 만조(滿潮)를 맞고 있었다.

역사학자는 천천히 20리라짜리 지폐를 꺼내어 조수의 코밑에 내밀었다. 조수인 수위 주임은 다소 아첨하는 목소리로 말했다.

"그 꿩을 넘겨주라. 이런 멍청한 놈아."

그리고 지폐를 받아들고는 재채기를 했다. 지폐가 그의 콧속 점막을 자극했던 것이다.

"그것뿐이었습니까?"

역사학자는 물었다. 여행 안내서의 설명은 이것과는 전혀 다르다. 실로 신비적인 말을 한다고 격조높게 설명하고 있는데 꿩이라니 ─. 신비하지도, 격조가 높지도 않지 않은가.

그러나 어쨌든 간에 말을 하는 해골인 것만으로도 충분히 신비적이라고 수위 주임은 말했다.

"저어, 통신기사에……학자분이라고 해도 어디서 해골이 말을 한다는 이야기를 들어본 적이 있으십니까?"

"좋습니다. 그렇다면 함께 들어보기로 하시지요"

과학적 임무를 띤 사나이는 말했다.

그러나 며칠 동안, 이 두 사람은 아무것도 듣지 못하고 있었다. 밤이 되면, 함께 시뇨르 그리말디의 방안에서 지냈는데 아무 효과도 없었다. 한마디 말도 듣지 못했던 것이다.

역사학자는 포병대 막사에서 가져온 야전용 침대와 모포와 베개를 벽의 움푹 들어가 있는 곳에 놓고 잠을 잤다. 조수인 수위 주임은 대개의 수위들과 마찬가지로 낮동안에 앉아서 꼬박꼬박 조는 의

자에서 밤에도 잠을 잤다.

초저녁에는 언제나 와인을 마셨다. 술값은 예외없이 역사학자가 부담했다. 쓸데없는 말은 하지 않기로 했다. 위대한 시뇨르의 목소리를 놓쳐서는 안되겠기 때문이다. 그러나 들려오지 않았다. 목소리는 나지 않았던 것이다.

대저 역사학자 겸 통신기술자 등등의 사람은 짐짓 얼빠진 것같이 행동하면서 목적에 착수하고 열중하는 법이다. 이 젊은이는 '적당히'란 것을 몰랐다. 연구하는 현장을 잠시도 떠나는 일이 없는가 하면, 장식 끈과 '손대지 마시오'의 플레이트를 달고 외롭게 벽 틈새에 놓여 있는 그리말디 각하가 애용했던 그 옛날의 요강까지도 사용하고 싶어할 정도였다.

하지만 아무리 연구가인 그라 하더라도 역사적 유물을 함부로 사용할 수는 없었다. 뭐니뭐니해도 수위 주임이 이곳은 자기 담당구역이라고 생각하기 때문이다. 더구나 이 수위 주임은 어깨가 넓고 무거운 그물도 끌어올릴 수 있는 어부(漁父)의 주먹을 가지고 있었다. 통신기술자는 그와 맞붙는 것을 두려워했다.

그런 일이 일어났다가는, 그는 모든 것을 다 잃고 말 것이다. 안경도, 공적 임무도 — . 실제로 수위 주임은 이런 말을 하면서 위협을 가했던 것이다.

"학술연구 따위를 한다는 녀석이 수입(收入)에 지장을 주는 일이 있다면 그즉시 그리말디 자료관 스태프 전원의 이름으로 그 녀석을 고소하고 말 것이다. 우리에게는 국립 수위 노동조합(國立守衛勞動組合)이라고 하는 강력한 배경이 있다구. 조합은 조금이라도 현상(現狀)이 변경되는 일이 있다면 즉각 개입해 줄 것이니까."

역사학자는 그런 개입을 원하지 않았다. 그는 역사적인 요강의 사용을 단념했다. 새벽녘에 그는 방을 나와서 계단을 몇개 올라갔고, 이 성(城)에 신설한 화장실로 갔다.

중앙 유럽 시간으로 5시 51분이었다. 역사학자가 6시 0분에 방으로 돌아오자 '되감으시오'란 표시가 되어 있는 열쇠를 막 꽂으려고 하였다.

위대한 시뇨르가 말을 한 것이다.

공교롭게도 역사학자가 귀찮고 두려웠다는 듯이, 그가 방을 비운 사이에 말이다. 어쨌든 조수인 수위 주임은 멍청이가 아니었다. 시뇨르가 한 말은 녹음이 된 것 같았다.

그 녹음의 재생도 성공되었다.

먼저 묵직한 숨소리가 들렸고 찌익찌익 하는 잡음이 들어가 있었다. 혼란스런 녹음 소리 속에서 단편적(斷片的)인 단어가 들려왔다. 잡음의 혼란함은 이 연구가가 사건의 경과를 기록할 때에 필요한 것을 고안한 전문용어이다.

외치는 소리와 냉엄하게 지시하는 소리가 교차되면서 흘러나왔다. 벽에서 메아리쳤다. 진열 케이스가 울리면서 소리가 났다. 서서히 명령하는 소리가 울려퍼졌다.

"그 꿩을 넘겨주라. 이런 멍청한 놈아."

그것이 마지막으로 들린 말이었다. 그렁그렁 가래 끓는 소리가 들려왔고 말은 끝이 났다.

"언제나 이렇다니까요."

수위 주임은 말했다. 맨처음에 위대한 시뇨르의 헐떡이는 숨소리가 들려왔고 이어서 명령하는 소리가 들렸으며 목구멍을 그르렁거리고는 끝이었다. 보기에도 잔혹한 성과(成果)였다.

여기에서 넘겨주라고 명하고 있는 갖가지 물품들은 역사학의 세계에서는 주지(周知)하고 있는 것들뿐이었다. 책에서 볼 수 있는 것들이자 어느 박물관에서나 다 볼 수 있는 것들이었다.

딱 한 가지가 역사학자의 주의를 끌었다. 시뇨르 그리말디는 분노하여 고함을 지르며 중얼거리는 것이었다.

"바이올린에 개란 놈을 집어넣는 게 좋아!"

이말은 음악가의 소리라기보다 오히려 파락호(破落戶)의 소리에 어울린다고 연구가는 조수에게 가르쳐 주었다. 여기서 말하고 있는 바이올린이란 이방과 이웃한 방에 진열되어 있는 고악기(古樂器) 중 어떤 것을 가리키는 것이 아니었다. 이것은 고문도구(拷問道具)였다.

"그런 것은 알고 있습니다."

수위 주임은 말했다.

그래도 역사학자는 다시 설명을 계속해 나갔다. 봉건적인 지배시대에는 고문도구라든가 공격용구(攻擊用具)는 음악용어로 불렸던 것이다. 좀더 확실하게 말한다면 시뇨르의 말은 신불(神佛) 등의 계시(啓示)와 같은 성격의 것이 아니었다.

이 유명한 해골에게서 들을 수 있는 것은 일상(日常)에서 흔히 들을 수 있는 것임에 다름아니다. 그런데 역사학자는 레코더를 환멸적인 테이프와 함께 주머니 속에 집어넣었다.

이렇게 된 이상, 시뇨르의 말은 이제 중요성을 잃게 되고 말았다고 역사학자는 생각했다. 중요한 것은 물질적인 미디어, 통신회로(通信回路)이다. 이런 견지에서 이 해골 내지는 말을 한다는 이 머리를 철저하게 조사해 보자.

역사학자는 걸어가서 시뇨르의 해골을 벽의 틈새에서 들어올렸다. 그리고 그것을 야전용 침대에 두 장의 손수건을 깔아놓고 그위에 놓은 다음 이 사자(死者)의 두부(頭部) 공동(空洞)을 세심하게 주의를 기울이며 살펴보았다.

건조된 코일상(狀)의 것 속에 손을 넣었다. 안와(眼窩)에서 희미한 연기가 솟아올랐다.

그는 발견한 것들을 천천히 아침 햇살에 비춰보았다.

"신경(神經)이다!"

그는 외쳤다.

그때 실제로 역사학자의 손 안에 있었던 것은 회색과 하얀색의, 미라화(化)된 테이프 모양인 것이었다. 그는 공(空) 릴을 꺼내고 그 감겨 있던 테이프 모양의 것을 풀어가지고 둘둘 말아나갔다. 끝까지 다 말자 이 해골의 자료를 주머니 속에 넣었다.

"도둑이야!"

수위 주임이 고함을 질렀다.

"학술 연구를 위해서요!"

통신기술자 겸 역사학자는 이렇게 말하면서 방을 나섰다.

1주일 동안, 성(城)의 자료관에서는 아무 일도 없었다.

그리말디 통신의 컬럼은 백발(白拔)인 채로 남겨져 있었다. 문지방 위의 집금모(集金帽)는 빈 채로 있었다. 수위 주임은 술집에 모습을 나타내더라도 한쪽 귀퉁이에 자리를 잡고 앉아서 침묵을 지켰으며 동네 사람들에게 술을 사주는 일은 절대로 없었다.

"어떻게 된 거요?"

라며 동네 사람들이 물었다.

"성(城)의 관람객이 줄어든 거겠지."

누군가가 말했다.

"위대한 시뇨르가 입을 다물어 버렸대."

또다른 사람이 말했다.

"그게 아니예요!"

수위 주임은 반박했다.

"시뇨르는 얼마동안 휴식을 취하고 있는 게요. 죽은 사람이 입을 다물고 있다 해서 불만을 토로할 수는 없잖소. 또 이야기를 할 겁니다. 암 하고 말고요."

"그걸 어떻게 알 수 있소?"

담뱃가게 주인이 말했다.

"경험에 의해서 알 수 있소."

시무룩한 표정의 수위 주임이 대답했다.

"관리(官吏)에게 말을 하게 하고 그것을 녹음했다가 구경꾼들이 방안에 가득할 때마다 들려주면 될텐데 왜 그렇게 하지 않는 거요?"

라디오상(商)을 했었던 사람이 물었다.

"그건 사기(詐欺)요."

수위 주임이 잘라 말했다.

"하지만 돈벌이가 짭짤할 텐데……."

"나는 고인(故人)의 인격을 잘 알고 있습니다. 그런 짓을 했다가는 — 시뇨르는 무덤 안에서 펄펄 뛸 겁니다. 그뿐만이 아니지요 그분의 생애를 더듬어 볼 수 있는 숱한 물건들을 마구 부수는 결과가 되고 맙니다. 그 귀중한 물품들 때문에 지금도 수위들이라든가 청소하는 아줌마들이 밥을 먹고 살아가는 걸요."

이말을 들은 사람들은 수위 주임을 비웃었다. 그는 술집에서 나갔다.

수위 주임은 집으로 돌아오자 조합의 서기국(書記局)에 한 통의 편지를 써보냈다.

'국가가 인가하고 재정적인 원조를 하고 있는 학술조사가 실시되고 있기 때문에 그리말디 자료관의 수위들은 존망(存亡)의 위기에 빠져 있습니다.'

편지는 이렇게 시작되었다.

'이곳에 오는 사람들은 이제 시뇨르의 말을 들을 수 없기 때문에 실망하고 있습니다. 지난날에는 팁이 잘 걷히던 선생의 방이었는데 지금은 입실(入室)하는 사람들도 기웃거리다가는 허둥지둥 나가 버립니다. 관습에 따라 모자를 문지방에 놓아두지만, 관람객들은 그것을 주워가지고 '아저씨, 모자가 떨어져 있네요'라는 사람도 하루에 몇사람 있답니다.

　의기소침하여 빈 모자를 받아들고 공손히 인사를 하는 우리는 ― 그들의 눈에 모자 하나 제대로 건사하지 못하는 흐리멍텅한 감시인으로 보이지 않겠습니까. 이런 사태에 수위들은 신경을 곤두세우고 있습니다. 지금 이때야말로 조합의 개입이 기다려지는 때입니다. 불비(不備).'

　어느 날 오후, 벨소리가 나고, 몇 안되는 견학자(見學者)들이 시뇨르의 방에서 나갔을 때, 고인의 해골 앞에서 떠나지 않는 사나이가 있었다. 수위 주임은 공손한 말투로,

"어서 나가 주십시오. 벨이 울렸습니다."

라고 말했다.

　사나이는 돌아보았다. 그 얼굴은 온통 비듬으로 추하게 덮여 있었다. 손에는 하얀 붕대가 감겨져 있었고 그 붕대 사이로 손가락이 나와 있었다. 수위 주임은 손가락을 세어보았는데 전부 있는 것 같았다. 사나이가,

"조사를 끝냈습니다."

라고 말했을 때 수위 주임은 이 사나이가 누구인지를 알아냈다.

"아니, 어떻게 된 겁니까? 예?"

수위 주임은 피부병에 걸린 역사학자에게 물었다.

"뭘 그렇게 놀라십니까? 별것 아닙니다."

역사학자는 그렇게 말하면서 조그마한 흰 종이 봉지를 수위 주임에게 건네주었다.

"아니, 이게 뭡니까?"

"고인의 냄새 맡는 코담배와 다소 관계가 있는 물건입니다."

라며 젊은 역사학자는 익살스럽게 말했다.

"그건 농담이고요……. 이것은 학술조사의 잔재(殘滓)입니다. 부숴진 시뇨르의 신경인데 아마 외기(外氣)에 노출되었었기 때문일 것이겠지요. 점점 더 부숴지는 거예요. 그 과정은 다행하게도 필름에 저장되어 있으므로 재생시킬 수 있습니다."

"그럼, 시뇨르가 한 말은?"

수위 주임은 이렇게 질문을 하면서 몸을 부르르 떨었다.

"가지고 왔습니다."

통신기술자 겸 역사학자는 말했다.

"들어볼까요?"

역사학자는 가슴 쪽에 달린 주머니 속에서 소형 레코더를 꺼내어 수위 주임의 손바닥 위에 올려놓았다. 손가락 관절에 비듬이 하얗게 붙어 있었다.

"스위치를 눌러 보세요."

역사학자는 말했다. 수위 주임은 왼쪽 끝에 붙어 있는 키를 눌렀다.

위대한 시뇨르는 여전히 숨을 헐떡이었고, 소리쳤고, 고함을 질렀다.

"내 모자! 내 모자! 내 모자는 어디 있나?"

"내 얼룩말에 안장을 올려놓아라!"

"그 개란 놈을 물에 튀기도록!"

"지긋지긋한 탈화기(脫靴器)야!"

"디아나여! 장갑을 꺾은 곳이 찢어질 것 같아!"

그런 다음 시뇨르는 마실 것을 달라고 하고, 기침을 하고, 코를 풀고, 재채기를 하고, 트림을 했다.

시뇨르는 조용해졌다. 뒤이어 발코니에서 그 밑에 있는 군중에게 연설을 하는 것같이, 큰 소리로 이야기하기 시작했다.

"봉건사회가 몰락되고, 새 사회가 발흥(勃興)한다. 거기에는 종래와 같은 계급간의 대립 모순은 일어나지 아니한다. 사태는 변해 갈 것이다. 새로운 독재권력이 일어나서 옛 권력을 억압할 것이다. 그 꿩을 넘겨주라. 이런 멍청한 놈아!"

"이건 전대미문(前代未聞)인데요."

수위 주임은 정신이 아찔했다. 이런 말은 들어본 적이 없다.

"하지만…… 시뇨르 그리말디의 목소리잖습니까?"

역사학자는 물었다.

"예, 분명히 그렇습니다."

수위 주임이 맞장구를 쳤다.

"그러나 내용이 새롭습니다."

"그렇습니다."

역사학자는 말했다.

"새로운 부분은 조합의 서기장(書記長) 자신이 대사(臺詞)를 넣은 부분입니다."

"시뇨르가 이야기한 것과 아주 똑같습니다!"

수위 주임은 말했다.

그래서 역사학자는 설명하기를, 조합은 이번의 사태를 심각하게 받아들이고 어떤 결정을 내린 것이다. 즉, 이제 그말이 시뇨르 그리말디의 '신경(神經) 테이프'에서 나오지 못하게 된다면, 앞으로는 언제 어떤 때이든, 필요하다고 인정되면 컨트롤과 재생(再生)이 가능하도록, 이것을 근대적인 복제(複製) 시스템에 적응되는 것으로 개변(改變)하자는 것이다.

대단히 어렵게 되었다고 서기장은 역사학자에게 말했다. 중요한 것은 수위의 수입(收入)이 앞으로도 줄곧 안정되어야 할 것인데 앞으로는 시뇨르의 말이 테이프레코더에서 흘러나올 것이라고 ― .

'나는……'이라며 통신기술자 겸 역사학자는 말을 계속했다. 그런 말을 나누고 있는 사이에, 이 조합 서기장의 발성기관(發聲器官)이 시뇨르 그리말디의 그것과 아주 비슷하다는 점을 알아차렸다.

그 역사학자는 그만 무심히 입을 열었던 것이다. 언제든지 시뇨르의 말을 녹음한 테이프가 못쓰게 망가지거던, 서기장이 새로 녹음하면 좋을 정도라고 ― . 서기장은 당장 그렇게 하면 어떻겠느냐고 말을 했다.

역사학자가 조금이라도 반론(反論)을 제기하는 눈치를 보이는 날에는 가만두지 않겠다는 듯 두 주먹을 불끈 쥐고 있었다. 서기장은 그 '말'에 현상금을 다소라도 걸자고 했다. 그것이 싫다면 말을 하는 해골의 테이프를 산산조각내고 말겠노라고 했다.

그래서 이 조합의 서기장을 레코딩 스튜디오에 데리고 갔고, 예언을 하도록 시켰던 것이다. 서기장의 목소리와 시뇨르의 목소리를 듣고 분별하는 사람은 없었다. 누구나 모두 그것은 동일인(同一人)이라고 생각했을 것이다.

통신기사 겸 역사학자는 소형 테이프레코더를 위대한 시뇨르의 해골 속에 넣고, 인위적으로 해골로 하여금 말을 하도록 시키기 위해 조그마한 코드레스 스위치를 수위 주임에게 건네주었다.

이렇게 해서 시뇨르의 변덕에 놀아나는 일은 없게 되었다. 그날 저녁때도 수위 주임은 술집에 나타났고 동네 사람들에게 생선 수프를 대접했다. 그의 말에 의하면 그 역사학자, 즉 성(城)의 자료관에 출입하고 있던, 그 후회할 줄 모르는 연구가는, 마침내 벌을 받게 되었다는 것이었다.

"그놈은 개선(疥癬 : 옴)에 걸렸소이다. 어디서 옮아가지고 왔는지는 아무도 모르지만……."

수위 주임은 눈으로 확인했다는 것이다.

"그 젊은 놈은 함부로 지껄여댔고 마구 뒤지고 다녔는데, 그리말디 각하의 유물(遺物)에 무언가 바보스런 짓을 했던 거요. 자료관의 수장품(收藏品)들은 모두 옛날의 물질을 함유하고 있는데 그것이 그놈에게 복수를 한 것이오"

"여보게, 자네는 그 사나이를 도와주었고 심부름을 해주었지 않았나?"

테이블에 앉아 있던 사나이가 말했다.

"했소"

수위 주임은 대답했다.

"하지만 나는 유물을 함부로 만지지는 않았소이다."

그때 수위 주임은 왼손 집게손가락의 관절에 비듬이 붙어 있는 것을 발견했다.

"에잇, 빌어먹을!"

수위 주임은 이렇게 생각했다.

'우리 같은 수위가 개선에 걸리는 날에는 당장에 밥줄이 끊어질 텐데…….'

수위 주임은 손톱으로 비듬을 긁어서 떼내더니 테이블 위에 떨어

130

진 비듬을 혹 불어 버렸다.

　그 역사학자는 그 피부병 때문에 의학사(醫學史)에 이름을 남기
게 되었다. 이 질병은 부패된 신경과 접촉함으로써 생긴다는 것이
의학자 대부분의 견해이다. 이 질병은 전염성으로서, 예후(豫後)가
불량(不良)하다는 것이 특징이고 ──.
　또 그 발견의 경위에 따라 델마티티스 히스토리카, 즉 역사피부
(歷史皮膚), 또는 그리말디 개선(疥癬)이라고 명명(命名)되었다.

오르라하의 아가씨

 벨템부르크주(州)의 하르군(郡)에 있는 조그마한 마을 — 오르라하에 아주 성실하다고 마을 사람들에게 널리 소문이 난 농군(어느 사이엔가 이 마을의 村長으로 선발되어 있었다) 한 가족이 살고 있었다.

 이름은 그롬바하라고 했으며 루터교(敎)를 신봉(信奉)하고 있었다. 이 가정에는 하느님을 경외하며 정직을 모토로 하는 기풍이 있었는데 함부로 신심(信心)을 내세우는 일은 없었다.

 그 생활태도는 보통 농부의 생활과 변함이 없었으며 가축들의 외양간이나 들판에 나가서 하는 일이 유일한 작업이었다. 그롬바하에게는 4명의 자녀가 있는데 모두 아버지의 말에 잘 따르면서 들일을 하는 데 열정을 쏟고 있었다. 그중에서도 열심을 다한다는 점에서는 특히 20세가 된 딸 마그다레네가 두드러진 면을 보였다.

 타작이라든가 마(麻) 열매 따기, 풀베기 등은 이른 아침부터 밤늦게까지 몇주일씩이나 주로 그녀가 하는 경우가 많았다. 학교의 수업은 별로였다. 다른 일에는 재능을 발휘하면서도 수업에는 별로 힘을 들이지 않았으며, 졸업을 한 다음에도 책을 가까이하는 일은 그다지 눈에 띄지 않았다.

 기운이 넘쳐흐르지는 않지만 튼튼하고 발랄하여 이른바, 자연 그대로 성장한 ─ 건강한 아가씨이며 지금까지 한번도 병원에 가본 적이 없었다. 감기·몸살 한번 앓은 적이 없었으며, 경련·기생충·발진(發疹)·울혈(鬱血) 등을 일으킨 적이 없었다. 따라서 약 종류는 단 한 알도 먹어본 적이 없었던 것이다.

1831년 2월의 일이다. 그 이전에 그롬바하는 새로 암소를 한 마리 구입했는데 그 암소가, 똑같은 외양간이긴 하지만 당초 매놓았던 장소와는 다른 장소에 매어져 있는 사태가, 그것도 몇번씩이나 일어났던 것이다. 집안 식구들이라면 이런 장난을 절대로 할 리 만무하다, 그런 확신을 가지고 있었기에 그롬바하는 한층 더 이상한 생각이 들지 않을 수 없었다.

그로부터 얼마 안된 어느 날의 일이다. 외양간에 매어져 있던 세 마리의 암소 꼬리가 뒤엉키어 묶여져 있는 사건이 갑자기 일어났다. 마치 솜씨 좋은 기술자가 한 짓으로 의심되는 매듭이었다. 꼬리마다 묶여지고 다시 그 세 개의 꼬리가 하나로 묶여지는 희한한 일이 벌어지곤 하는 것이었다.

집안 식구가 이 꼬리 매듭을 풀어 주더라도 누구인지 모를 손이 어느 사이에 금방 다시 묶어놓고 말았다. 더구나 그 빠르기란 마치 전광석화(電光石火)와 같았다. 예를 들면 그것을 풀어놓고 인기척조차 없는 외양간에서 나가는 순간, 모든 소들의 꼬리가 다시 매듭지어지곤 하는데 그런 일이 하루에 네다섯 번씩이나 일어나는 것이다.

이런 기괴한 사건은 몇주일 동안이나 날마다 이어지다시피 했는데 그 장본인을 찾아내기 위해 눈에 불을 켜고 살펴보았지만 도저히 발견할 수가 없었다.

이런 일이 빈발하고 있는 시기에 있었던 일이다. 마그다레네가 마침 우유를 짜면서 쪼그리고 앉아 있는데 누군지 모르는 자의 손이 공중에서 날아오더니, 손바닥으로 세게 치는 바람에 쓰고 있던 수건이 벽에까지 날아갔고 그곳에 떨어졌다. 그녀가 지르는 비명을 듣고 달려온 아버지가 수건을 주워들며 두 눈을 동그랗게 떴다.

머리 부분이 하얗고 몸통이 검은 고양이 한 마리가 이 외양간에 출몰하게 되었는데 도대체 어디서 나타나고 또 사라질 때는 어디로 가버리는 것인지 아무도 알 수가 없었다.

어느 날, 이 고양이가 아가씨에게 덤벼들면서 다리를 물었다. 이빨자국이 그녀의 정강이에 몇군데나 나있었다.

아무도 이 고양이를 잡을 수가 없었다. 어느 출입구나 모두 닫혀져 있었기 때문에 어디서 나타나는 것인지 도저히 알 수가 없었는데 그 외양간에서는 새인지 큰 갈까마귀인지 그 정체는 알 수 없지만 시커먼 새 한 마리가 날아간 일도 있었다.

이런 크고 작은 갖가지 기묘한 사건들이 이 외양간에서 일어나는 사이에 어느덧 1831년도 저물어 가고 있었다. 그런데 1832년 2월 8일의 일이다. 아가씨가 동생과 함께 외양간을 청소하고 있던 중 외양간 안쪽 구석에서 무서운 불길이 올라가는 것을 두 사람은 목격했다.

"불이야! 불!"

"물을 가져와요! 물을 어서 가져와요!"

불길이 이미 지붕 위로 올라가자 그것을 본 이웃사람들이 여러 통의 물을 가져다가 부었고 불길은 곧 잡혔다. 이렇게 되자 집안 식구들은 공포감에 사로잡혔는데 불이 난 원인은 규명되지 않았다. 누군가 원한을 품은 자가 있고, 그 자가 불을 지른 게 아니냐고 추측을 하는 수밖에 없었다.

집안 이곳저곳에서 수상한 불길이 일어났는데 실제로 타버린 건물도 있었다. 이런 사건이 9, 10, 11일에 걸쳐서 발생했는데 결국에는 그롬바하의 요청으로 마을회의에서는 이집 안쪽과 바깥쪽에 낮이든 밤이든 감시원을 배치하기로 했다. 그런데도 불구하고 그후에도 이집 이곳저곳에서 소란이 일어났다. 이런 사태에 그롬바하네 가족은 하는 수 없이 이집을 비워놓지 않을 수 없었다.

그러나 이런 조치도 아무런 효과가 없었다. 왜냐하면 아무리 감시를 엄중하게 해도 어떤 때는 이쪽, 어떤 때는 저쪽에서, 지금은 비어있는 상태의 집이건만 수상한 불길이 솟아올랐기 때문이다.

이런 수상한 불길이 일어나지 않은 지 2, 3일 후의 아침 6시 반경 ─. 마그다레네가 다시 외양간에 들어가 보니 돌담 한쪽 귀퉁이 부근에서(그롬바하네 집은 일부분이 상당히 오래된 돌담을 기초로 삼고 있었다), 어린아이의 울음소리가 들려왔다. 얼른 달려가서 아버지에게 이런 이야기를 하자 아버지도 외양간으로 달려왔는데 그의 귀에는 아무 소리도 안 들리는 것이었다.

그날 7시 반경, 외양간 속 돌담 근처에 여인(女人)인 듯한 사람 그림자가 서있는데 아가씨는 그것이 아주 희미하게 보이는 것을 목격했다.

그리고 한 시간 후 아가씨가 소에게 먹이를 주고 있는데, 똑같은 사람 그림자가 나타나서 말을 하기 시작했다. 그 그림자는 이렇게 말하는 것이었다.

"이집을 어서 부숴 버리시오. 이집을 부숴 버려요. 내년 3월 5일까지 부수지 않으면 당신들에게 큰 재앙이 내리게 되오. 하지만 당장은 큰일이 없을 것이니 다시 집으로 돌아와서 살아도 되오. 오늘 중에라도 ─. 아까 말한 날까지는 아무 일도 일어나지 않을 거요.

만약 그전에라도 집이 불에 타 버린다면 그것은 어떤 악령(惡靈)의 소행일 것인데 당신네들을 지켜주기 위해, 그렇게 되지 않도록 내가 막아 주리다. 하지만 집을 내년 3월 5일까지 부수지 않는다면 재앙이 닥치더라도 내가 막아 줄 수 없소이다. 그런즉 꼭 그렇게 하겠노라고 약속을 하시오."

딸은 그 영혼을 향하여 시키는 대로 하겠노라고 약속했다. 아버지와 동생이 옆에 있으면서 아가씨의 이야기 소리는 들었지만 그밖의 것은 아무것도 듣지 못했고 보지도 못했다.

아가씨가 하는 말에 의하면 그 영혼은 여자 목소리를 내고 있었고 사투리가 섞이지 않은 독일어로 이야기했다는 것이다.

2월 19일 밤 8시 반경, 그 영혼은 아가씨의 베갯머리에 나타나서, "나는 당신과 같은 여성이며, 당신과 같은 날 태어났어요. 얼마나 긴긴 세월을 나는 이 근방에서 헤매고 있었는지 몰라요. 하느님이 아니라 마귀를 섬기고 있는 악령에게 나는 아직도 붙잡혀 있어요. 당신은 나의 구제를 도와줄 수 있는 사람이에요."
라고 말했다. 아가씨는 물었다.

"내가 ─ 구제받도록 도와준다면 무슨 보물이라도 주는 겁니까?"
영혼은 이렇게 대답했다.

"지상(地上)의 보물 따위를 마음에 두면 안돼요. 그런 것은 아무 득(得)도 되지 않으니까요."

4월 25일 낮 12시, 그 영혼은 다시 외양간에 있는 아가씨에게 나타나서 말하는 것이었다.

"오늘은 ─ 저어, 아가씨 ─ . 나도 오르라하에서 태어났으며 안나 마리아란 이름을 가지고 있었어요. 1412년 9월 12일에 태어났지요(아가씨의 생일은 1812년 9월 12일이다). 열두 살 때, 어수선한 분쟁 끝에 나는 수도원(修道院)에 들어가게 되었는데 내 의사는 아니었지요."
아가씨는 물었다.

136

"도대체 당신은 무슨 나쁜 짓을 했나요?"

그러자 영혼은,

"그런 것은 아직 당신에게 말할 수 없어요."

라고 대답했다.

그 이후 영혼이 아가씨에게 나타날 때마다, 영혼이 말한 것은 종교적인 것뿐이었는데 그중에서도 대개는 《성경(聖經)》에서 인용한 말들이었다. 그런 것을 제외하고 다른 이야기들은 아가씨의 기억 속에 거의 남아있지 않는 것들이었다. 그런 얘기를 할 때면 영혼은 이렇게 말하는 것이었다.

"수도원에 있었으면서 《성경》에 대한 것은 아무것도 알지 못한다고 생각하겠지만 《성경》에 있는 것은 거의 모두 알고 있어요."

영혼은 대개의 경우 〈시편(詩篇)〉 116편을 낭송하곤 했다.

어느 날의 일이다. 아가씨는 영혼에게 이런 말을 한 적이 있다.

"그다지 오래된 일은 아니지만 목사(牧師)님이 나에게 와서 ─ 다른 사람에게도 나타날 수 있느냐고 당신에게 물어보라고 말씀하셨습니다. 그럴 수 있다면 내가 환각(幻覺)에 싸여 있지 않다는 것을 알 수 있다면서요."

영혼은 대답했다.

"그 목사가 또 오거든 이렇게 말해요. 눈으로 확인할 수 없다고 하여 사복음서(四福音書)에 쓰여 있는 것을 당신은 믿지 않느냐고요. 내가(영혼이) 어떤 모습이더냐고 다른 목사도 물었을 거예요. (사실 그대로였다) 만약 어떤 목사가 또 그런 이야기를 하거던 그 목사에게 말해 주세요. '온종일 태양(太陽)을 바라보시오 그런 다음 태양이 어떤 것인지 말해 보시오'라고 ─."

아가씨는 입을 열었다.

"당신이 다른 사람 앞에 나타난다면 어느 누구도 다 믿게 되지 않을까요?"

이말에 대하여 영혼은 한숨을 내쉬면서,

"아아, 하느님. 제가 구제 받게 되는 것은 언제입니까?"

라고 말하더니, 몹시 슬픈 모습을 띠면서 모습을 감추었다.

아가씨는 혼자 남았다. 자기는 그 영혼을 상대로 하는 질문만을 생각하면 되는 것이다. 그렇게 하기만 하면 대답을 얻을 수 있으니까. 머리속으로 생각만 할 뿐, 결코 입밖에 내려고 하지 않아도 영혼은,

"벌써 나는 다 알고 있소. 나에게 알리기 위해 입을 열 필요는 없어요. 그래도 하고 싶거던 말해 보세요"

라고 이야기한 적이 있으니까 — .

아가씨는 그 영혼에게 자주 질문을 해보았다. 왜 그토록 괴로워하고 있는가? 악령에게 붙잡혀 있다고 하는데 도대체 어떤 상태인가? 왜 집을 부수지 않으면 안되는가? 등등의 질문을 해보았던 것이다. 그러나 그때마다 영혼은 얼버무리면서 대답을 회피하든가 탄식을 할 뿐이었다 — .

2월에서 5월에 걸쳐 영혼은 여러 날 동안 아가씨에게 나타났다. 그리고 언제나 신앙심이 깊은 이야기를 하면서 악령과의 관계를 비탄 섞인 어조로 암시(暗示)하는 일이 흔히 있었다. 언젠가는 이런 말을 한 적이 있다.

"당분간은 오지 못하게 될 거예요. 그대신 검은색을 띤 예(例)의 악령에게 당신은 괴로움을 당하게 될 거예요. 하지만 당신은 의연한 면을 보여주고 악령에게는 절대로 대답을 하지 않도록 하세요."

그럴 때에 일어나게 되는 현상에 대해서도 몇번이고 사전에 이야기해서 들려주었는데, 예를 들면 여러 모양의 인물로 변하여 언제고

나타날 것이라고도 말했다.

6월 24일, 세례 요한의 축제일 ─ . 집안 식구들 모두가 교회에 가고, 아가씨만이 점심 식사 준비를 하기 위해 집에 남아있었는데, 마침 부엌 부뚜막 앞에 있을 때의 일이다. 돌연 외양간 안에서,

"콰당!"

하며 큰 소리가 들려왔다. 무슨 일이 일어났는지 아가씨는 보러 가려고 했다. 그런데 부뚜막 위에, 묘하게 생긴 노란색 개구리들이 우글거리는 것이 눈에 띄었다. 그순간 기겁을 한 아가씨는 그중 몇 마리를 앞치마 속에 잡아넣으려고 했다. 부모가 돌아온 다음, 어떤 이상한 종류의 개구리인지 물어보려고 생각했던 것이다.

그런데 앞치마로 개구리를 움켜잡으려고 했을 때 누군가가 바닥 아래에서(아가씨는 예의 여자 영혼인 것 같다는 생각이 들었다),

"마그다레네, 개구리 따위는 놓아주라구요."

라고 말하는 소리가 들려왔고 개구리들은 감쪽같이 모습을 감추고 말았다.

7월 2일 아침, 아버지는 아가씨를 데리고 풀베기를 하기 위해 들판으로 나갔다. 두 사람이 집에서 60보(步) 정도 걸어갔을 때 아가씨는 이렇게 말했다.

"아니, 저곳에서 이웃사람이 소리치고 있어요. '이봐, 마그다레네, 나도 함께 가자구'라며 ─ ."

아버지 귀에는 들리지 않았는데, 그 목소리는 다시 한번 똑같이 말하는데 이번에는 비웃는 듯한 말소리가 ─ 아가씨에게만은 잘 들리는 것이었다. 그녀는,

"여기로 와요"

라고 말했는데 자세히 살펴보니 검은 고양이였다. 두 사람은 다시 걸어갔는데 그녀는,

"이번에는 개로군."
이라고 말했다.

두 사람이 들판 가까이까지 오자, 그곳에서는 검은 망아지로 변해 있었다. 그러나 아버지와 다른 사람들 눈에는 보이지 않았고, 계속하여 아가씨의 눈에만 비쳤으며 풀베는 작업도 하기가 아주 힘들었다.

7월 5일 아침 ─. 아가씨는 또 풀베기하러 나갔는데 어떤 목소리가 그녀를 불렀다.

"마그다레네, 언제나 당신을 찾아가는 그 여인은 대체 누구일 것으로 생각해?"

그렇게 말하면서 크게 비웃는 것이었다.

갑자기 아가씨가 아버지에게 소리친 적이 있었다.

"이번에는 무언가가 와요!"

그러자 목이 없는 검은 말이 나타났고 그녀의 앞과 뒤에서 마구 뛰어다녔다. 목은 방금 전에 베어 떨어져 버린 듯, 잘린 부분이 생생하게 빨간 상태 그대로 있었고, 목덜미에는 가죽 한 장이 덮여 있었다.

오후 12시 ─. 들판에서 풀을 말리기 위해 펴 너는데 검은 옷을 입은 한 사나이가 그녀 쪽으로 다가오더니 그녀의 움직임에 맞추어 들판을 오가며 이렇게 말을 거는 것이었다.

"언제나 당신을 찾아오는 여인은 진짜로 순진한 아가씨요 그 여인은 도대체 무엇을 원한다고 말합디까? 그 여인에게 대답을 하면 안돼요 나쁜 인간이니까요 그러나 나에게는 대답을 해주오 그렇게 하면 당신네 집 지하실의 열쇠를 주겠소 그곳에는 아주 옛날의 와인이 8통이나 들어있고 맛있는 것이 가득 들어있어요 당신의 아버지도 앞으로 오랫동안 술을 즐길 수 있을 것이오 이

140

건 한 번 고려해 볼 가치가 있는 일이잖소."

그렇게 말하면서 한번 비웃더니 어디론가 사라지고 말았다.

7월 4일 아침, 아가씨가 풀베기를 하러 나가자 목이 없는 시커먼 사나이가 찾아와서,

"마그다레네, 오늘은 풀베는 일 좀 도와주오. 한 줄을 벨 때마다 월계수(月桂樹) 은화(銀貨) 한 닢씩 줄 것이니. 내 타라 은화가 얼마나 멋진 것인지 당신도 한번 보면 — 틀림없이 풀베기를 도와줄 생각이 들 것이오. 내가 누군지 모르겠다고요? 여인숙집 아들이잖아요. 만약 내가 또 맥주 저장소에 가게 되면 당신에게도 맥주를 나누어 줄 거요. 풀베기 작업에 협력해 준다면 말이오."

라고 말하면서 거무튀튀한 사나이는 계속 우롱하는 웃음을 띠고 있었다. 15분쯤 그곳에 머물다가 떠나가면서 그는 이렇게 덧붙였다.

"그대에게 언제나 나타나는 그 여인(하얀 영혼을 가리키는 것이다)처럼 그대도 꽤나 순진한 아가씨로군."

얼마 후, 또 검은 옷을 입은 사나이가 돌아와서 들고 있던 큰낫을 보이며 말을 걸었다.

"당신네들이 평소보다 빨리 풀베기 작업을 끝낼 수 있도록 이 부근의 풀베기는 당신 몫까지 하겠소. 그 작업이 끝나면 당신은 나와 함께 가는 거요. 그때는 순진한 아가씨에게로 갑시다. 그곳에서는 먹을 것과 마실 것을 듬뿍 내놓는다구요. 어쨌든 나에게 친절하게 대하고 대답을 해주구려. 당신의 큰낫을 갈아 줄 것이니 이리 내놓으시오 —.

다 되었소. 이젠 썩 잘 들 것이외다. 땅 위에 난 이끼까지도 벨 수 있을 테니까요. 그리고 당신이 입을 열고 말을 한다면 수많은 타라 은화, 번쩍거리는 타라 은화도 줄 것이외다."

사나이는 계속 그녀를 따라다니고 있었다. 그녀는 이날 하루 온

종일 큰낫을 갈 필요가 없었다. 그정도로 큰낫은 언제까지나 잘 들었다.

낮 12시에 그 검은 옷 차림의 사나이는 또 다시 쇠갈퀴를 손에 들고 들로 나와서,

"일 잘하는 날품팔이들이 곧 올 것이오."

라고 말했다. 사나이는 마그다레네 뒤쪽에서 건초(乾草)를 뒤집으며 따라와서는 언제나 작업에 끼어들고 이야기를 걸었다.

"어찌되었든 입을 열어 주오. 바보로군요, 당신은 ──. 대답을 해주면 돈이 듬뿍 생길 텐데 ──. 어떤 대답을 해주더라도 보물을 주겠소. 나는 부자이니까요. 마그다레네, 계속 날씨가 좋아지도록 미사를 한번 드려 주오. 아무리 발버둥을 치더라도 당신을 위하는 일은 되지 않을 것인즉, 미사나 한번 드려 주오."

그렇게 말하자 사나이는 또 비웃으면서 모습을 감추었다.

이미 앞에서 말한 것처럼 아가씨는 루터교 신자로서 카톨릭교도가 아니다. 또 오르라하에는 단 한 명의 카톨릭 신자도 없었다.

검은색 일색으로 보이는, 이 사나이가 걸치고 있는 것은, 살아 생전에는 수도승(修道僧)이었다고 그후 그입으로 한 말을 들은 적도 있고 해서, 수도승이 입는 승의(僧衣)와 같은 것이라고 아가씨는 생각했다.

7월 5일 아침, 아가씨가 또 들판으로 나가 있자니, 이웃집 사람의 목소리로 그녀의 뒤에서 이렇게 부르는 자가 있었다.

"마그다레네, 그대는 숫돌을 안가지고 왔소? 오늘은 아무래도 뭐가 잘 안맞네. 나는 집에서 숫돌 가져오는 것을 잊고 말았어."

아가씨는 뒤돌아보았지만 별다른 대답을 하지는 않았다(그녀가 언제나 단호하게 피하고 있던 점이다. 실제로 인간의 목소리가 대답할 것을 요구한 것으로 확신이 서는 경우에도 그러했다). 자세히 살

펴보니 거무튀튀한 수도승이 서있는데 그는 또 이렇게 덧붙이는 것이었다.

"저어, 그 누구도 옛날에 있었던 곳에 언제나 갈 수 있다고 한다면 그것은 멋진 일이라고 생각되지 않으오? 그대는 사람을 분별할 수 없게 된 것으로 생각되오. 그대가 이미 사람을 분별할 수조차 없게 되었다면 죽고 말 것이외다. 잘 보시오. 나는 그대의 이웃집 사람이잖소. 그대 아버지는 오늘 가지고 가려던 저 책을 어떻게 할 참인지 원! — 미사라도 드릴 생각이었던가?"

이렇게 말하면서 그는 깔깔대고 웃었다(누군가가 아버지에게 《신약성경》을 가지고 가도록 충고했다. 괴상한 것이 나타나거던 곧 그것을 향하여 《성경》을 내밀어서 가리면 좋을 것이라고 말했는데 비가 와서 그만 그런 계획이 취소되었던 것이다).

"마그다레네."

사나이는 계속해서 이야기했다.

"그대는 큰낫을 제대로 갈지 않았군그래. 알겠는가? 이런 식으로 땅바닥에 앉아서 큰낫을 스커트 속에 밀어넣지 않으면 안돼. 앉아보라구. 알겠는가? 이렇게 갈아 주면 대답을 할 정도의 친절감은 일어난 게 아니겠소. 그렇게 하면 큰낫으로 지면(地面)에 난 이끼까지도 벨 수가 있고 그위에 번쩍이는 타라 은화를 듬뿍 받을 수도 있을 텐데 — 마그다레네, 등에가 그대를 물려고 하네(분명 그런 상황이었다). 내가 쫓아 줄게요."

사나이는 사실 등에를 쫓아 버렸으며 그날 하루는 더 이상 한 마리의 등에도 덤비지 않았다. 또 그녀의 큰낫 역시 더 이상 갈지 않았건만 온종일 풀을 잘 벨 수가 있었다.

사나이는 또 이런 말도 했다.

"그런데 저어, 마그다레네. 그대를 데리고 브라운스바하로(가까이에 있는 카톨릭 마을) 가게 해달라고 아버지에게 말할 생각이오. 그래서 좋은 날씨가 계속되게 해달라고 미사를 드리도록 하고…… 어쨌든 대답을 해줘야 할 게 아닌가?"

그날 오전 11시 반, 예의 검은 옷 차림의 수도승은 들판에 있던 아가씨가 있는 곳에 또다시 나타났다. 배낭을 짊어지고 큰낫을 손에 들고 풀을 베기 시작하면서 말을 걸어왔다.

"마그다레네, 그대가 이처럼 서투른 솜씨로 풀을 베면 동네 사람들로부터 수치를 당하게 되지. 그래서 말인데 나하고 거래를 할 생각은 없는가? 그대의 큰낫을 나에게 빌려주지 않으려오? 그렇게 하면 내것을 그대에게 빌려주겠소. 알겠소?

그렇게 해준다면 내가 지고 있는 배낭까지도 주겠소. 그속에는 그대가 아직 본 일조차 없는 번쩍번쩍 빛나는 타라 은화가 가득 들어있다오. 그것을 전부 주겠소이다. 어쨌든 나에게 대답을 하지 않으면 안되오. 내가 이곳에 온 것을 ─ 그대 아버지에게 바로 이야기하면 안되오. 그렇게 하면 나는 곧 돌아가지 않으면 안되니까요."

이말을 듣자마자 곧 ─ 그 승려가 나타났다 ─ 고 아가씨는 아버지에게 달려가서 말했다. 그러자 수도승은 금방 돌아서면서,

"나와 함께 그대도 가자구요. 좋은 날씨가 이어지도록 미사를 드려 줄 것으로 생각되니까."

라며 놀리는 말을 내뱉고 어디론가 사라져 버렸다.

7월 6일 아침 ─. 아가씨가 밭에 나가 있노라니 뒤쪽에서 하녀의 목소리가 들려왔다.

"마그다레네님, 어서 들판의 아버님에게로 가세요. 그곳에 갈 생각이라구요? 그럼 대답을 하세요."

아가씨가 돌아보니 하녀가 아니라 검은 송아지였다. 그것은 또 이

렇게 말했다.

"이것 봐. 이번에야말로 그대에게 한대 얻어맞을 뻔했었지만 ─.
그대 아버지말야. 《성경》 따위를 가지고 나와서 나를 쫓아낼 수
는 없을 것이오! 모두들 설득을 하려고 해도 아버지는 그럴 생각
따위는 없을 테니까 ─.

《성경》 따위가 뭐길래? 공갈일 뿐이라구. 미사가 훨씬 낫지. 몇
단(段)이나 고단수라니까. 저어 마그다레네, 나와 함께 브라운스
바하로 가자구. 계속해서 날씨가 좋아지도록 미사를 올리도록 하
고요"

7월 8일 아침, 다락방에 있던 아가씨가 침대를 정돈하고 있는 곳
에 예의 사나이가 나타나서 마을 여인숙의 하녀 목소리로, 등너머에
서 불러댔다.

"안녕, 마그다레네님. 우리집 주인어른과 아주머니가 마그다레네
님을 브라운스바하로 데려오라고 저를 이곳에 보내셨답니다. 수
도승님이 말씀한 대로 계속해서 날씨가 좋도록 미사를 드려 달라
구요. 그리고 1구르덴분(分)의 미사를요.

하지만 이렇게 하는 것이 48크로이츠아분(分)의 것보다도 고등
(高等)이니까요. 마그다레네님의 아버님도 1구르덴분의 미사를
드리시도록 아버님을 설득하시면 좋겠습니다. 건초를 듬뿍 집에
가져오려면 그일만 하더라도 엄청나지 않습니까? 그렇지요?"

결국 아가씨는 대답을 할 뻔했는데 들은 이야기를 귓가로 흘리면
서 침대를 정돈하던 손길을 멈추고 돌아보니, 예의 거무튀튀한 수도
승이었다. 상대방은 비웃으면서,

"지금은 이루어지지 않았지만 두고보라구. 틀림없이 확인을 시켜
줄 테니까. 가서 아버지에게 말하라구. 아버지를 위해 48크로이츠
아분(分)의 미사를 올려주겠다고 ─. 그것은 1구르덴의 값어치

가 있는 미사로 해줄 거야."

그렇게 말하고 또 웃더니 어디론가 사라져 버렸다.

그리고 얼마 후, 그녀의 여동생과 그녀는 외양간 들보 위에, 본일이 없는 조그마한 자루가 매달려 있는 것을 발견했다. 내리려고 하자 자루 속에서 쨍그렁 소리가 들렸다.

두 사람이 그 자루를 열어보니 그속에는 몇개의 타라 은화가 다른 경화(硬貨)와 함께 섞여 있었는데 모두 11구르덴이나 되었다. 이런 돈들이 어찌하여 이런 곳에서 발견되었는지 아무리 생각해봐도 납득이 안되는 일이었다.

가족들에게 물어보니 자기네가 가지고 있던 돈에서 없어진 돈이 없는 것 같았고, 그밖에도 이유가 될 만한 것을 확인해 보았지만 알아낼 수가 없었다. 그런 때에 검은 옷 차림의 수도승이 나타나서,

"그것은 그대의 돈이오. 마그다레네, 지난날 외양간에서 내가 한번 그대를 때린 적이 있었는데 그 보상으로 내놓은 것이오. 그돈은 H마을의 어떤 사나이에게서 뺏어온 것인데. 그 사나이는 그날 6카롤린의 사기(詐欺)를 쳤다오. 마그다레네는 고맙다는 인사를 해야 하오."

라고 말했다. 그러나 그런 식으로 주어도 아가씨에게서 말이 나오도록 할 수는 없었다.

그날 밤, 그녀에게 하얀 영혼이 나타나서 말하는 것이었다.

"아무리 이야기를 걸어오더라도 당신이 그자에게 대답을 하지 않았던 것은 훌륭해요. 그돈은 가지고 있지 말고 가난한 사람들에게 나누어 주도록 해요."

(집안 식구들은 결국 그 3분지 1을 슈투트가르트의 고아원에, 3분지 1을 하르의 救貧院에, 다시 3분지 1을 그 마을의 학교 기금으로 기증했다)

한편 그 하얀 영혼이 그때 덧붙여 말한 내용을 요약하면 대략 다음과 같다.

"그대가 가까운 장래에 하르에 가는 일이 있으면 누군가가 불러 세울 때까지 그 마을을 계속 걷도록 해요. 그 사람은 그대에게 돈을 줄 것인데 그것으로 찬송가 책을 사도록 하구요."

그후 아가씨는 하르에 갈 일이 있었는데 그곳 거리를 걷고 있노라니, 한 상인(商人)이 점포 안으로 불러들이는 것이었다.

"당신은 예(例)의 오르라하에서 온 아가씨이죠."

상인은 이렇게 물은 다음, 다시 그녀의 이야기를 듣고 나서 1구르덴의 돈을 손에 쥐어 주었다. 그녀는 그돈으로 얼른 찬송가 책을 샀다.

10일 날의 일이다. 아가씨가 마을 변두리 숲속에 있는 샘에서 가축들에게 물을 먹이고 있노라니, 예의 거무튀튀한 수도승이 또 다가왔다. 그는 이웃집에 사는 한제르의 목소리를 흉내내면서 이렇게 말했다.

"그대 아버지가 나에게 말했다오. 이봐 한제르, 지금 나에게는 심부름을 시킬 사람이 아무도 없네. 미안하지만 마그다레네가 있는 곳에 좀 갔다오려나? 그애는 지금 혼자서 가축들을 끌고 숲속 샘으로 가있어. 그러니 그 검은 옷을 입은 수도승인가 뭔가 — 그 자가 쫓아와서 대답하기를 억지로 강요할는지 모르네. 대답을 하게 되면 마그다레네에게 큰 변이 생길는지도 모른다고 말했어.

그래서 내가 이렇게 온 거요. 그 검은 옷의 수도승은 안 왔었지? 그건 그렇고 나도 하고 싶은 이야기가 있어 — 무슨 이야기인지 알고 싶지 않나? — 어제 내가 마그다레네 집에 갔을 때 — 그게 어제였던가, 아니면 그저께였던가 — 마그다레네가 우리 아이를 안고 정원으로 나갔었지?

그때 말야, 나는 마그다레네의 아버지와 단둘이서 이야기를 나누었는데 아버지는 마그다레네를 칭찬하면서 이렇게 말하더라구. 마그다레네는 이제 나이도 찼고 했으니 어서 여의어야겠다는 게야. 아니면 수녀원에 보내든지 — . 아버지 말치고는 묘한 말이란 생각이 들지 않나?

수녀원에 보내든지 시집을 보내든지 어서 내보내야겠다는 것이었어. 나는 아버지 생각이 잘못이라고 생각해. 수녀원을 어떻게 생각하나? 내가 군대생활을 할 때, 한번 수녀원에 들어가 본 적이 있는데 사람들이 평하는 정도로 나쁜 곳은 아니더라구. 다만, 이 말만큼은 해두어야겠어.

마그다레네와 사이좋게 지내는 여관집 딸 말야, 그 아가씨도 수녀원에 들어갈 것 같더라구. 하지만 결혼하는 편이 좋다고 생각되거든 분명하게 말해. 신부(新婦)가 될 생각이라면 착실한 신랑감을 구해 줄게. 눈여겨 보아둔 사람이 있나? 누군데?

결혼하고 싶다면 마그다레네가 일하고 싶은 만큼 일을 하는 게 좋아. 하지만 수녀원에 갈 생각이라면 아무 일도 할 필요가 없어. 그래서 말인데 — 여관집 카타리나가 수녀원에 가기로 마음먹은 것은 그 아가씨는 일을 하기 싫어하기 때문이야.

시집을 가든, 수녀원으로 들어가든 간에 그대는 이제 보리 다발을 묶을 필요는 없게 될 거야. 그대를 위해 내가 묶어 줄 것이니까. 아니 벌써 보릿단을 다 묶었다구? 그게 사실이야?"

아가씨는 상대방에게 대답을 하지 아니했다. 왜냐하면 그 목소리는 비슷했지만, 예의 검은 옷 입은 수도승이 아니라고 생각될 정도로 용모를 분장하지는 못했었기 때문이다. 이번에도 수도승은 슬그머니 사라지고 말았다.

그런데 그의 말대로 이웃집에 사는 한제르는(진짜 한제르 당사자)

그날 밤 그녀가 보릿단 묶는 작업을 도와주었다. 그 검은 옷의 수도 승이 낮에 숲속 샘물가에 나타나 자기(한제르) 시늉을 내면서 약속을 한 것 등을, 한제르 당사자는 알 까닭이 없었던 것이다.

7월 12일 10시 15분, 아가씨에게 예의 하얀 여인이 나타났다. 여인은 기도하기 시작했다.

"아아, 예수님. 저는 과연 언제나 구원을 받게 되겠나이까?"

그리고 이렇게 말했다.

"그대는 내 걱정거리를 더해 주고 있어요. 그 악령의 공격에도 의연하게 대처하세요. 어쨌든 절대로 대답을 하면 안됩니다. 그대가 만약 실수로라도 입을 열어서 '예'라고 대답하는 날에는 그대의 집은 그순간 불길에 휩싸이고 말 것이니까요. 지금까지 여러 차례나 소란을 일으키어 집안을 엉망진창으로 만들었던 것도 실은 그 악령의 소행이었어요.

나로써도 대항할 조치를 미처 취하지 못한 경우는 있어요. 그자는 그대를 점점 더 위협하겠지만 절대로 대답을 해서는 안돼요. 단 한마디라도 해서는 안돼요"

그리고 다시 옛날 수녀원이 있던 장소를 알려주겠다고도 했다. 여인은 그녀 앞에 서서 마을로부터 조금 벗어난 곳까지 가더니, 이곳이 그 장소라고 가르쳐 주었다.

7월 15일 아침. 아가씨가 혼자서 방안에 있는데 예의 검은 옷 입은 수도승이 곰의 모습으로 변하여 다가왔고 이렇게 말했다.

"이젠 잘 되었다. 너를 나 혼자 독차지할 수가 있으니까. 대답을 해라! 돈도 듬뿍 주겠다. 왜 그 여인(하얀 영혼)에게는 즉석에서 대답을 한 거냐? 그자는 돈을 주겠다는 약속 따위도 하지 않을 거야. 그런데도 그자에게는 시원시원하게 대답을 하고 나에게는 악착같이 대답을 안하다니! 그렇게 해서 도대체 무슨 득(得)이 있다는 게야?

아침 일찍부터 밤늦게까지 긴장과 고생의 연속이잖아! 외양간 청소라든가 우유 짜기, 풀베기와 탈곡까지 하면서 말이다. 대답 한 번만 하면 너는 부자가 되어, 한평생 동안 그런 힘든 일을 하지 않아도 돼. 대답 한번만 해줘! 그렇게 하면 이제 너를 성가시게 만들지 않을 거야.

그리고 농담만 지껄여댈 뿐 너에게 아무것도 주지 않는 그 순진한 여인도 나타나지 않게 되고 ─. 하지만 네가 대답을 하지 않으면 앞으로 내가 얼마나 괴롭힐지 그것은 나도 모를 일이다."

이런 일이 있은 다음, 이 검은 옷을 입은 수도승은 무시무시한 짐승의 모습으로 탈바꿈하여 나타나곤 했다. 예를 들면, 곰이라든가 뱀이라든가 악어의 모습이 되기도 하고 또는 인간으로 둔갑해서 나타나기도 했다.

어떤 때는 돈을 주겠노라고 약속하고 어느 때는 죽이겠다며 협박도 했다. 생각다 못해 몇번인가 《성경》을 집어던지자 그순간에 사라지곤 했다.

8월 21일에는 몸통 한복판에 머리가 붙어 있는 기괴한 동물이 되어 나타났다. 아가씨는 벤치에 앉아서 뜨개질을 열심히 하는 중이었다. 그녀는 그 괴물을 보자 그만 기절하여 쓰러졌는데 가까스로,

"저 시커먼 수도승!"

이란 말을 내뱉을 뿐, 그밖의 말은 그 누구도 알아들을 수 없는 말을 몇마디 지껄였을 뿐이다. 실신상태는 몇시간 동안이나 이어졌는데 이러한 발작은 다음날도 온종일 빈발(頻發)하는 것이었다.

그녀는 자기에게 다가오려는 것은 무엇이든 왼쪽 수족(手足)을 사용하여 막았었다. 좌반신(左半身)의 이런 조급한 상태는 가족들이 《성경》을 그 가까운 곳에 대면 특히 더 심해졌다.

150

부모는 이런 상태를 아무리 생각해봐도 이해할 수가 없었으므로 목사(牧師)를 모셔왔고 의사를 왕진(往診)시켰다. 의사가 아가씨에게,

"경련을 일으켰는가?"

라고 묻자, 그녀는,

"아닙니다."

라고 대답했다.

"그럼, 어디가 아픈가? 병에 걸렸다고 생각되는가?"

라고 물었지만 그녀는 역시,

"아닙니다."

라고 대답하는 것이었다.

"그럼 도대체 뭔고? 병도 아니고 경련을 일으키지도 않았다면……."

이라는 의사의 질문에 그녀는,

"검은 옷의 수도승이에요."

라고 대답할 뿐이었다.

"그 사람은 지금 어디에 있나?"

라고 다시 묻자,

"여기요."

라며 오른손으로 왼쪽 옆구리를 두드렸다.

그녀에게 사혈(瀉血)을 하고, 거머리로 피를 빨게 했다. 아가씨는 최면술에 걸린 것과 같은 일종의 몽유증세(夢遊症勢)에 빠져들었다. 그리고 그런 상태에서 이렇게 말하는 것이었다.

"이런 짓을 해도 아무 소용 없어요. 나는 병에 걸린 게 아닙니다. 애써보았자 모두 헛수고입니다. 어떤 의사 선생님도 고치지 못할 테니까요."

의사가 다시 물었다.

"그러면 도대체 누가 — 어떤 사람이라야 도움이 되겠나?"

그때 아가씨는 눈을 번쩍 떴다. 그야말로 전광석화(電光石火)처럼 —.

"나는 도움을 받았습니다. 이렇게 살아나지 않았습니까."
라며 아가씨는 기쁜 표정을 지어 보이는 것이었다.

"누가 도와주었다는 게야?"
여러 사람들이 입을 모아 질문했다.

"그 여인(하얀 영혼을 가리킴이다)이 구해주었습니다."
라고 아가씨는 대답했다.

그녀는 다음과 같이 그 경과를 설명해 나갔다.

"내가 쓰러지기 전에, 그 시커먼 영혼이 보기에도 흉칙스런 모습을 하고 덤벼들면서, 나를 붙잡고 목을 졸라 죽이려고 했습니다. 이번에야말로 대답을 하지 않으면 가만두지 않겠다면서요. 그래서 나도 이제는 꼼짝없이 죽었구나 하고 생각했을 때, 그 하얀 영혼이 나타났고 내 오른쪽에 섰습니다. 시커먼 영혼은 왼쪽에 섰구요.

나에게는 그렇게 보였는데 그때 두 영혼은 서로 싸우는 것 같았습니다. 나로서는 알아들을 수 없는 말로요 —. 어쨌든 싸우는 것만은 틀림없는 것 같았습니다. 결국 하얀 영혼 앞에서 시커먼 영혼은 물러갔고, 나는 정신을 차리게 된 것입니다."

실신상태에 있을 때 가족들이 그녀에게 던졌던 질문을 그녀는 전혀 기억할 수 없노라고 했다.

아가씨는 자기자신이 보여주었던 기괴한 상태에 대한 이야기를 듣고는 눈물을 흘렸고 가족들이,

"경련을 심하게 일으켰었어."
라는 말을 하자 한층 더 슬프게 울어대는 것이었다.

이런 일로 인하여 그녀가 매우 슬퍼하던 8월 23일의 일이다. 하

얀 영혼이 그녀에게 나타나서 이렇게 말하는 것이었다.

"마그다레네, 오늘은 속상할 일은 없을 거예요. 그대는 병에 걸린 것이 아니니까요. 가족들은 그런 상태를 도저히 판단할 수도 없고 이해할 수도 없어요. 그대는 앞으로도 몇번이나 쓰러지게 되는지 모르겠는데, 내가 지켜줄 것이므로 별다른 위해(危害)를 입지 않을 겁니다. 그리고 영혼을 믿지 않는 사람들을 경계하지 않으면 안돼요. 주변 사람들은 틀림없이 이렇게 말할 거예요.

어찌하여 그런 영혼이 알지 못하는 사이인 아가씨에게 나타나는 것이냐고요. 그 아이는 학교도 전혀 안다녔고 아무것도 모르는 아이이다. 그 아이에게 나타나는 영혼은 수녀였다고 하는데 수녀는 마리아님이라든가 십자가(十字架)밖에 모르는 법이다.

그런데 그런 사람들은 '형제들아, 내가 너희에게 나아가 하느님의 증거를 전(傳)할 때에, 말과 지혜의 아름다운 것으로 아니하였나니, 내가 너희 중에서 예수 그리스도와 그의 십자가에 못박히신 것 외에는 아무것도 알지 아니하기로 작정하였음이라. 내가 너의 가운데 거(居)할 때에 약(弱)하며 두려워하며 심히 떨었노라. 내 말과 내 전도(傳道)함이 지혜의 전하는 말로 하지 아니하고 다만 성령(聖靈)의 나타남과 능력으로 하여 너희 믿음이 사람의 지혜에 있지 아니하고 다만 하나님의 능력에 있게 하였노라'고 쓰여져 있는 책에 대해서는 모르고 있는 거예요.

그 아이는 미쳤다고 말하는 사람도 있는가 하면 최면상태에 빠져 있다든가 간질병에 걸렸다고 말하는 사람도 있을 거예요. 하지만 마그다레네. 그런 말들에 신경을 쓸 필요는 없어요. 그따위 항간의 소문은 모두 헛된 소리들이며, 그대의 고민도 내년 3월 5일에는 결판이 날 것이니까. 다만 집을 부수겠다고 한 약속만은 꼭 지키도록 해요."

이렇게 장황한 이야기를 한 다음, 하얀 영혼은 〈시편(詩篇)〉 16편을 외더니 다시 사라졌다.

이런 일이 있은 다음 아가씨의 아버지도 집을 부수고, 새집을 짓겠다며 여러 가지 계획을 세우기 시작했다. 어쨌든 여러 사람들에게 기이하다는 느낌을 주게 될 수밖에 없었다.

하얀 영혼이 다시 나타났을 때 그녀는 《성경》 속에서 뽑아낸 말들을 한 다음 아가씨에게 이런 말도 했다.

"아아, 그 시커먼 악령이 당신의 몸속에 완전히 들어가는 시기가 올는지도 몰라요. 그러나 안심해도 좋아요. 그렇게 되더라도 당신은 반드시 악령에게 사로잡힌 몸에서 자기 정신을 탈출시키고, 그 정신도 안전한 곳에 피난시킬 수 있을 것이니까요."

그말 그대로 8월 25일부터는 검은 악령이 시도하는 시련은 날로 심해져 갔다. 이제는 점점 더 무시무시한 모습으로 나타나서 그녀의 주변만 맴도는 것이었다. 그 시커먼 악령이 나타나는 순간 그녀의 내부 전체를 자유롭게 조종하기도 하고 그녀의 몸속에까지 들어가서 그녀로 하여금 악령의 어조(語調)로 악령의 말을 하게 하는 경우도 있었던 것이다.

8월 24일 이후로 예의 검은 옷 차림의 수도승이 아가씨에게 나타날 때에는 언제나 그런 행동을 하곤 했다. 아가씨는 일을 한참 하는 중에도 검은 옷의 수도승이 인간의 모습으로(기다란 僧服을 몸에 걸친 사나이로 둔갑하고 있었는데 짙은 안개 속에 있는 것 같아서 그 얼굴까지는 그녀도 확실히 말할 수가 없었다) 변하여 다가오는 것이 보이는 것이었다.

그런 때에는 검은 옷의 수도승이 두어 마디 말하는 것을 듣게 되는데 대개는,

"너는 아직도 나에게 대답할 생각이 없느냐? 내 공격법이 어떤

것인지 보여줄 것이니 정신 바싹 차리고 있거라!"
라고 하는 협박의 말투였다. 그녀가 응해 주지 않겠다는 태도를 완강하게 지키고 있자(물론 그녀는 한마디 말도 하지 않았다) 시커먼 수도승은 언제나 이렇게 말했다.

"그래? 그렇다면 네 마음 따위와는 관계없이 네 몸속으로 들어갈 것이다!"

그런 말이 들려오는 순간 검은 옷의 수도승이 자기 왼쪽 옆구리로 다가오는 것이 보였고, 차디찬 다섯 손가락이 목줄기를 잡자마자 몸속으로 들어오는 것을 느낄 수 있었다. 그와 동시에 그녀의 의식은 희미해지고 말았는데 실제로는 그 인격까지 잃었다고 해도 좋을 정도이다.

이렇게 되면 그녀의 몸속에는 그녀 자신은 있지 아니하고 — 그 몸속에서 내는 목소리는 그녀의 목소리가 아니며 시커먼 수도승의 목소리였다. 그러면서도 그녀의 입은 틀림없이 움직이고 있었고 악령에게 사로잡히어 일그러진 표정이긴 했지만 분명한 그녀의 표정임에 틀림없었던 것이다.

이런 상태인 때에 시커먼 악령이 그녀를 통하여 하는 말은 꺼림칙한 — 그래서 과연 악마가 하는 말 같았다. 도저히 이 아가씨가 하는 말이라고는 생각되지 않는 성질의 것이었다. 《성경》이라든가 구세주라든가 모든 신성(神聖)한 것을 모독해 보기도 하고, 아가씨를 '화냥년'이라고 부르는 등 음담패설까지 마구 늘어놓는 것이었다. 이 악령은 하얀 영혼에 대해서도 마찬가지로 마구 욕설을 퍼붓곤 했다.

그런 때 아가씨는 목을 왼쪽으로 기울이고 눈을 언제나 꼭 감고 있었다. 누군가가 그눈을 억지로 벌려 보면 눈동자가 위쪽으로 치켜 올라가 있었다. 왼쪽 다리를 끊임없이 이곳저곳으로 움직여 대는데 발바닥을 바닥에 붙인 채 완강하게 떼려고 하질 않았다.

다리의 격렬한 움직임은 발작을 하는 동안 줄곧 계속되었고(어떤 때는 4, 5시간에 이르는 수도 있었다) 바닥이 그 맨발에(왜냐하면 구두도 양말도 해지지 않게 하기 위해 신고 있지 않았기 때문이다) 의해 움푹 패일 정도였으며 마침내는 발바닥 여기저기서 피가 나오기도 했다.

그러나 이런 발작이 있은 다음, 피를 씻어내 보면 발바닥 피부에는 약간의 찰과상도 없었던 것이다. 발바닥은 좌우 모두 얼음처럼 차디찼고 그 발바닥을 남이 긁더라도 아가씨는 아무 감각도 느끼지 못하는 것 같았다. 그렇기 때문에 각성(覺醒)한 직후에도 그자리에서 빠른 걸음으로 몇시간씩이나 껑충껑충 뛰곤 하는 것이었다. 그러나 오른쪽 발은 따뜻한 온기를 유지하고 있었다.

이른바 최면술에 의한 기면상태(嗜眠狀態)에서 깨어나는 것과 흡사했다. 이 각성(覺醒)에 앞서 좌반신과 우반신의 투쟁이라고 해야 하는 것(惡靈과 善靈과의 투쟁)이 일어나는 수가 있다.

몸은 오른쪽으로 기우는가 하면 다음 순간 왼쪽으로 기울기도 하고, 결국에는 오른쪽으로 기울게 되는데 그 움직임과 동시에 아무래도 검은 악령이 다시 그녀의 몸에서 나오고 그녀의 정신이 몸으로 되돌아오는 것 같았다.

그녀가 눈을 뜬 다음에는 조금 전에 자기 몸에 어떤 일이 일어났었는지, 검은 악령이 자기 몸을 사용하고 있을 때 무슨 말을 했었는지 조금도 기억하고 있지 못했다. 눈을 뜬 다음에는, 교회 안에 있으면서 회중(會衆)과 함께 찬송가를 부르고 기도를 하고 있었던 것과 같은 생각이 드는데, 실은 그 입에서는 악마에게 미혹당하고 있던 말이 나오고 있었던 것이다.

그러나 이런 일이야말로 검은 악령이 그녀의 몸속에 들어가 있는 동안, 하얀 영혼이 그녀의 정신적 힘이 되어 준다고 약속했던 적이 있다. 질문을 받으면 대답을 하는 것은 그녀의 속에 있는 악령이었지만, 《성경》 속에 나오는 신성한 이름 등, 아니, 신성이란 말조차도 입밖에 내는 일이 없었던 것이다. 누군가가 《성경》을 그녀에게 가까이 대기라도 하면 그녀는 그 《성경》에 침을 뱉으려고 한다.

그런데 이런 상태에서는 입속이 말라 있었으므로 실제로는 한방울의 침도 나오지 아니했으며, 어쩐지 뱀이 '슈우!' 소리를 내는 것과 비슷한 소리를 내는 것이었다.

하느님에 대한 말을 할 때면 어쩐지 쭈뼛쭈뼛한 말투로 하는 것 같았다.

"내 주님이 또 주님을 그 머리 위에 모시고 있다니 꼴보기가 싫어. 그런 법이 어디 있담!"

이라고도 하였다.

그 검은 악령이 하는 말의 배후에는 아직 회개하게 될지도 모른다는 기대가 어렴풋이나마 보이는 면이 있었다. 뿌리에서부터 생겨난 악의가 아니었다. 하느님으로부터 용서받고 구제받을 가능성을 의심하고 있기 때문에 스스로도 회개치 않고 있었던 것이다.

의사들이 아가씨의 이러한 상태를 극히 평범한 질병이라고 진단한 것도 이상할 것은 없었다. 그 입장에서 하얀 영혼을 분명히 이 눈으로 보았다든가 검은 악령에게 매어 있다는 등, 아가씨가 발작을 일으키고 있는 도중에 명백히 한 말에, 의사들은 도무지 신빙성을 두지 않고 있었던 것이다.

그반면 이런 말을 하는 것은 번거롭게 《성경》 해석을 하기 때문이라고 볼 수밖에 없다는 이 현상도, 첫째로는 복음서(福音書) 등에서는 자명한 일로 설명되고 있다는 점이라든가, 두 번째로는, 일어나고 있는 일 자체가 조금도 의심할 여지가 없는 사실이어서 — 자기네들 의사들의 이론으로는 설명할 수 없는 것이라며, 이 두 가지 점을 인정할 수 없다는 소수의 의사도 있었던 것이다.

즉 그런 의사는 이 증세를 일반화하여 신경증(神經症)으로 보든가, 좀더 특수화하여 전간증(癲癎症)의 일종으로 보든가, 그 어느 쪽이 타당할 것으로 보았다 — 하지만 어떤 전간증과 비슷한 발작인가라는 질문에는 역시 아무래도 특정할 수가 없고 따라서 확신이 가지 않는다고 생각했던 것이다.

왜냐하면 이 선구증세(先驅症勢)로서 신체적인 장해가 조금도 인정되지 않으며 — 아가씨는 어떤 점에서 조사해 보더라도 질병을 앓은 적이 있다고는 말할 수 없었고(罹病의 사실도 없었으려니와 吹出物·月經不順, 기타도 없었다), 심한 경련에서 되돌아온 직후에, 금방 기운을 되찾으며, 활동적이고 쾌활하게 되곤 하기 때문이다.

발작이 지나고 눈을 뜰 때에는 (앞에서 설명한 것처럼) 그녀는 교회에서 찬송가를 부르고 있었다고 생각하며 — 찬송가를 부르고 있는 느낌에 싸여 있었는데, 실은 검은 악령이 그녀의 입을 빌어가지고 이상한 목소리로 하느님을 모독하는 지극히 파렴치한 말을 했었던 것이다.

우반신(右半身)은 발작이 최고조로 달했을 때도, 따뜻하고 평정을 유지하고 있었는데 왼쪽 발은 얼음처럼 차고, 믿어지지 않을 만큼 힘을 주어가며 4시간 동안이나 계속 상하운동을 반복하며 바닥을 탕탕 두드리고 있었다.

그러나 입 언저리에서 거품을 내뿜는 일도 없었고 두 손도 엄지손가락을 구부리는 등 경직(硬直)이 일어나지도 아니했다. 한번은 왼쪽 엄지손가락을 구부린 적이 있었는데, 그것을 보통 상태로 되돌려놓기 위해서는 곁에 있는 사람이 소리 한 번 지르는 것으로 충분했다.

158

그런데 말이다, 신체적인 질환에 의한 빙의망상(憑依妄想)이라든가 부분적으로 정신착란으로 이행(移行)되어가고, 특히 왼쪽 부분에서 이미 진행이 되고 있는 척수조직(脊髓組織)의 파손이 원인인 전간증이라는 의견이 언제나 대세를 차지하고 있었다.

이 치료법이라 하여 예로부터 전해오던 것으로, 베라돈나라든가 산화아연(酸化亞鉛), 기타를 투여한다든가, 토주석연고(吐酒石軟膏)를 바르는 것이 있었으며 속효(速效)를 기대할 경우에는 담금질을 하는 게 좋다고조차 했었다.

그러나 다행스러웠던 것은 자연을 존중하는 소박한 부모의 사고방식은 이런 이치에 맞지 않는 처방이 실제로 이루어지는 것을 인정하지 않았다. 딸의 이 우려되는 상태도 내년 3월 5일까지는 반드시 호전될 것이며, 다만 그때까지 이집을 부숴 버리도록 하라고 언제나 분명하게 이야기한 그 하얀 영혼의 말을 믿을 뿐이었다.

그래서 어떤 의사의 어떤 처방도 그 부모의 생각을 바꾸어 놓을 수는 없었던 것이다. 그리고 그런 생각에서 부모들은 옛집을 부수고 새집을 지을 준비에 착수하고 있었다.

딸의 이런 상태가 5개월 이상이나 계속된 다음, 의학에도 다소 식견이 있고 최면술 등도 한다는 시오세이의 요청을 받은 부모가 아가씨를 한번 진찰해 달라고 청하기 위해 몇주일 간 맡겨둘 예정으로 시오세이의 집에 데리고 갔는데, 딸이 악마에게 붙잡혀 있다고 믿고 있는 부모의 생각을 굳힐 말은 한마디도 하지 않았다.

만약 그런 케이스라면 한층 더 편견에 사로잡히지 않고 관찰을 하도록 해야겠기에 주로 딸의 신상을 염려했기 때문이다.

시오세이는 오히려 아가씨의 상태는 보통 약제(藥劑)로는 효과를 볼 수 없는 병이며 따라서 부모가 지금까지 이 약 저 약 쓰지 않고 거부했던 것은 잘한 일이라고 말했다 — 아가씨에 대해서도 기도와

감식(減食) 이외의 방법은 권유하지 않았다.

시험 삼아 그녀의 눈앞에 불과 두어 차례, 손을 움직이면서 최면을 걸어보니 그때마다 악마도 금방 대항하는 조치를 취하여 아가씨의 손을 움직이게 함으로써 이쪽을 약화시키고자 하였다. 이런 상태이므로 이런 시도뿐 아니라 모든 치료법을 중지했는데 시오세이는 조금도 걱정하지 않았다.

그도 그럴 것이 시오세이는 이 상태가 어떤 종류의 빙의적(憑依的)인 최면상태라고 보았으며 3월 5일까지는 회복된다고 약속한 선령(善靈)의 예언을 믿었기 때문이다. 이렇게 믿은 시오세이는 깊이 생각하지 않은 채, 데려올 때의 상태 그대로 그녀를 오르라하의 부모에게 돌려보냈다.

물론 시간을 충분히 들여가면서 상세하게 관찰한 연후에 — 이런 케이스에는 사람들을 속이려고 하는 흔적도 없으려니와, 아가씨 쪽에서 고의로 발작에 동조하고 있는 흔적도 없다고 확신한 끝에 취한 조치이다.

부모에게 시오세이는 아가씨의 상태를 구경거리로 삼지 말 것, 그리고 시오세이의 집에 체재하고 있는 동안 그녀의 건강을 생각하여 시오세이조차도 하지 않았던 것인데 — 악마에게 어떤 질문도 하지 말 것 — 이런 점들을 특히 부탁했다.

그런데 이러한 아가씨의 상태에 큰 관심을 가지고 있던 부모 때문이 아니라, 소문을 듣고 대거 몰려오는 구경꾼들 때문에 시오세이의 그런 경고도 지켜지지 못했던 것이다. 호기심에 이끌린 숱한 사람들이 그때까지 이름없는 한촌(寒村)이었던 오르라하로 몰려왔고, 이악마에 씌웠다는 아가씨의 발작상태를 보고 들으려고 했던 것이다.

이런 상황은, 그러나 이 상태의 특이성(特異性)을 확인하려는 자가 시오세이 외에도 몇몇 사람에게 기회를 제공하는 면도 가지고 있었다고 말할 수 있을는지 모를 일이다.

부르지 아니한 구경꾼들 틈에 섞이어 일부러 여기까지 와준 게르바 목사(牧師)도 있었는데 이 인물은 마지막으로 발작했을 때의 아가씨를 면밀하게 분석해 본 다음 〈디다스카리아〉지(誌)의 한 논문으로 그 고찰(考察)을 발표한 바 있었다. 그 이야기를 뒤에서 좀더 자세하게 설명하겠다.

3월 4일 오전 6시, 아가씨가 아직 고가(古家)의 자기 침실에 있을 때의 일이다. 실은 이 고가는 철거작업이 착착 진행중이었는데 예의 하얀 영혼이 돌연 나타났다. 그 영혼은 어찌된 일인지 번쩍번쩍 빛나는 빛을 띠고 있어서 아가씨도 오래 바라보고 있을 수가 없었다.

그 얼굴과 머리는 어떤 눈이 부시도록 빛이 나는 새하얀 베일로 싸여져 있었고, 몸에 걸치고 있는 것도 광택이 나는 기다란 백색 가운인데 두 발까지 완전히 덮고 있었다. 그 영혼은 이렇게 말했다.

"인간은 어느 영혼도 자신이 구제(救濟)한 힘으로 천국에 가는 것이 아니오. 그때문에 구세주가 이 지상에 나타나시어 모든 사람들을 대신하여 수난을 당했던 것이라오. 하지만 나를 지금까지 이 하계(下界)에 붙잡아둔 현세적(現世的)인 것도, 당신에 의해 나로부터 떨쳐 버릴 수가 있을 것이오.

즉 나에게 짓눌림을 가하고 있던 죄를 당신의 입을 빌어 세상에 전함으로써 그것이 이루어지게 된다는 말이외다. 아아! 누구든 사태가 끝나기를 기다리지 말고, 즉 죽기 전에 자신의 죄를 세상에서 고백을 해야 하오. 내가 22세 때의 일이었소.

조리사(調理師)로 둔갑한 그 수도승, 즉 검은 영혼 때문에 나는 수녀원에서 수도원으로 유괴당했던 것이오. 그리고 그의 씨를 잉태하여 두 아이를 낳았는데 두 아이 모두 태어나자마자 곧 그의 손에 의해 죽음을 당하고 말았다오. 우리의 불행한 맺음은 4년이나 계속되었고 그사이에 그는 3명의 수도승도 죽였소.

나는 이러한 그의 범죄를 밀고(密告)했는데 증거가 완전하지 못했소이다 ─. 그래서 그는 나도 죽인 것이오. 아아! 할 수만 있다면(영혼은 다시 한번 아까 했던 말을 반복했다) 누구든 사태가 끝나기까지 기다리지 말고 죽기 전에 자신의 죄를 세상에 고백을 해야 하오."

이렇게 말한 다음 하얀 영혼은 아가씨 쪽으로 그 새하얀 손을 내밀었다. 아가씨는 그 손을 맨손으로 잡을 용기가 나지 않아서 그녀가 손에 들고 있던 손수건을 꺼내어 싸보려고 했다. 그때 아가씨는 그 손수건이 끌려가는 것을 느꼈고 그것이 반짝거리며 하얀 빛을 내는 것도 목격했다.

그때 영혼은 지금까지 줄곧 자기 말에 따라준 점에 대하여 사례하고 자기는 현세적(現世的)인 것에서 이제 완전히 해방되었노라고 분명하게 말했다. 그렇게 말한 다음,

"예수님은 죄인들을 인도하시어……"

라든가 그밖의 말도 하였다. 아가씨는 그 영혼이 드리는 기도 소리를 듣고 있는 것으로 생각했는데 그 모습은 이미 보이지 아니했다.

영혼이 아직 아가씨 앞에 서있을 때의 일인데 그 영혼을 향하여 불꽃을 토해내고 있는 검은 개 한 마리를 아가씨는 시종 목격하고 있었다. 단, 그 불꽃이 하얀 영혼에게까지 닿지는 않았던 것 같다. 그러나 아가씨 손에 감겨져 있던 손수건에는 손바닥 크기의 시커멓게 불탄 구멍이 뚫렸고 그 구멍 위쪽에는 다섯 개의 손가락이 찌른 것 같은 작은 구멍 다섯 개가 나있었다.

분명 불에 탄 흔적인데 그러나 불탄 냄새는 전혀 나지 않았고 영혼이 하얀 빛을 발할 때도 아가씨는 그 냄새를 조금도 느낄 수가 없

162

었다.

이 충격에 아가씨는 졸도하고 말았는데 때마침 가족들이 그 방안으로 들어왔고 아가씨를 곧 베른하르트 필샤라는 농민의 집으로 옮겨놓았다. 왜냐하면 그롬바하가 이미 집을 부수려고 서둘렀기 때문이다.

그 농민의 집에 들어간 지 얼마 안되어 마그다레네에게 예의 검은 영혼이 나타났다. 이전에는 검은색 일색이었는데 이번에는 머리가 어느 정도 하얗게 바뀌어 있어서 삭모(槊毛)처럼 보였다. 검은 영혼은 이렇게 말을 시작했다.

"자아, 보았지? 이렇게 변하여 나도 나타났다! 그리고 이것이 마지막이 될 것이니 너도 실컷 울어다오. 내가 어느 만큼이나 하얗게 되었는지는 너도 보아서 알겠지?"

그렇게 말한 다음 아가씨에게로 다가왔고, 차디찬 손으로 그녀의 목덜미를 움켜잡았다. 그녀는 실신을 했는데 검은 영혼은 그녀의 속으로 들어갔다. 그녀의 얼굴은(어느 목격자의 증언에 의하면) 창백해졌고 눈은 꼭 감겨져 있었다.

누군가가 그 눈꺼풀을 뒤집어 보니 안구(眼球)가 완전히 코 쪽으로 쏠려 있었으며 해맑은 눈빛은 아주 희미하게 남아있을 뿐이었다. 맥박은 정상이었다. 왼쪽 다리는 끊임없이 움직이는데 좌반신은 우반신에 비하여 이상할 만큼 차디찼다.

일요일 밤에서부터 화요일 낮까지 아가씨는 아무것도 먹지 않고 있었다. 이 기간은 배설작용 역시 안보이게 되었다. 이렇게 해서 그녀는 다음날 낮까지 계속하여 검은 영혼에게 씌워져 있는 상태로 있었다. 처음에는 이 검은 영혼이 말하기를,

"내일 11시 반까지는 나가지 않을 것이다."

라고 예고했었다. (그리고 그것은 그대로였다) 다음에는,

"만약 내가 〈베드로전서(前書)〉에 쓰여져 있는 말에 따랐더라면 이곳에는 오지 않았을 것이다."
라고 말하면서 〈베드로전서〉 제2장 21~25절의 말씀을 외우는 것이었다.

"이를 위하여 너희가 부르심을 입었으니, 그리스도도 너희를 위하여 고난을 받으사 너희에게 본(本)을 끼쳐 그 자취를 따라오게 하려 하셨느니라. 저는 죄를 범치 아니하시고 그 일에 궤사(詭詐)도 없으시며, 욕(辱)을 받으시니 대신 욕하지 아니하시고, 고난을 받으시되 위협하지 아니하시고, 오직 공의(公義)로 심판하시는 자에게 부탁하시며 친히 나무에 달려 그몸으로 우리 죄를 담당하셨으니 이는 우리로 죄에 대하여 죽고 의(義)에 대하여 살게 하려 하심이라. 저가 채찍에 맞음으로 너희는 마음을 얻었으니 너희가 전에는 양(羊)과 같이 길을 잃었더니 이제는 너희 영혼의 목자(牧者)와 감독 되신 이에게 돌아왔느니라."

그날 중에 단 한 번이라도 아가씨를 보고, 소문으로 듣던 악령에게 질문을 퍼부어야겠다면서 숱한 사람들이 오르라하로 몰려왔다. 수도원이라든가 성(城), 나아가서는 마을 일원의 고적(古跡)에 대해서 악령은 모르는 게 없는 것 같았다. 질문자의 말에 대하여 정확한 설명을 했는데, 다소라도 빗나간 질문을 하는 사람이 있으면 우롱과 기지로 나무라는 것이었다.

경찰이 경고를 하자 구경꾼들도 흩어졌다. 밤이 되었는데 악령은 기도가 끝났노라고 선고했고 이로써 예수님의 이름도, 《성경》도, 그리고 천국·교회라는 말도 할 수가 있으며 기도를 마음대로 드릴 수 있게 되었을 뿐만 아니라 종소리도 잠자코 들을 수 있게 되었다며 자못 기뻐했다. 단, 여름 동안에 이 악령이 회개했더라면 더욱 좋았을 것이란 생각이 든다.

164

악령은 자기 죄에 대해서도 이렇게 말했다.

"우리 아버지는 오르라하에서 한 시간 가는 거리쯤에 있는 가이스링겐의 귀족이었다. 당시 아버지는 코헤르강과 뷰라강 사이에 있던 레벤부르크 바이 가이스링겐에, 도적기사(盜賊騎士)가 살고 있었던 성(城)을 가지고 있었는데 그 성터는 지금도 남아있을 것이다. 나에게는 두 명의 형이 있었다.

지금의 나보다 나을 것 같지 않았던 큰형이 그 성을 손에 넣었고 작은형은 전쟁터에서 죽었다. 나는 승려가 되도록 정해져 있었다. 오르라하 수도원에 들어갔는데 얼마 안되어서 그 수도원의 원장(院長)이 되었다. 그후 몇명의 동료들과 수녀, 그리고 그 수녀들로 하여금 낳게 만든 아이들을 죽인 죄의식이 내 마음에 언제나 걸리는 것이었다.

수녀들은 남장(男裝)을 시켜가지고 수도원으로 데려왔고 그 수녀가 싫증이 나면 죽이곤 했다. 그리고 그 수녀가 아기를 낳으면 마찬가지로 그자리에서 죽여 버렸다. 태어나자마자 바로 죽이곤 했었다.

동료 수도승 가운데 세 명을 우선 죽였을 때, 네가 하얀 영혼이라고 부르는 여인이 나를 밀고했던 것이다. 그러나 신문(訊問)을 하는 기간 중, 나를 조사하던 재판관에게 뇌물을 주고 빠져나왔다. 그 뇌물은 이렇게 해서 만들었었지.

즉, 건초를 만드는 시기에 농민들을 모아놓고 너희가 땅문서 등을 나에게 건네주지 않으면 미사를 드려 주지 않겠다고 협박을 했다. 그렇게 되면 건초를 만드는 동안 언제나 비가 내리게 마련이지. 또 농민들에게 나는 너희들 밭을 저주하겠노라고 말했지. 농민들은 오르라하 일대의 토지에 관한 땅문서들을 모두 나에게 갖다바쳤고 나는 그것을 재판관에게 뇌물로 주었던 것이다.

석방된 다음 다시 수도원 원장의 자리로 돌아간 나는, 나를 배신했던 수녀를 죽였고 또 동료 세 사람을 죽였는데 그후 4주일만에 나도 자살을 하고 말았다. 1438년에 있었던 일이지.

원장이 된 다음 나는 점찍어 두었던 놈들을 아무도 모르는 곳으로 유인해 내서 찔러 죽였던 거야. 시체는 돌담 아래 구덩이에 모두 처넣었지. 죽은 다음에는 인간도 도살된 가축이나 다름없고 베어져서 쓰러진 나무처럼 굴러다니는 것일 뿐이라고 나는 생각했었다. 그런데 ─ 그런데 말이다. 그게 아니었어. 아주 숭고한 것이란 말이다. 그것은 ─ ."

그 다음날 아침, 악령은 둘러서 있는 사람들을 앞에 두고, 옛날 크라일스하임에 있었던 수도원에 대해서도 상당히 정확하게 이야기했다. 그리고 지금 자기가 있는 이방과, 이 아가씨로부터 헤어져 나가야 한다면 과연 하느님의 은총을 받게 되는지 어떨지 또다시 의구심에 빠져드는 눈치였다.

"오늘 밤에는 두 번째 재판을 받지 않으면 안돼. 요컨대 그 여인의 건(件) 때문이지."

라고 말했다. 그런 식으로 말하여 그 하얀 영혼의 냄새를 풍기는 것이었다.

한낮이 가까운 11시 반, 집을 부수던 사람들은 초석(礎石)으로 쓰였던 돌담의 마지막 부분을 철거하기 시작했는데 그곳은 이집의 모퉁이에 해당되는 부분으로서 다른 부분과 그 양식이 완전히 달랐다. 다른 돌담은 점토(粘土)로 이어서 쌓여져 있었는데 이곳은 아주 특수한 석회(石灰)를 사용하고 있었고, 이음매도 다른 곳보다 튼튼하게 되어 있었다. 그래서 이 돌담이 아주 먼 옛날에 쌓여졌던 것이 분명한 것 같았다.

집의 이부분의 철거작업과 때를 같이하여(이 작업을 아가씨는 보

166

지 못하고 있었다), 즉 시각은 11시 반, 이집의 마지막 석재(石材) 철거작업과 동시에 아가씨의 상태에 변화가 일어났다. 즉 목을 세 차례나 오른쪽으로 끄덕끄덕하는가 했더니 눈을 번쩍 떴다.

악령이 그녀의 몸에서 빠져나갔고 그녀는 평상시의 그녀로 돌아 온 것이다. 앞에서 소개했던 게르바 목사는 목격자로서 예의 돌담의 마지막 돌이 철거된 이후의 상황을 다음과 같이 기록하고 있다.

'이때 그녀의 목은 오른쪽으로 흔들렸는데 그런 다음 그녀는 눈을 번쩍 떴습니다. 주변을 둘러싸고 있던 수많은 사람들을 그녀는 큰눈으로 응시하고 있었습니다. 그녀는 자신의 몸에 어떤 일이 일어났었는지를 돌연 깨달았음인지 두 손으로 얼굴을 감쌌습니다. 그리고는 훌쩍훌쩍 울었고 괴로운 꿈을 꾸다가 깨어난 사람처럼 비틀거리며 일어섰습니다. 그녀는 어디론가 급히 달아나 버렸습니다.

나는 시계를 보았습니다. 11시 반이었습니다. 나는 그때 너무나 당돌한 것을 보았는데 그것은 평생을 두고 잊지 못할 것입니다. 즉 그 여성의 — 뭐라고 이름을 붙여야 좋을는지 모르겠는데 — 악령에게 씌워져서 추하게 일그러져 있는 환자의 형상이 — 눈을 번쩍 뜬 다음 풋풋하고 예쁜 얼굴로 되돌아온 것이라든가, 흐릿하고 듣기 역겨운 영혼의 목소리가 아가씨다운 보통 목소리로 되돌아온 것이라든가, 가만히 있는 것 같다가도 쉴사이없이 움직여대는 괴상한 몸동작이, 마치 마법(魔法)의 지팡이를 한번 휘두르면 모든 것이 변하는 것처럼, 아름다운 모습으로 변하여 — 우리 앞에 서있었던 것 등등 — 이처럼 불가사의한 변화를 나는 평생을 두고 잊지 못할 것입니다.

그래서 모든 사람들이 기뻐하며 모두들 아가씨에게, 아니 그 부모에게 축하의 말을 했습니다. 왜냐하면 그곳에 있었던 선남선녀

(善男善女)들은 이로써 검은 악령이 아가씨에게서 완전히 떨어져 나간 것으로 확신했기 때문입니다.

그런 후에 아가씨의 아버지가 나에게 불에 탄 손수건을 보여주었습니다. 그것은 하얀 영혼이 전날에 작별 인사를 하러 아가씨 앞에 나타났을 때 아가씨가 그 영혼의 하얀 손에 감아주었던 것이었습니다. 그 손수건에 뚫려 있는 구멍이 불에 타서 난 것임은 일목요연하게 알 수 있었습니다.'

후일(後日), 자갈 제거작업을 할 때, 직경이 대략 10피트 정도이고, 20피트 깊이인 우물과 같은 것이 발견되었다. 이 구멍 속에 자갈과 함께 섞이어 파묻혀 있는 인골(人骨)이 발견되었으며 그 가운데는 아이들의 뼈도 있었다.

아가씨는 이런 일이 있은 이후 줄곧 건강하게 지냈는데 그전에 나타났던 영혼들은 그녀 앞에 두번 다시 찾아오지 아니했다.

삼위일체관(三位一體舘)

옛날 옛날 아주 먼 옛날―무려 2천 년쯤 전의 일입니다. 한 유복한 사나이가 있었습니다. 사나이에게는 예쁜 아내가 있었는데 두 사람은 서로 끔찍이 사랑하고 있었습니다.

그런데 이상하게도 아기가 하나도 없었습니다. 두 사람은 아기가 갖고 싶어서 견딜 수가 없었습니다. 그래서 아내는 낮에도 밤에도,

"아기를 가지게 해주십시오. 아기를 꼭 가지게 해주십시오."

라며 열심히 기도했습니다. 그리고 부인은 어느 때,

"아아! 아아!"

라며 세상에서 가장 슬픈 표정을 지으며 말했습니다.

"어떻게 해서든 피처럼 빨갛고 눈처럼 새하얀 아기를 하나 가지게 된다면 얼마나 좋을까요 ―."

그로부터 9개월이 지나자 이 부부에게 피처럼 빨갛고 눈처럼 새하얀 아기가 하나 태어났습니다. 그 아기는 아주 건강한 아들이었습니다. 부부는 그 아이를 보고 여간 기뻐하는 것이 아니었습니다.

― 그림 형제 《옛날 이야기와 가정동화》

그것은 분명 프랑켄 지방에서 있었던 일이었다고 생각된다. 벌써 여러 해 전에 나는 겨울철 도보여행(徒步旅行) 도중, 해가 질 무렵이 되었는데 — 거의 평탄한, 그러나 길고 딱딱하게 얼어붙은 길을 걸어가다가 그곳에 이르렀던 것이다.

근처 일대에는 가까이에 사람이 사는 주거(住居)를 알리는 연기가 솟아오르는 굴뚝 하나 보이지 아니했다. 이미 해는 떨어졌고 사방이 어두워지기 시작했다.

내 배낭은 비어 있었다. 마지막 도시락은 낮에 이미 먹고 말았던 것이다. 11월이었다. 사방을 돌아보니 들판도 숲도 모두 얼음과 눈덩이만 가득 덮여 있었다.

지도(地圖)도 가지지 않고 있어서 노정(路程)에 요하는 시간을 사전에 계산도 할 수가 없었고, 가다가 묵을 농원(農園)이라든가 마을들을 사전에 점검하고 계획을 세우지 않은 나 자신의 무모함을, 이때를 통하여 응징당하려는 것만 같았다.

이성(理性)보다도 상상력이 뛰어난 인간은 결단코 도보로, 그리고 혼자서 여행을 해서는 안된다. 그런 인간은 언제나 공상에 빠져 있으면서 지도에는 주위 3시간 거리에 여관 한 채 그려져 있지 아니하건만 맥주가 찰랑찰랑 담긴 조끼(손잡이가 달린 맥주 컵)라든가 환성을 질러대는 사람들로 들끓는 여관의 객실을 눈앞에 그리고 있는 것이다.

그런데 현실은 금단(禁斷)의 은밀한 공상을 한 이유로 아주 무서운 벌을 받게 되는 것이다. 이런 유(類)의 인간은 애당초 그 어떤 속사(俗事)도 기도(企圖)해서는 안된다 — 집을 짓는다든가 국채(國債)를 산다든가 등등의 짓을 해서는 안된단 말이다 — 어차피 명상을 하려면 지상(地上)을 떠난 명상을 할 일이다. 그러면 실망도 그토록 격심하지는 않을 것이니 말이다!

그런 생각을 깊이 하고 있는데 — 변함없이 평평하게 뻗어 있는 길 위에 묵직한 배낭을 진 사나이가 이쪽을 향해 걸어오는 것이 보였다. 나는 가슴이 두근거렸다. 서로 만나게 되자 그 사나이는 깜짝 놀라는 표정을 지으며 나를 뚫어지라고 쳐다보면서 물었다.

"이 늦은 시각에 — 주위에는 몇시간을 걸어가도 집 한 채 없는 이런 곳에 무엇하러 온 거요? 나는 눈이 대낮의 햇볕에 견디어내지를 못하기 때문에 황혼 때와 밤에만 여행을 하는 처지인지라…… 나는 오솔길·지름길까지도 손금 보듯 훤히 잘 알고 있소이다. 하지만 당신은 길을 몰라서 헤매는 것 같구려!"

책망하듯 하는 말투가 나를 더욱 겁먹게 했다. 그렇게 말한 이 낯모르는 사나이는 내가 대답하기를 기다리지도 않은 채 말을 이어나갔다.

"하늘은 이번만큼은 당신을 배려해 주는 것 같소. 10분 정도만 걸어가면 도착할 수 있는 이 산자락의 바로 건너편에 여관이 한 채 있소이다. 실은 나도 지금 그곳을 떠나서 오는 길이오. 하지만 그집은 전혀 알려져 있지 않은 집이오. 그런즉 당신이 그집을 찾아가려고 했던 게 아닌 것은 분명하외다. 그런데 그런 집이 틀림없이 있단 말이오!

그집은 지도에는 나와있지 않소이다. 나는 최고로 상세한 지도를 가지고 있지만……. 나 자신도 그집을 오늘 처음으로 보았소. 그런가 하면 그 '삼위일체관(三位一體舘)'은 매우 오래된 집이오. 여관 사람들은 매우 시대에 뒤떨어져 있어서 그 언행은 아주 완만하지만 설비는 썩 잘되어 있는 것 같습디다. 그집이라면 기분좋게 묵어갈 수 있을 게요. 그럼 조심하시오!"

말을 마치기도 전에 그는 두 다리로 쇳덩이처럼 얼어붙어 있는 땅바닥을 구르고 있었다. 발이 몹시 시린 것 같았다. 그는 얼른 작별을 고했고, 우리는 각각 다른 방향으로 헤어졌다.

"한 가지 더 질문하겠으니 허락해 주십시오."

나는 그의 등을 향하여 소리쳤다.

"당신은 무슨 장사를 하시는 겁니까? 여행 배낭치고는 꽤나 무거운 것 같습니다만!"

"기도서(祈禱書)요, 기도서!"

그는 이렇게 말한 다음 재빨리 그 다음 말을 이어나갔다.

"하지만 이제 많이 남지 아니했소. 그렇게 많이 남아있지 아니하다니까…… 때가……"

끝의 말은 알아들을 수가 없었다. 바람이 그 사나이의 입에서 말을 뺏어가 버렸던 것이다. 나는 가는 길을 서둘렀다. 쭉 뻗은 길 쪽으로 이어지는 언덕 위에 오르자 — 나는 그곳에서 실제로 조용히 세워져 있는 한 채의 작은 집이 — 다소 우묵한 곳에 있는 것을 발견했다. 약하디 약한 촛불빛이 계단 아래의 낮은 창문에서 새어나오고 있었다.

그 부근 일대의 농가에서 흔히 볼 수 있는 박공(牔栱) 지붕의 본채는 어두웠다. 가까이 다가가 보니 갈색으로 칠한 목조(木造)의 나지막한 문 위에 '삼위일체관(三位一體舘)'이라고 — 하얀 석회 바탕에 그린 장식체의 표찰(表札)이 눈에 띄었다. 그것말고는 육선성형(六線星形)을 잡고 내민 팔도, 거품이 넘치는 맥주 자이렐도 — 여관임을 나타내는 표지는 아무것도 없었다.

그러나 그것은 그렇다치고 집 주위에는 특히 눈에 두드러지는 것, 그래서 여기에 기록할 만한 가치가 있는 것은 무엇 한 가지도 없었다. 집 뒤꼍에는 산더미처럼 쌓여 있는 퇴비가 있었는데 그것은 이 집에 사는 사람들이 어느 정도 농사에 관계하고 있다는 표시였다.

울타리에 둘러싸인 작은 뜰, 겨울철의 종자를 뿌린 듯 어린 잎이 나와있는 몇조각의 텃밭 — . 집앞에는 아담하게, 그러나 높직하게 만들어 놓은 비둘기집이 있었는데, 그 고딕풍의 탑(塔) 정상에 특별한 배려를 한 흔적이 보였다.

그야 어쨌든 주위는 점차 어둠에 싸여갔다. 거세고 건조한 일진(一陣)의 동풍(東風)이 얇은 외투 속을 마치 피리를 부는 것 같은 소리를 내며 스쳐 지나갔다.

나는 대문 앞으로 다가가서 노크를 했다. 조금 기다리자 현관 쪽에서 시끄러운 발짝 소리가 새어나왔고 와들와들 떨리는 한쪽 손으로 지팡이에 의지한 — 그리고 머리가 눈처럼 하얀 노인이 문을 열어 주었다.

"드디어 오셨군요."

노인은 친한 사람 대하듯하면서 얼굴을 가까이 대고 확인하려는 눈치조차 보이지 않았다.

"당신은 오랫동안 스페인에 있었지요. 그러다가 프랑스 전국을 돌아다녔고 영국에 갔다가 한때는 노르웨이에 갈 생각도 했었는데 — 거의 1년 동안 독일을 주유(周遊)했습니다. 모르는 도시가 없고 모르는 곳이 없으며, 모든 교회의 탑(塔)들을 바라보고 수도원도 두루 찾아다녔습니다.

그리고 마침내 이 인적이 드문 프랑켄 지방의 작은 여관, '삼위일체관'에 오게 된 것입니다. 어차피 한번은 들르지 않으면 안되었던 것이죠. 나는 오랫동안 당신이 오기를 기다리고 있었습니다."

무섭게도 이 고령의 노인은 그런 기괴한 이야기를 하면서 거실로 통하는 문을 열었다.

나는 실팍한 대형 식탁과, 몇개의 다리가 온통 옹이투성이인 의자와, 커다란 타일제(製) 난로와, 진자(振子) 소리가 매우 큰 시계와, 몇폭의 성화(聖畵) — 살육도(殺戮圖)라든가 그리스도가 십자가에 달린 상(像) 등등이 농가풍(農家風)으로 장식되어 있는 그 거실 안으로 들어섰다.

"곧 내 아들 녀석을 부르리다."

그는 말을 이었다.

"아들 녀석도 당신을 만나게 되면 굉장히 기뻐할 것입니다. 그놈은 공부벌레랍니다. 공부를 너무 열심히 하는 편이거던요."

그렇게 말한 노인은 문을 열고 2층을 향하여 큰 소리로 아들을 부르는 것이었다.

"크리스티안! 크리스티안! 아들아! 자아, 어서 아래층으로 내려오너라. 내가 그토록 오랜 세월 동안 기다리던 그 젊은 분이 오셨다."

나는 이 기묘한 환영에는 그다지 놀라지 않았으나 어쨌거나 노인에게 이야기를 하여 내 감정을 표현해야겠다고 생각했다. 그때 2층에서 문 여는 소리가 희미하게 들려왔다. 그리고 주눅이 든 것 같은 발짝 소리가 계단을 내려오고 있었다.

뒤이어서 곧 나도 모르게 침을 삼킬만큼 예쁜 얼굴의 ─ 그러나 창백한 얼굴을 한 젊은이가 어쩐지 두려운 듯, 마치 수줍은 소녀처럼 다소곳이 방안으로 들어왔다. 길이가 길고 새하얀 망토를 걸치고 있었는데 그것을 수도승(修道僧)풍의 질소한 끈으로 몸에 매고 있는 것이었다.

그리고 한쪽 손을 불쑥 내밀면서 뭐라고 말할 수 없는 호감을 띤 눈길을 보내면서 그는 내가 있는 쪽으로 걸어오더니,

"안녕하십니까?"

라고 말한 다음, 그 손을 노인 쪽으로 향하면서 막는 시늉을 했다.

"크리스티안!"

노인은 거의 흐느껴 울듯하는 목소리로 그렇게 소리쳤고 ─ 그와 동시에 지팡이를 탁 소리내면서 떨어뜨린 채 두 손을 굳게 잡았다.

174

"크리스티안! 아들아. 너 안색이 왜 그러냐? 또 밤새도록 잠을 안 잤구나. 공부를 하면서 밤을 새웠니? 아니면 또 이 생각 저 생각하느라고 잠을 안잤니? 오오, 하느님이시여! 애, 크리스티안! 만약 네가 죽기라도 하는 날에는!

크리스티안! 만약 네가 죽어 버린다면 — 나와 네 어머니, 두 사람만 남게 된다면 어떻게 되겠느냐? 모든 게 다 끝장이다! 내 희망은 수포로 돌아가고 말 것이야! 그리고 우리 집안은 파멸되고 말 거라구!"

바로 이순간이었다. 집 뒤란 쪽 좁다랗게 봉해 놓은 오두막에서 들려오는 것 같은, — 어떻게 들으면 울음소리 같기도 하고 어떻게 들으면 비웃어대는 소리 같기도 한, — 인간의 말을 성대모사할 줄 아는 산양(山羊) 수컷의 울음소리와도 비슷한 둔탁하고 흐릿한 소리, 소름이 오싹 끼치는 소리가 비아냥대는 웃음소리처럼 들려왔다.

방안에 있던 사람들 모두는 얼굴에서 핏기가 싹 가셔 버렸다. 그 목소리가 인간의 목소리와 하도 비슷하여 나도 한 발짝 물러서면서 노인을 향하여 그게 무슨 소리냐는 눈짓을 해보였다.

"돼지우리에서 나는 소리입니다."

내 마음을 안정시키려는 듯, 상대방은 이렇게 말한 다음,

"그곳에 한 사나이를 가두어 두었습니다. 그자는 나를 놀려댔던 것입니다. 그자가 이 동네의 밭과 마을에 함부로 나타나서 화를 입히지 못하도록 — 그곳에서 기르고 있는 것이지요. 그렇게 가두어 두지 않으면 그놈은 아주 위험하답니다."

라고 설명했다.

"아버지!"

청년이 애원하듯 노인을 부르더니 곧이어서 이번에는 아주 부드러운 말로 청원했다.

"아버지, 부탁이오니 그것의 이름을 입밖에 내지 마세요. 아시겠지요? 그것은 우리가 파멸되기를 바라고 있습니다!"

"그따위 것에는 신경도 안 쓰고 있다."

노인은 대답하면서 지팡이를 다시 집어들었다.

"그나저나 너 때문에 신경이 쓰여서 견딜 수가 없다. 자아, 이제 나가봐라. 나가서 네 어머니에게로 가거라. 그리고 식사를 가져오라고 일러라. 손님도 한 분 오셨다고 말하고……."

청년은 하얀 가운 자락을 끌면서 고개를 숙이고 발걸음도 엄숙하게 방에서 나갔다. 방안에는 다시 나와 노인, 두 사람만 남게 되었다.

"저 애 때문에 신경이 쓰여서 견딜 수가 없답니다."

어색한 걸음걸이로 걸어가면서 그는 다시 목소리를 높였다.

"저 애는 어린 종려(棕櫚)나무처럼 화사한 성격입니다. 이런 생활을 하고 있으니 그것도 이상할 게 없지요. 야외에 나가서 일을 하는 것도 아니고 — 그대신 2층에 틀어박혀 있으면서 '성경용어 (聖經用語)' 색인(索引)과 '불가타성경' 연구에 몰두하고 있답니다. 그 창백하고 여윈 볼! 평평하고 약하디 약한 가슴! 이따금 기침을 해대는데 이제 그 이상 좋아지지는 못할 것입니다. 그 아이가 마음에 걸려서 견딜 수가 없군요."

지금까지 보고 들은 것 모두를 속으로 생각하면서 혼란을 일으키기도 했으므로 나는 이 모든 사건을 납득해 나가는 이미지로 정돈하기 위해 어디서부터 손을 써야 좋을지 알 수가 없었다. 노인은 나를 누군가 다른 사람으로 착각하고 있는 것이 틀림없다고 나는 생각했다.

그렇지 않다면 그가 나에게 인사하는 태도를 설명할 수가 없었다. 그러는 한편으로 나는 노인이 현관 문앞에서 나에게 한 말의 일자일구(一字一句)의 세부적인 것에 이르기까지가 틀림없는 사실이었음도 인정하지 않을 수 없었다.

그러나 새하얗고 기다란 옷을 입은 폐병 환자와 같은 청년의, 그 호감으로 가득 찬, 그리고 모두 의식적(儀式的)인 태도로 환영해 주었던 것도 나로서는 아주 수상스럽게 생각했다.

청년의 눈에는 어딘지 모르게 어린이와 같이 방심(放心)한, 꿈을 꾸는 것처럼 안타까운, 또 세상을 피하는 것 같기만 한, 그러면서도 어떻게든 사랑을 받고 싶어하는 표정이 깃들어 있어서 — 가령 내가 아닌 다른 사람이었다 하더라도 이런 식으로 환영할 것이라고 나는 확신했다.

나는 그런 점에서 청년의 정신상태를 추단(推斷)했는데 호의적인 평가는 내릴 수 없었다. 내 생각으로는 이 화사(華奢)한 젊은이에게는 세속에 대한 저항력이 그다지 없는 것처럼 생각되었던 것이다. 이 '아버지'와 '아들'과의 사이에는 혈연관계가 확실치 않다는 생각이 들었다. 노인이 이 젊은이의 친아버지일 까닭이 없었다.

노인이 지팡이 소리도 요란스럽게 발을 끌면서 방안을 이곳저곳 돌아다니는 몇순간 사이에 이런 모든 일에 나는 정신력을 집중하여 생각하고 있었다. 미주알고주알 천착하여 사정을 파헤친다든가 하면, 내 입장을 난처하게 만들 뿐이라는 불안감에 사로잡히지 않았더라면 계속해서 얼마든지 질문을 하고 그 진상을 알아냈을 것이다. 그러나 나는 지금 따뜻한 환영을 받고 있는 처지가 아닌가.

노인이 내 사람됨됨이에 실망을 하고 — 사태가 이렇게 되었다가는 이 기묘한 가족들로부터 문밖으로 쫓겨나는 신세가 될 것이라는 걱정이 앞섰다. 그래서 나는 실제로 미궁에 빠진 격이 되고 말았는데 어쩐지 수상쩍은 여관인 것만은 분명했다.

나는 그 〈스펫사르트의 여관(그릴파르처의 희곡 이름)〉의 음울한 장면이라든가 그보다 더 꺼림칙한 고대(古代)의 고전적 여관 주인인 프로크루스테스의 그 불길한 침대에서 있었던 사건을 환기하지 않을 수 없었다.

그러자 이때 문이 열리면서 김이 모락모락 나는 큰 접시를 든, 젊은 부인이 들어왔다. 노인은 흥분하여 시끄럽게 떠들면서 우왕좌왕하던 것을 멈추고 방금 들어온 부인을 옆에서 뚫어지라고 바라보다가 내가 서있는 쪽으로 돌아섰다.

"이 아이가 마리아, 내 딸 마리아입니다."

이렇게 소개한 다음, 그는 무슨 이야기를 하려다가 그만 기침을 해댔다. 하지만 기침이 끝이 났어도 하려던 말은 안하고 다시 그 시끄러운 실내행진(室內行進)을 속행하는 것이었다. 나는 젊은 부인의 얼굴을 주시했다. 그녀의 얼굴은 틀림없는 유태인의 인상을 풍기고 있었다.

거의 맞붙다시피한 좌우의 눈썹, 광대뼈가 약간 튀어나온 느낌이었는데 그것은 결코 비좁지 아니한 그녀 얼굴의 조화를 깨는 것은 아니었다.

고귀한 모양을 한 코, 동공(瞳孔)으로서 조해성(潮解性)의 시커먼 앵두를 박은 — 편도형(扁桃形)으로 깊숙이 찢어진 눈, 이에 더하여 분명하게 관능성(官能性)을 가리키는 두툼하고 힘이 있어 보이는 아래 위의 입술 —. 세차게 흩어져서 늘어진 칠흑 같은 머리가 이런 것들과 어울리어 근동인(近東人)의 전형을 이루고 있었다.

그러나 이러한 모든 것 이상으로, 마치 부드러운 손이 얼굴 전체를 위에서 덮고 있는 것처럼, 그 용모 위에 평안하게, 그리고 졸린 듯한 인상을 주고 있는 것이 더욱 눈에 띠었다. 내가 이상하다는 눈초리로 바라보는 시선에 그녀는 비웃기라도 하는 것처럼 교활한 판토마임으로 응했다.

자기자신에게 어울리지 아니하는 입장에 놓여져 있으면서 그 입장을 인정하지 않고, 억지로라도 남을 모멸함으로써 자기자신을 구해 보려는 마음을 가진 인간 ─ 바로 그런 사람이었다. 젊은 여인은 사실은 거의 넝마와 같은 것을 두르고 있으며 이집에서 하녀의 역할을 하고 있는 것 같았다. 그녀의 몸차림은 어느 정도는, 개인적 입장에서 될대로 되라는 식이란 것을 간파할 수 있었다.

젊은 여인이 가지고 들어온 것은 무럭무럭 김이 나는 감자 ─ 껍질을 벗겨서 삶아 가지고 큰 접시에 담은 감자였다. 그녀는 그것을 일종의 배식대(配食臺)와 같은 것 위에 올려놓았는데 이번에는 예의 실팍한 대형 식탁의 서랍을 열고 그속에서 식기와 나이프·포크·소금병 등을 꺼냈다.

식기를 사람들 앞에 늘어놓고 감자가 담긴 큰 접시를 식탁 한복판에 놓은 다음 마리아는 방에서 나갔는데 그때 나는 그녀의 드레스 뒤쪽에서 바라본 인상이 앞쪽에서 본 것보다 한층 더 될대로 되라는 식의 삶을 살고 있는 여자라는 인상을 받았다.

"저 음부(淫婦)가!"

노인이 내 옆에서 걸음을 멈추며 그렇게 말했다.

"우리집의 불행 중 하나랍니다!"

"왜요?"

나는 무심코 그렇게 물었다.

"요리 솜씨가 서투릅니까?"

"아니오. 효모(酵母)가 없는 빵도 툭하면 만드는 겁니다. 그런데 그게 아닙니다. 그게 아니라니까요. 오오, 하느님이시여! 여자란 다소 재주가 있으면 다 이렇게 되는 것인가 봅니다. 저 몸속에 마귀가 들어있는 것입니다!"

"헷헷헤헤헤헤!"

이때 또 집 뒤란에서 울부짖으며 웃는 소리가 들려왔고 수족(手

足)이 쇠로 된 것 같은 것이 돼지우리에 쾅 소리를 내며 부딪치는 것 같았다. 나는 매우 놀란 나머지 몸을 움츠리었다. 노인도 눈을 번쩍 뜨면서 앞쪽을 주시했는데 이때, 바로 거실 밖 주방 쪽에서 아무래도 감수성이 예민한 인간의 목구멍에서 나오는 것 같은 — 아주 심하게 흐느껴 우는 소리가 들려왔다.

"오오, 하느님!"

나는 말했다.

"이 집안은 아무래도 심상치 않군요. 이곳에서는 그 누구도 삶을 즐기고 있지 않군요?"

이말을 듣자 노인은 마치 유리처럼 무표정한 눈 —, 크게 튀어나온 물색의 눈으로 나를 물끄러미 바라보았다. 나는 그때문에도, 이미 말할 기력을 잃고 말았다.

때마침 문이 열렸고 물 항아리와 빵을 든 마리아가 들어왔다. 한편 마리아 바로 뒤에서 울었던 흔적이 눈가에 남아있는 폐병 환자 청년이 나타나서, 나를 위해 남는 식기 세트를 가져다 주었다. 이렇게 해서 전원이 자리에 앉아서, 소리도 내지 않고, 허술한 식사를 하기 시작했다.

이집 식구들은 내밀(內密)한 일이라도 있는 것처럼 행동했다. 나를 대화에 끼어줄 생각은 추호도 없는 것 같았다. 그러면서도 접시 위에 있는 것을 어서 먹으라고는 했다. 이런 식이어서 단란함이 성립되지 못하였다.

그때까지 나에 대하여 제일 말을 많이 했던 노인조차도 다른 사람이 있는 앞에서는 똑같이 침묵을 지키고 있는 것이었다. 내밀한 것이 있는 것 같건만 그들은 한마디 말도 나누지 아니했다. 이런 일이 평소에도 있는 것인지, 아니면 내가 와있는 것을 감안하여 일부러 조심하는 것인지는 알 길이 없었다. 식사 준비는 지극히 검소

했다.

노인은 먹기에 앞서 아무리 보아도 유태인의 습관으로 보이는 ─
아주 기묘하게 얼굴을 긴장시키면서 째지는 것 같은 기성(奇聲)을
지르는데 히브리어(語) 문구를 틀에 맞추어 중얼댔다. 그리고 기침을
한 다음 무서운 속도로 감자를 집어먹었는데 이것은 식사 전의 의식
(儀式) 동안 참기 힘들었다는 태도로 보였다.

노인과는 180도 대조적으로 모든 세속에 등을 돌리고 살아가는
폐병 환자인 청년은 두어 번이나 광신자(狂信者)처럼 하늘을 향하
여 높이 올린 팔을 휘두르면서 마음을 다하고 정성을 다하여 기도
문을 조용히 외웠는데 그것은 대체적으로 보아 우리네 프로테스탄
트의,

"주예수여 오시오소서. 우리의 주인이 되어 주소서……."
에 상당하는 것이었다. 한편 그 될대로 되라는 식의 유태인 여자는
실로 흥미없다는 눈초리로 그 모든 것에 눈길을 주더니 역시 식욕
이 일지 않는다는 표정으로 자기 자리에 앉았다. 그런 연후에는 아
주 단조롭게 음식 먹는 소리밖에 내지 아니했다.

그러나 드디어 노인이 입을 열었다.

"식사가 소홀해서 미안합니다."

그리고 나에게 이해해 줄 것을 청했다.

"이것밖에는 집안에 아무것도 없습니다. 훈제한 고기는 없어지고
말았거던요."

그 노인은 이렇게 덧붙였다.

"공복에는……."

나는 노인의 말에 대답했다.

"최고의 요리입니다. 저어 프랑켄 지방의 유행인지는 모르겠습니
다만…… 껍질을 벗겨서 찐 감자에는 지방질이 붙어 있는 돼지고

기 소시지가 잘 어울릴 것은 더 말할 여지도 없겠습니다만……."

내 말을 듣고 있던 이 집안의 세 식구는 일제히 눈동자가 유리알처럼 몽롱해졌다.

"훗훗훗훗훗!"

또다시 뒤란의 돼지우리에서 울부짖는 듯한 — 산양(山羊)의 울음소리 같은 것이 들려왔는데 그것은 마치 기쁘고 즐거워서 퇴비더미 위에서 춤을 추며 날뛰고 있는 것 같았다. 나는 점차, 이 기분 나쁜 사건이 불안하여 견딜 수 없게 되었다.

"손님!"

하얀 옷을 입은 젊은이가 아주 상냥한 목소리로 나에게 말했다.

"이제 이야기를 하지 않는 편이 나을 것입니다. 마음이 깨끗한 사람에게는 모든 것이 깨끗합니다. 그러나 악독한 원수는 사사건건 우리 마음의 움직임을 살피고 있다가 파멸에 빠뜨리려고 책략을 세우고 있답니다."

이순간부터 나는 이 집안에는 무언가 수상쩍은 비밀이 숨어 있다는 것을 느꼈다. 뒤란의 돼지우리 속에 갇혀 있는 사나이가 이 한 가족들이 하는 행동에 어떤 종류의 지배권을 행사하고 있어서 — 이 사나이가 이른바 이 세 사람의 목덜미를 영원히 잡고 있는 일종의 주물(呪物)이 된 것이었다.

그렇다면 이 세 사람 자신들은 도대체 누구란 말인가? 그들은 무슨 짓을 하고 있는 것일까? 그들의 체형(體型), 그들의 성격이 각기 다른 것은 왜일까?

기묘하게 생각되는 것은, 이 사람이 이따금 내밀한 말을 할 때에는 히브리어를 사용하는데, 이야기를 하면서도 등이나 팔을 구부리고 펴는가 하면, 손짓을 해서 부르기도 하고 밀쳐내는 시늉을 하는 등 끊임없이 몸짓·손짓을 하는 것이었다.

또 소리를 내면서 배를 내밀기도 하고 목을 움츠리기도 하는데 그것은 근동인(近東人)이 거래를 할 때 물건값을 깎는다든가 감정이 격앙될 때 하는 행위 바로 그것이었다.

특히 마리아가 이 열광된 동작이란 점에서는 제일 두드러졌다. 그 정도로 다변적인 표현 방법을 구사하고 있는 까닭에 상호간의 의사소통은 실로 순식간에 이루어졌다. 그런 다음에는 세 사람이 재빠르게 나를 훔쳐보면서, 내가 자기들이 한 이야기를 알아듣지는 않았는지, 그리고 자기네들의 마음의 움직임을 읽어내지는 않았는지를 탐색하는 것이었다.

하얀 가운을 입은 그 상냥한 결핵 환자 크리스티안은 그중에서도 모든 동작이 몸에 익숙하지 못한 것 같았다. 그러한 그였기에 이따금 아랫입술을 뾰족하게 내밀기도 하고 아래턱을 치켜들기도 하면서 그 음절(音節)이 불분명한 숙어(熟語) 전체를 표현하고 있는 것으로 보이는 ― 히브리어의 음을 발음하려는 듯, 상체를 뒤로 제치기도 하는 것이었다.

그렇기는 하지만 그것이 이 환경 속에서 본을 보고 흉내내며 배워서 움직이는 것임은 틀림이 없었다. 이따금 광신적인 감정의 격발적(激發的) 폭주를 드러낼 때면 그는 아주 아름다운 독일어를 구사하고, 경련을 일으키거나 팔짱을 끼거나 또는 눈을 크게 뜨면서 갈망하듯 하늘을 향하여 올라가는 자세를 취하는데 그런 점에서는 이 이상 근대적인 프로테스탄트적인 행동은 상상도 할 수 없을 정도였다.

이런 식으로 그는 다른 두 사람의 능숙하기는 하지만 야비하고 음란한 행동과는 완벽할 만큼 대조적이었다 ― 크리스티안의 머리는 블론드, 피부의 색깔은 밝은 게르만계(系)의 그것이었다.

그러나 얼굴 생김새는 붕어빵을 찍어내듯 마리아의 얼굴을 닮고 있었다. 가령 이 젊고 호감이 가는 청년을 21세, 마리아를 35세로 가정한다면 — 그리고 마리아가 이 가련한 폐병 환자의 어머니라고 가정한다면 이는 어느 정도 개연성이 높은 이야기였다.

분명, 어머니로는 나이가 너무 젊기는 하지만 근동인(近東人) 사이에서라면 이상할 것도 없는 연령이었다. 그렇다면 마리아가 그 젊은이에게 쏟고 있는 그 비밀스런 사랑에 대해서도 아구가 맞는다. 여기까지라면 이 기묘한 방안의 인물들, 얼굴이라든가 사건에 관한 내 탐구(探究)는 어지간히 성과를 올린 셈이다.

그러나 그렇다면 그 노인은 도대체 어떻게 된 것인가? 이 두 사람과 어떤 관계가 있단 말인가? 노인은 말할 때마다 크리스티안을 사랑하는 아들이라고 부르지 않았는가. 이 부자(父子)관계는 상징적인 의미밖에 없는 것이었다는 말인가? 마리아는 이미 자기의 딸이라고 나에게 소개했었다.

노인은 80대에 접어든 나이였는데 아직도 기력이 정정한데다가 성품이란 점에서도 무서울 만큼 열정적이었다. 이 고령인 사나이가 크리스티안의 생부(生父)란 말인가? 더구나 그 상대는 마리아였을 것임에 틀림없는 것 같은데. 그렇다면 '못된 음부(淫婦)'라고 한 말의 뜻은 또 무엇이란 말인가?

아닐 것이다. 그녀를 가리켜 노인은 분명 딸이라고 말했다. 그러나 청년은 노인을 가리켜 분명 아버지라고 했겠다! 물론 청년이 의외로 센티멘털한 호칭으로 부르는 것이어서 이 '아버지'라는 호칭은 이상화(理想化)된 외경(畏敬)의 마음이 스며있는 예의라고도 생각되었다. 그렇다면 모두가 원점으로 돌아가서 한 가지도 아구가 맞는 일이 없는 것 같았다. 이 혼잡한 혈연관계의 정답을 풀어내는 작업에 나는 절망하고 말았다.

식탁은 이미 깨끗이 정돈되어 있었다. 크리스티안은 마리아와 함께 문밖 주방에 있었다. 그곳에서는 접시가 부딪치는 소리, 접시 닦는 소리 등이 들려왔다. 방안은 조용할 뿐이었다. 벽시계가 단조롭게 재깍거리고 있었다.

노인은 빠지고 남은 어금니로 빵 조각을 씹고 있었는데 떠오르는 어떤 생각을 떨쳐 버리려는 듯, 곱슬거리는 하얀 머리를 북북 긁으면서 다시 뭐라고 중얼거렸다. 그리고 다리를 질질 끌면서 걷기 시작했다.

"안돼!"

마침내 노인은 소리를 지르더니,

"그렇게 되면 안돼! 내 집안은 파멸이다! 그 젊은 몸에게 내 희망 전부를 걸고 있다구. 사랑스럽고 귀엽고 상냥한 그 아이가 이렇게 차디찬 북국(北國)의 한기(寒氣) 속에서 나를 놔두고 죽어 버린다면!"

라고 말했다.

"그 청년은 아드님입니까?"

이 기회를 놓칠세라 나는 얼른 물었다. 노인은 걸음을 멈추더니 나에게 시선을 보냈다.

"아들이라니?"

그는 반문했다.

"눈속에 넣어도 아프지 않은, 사랑스런 아들입니다. 피를 나눈 아들은 아니구요. 그애는……."

아직 접시가 맞부딪치는 소리와 물소리가 계속해서 들려오는 주방 쪽을 향하여 달래듯 — 그리고 신중을 기하라는 시늉을 나에게 하면서 노인은 목소리를 낮추어 덧붙였다.

"그애는 집 밖에서…… 열네 살 때 내가 집으로 데려온, 저 음부 (淫婦)의 아들이라오!"

그렇게 말하면서 노인의 표정은 일그러졌는데, 자기는 이런 관계를 조금도 기뻐하지 않는다는 듯 분노의 형상을 띠었다. 손가락으로 가리키고 있는 팔은 자연스럽게 늘어져 있는데 주먹을 꽉 쥐고 있었다.

나는 신중하게 목소리를 낮추어 어떤 질문을 하려고 했는데 노인은 하지 말라는 손짓·몸짓을 하며 한사코 말렸다. 내가 입을 다물 때까지 한쪽 손과 지팡이를 주방 쪽으로 뻗으면서 내 입을 열지 못하도록 하는 것이었다.

그리고 앞으로도 내가 입을 열어서는 안된다는 표시로, 그는 굳게 다문 입에 손가락을 갖다대고 서너 차례나 탁탁 쳤다. 상대방의 뜻을 알아차렸다는 표시로 나 역시 똑같은 행동을 했다. 이것으로 그는 만족하는 것이었다. 나는 서서히 식탁의 내 자리 쪽으로 걸어갔다. ─그리고 잠시 후 노인이 발을 질질 끌면서 오더니 내 귀에 입을 갖다대고는,

"아람어를 할 수 있습니까?"

라고 물었다.

"아아뇨, 할 줄 모릅니다."

나는 대답했다.

"그것 참 아쉽습니다……."

노인은 말을 이었다.

"아람어를 할 수 있다면 우리끼리 오붓하게 대화를 나눌 수 있을 텐데 말입니다. 하기야 저 두 사람은 모두 얼마 안 있으면 잠에 빠져 버릴 것입니다. 벌써 제3 기도시간이 되었으니까요!"

과연 그로부터 얼마 안되어 청년이 들어왔다. 그는 와들와들 떨면서 두 팔을 크게 벌리고 방안에 있는 사람 모두에게 그 번쩍번쩍 빛나는 눈길을 두루 보내면서 높은 소리로 외치기 시작했다.

"이 밤의 남은 시간 동안에도 주님의 가호(加護)와 축복이 있으

시기를! 이 밤의 어둠 속에서 지켜주시옵소서! 우리 모두의 머리 위를 평화의 천사가 지켜주시옵소서!"

기도를 하는 동안 그 교활한 유태인 여인은 청년의 뒤에 서서, 그 청년의 기도 소리가 우리에게 어떤 인상을 주고 있는지를 열심히 관찰하고 있었다. 그런 다음 그녀는 청년의 뒤에 바싹 붙어서 걸어 나갔다. 두 사람이 이집 아래층 부분을 지나서 2층으로 올라가는 소리가 들렸다.

이제 주변에서는 벌레 소리 하나 나지 않았다. 적막 바로 그것이었다. 검은 그을음이 나는 석유 램프가 아주 짙은 검은 그림자를 드리우고 있는데 방안의 가구 모서리와 돌출부에 황색의 빛을 세게 비춰 주고 있었다. 방구석에 놓여 있는 녹색 타일제(製) 난로는 아직 쾌적한 열을 내뿜고 있었다.

쉰 목소리와 같은 괘종시계의 째깍대는 소리가 여전히 이어지고 있다. 말이 없는 채 어떤 생각에 사로잡혀 있는 노인은 그 헐렁헐렁한 양(羊) 모피로 안을 댄 가운을 뒤집어쓴 채 이곳저곳을 절뚝거리며 걸어다녔다.

"오늘, 당신이 와주어서……."

그는 이렇게 말하면서 벽에 붙어 있는 찬장을 열더니 커다랗고 묵직한 포도주 항아리를 식탁의 내 자리 쪽에 갖다놓았다. 그리고 이어서 두 개의 글라스도 갖다놓으면서 노인은 갑자기 말문을 열었다.

"나는 실로 기쁩니다. 당신이 와주어서 기쁘단 말입니다. 비참한 마음을 잊어버리기 위해 한 잔쯤 마시는 건 상관없을 것 같소이다. 의사 선생은 마시지 말라고 말리는 겁니다. 술을 끊지 않으면 노아처럼 새벽에 식탁 아래에서 취한 채 쓰러져 있을 것이라며 술을 입에 대지 말라는 겁니다.

이 술은 이 시골에서 생산한 싸구려 술입니다. 그러나 진짜 포도주지요 마침 잘 익어서 맛이 좋을 것입니다. 그러니 조심해서 마십시오!"

이렇게 말하면서 노인은 식탁에 마주앉아 두 개의 글라스에 술을 가득 부었다. 탄산가스가 거품을 만들어 글라스 위에 부글부글 고이고 어느 정도 녹색이 섞인 백포도주였다. 이때서야 알아차렸는데 노인은 손을 심하게 떨고 있었다.

나는 노인이 항아리를 들어올릴 때 그만 불안해서 어쩔 줄을 몰랐다. 그러나 그후 몇잔인가를 마시자 손은 더 이상 떨리지 아니했고 말하는 것도 오히려 분명해지는 것이었다.

"젊은 분들은……."

나는 관심이 있는 양하며 노인의 이야기를 유도해 보았다.

"굉장히 일찍 잠을 자는군요?"

"아아……."

노인은 지팡이를 내려놓고 자기 팔걸이 의자에 깊숙이 파묻혀 앉으면서 말했다.

"가족 중 그 두 사람은 특별한 가족이랍니다. 두 사람이 무릎을 마주대고 지내면서 나는 끼워 주지를 않지요. 요리를 하고, 먹고, 사담(私談)을 하는 것도 둘이서만 하는데 나에 대한 음모를 꾸미고 있는 것만 같다니까요. 하루하루 고삐가 내 손에서 미끄러져 나가는 것을 나는 절실히 느끼고 있는 처지입니다. 울화통을 터뜨리지 않으면 결국에는 통제(統制)할 수 없는 지경에 이르고 말 것입니다!"

"마리아가 그다지 감사의 표시를 하고 있지 않는 것 같던데, 그것은 그래서였군요?"

"나는 만 20년 이상이나 전에 그 음부(淫婦)가 아직 짧은 스커트를 입고 다닐 때, 주워다가 길렀습니다. 그것이 이번에는 저 젊은 이를 길러내게 되었던 것이지요"

"마리아는 크리스티안의 생모(生母)로군요?"

나는 단도직입적으로 물었다.

"어서 드시오, 젊은이! 술이나 마시는 게 좋겠소이다."

내 글라스가 아직 비어 있지 않았으므로 노인은 이야기를 나누는 사이에 자기 글라스에 술을 따르면서 그렇게 말했다. 돌 항아리가 그의 글라스와 맞부딪치며 쨍그렁 소리를 냈다. 나는 못들은 척하고 있었다.

"그 예쁘장한 청년은……."

이라며 나는 다시 이야기하기 시작했다.

"유태 여인과 아주 꼭 닮았더군요"

"유태 여인이라니?"

노인은 '유태 여인'이란 말에 악센트를 주면서 어쩐지 수상쩍다는 눈으로 묻는 것이었다.

"무슨 말을 할 생각이시오? 나 역시 유태인이외다! 내 종족을 멸시하지 마시오!"

"별다른 뜻은 없었습니다."

나는 딱 잘라 말했다.

"내가 그분을 유태 여인이라고 말했던 것은 그녀의 얼굴이 그것을 말해주고 있기 때문이었습니다."

"그렇소"

노인은 대화를 다시 이어나갔다.

"그녀는 우리 유태 종족 중에서도 가장 예쁜 여인 중 한 사람이었소. 그런데 이 지방의 당연한 상식으로 말한다면 — 성인(成人)이 되었을까 말까한 나이에 그만 아이를 낳고 만 것이오……. 그야 어찌되었든 간에 나는 지금 그녀가 낳은 아이가 귀엽기만 하며, 내 친자식과 마찬가지로 생각하고 있소이다만……."

"마리아는 어떤 남자와 관계를 가져서 그 아이를 낳은 겁니까?"

나는 얼른 질문했다.

"흐음……."

노인은 마치 자기 친자식이 아닌 것을 한탄이라도 하는 것처럼 ─ 한숨과 비웃음을 섞어가며 반문했다.

"마리아가 어떤 남자와 관계를 맺어서 그 청년을 낳았느냐고요?"

"누가 되었든 친아버지가 있을 게 아닙니까?"

나는 대답을 재촉했다. 농담을 섞어서 이야기하면 조금이라도 더 부드러워질 것 같아서 이렇게 물었던 것이다.

"……그렇지요. 누가 되었든 간에 친애비가 있어야지요."

여관 주인은 기계적으로 그렇게 되받았다.

"청년은 블론드입니다."

나는 또 노인의 대답을 유도해 보았다.

"피부 색깔은 하얗고요. 틀림없는 북방계(北方系) 사람입니다. 아마도 블론드인 젊은 직공(職工)이 지나가다가 ─ 지금의 나처럼 부득이 하룻밤을 이 여관에서 묵어가게 되었을 때 그 유태 여인을 유혹해서……."

"이것 보시오! 그녀는 그무렵 불과 열네 살이었었소!"

노인이 이렇게 말하고 있는 사이에 나는 돼지우리에서 어떤 소리가 나는 것을 분명히 들었다. 노인도 그 소리를 들은 듯, 와인 글라스를 꽉 잡았다.

"그렇다면 강간을 당한 겁니까?"

내가 불쑥 내뱉었다. 노인은 자리에서 일어나더니 손을 마구 흔들어 나에게 신호를 보냈다. 그런 다음 문앞에까지 가서 바깥의 인기

척에 귀를 기울였다. 모든 것이 이상이 없다는 것을 확인하자 그는
다시 자리로 돌아와서 앉았고 나에게 질문을 던졌다.

"히브리어(語)를 어느 정도라도 할 수 있습니까?"

"전연!"

나는 대답했다.

"당신이 히브리어를 조금이라도 할 수 있다면 아주 간단하게 의
사소통을 할 수 있겠는데……. 지금 우리가 이야기하고 있는 문제
는 대단히 복잡한 성질을 띠고 있습니다!"

"놀랍군요!"

나는 이렇게 일단 응하고 나서 다시 물었다.

"우리가 지금 이야기를 나누고 있는 문제는 모든 나라의 언어, 모
든 지방의 풍토(風土)하에서도 불변(不變)인 것입니다. 문제는
바로 이것입니다. 누가 그 그림처럼 아리따운 청년을 낳도록 했느
냐는 것입니다. 누가 그 젊은이의 친아버지냐란 점입니다."

"마리아는 ― 그것은 인간이 아니었다고 말하고 있소이다."

"헷헷헷헤헤……."

이때 또다시 뒤란의 돼지우리에서 쿵쾅대는 소리가 들려왔다. 그
리고 웃음소리와 함께 혀를 끌끌 차는 소리도 들려왔다. 아무래도
무엇인가가 공중제비를 넘고 있는 것 같았다.

나는 돌연 튀어오르듯, 의자에서 일어섰다. 나로 하여금 토기(吐
氣)와 공포심이 일어나게 한 것이 노인의 대답이었는지, 아니면 저
보이지 아니하는 괴물의 소리였는지는 나도 알 수가 없었다. 여관
주인도 입을 다문 채, 기가 죽은 모습으로 있었으며, 소리나는 곳을
응시하며 와들와들 떨리는 손으로 돌 항아리를 꽉 잡고 있었다. 온
집안이 쥐죽은 듯 조용했다. 시계만이 째깍 소리를 내고 있을 뿐이
었다.

나는 다시 슬슬 앉은 자세를 바꿔 앉았다. 상당히 오랜 시간 두 사람 사이에는 한마디 말도 오가지 아니했다. 그러나 마침내 내 쪽에서 호기심의 승리로 — 이제 조금만 더 용기를 내면 노인으로부터 비밀을 유도해 낼 수 있을 것임에 틀림없다는 확고한 감정이 서는 것이었다.

"인간이 아니었다고요?"

나는 노인 쪽으로 몸을 한껏 구부리면서 목소리를 낮추어 마치 신문(訊問)을 하는 어조로 물었다.

"인간이 아니라면 도대체 무엇이었다는 것입니까?"

그 질문에는 대답을 하고 싶지도 않으려니와 대답할 수도 없다는 식으로, 노인은 당혹해하면서 어깨를 한번 으쓱해 보였다. 그리고는 진퇴양난인 듯 — 그러면서도 어느 정도 취기가 돈 눈에 눈물까지 글썽이며 글라스를 뚫어지라고 내려다보았다.

"인간이 아니었다면?"

나는 신문관의 목소리로 다시 반복해 물었다.

"도대체 그것은 무엇이었다는 겁니까?"

"그 무엇이었소"

여관 주인은 어쩔 수 없어서 속삭이듯 하는 작은 목소리를 냈다.

"어떤 무엇입니까?"

즉시로 내가 맞장구를 쳤다. 노인은 다시 한번 어깨를 으쓱하는 동작을 취했다.

"다분히 어떤 기식(氣息) — 호기(呼氣) — 보이지 않는 존재 — 어떤 힘일 것이외다."

이번에는 노인 쪽에서 이야기를 하지 않고는 견딜 수 없다는 눈치였다. 그는 마침내 열을 올리며 이야기하기 시작했다.

"누가 이해할 수 있는 일이겠습니까? 마리아는 나에게 이야기해

주었습니다. 어느 날 오후에 있었던 일이라나요. 문제의 방안에서 선잠이 들어 있었는데요. 몹시 더운 날이었습니다. 창문은 열려져 있었고 덧문은 닫혀 있었다고 합니다.

마리아가 우리집에 온 지 불과 몇주일도 안되었을 때의 일이지요. 그녀가 나에게 거짓말을 하는 것인지 어떤지는 나도 알 수 없었습니다. 아이들이란 흔히 거짓말도 하는 법이니까요. 그아이는 그당시 거의 아이들이나 마찬가지였습니다. 유치했지요. 아주 유치했었습니다!"

노인은 여기서 잠시 말을 끊었다.

"그래서요? 그래서 어떻게 되었다는 것입니까?"

나는 서둘러 질문을 했다.

"마리아는 입고 있던 것이 모두 벗겨지고 알몸과 같은 상태로 있었습니다. 돌연, 마리아가 한 말에 의하면 일진(一陣)의 거센 바람이 집 위로 불며 지나가는 소리가 들렸다는 것입니다. 그리고 덧문이 슬며시 열리면서 갑자기 —."

"갑자기 — 무엇이 갑자기?"

나는 궁금증이 나서 물었다.

"갑자기……."

노인은 다시 이야기를 하기 시작했다.

"마리아는 연한 머리 색깔을 한, 그리고 힘이 센, 새하얀 모습이 눈앞에 서있는 것을 보았다는 것입니다. 이것이 그녀의 몸을 덮치면서 속삭이는데 — 그 매음(賣淫)이 마침내는 당돌한 비명을 질러야 할 정도로 고통을 주더라지 뭡니까. 그리고는 모든 것이 다 사라져 버렸습니다.

마리아가 일어났을 때 입고 있던 것은 하나같이 모두 벗겨지고 구겨져 있고, 방안에서는 유황(硫黃) 연기가 무럭무럭 나더란 것입니다. 그런데도 창문 밖은 햇빛이 쨍쨍 내려쪼이는 한낮이었습니다. 그로부터 9개월 후에 그 음부(淫婦)는 그 블론드 아기를 낳았던 것이지요!"

여기서 노인은 말을 끊고 어느 정도 만족스럽다는 표정으로 찰랑찰랑 부어져 있는 글라스의 포도주를 모두 마셔 버렸다.

"그무렵, 하인을 고용하고 계시지는 않으셨습니까?"

한 잔 마신 다음 센티멘탈해진 기분을 떨어 버리기 위해 나는 고의적으로 다소 무뚝뚝하게 말했다.

"집안에 하인이라고는 한 명도 없었습니다. 이 근방 일원에도 사람이라고는 살고 있지 않았구요. 또한 우리집 부지(敷地)에 쉽사리 들어올 수도 없는 터였습니다. 좋지 않은 평판이 돌던 집이었으니까요."

"그 여인은 자신의 과실도 아니려니와 어떤 한 사나이와 눈이 맞아서 승낙하에 한 짓도 아닌데, 임신을 했다고 어디까지나 주장을 하는 것이로군요?"

"그뿐만이 아니라오."

노인은 목소리에 힘을 주면서 덧붙였다.

"그녀는 이 사건 전체를 큰 사건으로 내세우고 있는 거예요. 예(例)의 불가해(不可解)한 인물이 속삭인 말이란 것을 그 누구에게도 발설하지 않으려는 겁니다. 사건 전체는 기적이며 아이는 기적적인 사람이라고 믿고 있는 거예요. 그 아이를 보면 누구나 그렇게 단정하지 않을 수 없긴 하지만요."

"그럼, 영감님께서도 그것을 믿고 있는 겁니까?"

나는 매우 놀라면서 물었다.

"믿지 않으면 어쩝니까?"

노인은 이렇게 강조한 다음 다시 이어나갔다.

"그렇게 하지 않으면 우리 집안에서의 ─ 마리아의 입장도, 그리고 인근 사람들의 그녀에 대한 평판도 ─ 곤란해질 뿐입니다. 그러던 것이 지금……."

여관 주인은 일단 여기서 말을 끊었다가 다시 힘을 주어 이야기하기 시작했다.

"그로부터 20년이나 지난 지금에 이르러서는 가령 마리아가 한 말을 안믿기로 하면 ─ 이 집안에서 내가 설 곳이 없어지고 말 것입니다. 그러면 이제 이 늙은 몸이 의지할 데가 없어질 것이고 남들로부터도 손가락질을 받게 되겠지요. 그런 처지가 되어서야……."

"그렇다면 난처해진 나머지…… 기적이었던 것을 믿는 거로군요?"

나는 거의 격분한 말투로 그렇게 물었다.

"문제는 이미 내 손으로 해결할 수 있는 처지가 아닙니다. 내 손에서 떠난 것이지요."

노인은 벌떡 일어서더니 두 손을 들어 절망적이란 듯이 무릎을 탁 쳤다.

"문제를 원점으로 돌린다는 것은 이제 불가능하게 되었습니다! 기적은 기적이지요. 음부(淫婦)가 그렇게 믿고 있습니다. 그 아들이 또 그렇게 믿고 있구요. 나 또한 그렇게 믿고 있습니다. 근처에 사는 사람들도 그렇게 믿고 있고요. 바로 뒤에서는 비웃으며 눈을 흘기더라도 말입니다.

그러나 무엇보다도 심한 것은 그 음부가 작년에도, 그리고 금년에도 계속하여 같은 방안에서 같은 날, 같은 시각에 같은 옷을 입고 그 신비한 것이 다시 나타나기를 기다리고 있다는 점입니다. 그렇습니다. 그것은 다시 돌아올 것입니다!"

이렇게 이야기를 나누고 있는 사이에 밤은 깊어가고 있었다. 노인은 전혀 잠잘 준비를 하려는 눈치를 안보이고 있었다. 어디 그뿐인

가. 대연설(大演說)을 한 다음, 다시 술잔에 술을 따르더니, 흔들리지 않는 입장을 더욱 공고히 하고 싶다는 표정으로 그에 관한 토론을 해보자는 눈치였다.

나는 피로곤비한 상태에 있었다. 그렇게 되어 버린 이유의 반은, 여행으로 인한 것이고 나머지 반은 신경을 곤두세우고 논의를 했기 때문이었다. 이 노인을 상대해 가지고는 이 문제를 더 이상 논리적으로 이해한다는 것은 불가능하다고 생각했다.

결국에는 — 이쪽에서 이른바 조리가 있는 창으로 상대방을 지나치게 공격하면 노인은 기절을 하고 말 것이 뻔하다. 그것이 그의 마지막 비장의 카드였던 것이다. 그래서 나는 일어났고, 내가 잘 방을 가르쳐 달라고 노인에게 부탁했다.

"이제 더 이상 이야기하지 않을 생각입니까?"

상대방은 그렇게 말하면서 지팡이를 집어들었다.

"그렇게 합시다, 젊은이. 될 수 있다면 어서 나이를 먹는 게 좋아요. 무(無) 속을 아무리 기웃거려 봤자 무엇이 있는 것도 아니라고 생각할 것 같은데…… 이 지상(地上)과 하늘 사이에는 수천이나 되는 — 모르는 것들이 있다오. 그러나 그것이 보이지 않으면 아무 쓸모도 없는 법이지!"

나는 이 논의에 그 이상 말려들지 아니했다. 노인은 수지(獸脂) 밀초에 불을 켜들고 다리를 절룩거리며 질질 끄는 한편 기침을 하면서 나를 데리고 문밖으로 나갔다.

복도로 나오자 우선 오른쪽으로 돌아서 검게 그을어 있고 정돈이 잘 되어 있지 않은 주방을 지나갔다. 그 다음에는 좁은 사닥다리 앞으로 갔는데 이것이 경사가 급하여 가까스로 2층에까지 올라갔다.

사닥다리 바로 앞에 또 한 개의 문이 있었다.

"이것이……."

노인은 입을 떼면서 지팡이 끝으로 그 입구를 가리켰다.

"꼭 20년 전에 그 불가해(不可解)한 사건이 일어났던 예(例)의 방입니다. 젊은이, 이렇게 비좁고 보잘것없는 방을 자기방으로 쓰라고 주었었으니 썩 기분 좋지는 않았을 것이외다."

그런 다음 그는 숨을 헐떡이며 기침을 했는데 목에서는 가래가 끓고 있었다.

"그건 그렇고……."

노인은 갑자기 내 어깨를 꽉 잡으면서 주의를 주는 것이었다.

"이 문제에는 너무 신경쓰지 않도록 하십시오. 내일 아침에 내 딸과 아들에게 아무 말도 하지 말라구요. 그들 역시 그런 말 하는 것을 환영할 리 만무하니까요. 두 사람은 아직 너무 젊다니까요……. 그럼 푹 자시오……. 당신 방은 저곳이오……. 아참, 이 불을 받아주시오."

나는 손을 들어 공중을 휘젓다가 가까스로 불을 받아들고, 지정해 준 방안으로 들어갔는데 특별히 이상하게 보이는 것은 무엇 한 가지도 없었다.

다소 푸른 기운이 감도는 하얀 칠을 한 방안, 낡은 잉크 자국투성이인, 비뚤어지고 흔들거리는 책상이 한 개, 연통이 부러진 소형 주철제(鑄鐵製) 스토브 한 대, 부드러운 시트에 묵직한 붉은색 격자(格子) 무늬의 깃털 이불을 펴놓은 침대 — 이 침대는 4개의 다리가 높직하고 가느다란데 가장자리는 노란색이 칠해져 있었다. 마르멜로 색깔의 침실용 변기(便器)가 있는 나이트테이블, 꽃 모양의 커버가 찢어져 있는 팔걸이 의자 한 개 등등이 놓여 있는 실내는 추웠다.

오싹하는 한기(寒氣)를 느끼면서 나는 삐걱거리는 침대 속으로 들어갔다. 계단 아래에서는 무언가 시끄러운 소리가 들려왔는데 이

집안에서 나는 소리 같지는 않았다.

그러나 나는 잠이 오지 않았다. 이집에 살고 있는 세 사람의 비밀, 그들 사이의 기묘한 관계, 지난날에는 그 조촐한 소유지의 전제군주(專制君主)였던 노인이 교활한 유태 여인의 간계(奸計)에 걸려들었고, 결국 패배하지 않으면 안되었던 경위 — 이런 모든 것들이 끊임 없이 내 정신을 혼란케 만들고 있었던 것이다.

'청년이……'

나는 홀로 그가 어머니의 영향하에서 자라났었을 것은 당연한 일이라고 생각했다. 어떤 어머니도 자기 자식은 자기 생각대로 키워내지 않는가! 하지만 그렇게 길들여져 있는 것 같지도 않은데 늘 방심상태(放心狀態)로 있는 것처럼 보이는 그 청년, 그리고 광언자(狂言者)와 같은 그 기괴한 거동은 도대체 어떻게 된 것이란 말인가? 한가족 중 어느 누구도 그런 경향의 성질을 가진 자는 없을 뿐 아니라 그런 행동을 보이는 자도 없다.

그렇다면 어디서 그런 성격과 행동을 몸에 익혔단 말인가? 청년이 군대에 갔었다고 가정해 보자. 그런 남성은 정신도착(精神倒錯)이라 하여 병역이 유예될 것이 아닌가 —. 다른 한편으로 그 수수께끼와 같은 출생 비화는 또 어떻게 된 것이란 말인가?

미숙한 소녀라면 자칫 그런 이야기를 하여 사람들을 속일는지도 모른다. 그러나 그런 이야기는 아무나 믿는 것이 아니다. 음부는 역시 낳은 아이가 사생아(私生兒)라 하더라도 아버지가 누구인지를 이야기했을 것임에 분명하다. 그렇다면 그 사나이의 이름을 말했을까? 어쩌면 노인 자신이 그 사나이가 아니었을까……?

그렇다면 소녀가 미성년이었으므로 두려워하던 나머지 이런 거짓말을 만들어 낸 것이 아닐까? 그러나 그런 추측보다는 나그네로 와서 묵었던 젊은 직공의 소행으로 보는 편이 훨씬 진실에 가까운 게 아닐까?

요컨대 포석(布石)이 모두 맞지가 않는 것이었다. 그리고 그 돼지 우리 속에 갇혀 있는 것은 도대체 무엇이며 어떤 연유가 있는 것일까? 나는 다시 한번 노인이 들려준 대로 에피소드 전체를 눈앞에 떠올려 보았다. 허구(虛構)의 산물(産物)이라고는 하지만 그것이 지극히 장려(壯麗)한 것임을 나는 인정하지 않을 수 없었다.

현실과 공상을 뒤섞어가며 어느 것이 어디서부터 시작되고, 어느 것이 어디서 끝나는 것인지, 그리고 사건 전체를 진실로 받아들여야 할 것인지, 일소(一笑)에 붙여야 할 것인지 — 까닭을 알 수 없게 만드는, 여성 특유(特有)의 작위(作爲)가 아주 특징적이었다.

한 미숙한 음부가 어느 무더운 날 오후, 반라(半裸)의 상태로, 덧문을 반쯤 열어제친 채 자기 방 침대에 누워 있었다는 자체만을 가지고 중대시하는 인간은 없을 것이다 — . 아까 2층으로 올라올 때, 노인이 손가락질하며 가르쳐 준 방이 문득 뇌리에 떠올랐다. 나는 혼자서 중얼거렸다.

'너 자신이 지금 이방에서 나가되, 이곳저곳에서 그 기묘한 거짓말 같은 이야기를 지껄여대는 거야. 그러면 누군가가 그방에 대해서 말해 주는 이가 있을 거라구.'

그래서 나는 예의 방을 정찰해 보기로 결심했다. 내일 아침이 되면 그럴 시간도, 기회도 없겠기에 지금 당장 아래층으로 내려가기로 했다. 이렇게 해서 나는 벌떡 일어났고 곧이어 양말발로 복도에 나왔다.

'만약 누구에게 발각이라도 되면……?'

그러나 이 밤중에 어디에 가려느냐고 물어온다면 그 구실은 이미 준비해 두었다.

내 장화는 아직도 이집 문앞에, 내가 벗어둔 채로 그냥 있었다.

집안은 쥐죽은 듯이 조용했다. 나는 드디어 사닥다리 계단 앞에 도착했다. 그 첫 계단이 '삐익' 소리를 냈다. 나는 그 소리에 상관치 않고 내려갔다. 마침내 나는 사닥다리 계단 아래에까지 내려왔다.

손으로 벽을 더듬으면서 가던 나는 문의 손잡이를 발견했다.

문짝을 밀어 보았다. 자물쇠가 걸려 있었다. 열쇠는 꽂혀 있지 않았다. 나는 울화가 치밀었다. 무슨 수를 써서라도 방안에 꼭 들어가야 한다고 결심했다. 계단 위의 내 방에서 이 여관 방의 자물쇠 구조를 대충 파악하고 있었다. 자물쇠는 이집의 가구라든가 벽, 그밖의 실내 설비들보다는 상당히 튼튼하게 만들어져 있었다. 어쨌든 자물쇠를 연다는 것은 쉽지 않았다.

나는 문짝을 들어 보았다. 이렇게 하면 지렛대의 원리로 맞물려 있는 경첩을 뺄 수 있을 것으로 생각했던 것이다. 그렇게 했어도 아무 효과가 없었다. 나는 사닥다리를 도움발판 삼아 혼신의 힘을 넣어서, 다시 한 번 그 문짝을 들어올렸다. 그러자 문짝이 돌연 금구(金具) 부서지는 소리를 냈고 나는 상체에서부터 차디찬 공기가 흐르는 실내로 들어갔다.

그러자 그와 동시에 한 마리의 비둘기가 매우 화가 난다는 듯,

"구우! 구우!"

소리를 내더니, 무섭게 날개를 퍼덕이며 열려진 창문을 통해 허공으로 날아가는 것이었다. 집안의 이쪽 창문으로 내다보니 달이 떠올라 있었고, 열려진 창문 틈으로, 차갑고 푸른 기운이 감도는 달빛이 쏟아져 들어오고 있었다.

아까 들어올 때의 놀란 가슴이 어느 정도 진정되자 이방 역시 이집의 다른 방들과 마찬가지로 간소한 실내(室內)가 눈에 들어왔다. 창문 맞은편 구석에, 조금 전까지 누군가가 누워 있었던 것 같은, 꾸깃꾸깃 흐트러진 진홍색 담요가 덮여져 있는 침대가 한 대 놓여

있었다.

방바닥은 말할 것도 없고, 그 담요 역시 비둘기 똥이 여기저기 묻어 있었다. 벽쪽으로는 파란 즈크 옷감의 해진 옷이 몇벌, 그리고 프랑켄 지방의 농부(農婦)들이 입는 것 같은 빨간 모직 페티코트가 한 벌 못에 걸려 있었다.

벽에는 잔뜩 먼지가 끼어 비치지 아니하는 — 깨진 거울 조각이 붙어 있었다. 문밖에서는 — 한쪽이 열려져 있는 창문으로 내다보니 차갑고 푸른 기운이 감도는 달빛이 딱딱한 대지(大地) 위에 내리비치고 있었다. 그곳에서는 보이지 않지만 이집 뒤란의 비둘기집에서는 압살(押殺)당하기라도 하는 듯, 비둘기의 신음 소리가 들려왔다.

그러나 나는 여기서 또 하나의 동료가 있다는 것을 알아차리고, 곧 그 동정(動靜)을 살펴보았던 것이다. 그렇다, 돼지우리가 바로 맞은편, 20m의 거리에 있었다.

공격적인 달빛 탓일까, 아니면 내가 문짝을 부수는 순간 일어났을 쾅 하는 소리 때문이었을까. 그곳에 갇혀 있던 인비인(人非人)은, 돼지우리 문짝 위에 만들어 놓은 감시용 구멍으로 머리를 내밀고는 그곳에서 미치광이처럼 갈망을 하는데 — 달을 올려다보다가 내가 있는 쪽을 바라보고 애소(哀訴)의 울음소리를 내고 있는 것이었다.

머리, 그 자체는 확실하게 보이지 아니했다. 감시 구멍 위로 삐져나와 있는 돼지우리의 지붕 널빤지 때문에 감시 구멍 그 자체가 보름달의 시커먼 그림자로 가려져 있었던 것이다. 그러나 나에게는 불타오르는 것 같은 노란색 눈이 보였고, 딱딱하고도 묵직해 보이는 두개골(頭蓋骨)을 지붕 널빤지에 몇번씩이나 부딪치는 소리가 들렸다.

한밤중의 쥐죽은 듯 조용한 공기 속에서 — 아주 가까운 거리에서 밀려오는 분노의 거품을 내뿜어대는 신음 소리는 나를 아연실색

케 만들었다. 어떻게 들으면 개가 짖는 소리 같기도 하고, 어떻게 들으면 비웃는 소리 같기도 한 그런 소리로 신음을 하는 것이었다.

나는 뼛속까지 차가워지는 것 같고, 일종의 토기(吐氣)까지 느끼면서 그방을 뒤로 하고 나와서 가까스로 문을 닫고 잠겨진 자물쇠를 확인했다. 나는 침대로 돌아와서 남은 밤 시간을 얕은 불안한 잠을 자며 보냈다.

눈을 뜨니 벌써 방안에는 햇빛이 스며들고 있었다. 뜨겁고 역한, 요리 냄새가 아래층 쪽에서 몰려왔다. 어제 저녁때와 한밤중에 있었던 사건들로 인하여 피로하고 기분도 안좋았지만 나는 부지런히 떠날 준비를 했고 몸치장도 했다. 나는 마음속으로 다음과 같이 중얼거리지 않을 수 없었다.

"이 여관은 이곳에 살고 있는 사람들에 관해서는 흥미진진한 면이 있기는 하지만 설비라든가 접대란 점에서는 완전히 낙제 점수다."

도보로 여행을 하는 주제에 특별히 욕심을 부릴 처지는 아니었지만 그래도 쾌적한 침대와 영양가 있는 수프 정도는 원하고 있었던 나다. 이런 생각을 하면서 나는 방을 나오자 장화를 가지러 갔다. 장화는 하나도 닦여 있지 아니했다. 나는 불쑥 고함을 질렀다.

"크리스티안!"

나는 복도 끝에서 명령하는 어조로 크게 소리질렀다.

"크리스티안!"

그리고 크리스티안이 영문을 모른 채 나오자,

"장화가 닦여 있지 않았어! 이따위 여관이 어디 있어?"

라며 다시 한번 고함을 쳤다. 젊은이는 그 새하얀 승복(僧服)으로 몸을 감싸고 있었는데 내 손에서 장화를 받아들자 비통한 감정을 못이기겠다는 듯 흐느껴 울었다. 그리고 마침내는 감정이 폭발하여 절규하는 것이었다.

"당신의 격정이란 것은 손님! 한 켤레의 장화와 그 장화에 윤기가 나느냐 하는 것입니다. 그러나 나는 손님! 너무너무 많은 광기(狂氣)의 날카로운 가시가 박혀 있답니다. 온 인류의 흑악한 것들이 내 가슴속을 마구 휘젓고 있는 것입니다. 온 세계의 추악한 것들이 나를 붙잡아놓고 놓아 주려고 하지 않는다구요!

나를 좀 데리고 가주세요, 손님! 이 집안에서는 썩어 버리고 말 것입니다. 추악스러움과 아욕(我慾)으로 인하여 당장 숨이 막힐 것만 같습니다. 어떻게 해서든 나를 좀 데리고 가주세요! 손님! 넓은 세계로 — 그 세계를 위해, 내가 죽을 수 있도록!"

그말을 내뱉음과 동시에 그순간, 천사처럼 아름답게 장식하고 있던 청년은 바닥에 엎어지면서 내 무릎을 끌어안았다. 이제 나는 이 가련한 청년이 그 정신에 깊은 병이 들어 있다는 것을 알아차리게 되었다. 나는 얼른 그의 손에서 장화를 뺏어 들고 내 방안으로 돌아왔다.

그리고 나서 15분쯤 후에 나는 아래층 거실에서 떡갈나무 열매차와 돌처럼 딱딱한 빵으로 식사를 하고 있었다. 유태인 여자는 어디에 갔는지 모습이 안보였다. 그러나 주방에서 일하고 있는 소리는 들려왔다.

노인은 몸을 바들바들 떨면서 입가에 거품을 내뿜고, 등받이 의자속에 파묻혀 있는 채 수족도 움직이지 못하는 형편이었다. 눈알이 툭 튀어나와 있는데 그눈에서는 눈물이 흐르고 있었다.

그는 계속, 나에게 이야기를 시키려는 눈치였다. 그러나 나는 그럴 때마다 응하지 않고 회피했다. 나는 일각이라도 빨리 이 비참한 집에서 나가고 싶기만 했다. 배낭 속을 정리하자 나는 숙박비와 식대(食代)를 지불했다. 금액이 얼마 안되었던 것은 인정하지 않을 수 없다.

노인은 억지로 몸을 움직이어 약간의 거스름돈을 내주었다. 이것은 나중에서야 안 일이지만, 적지않게 놀란 것은 거스름돈으로 내놓은 돈은 외국 화폐로서, 헤롯왕이라든가 로마의 아우구스투스 황제의 초상이 새겨져 있었다.

나는 노인과 작별의 악수를 했는데 상대방은 안돌아가는 혀로 두어 마디 말을 지껄였다. 내가 나오자 주방에 있던 유태 여인이 주방 문을 쾅 소리가 나게 닫았다. 현관 문을 열었을 때에도 아직 2층에서는 청년의 엉엉 울어대는 소리가 들려왔다.

대문 밖으로 나오자 어제 저녁과는 변하여 있어서, 모든 것이 산문적(散文的)이고 무미건조한 것처럼 생각되었다. 그것은 모든 망념(妄念)을 머리속에서 털어 버리는 상쾌한 날이요, 맑은 날이었다. 이제 나는 자신이 경험하고 이것저것 생각했던 것들 모두가 — 그다지 화를 낼 만한 일도 아니라고 생각했다.

나는 한눈 한 번 팔지 않고 걸음을 재촉했다. 얼마 안 걸어서 가도(街道)로 나왔다. 얼음처럼 차가운 바람이 동쪽에서 피리소리 같은 소리를 내며 불어닥쳤고 스쳐 지나갔다. 약 20걸음쯤 떨어진 곳에 — 그러나 내가 가야 하는 방향과는 반대쪽에 석공(石工) 한 사람이 일을 하고 있었는데 익숙한 솜씨로 해머를 휘두르고 있었다. 나는 그가 작업하고 있는 쪽으로 나도 모르는 사이에 걸음을 옮겨 갔다.

"혹시…… 저…… 여보시오!"

나는 그를 불렀다.

"저기 저 뒤 숲속에 있는 여관을 아시오?"

"알고 있다마다요"

상대방은 틀림없는 프랑켄 사투리로 대답했다.

"그곳은 가죽 벗기는 집이지요"

"가죽 벗기는 집?"

나는 깜짝 놀라면서 반문했다.

"무엇을 하는 것입니까? 가죽을 벗기는 집에서는요?"

"그저…… 늙어빠진 말이라든가 옴이 오른 개 따위를 죽이는 곳이랍니다."

그렇게 말한 다음 상대방은 나의 무지(無知)를 비웃듯이 웃어댔다. 그리고 말을 이었다.

"그렇게도 모르시오? 사람에 따라서는 '독(毒)오두막'이라고 부르기도 한답니다."

"독오두막?"

나는 기겁했다.

"왜 그렇게 부르나요?"

"그집에서는 선인(善人)이 나온 예도 없고, 선인이 그집으로 들어간 예도 없답니다."

내가 질겁하며 멍청히 서서 두 눈을 동그랗게 뜨고 있자 석공은 말을 이어나갔다.

"그집에 사는 사람들이 어디서 왔는지, 무엇을 하면서 살아가는지 아는 사람은 아무도 없습니다!"

"그래요? 그건 또……."

나는 고개를 절레절레 내두르며 덧붙였다.

"나는 어쨌든 가죽이 벗겨지지 않은 채로 나왔습니다만……."

"잘하셨습니다. 축하할 일이라구요!"

석공은 큰 소리로 말하더니 돌가루가 허옇게 묻은 대형 해머를 번쩍 치켜들면서 힘껏 휘둘렀다.

"축하할 일입니다. 자아, 어서 떠나십시오. 쓸데없는 참견은 하지 않는 편이 좋습니다. 그 가죽 벗기는 오두막 일은 잊어버리시라구요!"

"헷헷헷헤헤헤."

숲 건너편에 있는 돼지우리에서 산양(山羊)이 비웃으며 울어대는 듯한 소리가 들려왔다. 나는 무의식중에 그소리에 정신이 번쩍 들었다. 그리고 나는 석공에게 인사말을 던진 다음 일각이라도 빨리 이 자리를 떠나야겠다는 생각에 한눈 한 번 팔지 않고 가도를 달리다시피 걸어갔다.

카디스의 카니발

"그 나무 속에는 기계가 들어 있다구."
라고 말하는 사람이 있는가 하면,
"그 나무 줄기 밑에는 작은 바퀴가 있어서 그것이 돌아가는
거야."
라고 이야기하는 사람도 있었다. 영국 순양함(巡洋艦)의 수병(水兵)
들 사이에서 오고가는 말이었다.
"어쩌면 인도(印度)의 요술쟁이에게서 트릭을 배워가지고 온 그
군함의 견습사관(見習士官)이든가 장교가 재주를 부리고 있는 것
인지도 모르지."
라고 말하는 민간인도 있었다.
"틀림없이 그 나무 속에 누군가가 숨어 있는 거야. 이건 틀림없는
말이라구."
"아니야. 내가 직접 나무를 두드려 보았지만 그속에는 아무것도
없었다구."
사람들은 이렇게 갑론을박을 하며 서로 자기 생각이 옳다는 주장
을 하고 있었다.
확실한 것은 — 사육제(謝肉祭) 전날인 월요일 오후 동안 카디스
라고 하는 하얀 마을의 광장(廣場)을 뚜벅뚜벅 걸어다니는 나무가

있었다는 것과, 무슨 말로도 설명을 할 수가 없는 그놈의 존재 때문에 카디스 마을 사람 전부의 딱한 머리들과, 그리고 다른 지방에서 온 사람들의 머리도 모두 혼란을 일으키게 되었다는 것이다.

오후 3시에는 광장도, 광장으로 통하는 길도 인산인해를 이루고 있었다. 맑게 갠 하늘에서 햇빛이 쏟아지던 이날은 모든 사람들이 거리로 쏟아져 나와서 오가며 떠들어대고 웃곤 하였다. 베일을 쓰고 망토를 걸친 여인들 — 빨간색 카네이션에 새하얀 월하향(月下香), 이꽃을 이 지방에서는 나르도라고 불렀는데 결코 장의용(葬儀用) 등에는 사용하지 않았었다.

여인들은 모두들, 가지고 있는 것이라면 하나도 빼놓지 않고 몸에 장식하고, 집안에는 삐거덕거리는 테이블 한 개에, 다리가 빠진 의자 두어 개밖에 가지고 있지 못하더라도, 이 거리에서는 레이스로 장식한 옷에, 에나멜 구두를 신고 어슬렁거리며 걸어다닌다. 손가락에도 귀에도, 머리에도 팔에도 다이아몬드라든가 색색의 보석 장신구들을 끼고 달고 있었다.

이날은 창가(娼家)들 모두가 문을 닫고 — 거리에서는 카디스의 창부(娼婦)들이 한껏 맵시를 뽐내며 걸어다니고 있었다. 항구에 정박중인 수병들은 — 영국인도, 독일인도, 스칸디나비아 태생의 무리들도 있었는데 — 술집 밖에 있는 테이블에 앉아서 헬레스와 말라가 와인을 마시며 창부에게 소리를 지르고 있었다.

그러나 탄지르라든가 케우타의 흑인들은 술도 안 마시고 어울리지도 않았으며, 후드가 붙어 있는 외투를 걸치고 터번을 두른 모로코 범선(帆船)의 선원들도 그러했다. 그들은 사람들의 물결 속을 헤집고 걸어다니되 조용하고 심려(深慮)가 깊었는데, 단지 그눈만큼은 리크산(山)의 굶주린 맹금(猛禽)과 같은 욕정(欲情)이 있었다.

주변을 자동차가 서서히 지나가고 있었는데 그 차안에는 상류계

급의 귀부인이 앉아 있었다 — 베일을 쓰고 망토를 입고 빨간 카네이션과 새하얀 나르도를 들고 — .

아우성과 절규는 그 어디에서도 들리지 아니했고 오로지 즐거워하는 함성과 웃음소리만이 들려올 뿐이었다. 숱한 사람들이 가면(假面)을 쓰고 기발한 의상을 입고 있었다. 난잡하게 이어붙인 색색의 천 조각, 중국인과 인도인과 터키인과 카우보이 등의 분장(扮裝)을 뒤섞어 놓은 민중들 — .

종이로 만든 칼과 기다랗게 붙인 코, 기다란 나무 다리에 호박 머리, 이것은 카피터 프라캇사라든가 판다로네라든가 알레키노 등의 기억된 모습이 기묘한 오해에 의해 왜곡된 것들이었다.

어떤 사나이는 신문지를 배접하여 상의와 뾰족모자를 만들어 입고 쓰고 있었다. 또 어떤 사람은 새하얀 부뚜막으로 분장하고 돌아다녔는데 그 부뚜막은 다리와 팔과 머리가 뾰족뾰족 나와 있었다. 몇몇 개구쟁이들은 커다란 뿔을 머리에 달고 꽁무니에는 기다란 꼬리를 달고 있었다.

이런 무리들은 그곳에 있는 누구에게든지 덤벼들었다. 그리고 누구나 모두 — 남자든 여자든 간에 이 놀이패 속에 뛰어들어와서 두 손으로 손수건을 펴들고는 투우사(鬪牛士) 시늉을 냈다. 당당한 나트우랄을 한쪽 팔너머로 제친다거나 다리를 움직이지 않은 채 미디어 베로니카를 하고, 키테, 모리네테, 가오넬라를 했다.

주위에 서있는 사람들은 박수를 보내고,

"오레!"

를 외쳤다. 사람들은 종이 테이프라든가 콤페티라든가 코리안드리(알맹이를 빼내고 밀가루를 채워 넣은 달걀)를 던졌다. 카네이션과 나르도도 던졌다.

그런 다음, 3시경이었는데, 그 나무가 눈에 들어왔던 것이다. 그것이 어디서 왔는지 아무도 알아차리지 못했다 — 그것은 있었던 것이다 — 광장 한복판에 있었던 것이다. 천천히 군중 속을 빠져나갔고 광장의 한쪽 끝에까지 움직여 갔으며 그런 다음, 방향을 바꾸지 않고 다시 한쪽 끝으로 향하여 뒷걸음질치면서 갔다.

그것은 상당히 굵은 나무줄기로서 7피트는 실히 되었다. 아래쪽에는 뿌리가 달린 그대로이고 그곳으로부터 나무줄기는 길의 포석(鋪石)에 접하여 있는 것처럼 보였는데 접해 있지 않았다 하더라도 포석 위에 1인치도 떠있지 아니했다. 몇몇 군데에는 싱싱한 녹색 잎사귀가 그대로 달려 있는 가지가 뾰족하게 나와 있었다.

위쪽에는 자리잡기는 하지만 잎사귀가 많이 달려 있는 가지가 수관(樹冠)을 이루고 있었는데 그것이 위쪽을 자른 부분을 완전히 덮어서 감춰주고 있었다. 이 나무는 나이가 많은 버드나무 같았는데 실로 기묘할 만큼 수직으로 자라나 있었으며 반들반들한 나무껍질은 거의 부자연스런 느낌을 줄만큼 광택을 띠고 있었다.

줄기 속은 겉에서 보기에 속이 비어 있는 것 같았는데 한 사람쯤은 넉넉히 그속에 들어가서 숨어 있을 정도의 굵기였다.

거북이처럼 느긋하게 광장을 이동해 가더니 어느 가로등 앞에서 잠시 멈추어 섰고, 그런 다음 다시 같은 직선 코스를 되돌아가는 이 우스운 나무에 주의를 기울이는 사람은 — 처음에는 아무도 없었다. 그 카니발 날에, 보이는 온갖 가장(假裝)과 소동 속에서 이놈은 의심받을 것도 없었고 제일 인기가 없는 것이었다.

그러나 이 나무는 군중을 의식하고 있지 아니했다. 그것은 광장을 아주 천천히 오가고 있었다. 그리고 굉장히 혼잡했는데도 불구하고 얼마간 지나자 나무 주위에는 사람들과의 사이에 일부러 비워놓은 것 같은 공간이 있는 것처럼 보였다. 사람들은 스스로 뭐라고 설명을 할 수는 없었지만 언제나 이 우스운 나무로부터 다소 떨어지려

210

고 하는 것 같았다.

그때다. 투우놀이를 하던 개구쟁이 소년 한 명이 이 나무를 향하여 돌진해 갔다. 그가 머리에 붙이고 있는 쇠뿔은 나무를 들이받았는데 그 결과는 — 이 가련한 개구쟁이는 그순간 비명을 지르면서 돌을 깔아놓은 길바닥에 엎어지고 말았는데 — 그에 비하여 걸어다니는 나무는 조금도 흔들리는 일 없이 그 우스꽝스러운 행진을 끈질기게 계속하고 있는 것이었다. 모두들 웃음을 터뜨렸는데 그 웃음소리에는 어쩐지 기운이 없었다.

이 나무줄기와 밀고 밀리는 군중 사이를 떼어놓고 있는 무인지대(無人地帶)는 서서히 넓어져 갔다. 특히 여자들은 나무줄기가 가까이 오면 우르르 뒤쪽으로 물러가서 나무줄기 주위를 한층 더 넓히며 호(弧)를 그려 나갔다.

광장에 있던 무리들은 모두 그 머리속에 이런저런 미신(迷信)을 가득 채워나가고 있었지만 그 미신은 어느 것 한 가지도 그 나무와 딱 들어맞는 것이 없었다. 그러면서도 사람들은 뒤로 물러섰다. 무엇인가가 있는 것이다. — 그것이 무엇인지 그들로서는 알 수가 없었다. 이윽고 나무줄기가 오가는 선(線)이 이제 인기척이 없는 곳까지 물러섰다.

그런 다음에 모두가 점차 화를 내기 시작했다. 이 실로 우스꽝스런 일에 대하여 차츰 불평을 해댔고, 나무줄기를 향하여 심한 욕설을 퍼붓는가 하면 눈을 흘기는 사람도 있었다. 부뚜막으로 분장하고 돌아다니던 사나이는 자기에게 용기가 있다는 것을 보여주려고 나뭇가지 한 개를 붙잡았다.

그리고는 스퀘어댄스에서 부인의 손을 잡고 데리고 나갈 때처럼 우아하게 나무줄기를 데리고 나갔다.

그러자 군중은,

"와아!"

하고 웃었는데 부뚜막으로 분장한 사나이는 빙그레 웃으면서 자신의 성공에 득의만면하고 있었다. 그런데 돌연 그 얼굴이 일그러지는가 했더니 사나이는 겁을 잔뜩 집어먹고 그 나뭇가지를 놓으며 도망치기 시작했다.

이번에는 분별없고 경솔한 당나귀 몰이꾼이 튼튼한 곤봉을 들고 그 나무를 두드리며 덤벼들었다. 나무줄기는 이따위 것에는 관심도 없다는 듯 서서히 이동을 계속했는데 ─ 아주 똑같은 속도로 길을 걸으며 하얀 광장을 오가는 것이었다. 그러자 당나귀 몰이꾼은 곤봉을 집어던진 채 슬금슬금 군중 속으로 도망쳐 왔다.

그때다. 수병(水兵) 한 사람이 술집 테이블에서 벌떡 일어났다. 그는 쓰고 있는 모자의 리본은 나풀거리고, 빨간 턱수염에 금발인 견습선원이었다. 사람들을 헤집고 나가서 돌진하여 나뭇가지 한 개를 잡더니 순식간에 나무줄기 상부(上部)에 올라가 앉아서,

"핫하하하!"

하고 웃었다. 그리고 모자를 흔들어 보이는 것이었다.

"오레!"

군중들은 소리쳤다.

"오레!"

그런데 그의 몸무게는 나무줄기에게 그다지 지장을 주는 것 같지 않았다. 그것은 조금도 흔들리는 일 없이 서서히 자기가 갈 길을 가고 있었다.

나무는 광장을 가로지르면서 익살맞은 수병(水兵)을 가로등이 있는 곳까지 데리고 오더니 이번에는 방향을 바꾸지도 않은 채 뒷걸음질로 돌아갔다. 아무래도 이런 행동이 금발의 젊은이를 당황하게 만든 것 같았다.

212

이렇게 되자 그는 뒤쪽을 향하고 기행(騎行)을 하는 꼴이 되었는데 그것이 그를 더욱 당황하게 만든 것이다.

젊은이의 얼굴에서는 웃음이 사라졌다. 그는 모자를 푹 눌러쓴 채 목소리를 죽였다. 그러자 군중들 사이에서도 웃음소리와 고함 소리가 딱 멈추었고 한순간 얼어붙은 듯한 분위기였다. 지금에 와서는 골계(滑稽)에 지나지 않는 일이지만 그당시에는 전혀 그런 기분도 아니었고 그런 분위기도 아니었다.

그러자 수병은 돌연, 나뭇가지 중턱쯤에서 벌떡 일어섰다. 그의 얼굴에는 불안과 긴장이 엿보였다. 수병은 뛰어내리자마자 있는힘을 다하여 술집으로 달려가는 것이었다. 그리고 그와 동시에 사람들은 후퇴하고 광장의 사방을 둘러싸면서 도로 쪽으로, 도로 쪽으로 밀려 나갔다.

나중에는 하얀 광장의 중앙부에 인기척이라고는 전혀 없는 상태가 되었으며, 기분 나쁜 나무줄기만이 넓은 포석 위를 일직선을 그리면서 가로등이 있는 쪽까지 이동해 갔다가 — 다시 방향을 바꾸지 않은 채 뒤로 물러서고 있었다.

갔다가는 오고, 다시 갔다 오기를 한 번, 두 번, 또 한 번 —.

사람들의 환성도 웃음소리도 사라졌다. 종이 테이프도, 코리안드리도, 꽃도 이제 없어졌다. 사람들은 움직이지도 아니했다. 분위기는 엄숙하여 소리도 내지 않았고 서있는 채로 걸어가는 나무줄기를 바라보고 있을 뿐이었다.

그러다가 두어 명의 여자들이 째지는 소리를 질렀다. 남자들은 헌병(憲兵)을 불렀다. 그러나 헌병은 개입(介入)할 생각이 그다지 없는 것 같았다.

마침내 수병(水兵)들이 삼삼오오 몰려들었다. 그들이 군중 속을 지나갈 때에는 나무줄기는 인기척이 없는 광장에 홀로 멈춰 서있었다. 그곳에 수병들이 도착하더니 그 튼튼한 주먹으로 두들겨 팼고 단단한 어깨로 밀어붙였다.

나무줄기는 꼼짝도 하지 않았다.

그들은 큰 소리를 지르면서 욕설을 퍼붓고 칼을 빼어 찔러댔다. 최후로 몇사람의 도로공사 인부가 도끼와 곡괭이를 가지고 와서 그 나무를 두들겨 팼다. — 나무를 찍는 소리가 광장에 울려퍼졌다. 그들은 나뭇가지를 하나씩 잘라 버리다가 마침내는 큰 가지까지 잘라내고는 그것을 둘러싸고 저주하며 떠들어댔다. 군중은 그들이 나무를 한번 때릴 때마다 그 소리에 맞추어 욕설을 퍼부었다.

구름에까지 닿을 것같이 키가 큰 스웨덴 사나이가 힘차게 일격을 가했다. 몬태나의 나무꾼이 하는 것처럼 도끼를 머리 위에서 두 번 휘두른 다음 수직으로 내려치자 도끼는 바람을 가르는 날카로운 소리를 내며 나무에 찍혔다. 이 사나이가 나무줄기에 최초로 구멍을 냈다.

그때부터는 비교적 수월했다. 도끼날은 박자를 맞추며 나무에 찍혀졌다. 나무는 여전히 버티고 서있으면서 꿈쩍도 하지 않았다. 무리들이 나무에 커다란 구멍을 냈을 때 비로소 그 나무줄기는 쓰러졌는데 마치 그것은 힘이 쇠진한 것처럼 맥없이 넘어지고 만 것이다.

사람들은 이것을 굴리면서 광장을 돌았다. 그리고 다시 두들겨 패면서 비어 있는 나무줄기 속을 기웃거렸다. 손을 넣을 수 있을 정도로 구멍은 넓어졌다. 그속에는 아무것도 없었다. — 실로 아무것도 없었던 것이다.

그렇건만 아직도 그속에 기계가 들어 있다고 주장하는 사람이 있었다.

"이것은 모두 영국의 순양함에 타고 있던 동인도(東印度) 수병(水兵)들이 만들어 놓은 거야."

라고 말하는 사람도 있었다.

"어쩌면 인도의 요술쟁이에게서 트릭을 배워 온 견습사관(見習士官)이거나 장교가 한 짓인지도 모르지."

"누군가가 나무 속에 들어가 있는 게 틀림없어. 틀림없다니까."
라며 나무줄기를 두드려 보는 수병이 말했다. 그러나 그 나무 속에는 아무것도 없었다. 전혀 아무것도 없었다.

확실한 것은 세기(世紀)가 바뀌어 갈 무렵, 사육제 전날인 월요일에 카디스라고 하는 하얀 마을의 광장에서 어슬렁거리며 걸어다니는 나무줄기가 있었다는 것뿐이었다.

기사(騎士) 밧솜피에르의 기묘한 모험

　청년시절의 어느 시기에 나는 근무차 1주일에 몇차례 규칙적으로 어떤 일정한 시각에 그 '작은 다리(그당시에는 아직 본 누프가 완성되어 있지 않았기 때문에)'를 건너, 시테섬을 지나가곤 했었다.

　그런데 서로 지나치게 되는 몇몇 사람의 직공(職工)들이라든가 기타 그 마을 서민들의 얼굴을 알게 되어 인사를 나누곤 했거니와, 그중에서도 제일 두드러지고, 또 빼놓지 않고 인사를 하는 사람은 어느 소규모 장신구상(裝身具商)을 하는 여주인이었다.

　이 상점은 간판에 두 천사(天使)를 그려놓았기 때문에 금방 식별할 수가 있었는데 그 여주인은 내가 지나갈 때마다 고개를 깊이 숙이면서 인사를 했고, 내가 그녀의 시야에서 사라질 때까지 서있는 채로 전송해 주는 것이었다.

　그녀의 거동은 그때마다 내 눈에 띄곤 하였다. 나도 마찬가지로 그녀를 돌아다보면서 공손히 답례를 하곤 했다.

　그러던 중 어느 날, 겨울도 다갈 무렵이었을 것이다. 나는 폰테느부로에서 파리를 향하여 말을 타고 가게 되었는데 그때도 '작은 다리'를 지나가게 되었다. 다리를 지나가려는데 예의 여인이 가게 앞에 나와 있다가 내가 지나가는 것을 보고,

　"나리, 안녕하세요."

라며 말을 걸어오는 것이었다. 나는 그녀의 인사에 대답하고 힐끗 뒤돌아보니 그녀는 몸을 내밀며 매우 서운하다는 듯 내 뒤쪽을 바라보고 있었다. 나는 그때, 하인과 마부를 따르게 하고 갔었는데 이 두 사람은 그날 밤중 안으로 편지를 써주어 폰테느부로의 어느 귀부인에게 보낼 작정이었다.

내 명령을 받은 하인은 말에서 내리어 그 젊은 가게 여주인에게 갔고, 내 대리인이라며 그 여인에게,

"우리 나리께서 조용히 만나서 이야기를 나누고 싶으시답니다. 보다 친하게 지내고 싶다면 어디든 장소를 이야기하면 우리 나리께서 그리로 가시겠답니다."

라고 전했던 것이다.

그 여인은 내 하인에게 대답하기를,

"이 이상 기쁠 수가 없습니다. 나야말로 어디든지 나리께서 지시하는 대로 따라가겠습니다."

라고 하더란 것이 아닌가.

말을 몰아 나가면서 나는, 하인에게 물었다.

"내가 그 여인과 사랑을 속삭일 수 있을 만한 장소가 어디 있는지 아느냐?"

그러자 하인이 대답하기를,

"그 여자분을 어느 중매쟁이 노파 집으로 데리고 가지요"

라고 했다. 이 하인은 프란도르 시골의 크루토레에서 온 빌헬름이라는 이름의 사나이로서 아주 분명하고 충성심이 강했다. 그는 또 이렇게 덧붙이는 것이었다.

"지금은 페스트가 여기저기서 유행하고 있는데 위생에 관심이 없는 서민들뿐만 아니라 박사님도, 승려님도 이 페스트로 마구 죽어가고 있습니다. 그러한즉 베개와 이부자리만큼은 댁에서 가져다

가 사용하시도록 하는 게 좋겠습니다."

이 제의는 아주 당연하겠기에 내가 수락하자 빌헬름은,

"쾌적한 잠자리를 준비해 드리겠습니다."

라며 자신만만하게 말했다. 말에서 내리기 전에 나는 또,

"청결한 세면기 한 개와 그리고 향료 한 개, 과자와 사과도 약간
그장소에 가지고 오라."

하고 일렀다. 그밖에도 빌헬름은 침실을 따뜻하게 난방하는 임무를
맡게 되었다. 왜냐하면 그날은 몹시 추워서 내 발은 등자(鐙子)에
끼워진 채 얼어붙을 지경이었으며, 어둠침침하고 두꺼운 눈구름이
하늘을 뒤덮고 있었기 때문이다.

그날 밤, 나는 약속된 장소로 갔다. 나이가 20세쯤 된 여인이 —
재간이 아주 능숙할 것 같은 여인이 침대에 앉아 있었고, 그옆에는
허리를 동그랗게 구부리고 머리부터 검은 천을 둘러쓴 중매쟁이 노
파가 무슨 말인지 그 여인에게 열심히 하고 있는 눈치였다.

방문이 반쯤 열려져 있었는데 난로에서는 금방 넣은 굵직한 장작
이 큰 소리를 내며 타고 있었다. 그 소리 때문에 노파와 여인은 내
가 온 것도 모르고 있는 듯했다.

그래서 나는 잠시 문앞에 서서 그 광경을 바라보고 있었다. 젊은
여인은 둥근 눈으로 난로에서 타오르는 불꽃을 뚫어지라고 바라보
고 있었다. 그런 하찮은 몸짓 하나로 그녀는 이 보기도 싫은 노파에
게서 수천 리나 간격을 두고 떨어져 있는 것이리라.

그리고 여인이 뒤집어쓰고 있는 조그마한 나이트캡 밑으로도 숱
이 많아서 짙게 보이는 머리카락이 흘러나와 있는데 그것이 자연적
으로 컬을 이루며 곱슬거렸고, 어깨에서부터 가슴 사이의 속치마 위
에 늘어져 있었다.

그녀는 그밖에 풀색 무명의 짧은 페티코트를 입고 발에는 슬리퍼

를 신고 있었다. 그때 나는 그만 소리를 내고 말았고 그들은 내가 와있는 것을 눈치채게 되었다.

여인은 고개를 돌리어 내 얼굴을 보았는데 그 외곬으로만 생각하고 있는 표정은 ─ 그 동그랗게 뜬 눈이라든가 꽉 다물고 있는 입이라든가, 눈에 보이지 않는 불꽃처럼 뿜어내는 그 눈이 부실 정도의 헌신적인 정(情)이 없었더라면 사나운 얼굴이란 인상으로 보였을는지도 모른다.

여인의 이런 모습은 내 가슴을 더욱 흔들어 놓았다. 그런 생각을 하는 순간 노파는 슬그머니 방안에서 빠져나갔고 나는 즉시로 여인의 팔 속에 있었던 것이다.

이 뜻밖의 빠른 성취에 취해 버린 내가 서서히 격의없는 행동을 취하려고 하자 그녀는 그 눈초리에도, 그리고 희미한 것 같은 음성에도, 일종의 표현하기 어려운 생명력의 힘을 느끼게 하면서 내 손으로부터 몸을 빼는 것이었다.

그러나 다음 순간, 정신을 차리고 보니, 나는 여인의 품속에 안겨 있었고, 그녀는 자기 입술로 내 입술을 마구 더듬으며 팔을 돌려서 나를 끌어안음과 동시에 ─ 그런 행위보다 더 그녀의 깊이를 알 수 없는 검은 눈동자는 불을 뿜으며 나에게 다가오는 것이었다.

그런 다음 여인은 무슨 말인가 하려고 하는 것 같았는데, 그러나 키스를 요구하며 흔들리는 입술은 말을 못하게 하였고 부르르 떨리는 인후(咽喉)는 흐느껴 우는 것인지 허덕이고 있는 것인지, 알 수가 없는 소리를 내고 있을 뿐이었다.

그런데 나는 이날, 거의 온종일 말을 타고 얼어붙은 길을 온 데다가 그 다음에는 왕(王)을 기다리는 동안 심한 논쟁을 벌였던 터라 매우 지쳐 있었다.

또 그 지친 몸과 마음을 가라앉히기 위해 술을 잔뜩 마셨고 두

손으로 들기에도 무거운 검(劍)을 한손에 들고 펜싱을 하며 격투를
벌이기도 했었으니 이처럼 부드러운 팔에 목을 감기우고, 향긋한 냄
새가 나는 머리카락에 싸여서 누우니, ─ 이 비밀스런 모험의 정점
(頂點)에서 그만 갑자기 피로가 엄습했다기보다 거의 실신상태에
빠졌다.

　그래서 나는 내가 맨처음 어떻게 해서 이방에 왔는지도 생각나지
않았고 서로 상대방의 심장의 고동을 느낄 정도로 가슴과 가슴을
맞대며 끌어안고 있는 이 여인조차, 한순간은 전혀 모르는 옛날의
여성으로 착각하다가 이윽고는 사랑이고 뭐고 다 잊은 채 깊은 잠
에 빠져들고 말았다.

　그러다가 눈을 떴을 때에는 아직도 캄캄한 밤이었는데, 여인이 내
옆에서 사라져 버린 것을 금방 알아차렸다. 얼굴을 들자 꺼져가는
불의 희미한 불빛으로 ─ 그 여인이 창가에 서있는 것이 보였다.

　여인은 창문의 덧문 한쪽을 조금 열어제치고 그 틈사이로 바깥을
내다보고 있었던 것이다. 그때 여인은 뒤돌아보았고 내가 잠에서 깬
것을 알아차리자 말을 걸어왔다(나는 그때 그녀가 가볍게 주먹을
쥔 왼쪽 손으로 자기 뺨을 더듬으면서 얼굴에 흘러내린 머리카락을
어깨너머로 넘기던 것을 보았는데 그 기억이 지금까지도 생생하다).

　"아직 날이 새지 않았습니다. 아직도 멀었어요."

　이때 처음으로 나는 여인의 그 아름다운 몸매를 가까이에서 보
았는데 마침내 그녀가 빨간 불의 반사를 아래쪽에서 받으며, 늘씬
하게 뻗어있는 새하얀 두 다리를 2, 3보 크게 떼면서 ─ 내 옆으로
다가올 것인지 ─ 그순간을 도저히 참고 기다리기 어렵다는 생각
을 했다.

　그러나 여인은 먼저 난로 앞으로 다가가더니 몸을 구부리면서 바
닥에 있던 마지막 굵은 장작을 눈이 부신 맨살의 팔로 주워올리고

그것을 재빠르게 불속으로 던지는 것이었다.

그리고 내가 있는 쪽으로 고개를 돌렸는데 그때 그녀의 얼굴은 불꽃의 열을 받은 데다가 환희의 기쁨으로 빛나고 있었다. 지나가다가 테이블에서 사과를 한 개 집어들었는데 그녀는 어느새 내 팔 안으로 뛰어들었다. 그녀의 수족은 아직도 불꽃에 의해 따뜻했으며 곧이어 부드럽게 풀렸다.

그리고 몸안에서 타오르는 강한 불꽃으로 인하여 떨렸는데, 오른손으로 나를 감싸안고 그와 동시에 왼손으로는 한입 베물었던 차디찬 사과를 쥐고 있었다. 흥분된 그녀는 자신의 볼과 입술과 눈꺼풀을 번갈아가며 내 입속에 밀어넣는 것이었다.

마지막으로 난로 속에 집어넣은 그 장작개비는 다른 어떤 것보다도 힘차게 불타고 있었다. 불꽃을 튀기면서 장작은 마치 불꽃을 빨아들였다가 다시 높이 뿜어내는데 그럴 때마다 불꽃의 밝기는 마치 파도가 너울거리는 것처럼 우리를 향하여 밀려왔다.

그 파도는 벽에 닿았다가 부서지고 부둥켜안고 있는 우리 모습의 그림자를 벽면 위쪽으로 비치기도 하고 아래쪽으로 내려비치기도 했다.

굵은 장작은 계속해서 소리를 내면서 타고 있었는데 그 심(芯)에서 차례로 새로운 불꽃을 토해냈다. 그 불꽃은 혀처럼 날름거리며 올라왔다가는 실내의 짙은 어둠을 그 빨간 빛의 화살로 밝히고 있었다. 그러나 갑자기 불꽃은 물을 먹은 듯 가라앉으면서 차가운 틈새바람이 인간의 손으로 열기라도 한 것처럼 덧문을 밀어제치고 밉기만 한 동쪽 하늘의 여명을 비춰주고 있었다.

우리는 바닥 위에 일어섰다. 그리고 아침이 찾아온 것을 알아차렸다. 그러나 바깥의 상태는 아무리 보아도 아침처럼 보이지는 아니했다. 세상이 모두 눈을 뜨고 잠이 깼다고는 할 수가 없었다. 창문 밖을 내다보아도 그곳이 거리로 보이지는 않았다. 형태가 있는 것은 무엇 한 가지 보이지 않는 것이다.

전체가 색깔도 없고 모습도 없는 하나의 아지랑이가 끼어있는 상태이며, 그속에서 움직이고 있는 것은 어떤 세상에도 없는 유령인 것처럼 보였다. 어디서인가 먼곳에서 옛날의 기억과 같은 탑시계(塔時計)가 시간을 알리는데, 아침바람인지 밤바람인지 분간이 안되는 차가운 바람이 점점 세게 불어와서 우리는 몸서리를 치며 더더욱 몸과 몸을 끌어당겼다.

여인은 한참만에 얼굴을 빼듯 제치면서 그눈에 지니고 있는 모든 마음을 담고 내 얼굴을 올려다보았다. 인후(咽喉)가 오므라들 듯 떨리면서 무엇인가가 치밀어 올라오는 것 같더니 입술 가장자리까지 떨렸다.

그러나 끝내 말을 하지는 않았다. 한숨이 되지도 않았고 키스가 되지도 않았다. 하지만 끝내 어떤 형태가 되지는 아니했어도 그 세 가지 중 어느 것과 흡사한 무엇인가가 분명 있었다.

바깥은 각일각(刻一刻) 밝아졌으며 그것에 따라 여인의 긴장된 얼굴에 떠오르는 갖가지 표정도 한층 더 생기를 띠는 것 같았다. 그때 돌연 바깥의 사람 소리와 질질 끄는 것 같은 발짝 소리가 창문 바로 앞에서 났으므로 여인은 몸을 웅크리면서 얼굴을 벽쪽으로 돌렸다.

지나가는 사람은 두 명의 남자였다. 그순간 그중 한 사람이 들고 있는 소형 칸델라의 불빛이 방안에까지 스며들었다. 또 한 사람은 손수레를 밀고 가는데 그 수레바퀴의 삐거덕대는 소리가 들려왔다.

그들 사나이가 지나간 다음에 나는 일어서서 덧문을 닫고 램프불을 켰다. 반쯤 베물어 먹던 사과가 아직 그곳에 있었다. 우리는 그것을 같이 베물어 먹었다. 그리고 나서 나는,

"다시 한번 만날 수 없겠소? 내 출발은 아직 멀었소. 일요일에 떠
나면 되니까……."
라며 여인에게 물어보았다. 이날은 목요일에서 금요일에 걸친 날의
밤이었던 것이다.

그녀는,

"나야말로 나리보다 더 그렇게 하기를 갈망하고 있습니다. 하지
만 나리께서 일요일 온종일 동안 즉, 일요일 끝까지 파리에 계
시지 않는다면 그것은 안될 일입니다. 내가 나리를 다시 만날
수 있는 것은 일요일에서 월요일에 걸친 밤 이외에는 시간이 안
되니까요."

라고 대답하는 것이었다.

나로서는 두어 가지의 문제점이 떠올랐으므로 그점에 대해서 난
처하다고 이야기를 했다. 그러자 그녀는 내 말에는 한마디의 반박도
하지 않았지만 그러나 야속하다는 눈길과 — 그리고 동시에 기분이
나쁠 정도로 얼굴이 어둡게 굳어지면서 내 이야기를 귀기울이어 듣
고 있었다. 그러는 그녀를 보고 나도 하는 수 없이,

"일요일까지는 파리에 있겠소."

라고 약속을 한 다음,

"그럼 일요일 밤에 이곳 같은 장소에 다시 오겠소."

라고 덧붙였다. 그러자 이말을 듣고 있던 여인은 나를 똑바로 바라
보면서 강경한 목소리로 괴롭다는 듯 이렇게 말하는 것이었다.

"이렇게 창피한 집에 내가 온 것은 오로지 나리를 위해서 왔던
것입니다. 그런 점은 나도 잘 알고 있는 터입니다. 하지만 그것은
내가 자진해서 그렇게 한 것이며 나리와 함께 있고 싶어서 그랬
던 것입니다. 그러기 위해서라면 어떤 조건도 다 감수할 생각이었
습니다.

하지만 내가 두번 다시 이런 곳에 온다면 나로서는 나 자신이 최저의, 최하급(最下級) 거리의 여자라고 생각되어집니다. 내가 이런 짓을 하는 것은 오직 나리를 위해서입니다. 하지만 나리는 나에게 있어 내 님, 바로 그분이시니까요. 나리는 밧솜피에르로서 나리가 오신다면 그것으로 충분하지요. 이런 집이라도 내 눈에는 훌륭하게 보이는, 그런 분이 바로 나리이십니다."

여인은 '이런 집'이라고 말했다. 그러자 그순간 그녀가 입밖에 내놓은 말은 실제로는 더 야비한 말처럼 들렸다. 그녀는 그렇게 말하면서 사방의 벽에, 침대에 — 침대에서 바닥으로 떨어져 있는 담요에 눈길을 한 차례 던졌는데 그녀의 눈에서 방사되는 날카로운 빛에 쬐자 그런 것들, 보기도 싫은 물건들은 모두 움츠리다가 일어나서 그녀에게 머리를 깊이 숙이는 것처럼 보였고, 이 보잘것없는 방도 한순간 아주 크고 호화로워진 것 같았다.

그런 다음 그녀는 뭐라고 말할 수 없을 정도의 정(情)이 깃든, 그리고 성실한 음성으로 이렇게 덧붙이는 것이었다.

"만약 내가 내 남편과 나리 이외의 어떤 타인(他人)이 하는 말을 듣는, 그런 짓을 한다면 — 누군가 다른 사람에게 정을 주는 짓을 한다면, 나는 개처럼 맞아죽어도 좋습니다."

그리고 뜨거운 숨을 토해내면서 입술을 조금 열고 살그머니 내 얼굴로 다가와서, 무언가 대답을 — 신뢰할 만한 증거를 구(求)하는 것 같았는데, 내 얼굴에서 바라는 바를 얻어내지는 못했으리라.

그래서 그녀는 그 긴장되고 기대에 가득 찬 눈길이 흐려지고 촉촉해진 눈꺼풀을 깜박이더니 돌연 몸을 돌리어 창가로 달려갔고 나에게 등을 돌린 채 이마를 덧문에 기대고 — 소리는 내지 않았지만 그러나 깜짝 놀랄 정도로 격렬하게 오열하면서 전신(全身)을 와들와들 떨어대는 것이었다.

나는 그순간 얼른 말이 나오지 않았고, 감히 여인의 몸에 손을 댈 수도 없었다. 그래서 나는 힘이 쭉 빠져 있는 그녀의 한쪽 손을 잡고는 그순간 떠오르는 진실된 말들을 모두 내뱉어서 그녀를 위로해 주었다.

그런 정성에 감동을 했음인지 여인도 마침내 눈물에 젖은 얼굴을 나에게 돌리고 말았는데 이윽고는 한 줄기 빛과 같은 눈 속과 입술 언저리에 미소를 띠었다. 그순간 울었던 흔적은 씻은 듯이 사라지고 얼굴은 반짝반짝 빛나는 것이었다.

그런 다음 그녀가 다시 나를 향하여 이야기하기 시작했을 때가 또 얼마나 귀여웠는지 모른다.

"다시 한번 나와 만나고 싶으시단 말씀이지요? 그렇다면 우리 백모(伯母)님 집으로 와주세요"

라는 말을 한 후에도 그녀는 입속으로 이말을 되풀이하는 것이었다. 그말을 그녀는 앞의 반쯤은 어리광스럽게 그리고 아이들처럼 의심이 깊은 말투로, 뒤의 반쯤은 중대한 비밀을 가르쳐 주는 것이란 식으로 내 귀에 자기 입을 갖다대고 속삭이었다.

또 어깨를 한번 으쓱하고 입을 뾰족하게 내밀면서 타합(打合)이라도 하듯이 하는가 하면 마지막에는 내 몸에 기대어 내 얼굴을 똑바로 바라보고 웃으면서 애교를 떨기도 했는데 그런 행동을 반복하는 것이었다.

그녀는 마치 어린아이가 처음으로 한길을 건너 혼자서 빵집에 심부름하러 갈 때, 길을 가르쳐 주는 엄마와 같은 태도로 아주 세세한 점까지 그집의 위치를 나에게 설명해 주는 것이었다. 그런 다음 그녀는 일어나더니 진지한 표정을 지었다.

그리고 정기(精氣)가 넘치는 그 눈동자에 모든 정을 듬뿍 담고 나를 바라보았는데 그 눈초리는 마치 죽은 사람까지도 자기에게 끌어당길 만한 힘이 있을 것 같았다. 여인은 이렇게 말을 계속했다.

"10시에서 한밤중 사이에 와주십시오. 그러나 더 늦더라도 언제까지나 기다리고 있겠습니다. 현관 문은 열려 있을 것입니다. 들어오면 바로 좁다란 복도가 있겠는데 그곳에서 멈춰 서있지 마십시오. 그곳에 서있으면 백모님의 방문이 열리게 되는지도 모릅니다. 더 안쪽으로 들어오면 막다른 곳에 계단이 있을 것이니 그 계단을 오르시어 2층으로 와주십시오. 나는 그곳에 있을 겁니다."

그리고 현기증이 나는 듯, 눈을 감은 채 얼굴을 숙이고 두 팔을 펼치어 나를 끌어안았는데 곧 다시 내 팔 속에서 빠져나가더니 아까 입었던 옷을 다시 입고, 서먹한 사이처럼 진지한 얼굴로 방에서 나갔다. 이미 밤은 완전히 새고 아침이 되었다.

나는 여행 준비를 모두 끝낸 다음 하인 한 명에게 짐을 내주어 먼저 출발시켰다. 그리고 다음날 저녁때가 되자 기다리기가 하도 지루하여 저녁 종소리가 들리자마자 하인 빌헬름을 데리고 등불도 들게 하지 않은 채 '작은 다리'를 건넜다.

그리고 연인의 모습이 보고 싶어서 그 가게 안에 있든가 아니면 이웃집에 있더라도 그녀를 찾아내어 두어 마디의 이야기를 나누는 것 이상의 바람은 가지지 않았을지언정 — 어쨌든 내가 와있다는 신호쯤은 전할 수 있으리라고 생각했었다.

그녀가 화를 내는 일이 없어야겠기에 나는 다리 옆에 남아있었고 하인을 먼저 보내어 기회를 엿보도록 하였다. 빌헬름은 잠시 후 사라졌는데 돌아왔을 때 이 성실하고 정직한 사나이가 — 내 명령을 제대로 수행하지 못했을 경우 언제나 보이는 표정, 그 깜짝 놀랄 수밖에 없었다는 표정을 지어보이고 있었다. 그리고 빌헬름은 이렇게 말하는 것이었다.

"가게는 문이 닫혀 있었습니다. 안에 아무도 없는 것 같았구요.

길거리로 면한 방안에는 사람의 그림자도 안보이고 목소리도 나지 않았습니다. 안마당으로 들어가 보려고 했는데 담이 높은 데다가 큰 개가 짖어대고 있었습니다. 그런데 앞쪽 방이 하나 있고 불이 켜져 있기에 덧문 틈으로 방안을 살펴보았지요. 그러나 유감스럽게도 역시 빈 방이었습니다."

기분이 상한 나는 그냥 돌아갈까 생각도 해보았지만 그래도 역시 그집 앞을 한번 천천히 지나가 보았다. 하인은 특기인 근면성과 충성심을 발휘하여 불빛이 새나오는, 덧문 틈새를 또 기웃거려 보았다. 그리고는,

"그 여인은 아니고, 그 여인의 남편 같은 사람이 지금 저 방안에 있습니다."

라며 속삭이는 것이었다. 그 장신구점의 남자 주인을 나는 그 가게 앞에서 한번도 본 일이 없었는데, 뚱뚱보로서 볼품없는 중년 남자든가, 혹은 여위어서 체질이 빈약한 노인을 연상하면서 그자의 모습을 직접 보려는 호기심으로 달려갔다.

그리고 창문 틈으로 들여다보았는데 놀랍게도 그 방안에는 보통 사람보다 키가 아주 크고 단단한 체격의 사나이가 돌아다니는 게 아닌가. 그 사나이는 아무리 보아도 나보다 머리 하나는 더 있을 정도로 키가 컸고, 이쪽으로 향할 때 쳐다보니 그 얼굴은 아주 근엄하고 아름다운 미남자였다.

몇가닥의 은색 털이 섞여 있는 갈색 수염을 기르고 있는데 이상할 만큼 준수하게 생긴 이마에서 관자놀이까지에는 내가 지금까지 본 사람 중 어느 사람에게서도 본 일이 없는 고매한 상(相)을 가지고 있었다.

이 사나이는 혼자서 실내에 있는데, 무슨 이유인지 누구와 시선을 마주하고 대화를 하듯 입술을 움직이면서 실내를 왔다갔다하는 사

이에 이곳저곳에서 멈춰서기도 했다. 그것은 상상상(想像上)의 인간과 이야기를 나누기라도 하는 것 같았다.

그러다가 한번은 상대방의 반론(反論)을 어느 정도 이해해 주는 장자(長者)다운 태도로 양보하는 것같이 손을 흔들어대기도 했다. 그 사나이의 거동 중, 어느 한 가지를 보더라도 어쩐지 매우 방만(放漫)하다는 느낌과 남을 깔보는 듯한 — 그래서 자신감이 넘쳐흐르는 면이 보였다.

그래서 나는 이 사나이가 혼자서 방안을 왔다갔다하는 그 모습에서 내가, 브로아성(城)의 탑(塔) 속에 구금중이었던 신분이 높은 수인(囚人) — 그 수인을 왕의 명령에 의해 감시한 적이 있는 그 신분 높은 수인의 모습을 떠올리지 않을 수 없었던 것이다.

지금 내 눈앞에 있는 사나이가 오른손을 들고 꼿꼿이 세운 그 손가락을 주의깊게 — 라기보다 심각하다고 할 정도로 응시하고 있을 때 그 두 사람의 닮은 점은 한층 더하다는 생각에 사로잡혀 있었던 것이다.

나는 바로 그 신분 높은 수인이 오른손 집게손가락에 끼고 있으면서 그때까지 한번도 뺀 적이 없는 반지를 지금 이 사나이와 거의 똑같은 몸짓으로 바라보던 것을 내 눈으로 분명히 보았던 것이다. 방안에 있는 사나이는 테이블 쪽으로 걸어가더니 물이 담겨 있는 프라스코를 촛불 앞에 밀어놓고 그곳에 생긴 광선의 고리 초점에 손가락을 펴서 두 손으로 감싸쥐었다. 그는 자신의 손톱을 관찰하고 있는 것 같았다.

잠시 후 그는 불을 끄고 방에서 나왔는데 방밖에 남아있던 나는 화가 치밀고 질투의 감정으로 어쩔 바를 몰라했다. 그 여인에 대한 욕망은 내 몸에서 점점 더해가더니 타오르는 불길처럼 — 나에게 당면하는 것 모두를 삼켜 버리고 마는 것이었다.

이 뜻밖의 조우(遭遇)는, 마침 불어오는 차가운 바람과 흩날리는 눈송이 하나하나가 모두 눈썹이라든가 볼에 닿고 거기서 녹아가는 불쾌한 기분까지 합쳐져서 나 자신을 엉망진창으로 만들어 버렸다.

그 다음날 하루를 나는 편치 못한 일로 보내었다. 일은 전혀 손에 잡히지 않았으며 그래서 마음에도 없는 짓 — 즉 말[馬]을 산다든가, 식사 후에는 누무르 후작(侯爵)에게 인사를 하러 갔고 그곳에서 상당한 시간을 보냈다. 누무르 후작과 만나서는 거의 아무 쓸모도 없는 이야기를 하며 시간을 보냈던 것이다.

그와 나눈 이야기의 화제는 지금 시중에서 점점 더 심하게 만연되어가는 페스트에 관한 것이었다. 그곳에 있던 귀족들은 한결같이,

"시체는 재빨리 땅속에 묻어야 한다."

라든가,

"장기(瘴氣)를 없애기 위해, 사람이 죽어나간 방에는 짚을 태워야 한다."

라든가 — 등등의 이야기밖에 하지 않았다. 그중에서도 제일 우습게 보이는 사람은 성당(聖堂)의 평의회원(評議會員)인 샨뒤경(卿)으로서, 경은 평소와 마찬가지로 뚱뚱하고 건강해 보였는데, 손톱에 질병의 증세인, 이상한 파란 점이 나타나지 않을까 하여 계속 자기 손톱을 들여다보고 있었다.

나는 이런 말과 행동들이 마음에 들지 않아서 자리를 옮겨 여관으로 돌아와 누웠는데 영 잠이 오지 않았다. 그래서 다시 옷을 주섬주섬 주워입고는,

"될대로 되라."

며 입속으로 중얼거리면서 하인을 데리고 나가, 힘으로 밀어붙이는 일이 발생해도 상관없다, 그곳에 가서 연인이나 만나보자라는 생각을 했다. 나는 하인들을 일으키려고 창가에까지 갔는데 그곳에서 얼

음 같은 밤바람이 불어와 머리를 식혀 주었다.

나는 제정신이 들었다. 그리고 그런 짓을 해서는 모든 일이 어그러지겠다며 생각을 고쳤다. 옷을 입은 채로 나는 침대에 쓰러졌고 곧 잠이 들었다.

일요일에도 밤에까지는 똑같은 식으로 시간을 보냈다. 시간은 빨리 흘러가는 것 같았다, 나는 그녀가 가르쳐 준 그길로 갔고 10시가 될 때까지는 공연히 그길과 이어져 있는 어느 노지(露地)를 왔다갔다하고 있었다.

그녀가 자기 백모네 집이라며 나에게 설명해 준 건물과 문은 곧 찾아낼 수 있었다. 그 문은 열려 있어서 안으로 들어가자 분명 좁다란 복도와 계단이 있었다.

계단을 올라가자 바로 방문이 있었는데 그것은 잠겨 있었다. 그러나 문 아래쪽 틈새로 희미한 광선이 새나오고 있는 것이었다. 그렇다면 그녀는 이 방안에서 나를 기다리고 있는 것이며, 그리고 어쩌면 내가 밖에서 하고 있는 것과 마찬가지로 방문에 귀를 대고 동정을 살피고 있는지도 모른다.

나는 손톱으로 방문을 조금 긁어 보았다. 그러자 방안에서 발짝 소리가 들려왔다.

과연 망설이며 조심하는 듯, 그 발짝 소리는 질질 끄는, 그런 소리라고 나는 생각했다. 그순간 나는 숨을 죽이고 있었는데 잠시 후에 조용히 노크를 해보았다. 그러나 들려오는 것은 남자의 목소리로서,

"문앞에 온 분은 누구신가요?"

라고 묻는 것이었다. 나는 문기둥 뒤에 몸을 숨기고 소리를 내지 않으려고 안간힘을 썼다. 문은 닫힌 채 그냥 있었으므로 나는 발짝 소리를 죽여가며 한 계단 한 계단 계단을 내려와서 복도를 지나 밖으로 나왔다.

그러나 관자놀이에까지 피가 거슬러 올라와서 머리가 욱신욱신 쑤셨다. 나는 이를 악물고 초조감을 가까스로 억제하면서 그 근방의 길을 우왕좌왕하고 있었다.

그러다가 다시 그집 앞에까지 왔다. 그러나 곧 들어갈 생각은 들지 않았다.

'그녀는 그 사나이를 보낼 것이다. 그럴 것은 나도 잘 알고 있다. 느낌으로 알고 있다. 잘될 거야. 그런 다음에는 곧 그 여인에게 갈 수 있을 거야.'

이렇게 생각하면서 나는 그길과 연결된 노지(露地) 쪽으로 갔다. 노지는 좁았다. 반대쪽에는 집이라고는 한 채도 없고 어떤 승원(僧院)의 벽이 가로막고 있었다. 그 벽에 나는 몸을 기대고 건너편 그집 창문을 바라보면서 그 방안의 동정을 추측해 보려고 했다.

2층의 그 열려진 창문 안에서 불빛이 — 그것은 장작 불꽃 같았는데 — 한번 피어오르더니 다시 어둠에 싸이고 말았다. 나는 이때 그 방안에서 일어나고 있는 광경 모두를 눈앞에서 보는 것 같은 생각이 들었다.

'그 여인은 그날 밤과 마찬가지로 굵은 새 장작 한 개비를 난로 속에 던져넣었을 거야. 그날 밤과 같이 그녀는 지금 방 한복판에 서있을 거라구. 그 지체(肢體)는 불꽃에 비춰져서 뜨거워졌을 것이고 — 어쩌면 침대에 앉아서 귀를 기울이고 있는지도 모르지. 나를 기다리면서……. 문앞에 서있는 나는 그녀의 모습을 볼 수 있을 거야. 투명한 파도가 벽면에 밀려왔다가는 밀려가면서 — 그 여인의 목과 어깨의 그림자를 만들어 줄 거야.'

이런 생각을 하던 나는 어느새 복도에 들어왔고 또 계단을 오르고 있었다. 이번에는 방문도 닫혀 있지 아니했다. 반쯤 열려져 있는 문에서는 방안으로부터 흔들리는 불빛이 새어나오고 있었다.

나는 문고리를 붙잡으려고 했는데 그때 방안에는 여러 사람이 있다는 것을 알아차렸다. 말소리와 발짝 소리는 분명 여러 사람의 것이었다.

그러나 나는 그것을 믿으려고 하지 않았다. 내 관자놀이의 피가, 목줄기의 피가 끓어오르고 있기 때문에 방안에서 타오르는 불길의 소리가, 그렇게 — 즉 여러 사람이 있는 것처럼 들리는 것이라고 생각했다. 그날 밤에도 역시 불길은 이런 소리를 크게 내면서 타오르지 않았던가.

지금 나는 문의 손잡이를 잡고 있다. 그러나 그때 방안에 있던 사람은 복수(複數) — 여러 사람이란 것을 나는 깨닫지 않을 수 없었다. 하지만 그것도 지금에 이르러서는 아무 상관이 없었다. 그 여인도 이 방안에 있다는 것을 나는 잘 알고 있다. 그것을 느끼고 있는 것이다.

그리고 이 방문을 밀기만 하면 여인의 모습을 보고, 그녀를 이 손으로 붙잡을 수가 있으며 — 비록 남의 수중에 있다 하더라도 — 나는 그녀를 빼앗기 위해 일단 한쪽 손으로 그녀를 끌어다가 내 몸으로 포옹하고 검(劍)을 휘두르는 한편 비수를 던져, 소란을 떠는 사나이들을 헤집고 이 위태로운 곳에서 빠져나가지 않으면 안된다. 단 한 가지 내가 견디어 낼 수 없는 것은 이 이상 기다리는 것이다.

나는 문을 열고 바라보았다. 넓은 방 한복판에 여러 명의 사람이 있었는데 그들은 침대 속을 채웠던 짚을 태우고 있었다. 그리고 방안을 비추고 있는 그 불꽃의 열기에 벽의 흙이 녹아 떨어지고 그것이 방바닥에 쌓여 있었다.

한쪽 벽 쪽에는 테이블이 밀쳐져 있었는데 그 위에 두 개의 나체(裸體)가 벌렁 눕혀져 있었다. 그중 한쪽은 대단히 큰데 얼굴에는 천이 덮여져 있었고 다른 한쪽은 작은 체구였다. 그 시체는 벽의 틈새 쪽에 눕혀져 있었으므로 그쪽 벽에 그 몸의 검은 그림자가 밀려 왔다 밀려가곤 하고 있었다.

나는 비틀거리면서 계단을 내려가 밖으로 나갔는데 이집 앞에서 시체를 운반하는 것을 직업으로 하는 두 사람과 마주쳤다. 한 사람이 내 얼굴에 칸델라를 들이대면서 무엇을 찾고 있느냐고 물었다. 다른 한 사람은 삐거덕 소리를 내는 손수레를 이집 현관 앞에 세웠다.

나는 검(劍)을 빼들고 이 두 사람이 나에게 접근하지 못하도록 경계하면서 여관으로 돌아갔다. 그리고 얼른 큰 잔에 독한 와인을 서너 잔이나 따라 마시고 충분한 휴식을 취한 다음, 그 이튿날에는 로렌주(州)로 여행을 떠나고 말았다.

여행에서 돌아온 다음, 나는 여러 방면으로 손을 써가며 그 여인을 수소문해 보았지만 헛수고로 끝이 났다. 두 천사(天使)의 간판이 걸려 있던 집에도 가보았지만, 그러나 현재 이 가게를 경영하고 있는 주인은,

"우리가 들어오기 전에 어떤 사람이 살고 있었는지 우리는 전혀 모릅니다."

라고 대답하는 것이었다.

귀뚜라미의 놀이

"그래서? 어떻게 되었습니까?"

한 무리의 신사들이 이구동성으로 물었다. 고크레니우스 교수가 평소와는 달리 수선스러운 발걸음으로 걸어 들어오는데 그의 표정은 잔뜩 일그러져 있었다. 교수는 말이 없었다.

"어쨌든 당신에게 편지가 오긴 온 것이로군요……. 요하네스 스코파는 이미 유럽으로 향한 건가요?"

"그의 상황은 어떻습니까? 표본(標本)은 가져왔겠지요?"

일동은 여기저기서 한마디씩 했다.

"그것이…… 이것뿐입니다."

교수는 정중하게 말했다. 그리고 한묶음의 서류와 작은 병 한 개를 테이블 위에 놓았다. 병 속에는 하늘가재(사슴벌레라고도 한다) 정도 크기의 죽은 곤충이 들어 있었다. 그 색깔은 백색(白色)이었다.

"중국인(中國人) 사자(使者)가 이것을 즉석에서 건네주면서 이렇게 말하더군요. 이것이 오늘 덴마크를 경유하여 도착했다고요."

"교수님은 아무래도, 우리 동료 스코파의 흉사(凶事)에 대해서……듣지 못한 게 아닐까요."

수염이 나지 않은 신사가 한쪽 손을 들어 옆에 있는 사람의 귀에 대고 소곤거렸다. 이야기를 듣고 있는 사람은 숫사자의 갈기 같은 수염을 덥수룩하게 기른 노학자(老學者)였다.

노학자도 말하는 사람과 마찬가지로 자연과학박물관의 표본제작자(標本製作者)였는데 쓰고 있던 안경을 이마 위로 올리면서 흥미진진하게 병 속에 있는 곤충을 관찰하고 있었다.

일동이 — 인원은 6명, 모두가 접류학(蝶類學)과 곤충학(昆蟲學) 전문의 학자들인데 — 모여 있는 곳은 아주 기묘한 방이었다.

천장에서 끈에 매어 늘어뜨린 가시복 — 망령(亡靈)과 같은 관객(觀客)의 — 방금 자른 목처럼 부릅뜬 눈이 튀어나와 있는가 하면 — 섬의 미개민족(未開民族)의 울긋불긋 현란한 색으로 칠한 악마의 가면(假面), 타조의 알, 상어의 큰 주둥이, 일각어(一角魚)의 이빨, 관절을 분해한 원숭이의 몸통, 먼 나라에서 가져온 가지각색 괴기한 모양의 것들이 발산하는 — 기태(奇態)에다가 죽은 사람과 같은 분위기의 인상, 그것들을 장뇌(樟腦)와 백단(白檀)의 희미한 향기가 더더욱 강하게 느끼도록 해주고 있었다.

어딘가 승원(僧院)풍의 감촉을 갖추고 있는 갈색의, 벌레먹은 흔적투성이인 찬장 위의 벽에는 낡은 박물관의 정원으로부터, 격자창(格子窓) 너머로 스며드는 석양의 희미한 빛이 장난이라도 치듯이 — 금장식 테두리를 한 액자 속에 끼워져 있으면서, 거대하게 확대된 빈대와 땅강아지의 조상 대대(代代)의 초상화(肖像畵)와 흡사한 포토레이트가 걸려 있다.

애교있게 팔을 구부리어 주먹코 옆으로 당혹한 미소를 띠고, 동그랗게 생긴 노란색의 유리 눈, 머리에는 표본제작 선생의 중산모(中山帽)를 달랑 쓰고, 난생 처음 사진을 찍는 대홍수(大洪水) 이전의 촌장(村長)님 자세로, 너울너울 뱀가죽을 너풀거리는 나무늘보가 구석 쪽에서 꾸벅 절을 했다.

복도의 어스름에 꽤 멀리 꼬리를 감추고 있고, 꼬리보다 보기가 좋은 부분은 교육부 장관의 희망에 따라 에나멜을 칠하여 번쩍거리는 — 이 연구소의 자랑거리인 길이 12m의 큰 악어가 칸막이를 통하여 이쪽 방을 노려보고 있다.

고크레니우스 교수가 자리에 앉은 다음, 편지 묶음의 끈을 풀자 잡담이 오가는 가운데 서두의 글부터 읽기 시작했다.

"날짜는 부탄 남동(南東) 티베트에서 1914년 7월 1일. — 즉 대전(大戰) 발발 4주일 전 — . 그렇다면 이 편지는 1년 이상이나 전에 발송된 셈입니다."

그리고 교수는 다소 소리를 높이어 읽어나갔다.

"요하네스 스코파 연구원에 대해서는 특히 이렇게 쓰여 있습니다. 중국의 국경지대에서 아삼을 지나, 지금까지 탐험되지 아니했던 나라, 부탄까지의 장거리 여행 도중 아주 많은 수확을 거두었는데 그점에 대해서는 다음 기회에 상세히 보고하겠다고 했습니다. 오늘은 어떤 신종(新種)의 하얀 귀뚜라미의 발견에 관하여 기묘한 경위에 대해서 우선 간단히……."

고크레니우스 교수가 병 속에 있는 그 곤충을 턱으로 가리켰다.

이 귀뚜라미는 샤면들이 미신적인 용도로 사용하는 것으로서 '파크'라고 불리는데, 이것은 동시에 유럽인들이라든가 백인(白人) 전체에 대한 저주의 말이기도 합니다.

그런데 어느 날 아침, 나는 라사로 향하는 라마교도(lama敎徒)로부터 이런 이야기를 들었습니다. 내 캠프에서 그다지 멀지 않은 지방에 대단히 신분이 높은, 이른바 도우구파가 있다는 것입니다 — 도우구파란 티베트 전토(全土)에서 두려워하는 악마 사제(司祭)로서 진홍색 승모(僧帽)를 쓰고 있으므로 식별할 수 있는데 그들의 말에 의하면 자기네들은 독버섯의 후예라는 것입니다.

그야 어찌 되었든 간에 도우구파는 티베트 최고의 종교인 '본교(Bon教)'의 일원(一員)이라고 하는데 그 본이 어떤 것인지는 전혀 알 길이 없습니다. 어떤 이인종(異人種)의 후예라는 것인데 그 기원은 세월 속에 파묻히어 잊혀지고 말았습니다. 그 도우구파는 — 이라고 순례자들은 말하면서 미신적인 공포를 드러내기 위해 회전예배기(回轉禮拜器)를 돌리는데, 사무체 미체바토인 것입니다.

사무체 미체바토 — 이것은 아무개란 이름으로 사람을 호명(呼名)하는 것을 허락하지 않는 존재로서, 이것은 '풀고 또 매다'가 가능한, 즉 한마디로 말해서 환상적 표상(表象)으로서의 시간과 공간을 투시하는 힘에 의해, 이 지상(地上)에서 할 수 없는 일은 한 가지도 없다고 하는 존재인 것입니다.

인류를 초출(超出)하는 그 모든 해제(楷梯)를 등반하는 데는 두 가지 길이 있다고 하는 것이 순례자들의 말입니다. 그 한 가지는 빛의 길 — 불타(佛陀)와의 일체화(一體化) — 이며 — 또 한 가지는 이것과 정반대인 '좌도(左道)', 그 입구는 태어나면서부터 도우구파만이 아는 것인데 — 공포와 충격에 가득한 정신의 길입니다.

이 '태어나면서부터의' 도우구파는 — 아주 드문 일이긴 하지만 — 나라 안 여러 방향에서 태어나는데 교묘하게도 거의 모든 경우 신앙심이 특별하게 깊은 부모로부터 태어나는 아이들인 것입니다.

'마치'라고 덧붙이면서 나에게 그 이야기를 해준 순례자는 말하기를 '어둠의 주(主)의 손이 성스러운 나무에 독(毒)의 쌀을 접목시키는 것처럼' — 그리고 그 아이가 정신적으로 도우구파와 연결되어 있는지 여부를 분별하는 수단은 한 가지밖에 없다. 그것은 — 가마(사람의 머리에 소용돌이를 이룬 부분)가 오른쪽에서 왼쪽으로가 아니라 왼쪽에서 오른쪽으로 돌아가고 있는지 여부를 확인하는 것이라고 합니다.

나는 곧 — 순수한 호기심에서 — 앞에서 이야기한 그 도우구파와 꼭 만나고 싶다는 희망을 말했습니다. 그런데 내 셰르파가 — 이 사나이는 동(東)티베트 사람인데 — 단호하게 고개를 끄덕이지 않는 것이었습니다. 그런 엉터리 같은 이야기가 어디 있느냐, 원래 부탄의 국내에는 도우구파 따위는 있지도 않다고 일거에 거절해 버리는 것이었습니다.

가령 있다고 하더라도 도우구파쯤 된 자가 — 사무체 미체바토라면 더 말할 것도 없고 — 백인(白人)인 당신에게 자신의 술수를 보여주는 일은 절대로 없을 것이라고 하더군요.

이 사나이의 너무나도 지나친 반대에 부딪치자 도리어 의념이 일어서 한 시간 동안이나 미주알고주알 질문을 하던 중, 상대방 입에서 나온 이야기에 의하면 이 사나이 자신이 본교의 신자(信者)이며 실은 — 새빨간 연막(煙幕)을 치는 전술로 이쪽을 속이려고 했던 것인데 — '깨달음이 열린' 도우구파가 그 근방에 있다는 것을 알고 있었던 것입니다.

"하지만 그분은 당신에게 술수를 절대로 보여주는 일이 없을 것입니다."

결국 이야기는 이런 식으로 끝이 나고 말았습니다.

"왜 그렇다는 거요?"

나도 단호하게 나갔습니다.

"하지만 그 — 책임을 질 수 없는 일이니까요."

"책임이라니? 무슨 책임?"

"술수로 인하여 세상에 혼란을 가져오는데 — 그렇게 되면 그 혼란 때문에 활불화(活佛化)하기 위한 소용돌이 속에 말려들게 되지요. 아니면 더욱 나쁜 일이 일어나고요."

수수께끼 같은 본교에 대하여 이야기를 듣는 것이 나로서는 흥미

238

진진했습니다. 그래서 나는 이렇게 물었습니다.

"당신의 신앙에 의하면 인간의 혼이란 것은 있는 것이오?"

"있다고도 할 수 있고 없다고도 할 수 있지요."

"그건 또 왜?"

대답 대신 이 티베트인은 지푸라기 한 개를 집어들더니 그것으로 매듭을 짓는 것이었습니다.

"이 풀에 매듭이 있습니까?"

"있구 말구."

그는 그것을 다시 풀었습니다.

"이번에는요?"

"이번에는 매듭이 없소이다."

"그것과 마찬가지로 인간에게는 혼이 있고, 그리고 또 없습니다."

그는 간단명료하게 말했습니다.

그 다음 나는 다른 방법으로 상대방의 생각을 나 나름대로 확실히 파악하려고 시도해 보았습니다.

"좋소. 그럼 가령 당신이 지금 막 지나온 저 손바닥의 폭 정도밖에 안되는 아슬아슬한 산비탈 길 위에서 골짜기로 떨어졌다고 합시다. ― 그래도 당신의 혼은 계속해서 살아있는 게요? 아니면?"

"나에게 자백을 하라는 것 같은데 그건 아무 소용도 없습니다."

"그럼?"

"정히 알고 싶으면 떨어져 보시구려."

이거야 원, 추호도 방심을 해서는 안되겠다고 나는 생각했습니다. 셰르파를 대동하지 않고 이 끝없는 고원지대를 헤매고 다닐 수만 있다면 얼마나 멋진 일일까? 상대방은 내 생각을 꿰뚫어보았다는 듯이 비웃는 듯한 웃음을 띠는 것이었습니다. 만사휴의(萬事休矣)입니다.

나는 잠시동안 입을 다물고 있었습니다.

"어떻게 어떻게 하겠다고 생각한다면 그게 잘못이지요."

그가 갑자기 말하기 시작했습니다.

"당신의 의지(意志)의 배후에는 원망(願望)이 있습니다. 당신이 아는 것과 당신이 알지 못하는 것과 —. 그 양쪽이 당신보다 강합니다."

"그럼 당신의 신앙에 의하면 혼이란 어떤 것이오?"

나는 분연히 질문했습니다.

"예를 들면 나에게는 혼이 있다는 게요?"

"있습니다."

"그럼 내가 죽으면 내 혼은 계속해서 살고 있는 게요?"

"아닙니다."

"하지만 당신의 말로는 당신의 혼은 죽어도 계속 산다며?"

"예, 나에게는 그런 — 이름이 있으니까요."

"이름이라니? 나도 이름 정도는 있소이다."

"예, 하지만 자신의 진짜 이름은 모르고 있습니다. 다시 말해서 그런 것을 가지고 있지 않다는 뜻이지요. 당신이 자신의 이름이라고 생각하고 있는 것은 당신의 부모가 마음대로 지어준 단지 공허(空虛)한 언어에 지나지 않습니다. 그런 것은 잠이 들면 금방 잊어버리고 말지요. 나는 잠이 들어도 자신의 이름은 잊지 않습니다."

"그렇지만 아무리 당신의 경우라 하더라도…… 죽어 버리면 기억하지 못할 게 아니겠소?"

나는 반론을 폈습니다.

"그렇습니다. 하지만 스승이 내 이름을 알고 있으며 언제까지나 기억하고 있는 것입니다. 그리고 스승이 그 이름을 부르면 나는

240

다시 되살아납니다. 하지만 나만이 ─ 다른 사람이 아닌 ─ 내 이름을 가지고 있는 것은 나 한 사람뿐이니까요. 다른 사람은 어느 누구도 그 이름을 가지고 있지 아니합니다. 당신이 자신의 이름이라고 칭하는 것 그것은 여러 사람의 남들도 공유(共有)하고 있습니다 ─ 개나 마찬가지로……."

그는 비웃듯이 그렇게 중얼거렸습니다. 무슨 뜻의 말을 하고 있는 것인지 알고 있기는 했지만 나는 듣고 흘려 버리는 시늉을 했습니다.

"스승이라고 했소? 그것은 어떤 의미요?"

나는 일부러 별 관심이 없다는 표정으로 물었습니다.

"사무체 미체바토입니다."

"여기서 가까이에 있다는 그것이오?"

"예, 하지만 가까이에 있는 그것은 스승의 경상(鏡像)에 지나지 않습니다. 진짜 스승인 분은 어느 곳에나 있습니다. 또 그것을 원한다면 그 어디에도 없을 수도 있습니다."

"그렇다면 모습을 안보이게 할 수도 있다는 거로군?"

나는 나도 모르는 사이에 비웃음을 머금지 않을 수 없었습니다.

"당신의 말에 의하면 그는 세계 공간의 내부에 있는가 하면 외부에도 있다. 그곳에 있기도 하고 또 그곳에 없기도 하다……."

"이름이란 것은, 그러나 사람이 입밖으로 낼 때밖에 존재하지 않습니다. 입밖으로 내지 않으면 그것은 이미 존재하지 않는 것입니다."

티베트인은 그런 해석을 했습니다.

"그렇다면 당신도 스승이 될 수 있는 거요?"

"될 수 있습니다."

"그러면 스승이 두 사람 있다는 게 되는데?"

나는 내심으로 쾌재를 불렀습니다. 솔직히 말해서 이 사나이의 정신적 오만에 일격을 가하고 싶었던 것입니다. 그렇다, 이제는 내 올무에 걸려들고야 말았구나라고 나는 생각했습니다.

그리고 나는 다음 질문을 이렇게 할 생각이었습니다. '한쪽 스승은 햇빛을 비추라 하고, 또 다른 스승은 비를 내리라고 한다면 어느 쪽이 이긴단 말이오?' 그랬던 만큼 그의 대답에 나는 깜짝 놀라고 말았습니다.

"그러나 내가 스승이 된다면 그때는 나는 그 사무체 미체바토가 되어 있을 테니까요. 그보다도 당신은 모든 것이 서로 아주 똑같게 상등(相等)하는 두 개의 사물(事物)이 동일불이(同一不二)하게 존재할 수 있다고 생각하십니까?"

"어찌되었든 간에 당신과 그는 두 사람이지, 한 사람은 아니잖소? 내가 당신들과 만난다면 당신들은 두 인간이지 한 인간은 아니지 않소?"

나는 반박했습니다.

티베트인은 슬며시 허리를 굽히더니 그곳 일대에 뒹굴어 다니고 있던 방해석(方解石) 결정(結晶)들 가운데 특별히 투명한 것을 하나 골라잡았습니다. 그리고 비웃듯이 말하는 것이었습니다.

"이것을 한쪽 눈에 대고 저기 있는 나무를 보십시오. 어떻습니까? 그것이 이중(二重)으로 보이지요. 그렇습니다. 그렇다고 해서 그것이 ― 두 나무입니까?"

우리는 이런 자질구레한 테마를 논리적으로 의논할 때 몽고어를 사용하여 의사를 전할 수밖에 없었는데 나는 몽고어가 서툴러서 상대방에게 즉각 반격을 가할 수 없었습니다. 그래서 나는 그에게 승리를 넘겨주고 말았던 것입니다.

그야 어쨌든 이 카르무크인(人) 특유의 사시(斜視)에, 때와 기름으로 찌들은 양(羊) 모피를 걸친 반(半) 야만인의 정신적 유연성에는 내심 혀를 내두를 수밖에 없었습니다. 그들 고지(高地) 아시아인에게는 무언가 기묘한 것이 있는 것입니다. 외견상으로는 짐승처럼 보이는 — 그러나 그 혼과 마주치면 홀연히 철학자(哲學者)가 출현하는 것입니다.

나는 대화(對話)의 출발점으로 되돌아갔습니다.

"당신 생각으로는 — 도우구파는 나에게 술수를 보여주지 않을 것이다 — 그 책임을 지기가 싫어서라고 말했지요?"

"그렇습니다. 그대로입니다."

"그렇다면 내가 책임을 지겠다면 어떻겠소?"

그러자 그는 허둥대는 것이었습니다.

이 티베트인과 알고 지낸 후 그렇게 허둥대는 것은 처음 있는 일이었습니다. 억제하려고 해도 억제할 수 없는 불안이 그대로 얼굴에 드러나는 것이었습니다.

나로서는 이해할 수 없는 격렬한 공포의 표정이, 내심(內心)으로는 기뻐서 어쩔 줄 모르는 표정과 뒤섞이어 있었습니다. 우리는 함께 있던 몇달 사이에 때로는 몇주일씩이나 온갖 종류의 죽음과 직결될 수 있는 위험을 목격했습니다.

등골이 오싹하는 골짜기 위를, 죽교(竹橋) — 그것은 폭이 발 한 짝의 나비밖에 안되며 무섭게 흔들리고 있었는데 — 그 죽교를 건널 때는 너무나 무서워서 심장이 멎을 것만 같았습니다.

또 끝이 안보이는 광야를 가로질러 갈 때는 조갈이 심하여 죽을 뻔하기도 했습니다. 그래도 그는 비록 단 1분간도 마음의 평형을 잃었던 적이 없었습니다.

그런데 지금은 어떠한가? 이 사나이가 이런 식으로 돌연 혼란스러워하는 것은 도대체 그 이유가 무엇이란 말인가? 나는 그의 얼굴을 멀거니 바라보았습니다. 그의 뇌수(腦髓) 속에는 분명 이런 생각 저런 생각이 엇갈리고 있는 것이 분명했습니다.

"도우구파가 있는 곳으로 안내해 주시오 사례는 충분히 하겠소"

나는 강력하게 설득해 나갔습니다.

"생각해 보겠습니다."

그는 마침내 그런 대답을 했던 것입니다.

그가 텐트 안에 있는 나를 일으킨 것은 아직 한밤중인 때였습니다. 준비가 다 되었다는 것입니다.

커다란, 개의 키와 별로 다를 것이 없는 털북숭이 몽고 말 두 필에 안장이 올려져 있었고 우리는 그말을 타고 어둠 속으로 나갔습니다.

내 캐러밴 일행은 꺼져가는 장작불을 둘러싸고 곤하게 잠들어 있었습니다.

몇시간이나 시간이 흐르는 동안에 우리는 말 한마디 나누지 않고 있었습니다. 7월의 밤, 티베트의 초원이 내뿜는 사향(麝香)의 유례가 없는 냄새 ─, 우리 두 사람이 타고 가는 말 다리가 움직일 때마다 단조롭게 움직이는 금작화 ─, 그런 것들에게 나는 거의 마비되다시피 하며 가고 있었는데 눈을 뜨고 가기 위해서는 하늘 위의 별을 두 눈으로 쳐다보고 가지 않으면 안되었습니다.

별은 이 미개(未開)의 고지(高地)에서는 어쩐지 불타오르는 종이처럼 활활 타는 것 같기도 하고, 번쩍번쩍 빛을 내뿜는다는 기분이 들었습니다. 그곳에서 강렬한 영향력이 발사되어 마음의 불안을 해소시켜 주는 것이었습니다.

새벽녘의 어스름이 산마루에 깔리기 시작할 무렵, 문득 정신을 차리고 보니 티베트인은 두 눈을 부릅뜨고 눈 한번 깜박이지 않으면서 하늘의 한쪽을 노려보고 있었습니다 ─ 방심(放心)하고 있는 것

244

이라고 생각했었습니다.

"당신은 길에 신경을 쓸 필요도 없을 만큼 도우구파가 있는 장소를 꿰뚫고 있는 거로군요?"

나는 두어 번 물어보았지만 그는 대답이 없었습니다.

"자석(磁石)이 쇠를 끌어당기듯이 스승이 나를 끌고 있답니다."

마지막으로 그는 마치 잠꼬대를 하듯이 무거운 혀를 움직이며 중얼중얼 말했습니다.

낮에도 휴식 한번 취하지 않고 그는 앞으로 앞으로 말을 몰았습니다. 나는 하는 수 없이 안장에 앉은 채 뻣뻣한 산양(山羊)의 육포를 몇개 씹었습니다.

저녁때가 다 되었을 무렵 우리는 어떤 나지막한 민둥산의 산자락을 돌아서 — 부탄에서는 흔히 눈에 띄는 어느 환상적 텐트 가까이에 당도했습니다. 새카맣고 위쪽은 뾰족하며 아래쪽을 향하여 텐트 자락이 부풀어 있는 육각형 — 마치 배를 땅에 대고 엎드려 있는 커다란 거미와 똑같았습니다.

내가 예상했던 것은 머리도 수염도 덥수룩하게 기른 샤먼과 만날 것이란 것이었습니다. 몽고인이라든가 퉁구스인에게 흔히 있는 망상성(妄想性), 혹은 전간성(癲癇性)인 패거리 중 한 사람으로서 독버섯 달인 것을 마시고 마비된 상태로, 정령(精靈)을 보았다고 생각한다든가, 까닭 모를 예언을 씨뿌리는 그런 사람일 것으로 생각했던 것입니다.

그런데 계산은 크게 빗나가고 말았습니다. 내 눈앞에 — 부동의 자세로 — 서있는 사나이는 키가 6피트 남짓에 매우 수척한 몸이었으며, 수염은 없고 얼굴은 살아있는 인간 중에서는 아직까지 본 적이 없는 피부색인 — 올리브 그린으로 윤택이 나는, 눈은 사시(斜視)여서 부자연스럽게 서로 엇갈리고 있었습니다. 나로서는 전혀 본 일이 없는 인종(人種) 타입이었습니다.

얼굴의 피부와 마찬가지로 자기제(磁器製)처럼 주름 하나 없이 매끈한 그 입술은 또렷한 진홍색 메스와 같고 이상하게 튀어나와 있어서 — 특히 위쪽으로 올라간 입 가장자리의 부분 — 마치 비정(非情)하고 경직된 웃음을 띠고 있는 것 같아서 그것을 그림붓으로 그려놓은 것 같았습니다. 나는 도우구파로부터 눈길을 돌릴 수가 없었습니다 — 한참동안 그렇게 있었습니다.

돌이켜 생각하면 그때의 기분을 이렇게 설명하고 싶습니다. 암흑 속에서 돌연 떠오른 무시무시한 가면(假面)을 보고 자신이 경악한 나머지 숨이 막혀 버린 어린아이와 같았노라고 말입니다.

도우구파는 머리에 꼭 맞는, 진홍색에 차양이 없는 모자를 쓰고 있었습니다. 그리고 복사뼈까지 내려오는 오렌지색이 섞인 노란색의 고급 담비 가죽을 걸치고 있었습니다.

도우구파와 나의 셰르파는 그야말로 한마디 말도 나누고 있지 않았는데 비밀스런 몸짓으로 의사소통을 하고 있는 것이라고 나는 생각했습니다. 질문 한번 하지도 않고, 도우구파는 돌연, 이쪽에서 원하고 있는 것을 — 얼른 너를 위해서 그대로, 그대의 원대로 보여줄 것인데 그것이 어떤 것인지 그대가 이해하지 못하더라도 어디까지나 그 책임 모두는 그대가 져야 한다고 하는 것이었습니다.

나는 '물론이오'라며 분명히 말했고 '그럴 생각으로 있다'고도 말했습니다.

그렇다면 그 표시로 왼손을 대지(大地)에 대라고 도우구파는 요구했습니다.

나는 그렇게 했습니다.

그리고 그는 아무 말도 하지 않은 채 한참 앞으로 나아왔고 나는 뒤로 물러섰으며 — 이윽고 앉으라고 명령했습니다.

바닥이 테이블처럼 수북하게 올라온 부분이 있었고 우리는 그 가장자리에 앉았습니다.

손수건을 가지고 있는가?

도우구파의 그런 질문에(실은 손짓 발짓으로 하는 질문이었지만), 주머니 속을 뒤져보았지만 허사였습니다. 그대신 겉옷 안주머니에 낡아서 색깔이 완전히 바랜 유럽 지도(접는 식으로 되어 있는 지도)가 손에 잡혔습니다(나는 긴긴 아시아 여행을 하는 동안 그것을 휴대하고 있었던 것 같습니다). 나는 그것을 꺼내어 상대방과의 사이에 펴놓고, 이 도면은 내 고향의 그림이라고 도우구파에게 설명했습니다.

도우구파는 내 셰르파와 재빠르게 시선을 교환했습니다. 나는 또다시, 이 티베트인의 얼굴 위에서, 어젯밤에도 느꼈던 그 증오에 가득 찬 악의(惡意)의 표정이 스쳐 지나가는 것을 보았습니다.

귀뚜라미의 마술을 보고 싶소이까?

나는 고개를 끄덕였는데 그순간 무엇인가가 시작된다는 것을 알았습니다. 낯익은 트릭 ─ 피리인지 무엇인지를 사용하여 지면(地面)으로부터 곤충을 유인해 내는 것이었습니다.

그렇습니다. 생각했던 대로였습니다. 도우구파는 금속성(金屬性) 벌레소리를 내었는데(주머니 속에 숨겨 가지고 있던 소형의 은방울로 그 소리를 내는 것이었습니다) 그러자 금방 바닥 밑에 숨어 있던 숱한 귀뚜라미 무리들이 나와서 담황색(淡黃色) 지도 위를 기어다니는 것이었습니다.

그리고 그것이 점점 더 불어났습니다. 이제는 도저히 셀 수도 없을 정도가 되었습니다.

나는 실은…… 나는 이미 중국에서 싫증이 날 정도로 보아왔었던, 이런 ─ 아이들의 눈속임을 위한 소품(小品) 따위를 보기 위해 그토록 고생을 하며 기마(騎馬) 여행을 했던가를 생각하니 화가 나서 견딜 수가 없었습니다. 그러나 지금 눈앞에서 일어나고 있는 일은 그런 부아를 진정시키고도 남을 만한 것이었습니다.

귀뚜라미는 과학적으로 완전히 신종(新種)인 것일 뿐 아니라 — 그런 까닭에 그것만으로도 충분히 흥미진진했었는데 — 세상에서도 기태(奇態)인 생태(生態)까지 보여주었던 것입니다. 귀뚜라미들은 지도 위로 올라오자마자 계속해서 저희 멋대로 빙글빙글 원을 그리면서 달리더니 몇몇 그룹으로 나뉘었고 그것들이 서로 적의(敵意)를 드러내기 시작하는 것이었습니다.

그때 돌연 지도의 한복판에 진홍색 빛이 떨어졌는데(그것이 도우구파가 태양에 비춘 유리 프리즘에서 생긴 것임을 나는 그순간 확인했습니다) — 그러자 몇초 후에는 그때까지 얌전했던 귀뚜라미들 가운데 한 무리가 돌연 등골이 오싹해질 만큼 상호간에 골육을 잡아먹는 곤충류로 화해 버린 것이었습니다.

그 광경은 차마 눈을 뜨고는 보지 못할 정도이고, 실로 필설로는 다 표현할 수가 없습니다. 몇천 몇만이나 되는 곤충들의 날개가 서로 비벼대는 소리 — 쩨지는 것 같은 소리를 내고 있는데 그 소리가 내 골수를 쪼개는 것만 같았습니다.

악마와 같은 증오와 무시무시한 죽음의 괴로움이 혼연히 뒤섞인 — 한 번 듣고 나면 두번 다시 잊혀지지 아니할 금속성의 쩨는 듯한 소리 — .

엄청난 양(量)의 녹색 체액(體液)이 귀뚜라미 무리 밑에서 곤죽처럼 흐르고 있었습니다.

나는 도우구파에게 명하여 잠시 중지하라고 말했습니다. — 그러자 상대방은 이미 프리즘을 집어넣은 후로서 어깨를 한번 으쓱할 뿐이었습니다.

나는 하는 수 없이 지팡이 끝으로 귀뚜라미를 한 마리 한 마리 밀쳐 버리고자 했지만 헛수고일 뿐이었습니다. 광기(狂氣)의 살육욕(殺戮欲)은 이미 멈출 줄 모르는 정도에 이르러 있었던 것입니다.

새 군세(軍勢)가 차례차례로 기어와서 우글대며 서로 물어 죽이는데 그 주검은 차츰차츰 쌓여져서 마침내는 인간의 키만큼 높아졌습니다.

토방은 온통 귀뚜라미로 우글거렸으며 이 광란의 곤충으로 들끓고 있었습니다. '죽여! 죽여! 죽여!' 오로지 그런 생각만으로 중심부를 향하여 쇄도하는 하얀 귀뚜라미떼 — 밀고 밀리는 무리 —. 수족(手足)이 잘리고 무리에서 낙오되어 두번 다시 기어갈 수 없게 된 몇몇 마리의 귀뚜라미는 그 큰 턱으로 제 몸을 씹어 먹고 있었습니다.

그러는 사이에도 날개짓을 하려 붕붕대는 소리는 더 이상 참고 들을 수 없을 정도였습니다.

다행스러운 것은 살아있는 놈의 숫자가 점차 줄어서, 뒤를 따라 기어오는 무리의 수는 점차 적어졌습니다. 그러다가 마침내는 기어오는 놈이 한놈도 없게 되었습니다.

"또, 무엇을 할 건가요?"

티베트인에게 물어보았는데, 도우구파는 무엇인가를 할 생각이 없다는 표정이었습니다. 도리어 무엇인가를 향하여 깊은 생각을 하고 있는 것처럼 보였습니다. 줄처럼 뾰족한 이가 드러나 보일 만큼 윗입술이 올라가 있었습니다. 이는 역청(瀝靑)과 같이 새카맸습니다. 아마도 이 나라의 습관에 따라 빈랑수(檳榔樹)로 이를 문질렀기 때문일 것입니다.

"그분은 풀었고, 다시 맬 것입니다."

티베트인이 대답하는 소리가 들렸습니다.

'죽은 것들은 고작 곤충들이잖았는가?'

나는 그렇게 생각하고 있었는데 그래도 나는 극도로 체력이 소모되어 거의 실신상태 작전인 느낌이었습니다. 그리고 아주 먼곳에서 들려오는 것 같은 소리가 또 들려오는 것이었습니다.

"그분은 풀었고, 다시 맬 것입니다."

그말이 무엇을 의미하는 것인지 그때는 몰랐었고 지금도 알 수가 없습니다. 이쪽의 생각을 유도해 낼 만한 일은 이제 그이상 아무 일도 일어나지 않았습니다.

그렇건만 나는 어찌하여 — 아마도 굉장히 긴 시간이었을 것인데, 확실한 기억은 전혀 없습니다 — 아직 그곳에 앉아 있었던 것일까요? 일어서야 한다는 의지가 없어졌다고밖에 말할 수가 없습니다.

서서히 태양이 떨어지자 육지도, 구름도, 티베트에 한번 가본 일이 있는 사람이라면 누구나 다 알고 있는, 그 귀청을 찢기라도 하는 것 같은 굉음과 함께 빨강과 노랑·오렌지의 비현실적(非現實的)인 색깔로 물들어가고 있었습니다.

그 광경의 인상이 무엇과 비슷하냐 하면 신(神)에게 제사지내는 날 시장거리에서 볼 수 있는 유럽의 그 흥행가의 야만스런 색깔을 칠해 놓은 텐트에 비교할 수 있을는지 모르겠습니다.

"그분은 풀었고, 다시 맬 것입니다."

그말이 아무래도 머리속에서 떠나지를 않았습니다. 그것은 내 뇌수(腦髓) 속에서 차츰 어떤 무시무시한 것으로 변해 갔습니다. — 환상 속에서 귀뚜라미들은 수백만의 죽어가는 병사(兵士)로 변신해 갔습니다. 어떤 수수께끼와 같은 — 어떤 방도가 없는 책임 감정의 악몽이 목구멍으로 치밀어 올라오는데 그것은 내가 스스로 해결하고자 억지로라도 발버둥을 치면 칠수록 고문(拷問)처럼 다가오는 것이었습니다.

그런데 또 돌연 도우구파의 모습이 사라지고 그대신에 ― 진홍색과 올리브 그린의 ― 소름이 끼치는 티베트 전쟁신(戰爭神)의 조상(彫像)이 눈앞에 있다는 느낌이 들었습니다.

나는 이 광경을 상대로 하여 싸움을 시도하고 마침내는 적나라한 진실을 눈앞에서 보았습니다. 그러나 그것이 진실과 완전히 끊어졌을까요?

지면(地面)에서 솟구쳐 올라오는 아지랑이, 먼 지평선의 산맥들의 얼음에 싸여 있는 뾰족뾰족한 정상(頂上), 빨간 모자의 도우구파, 유럽과 몽고의 의상(衣裳)을 반반씩 걸치고 있는 나 자신, 그리고 거미의 다리 모양을 한, 시커먼 텐트 ―.

이 모두가 어찌하여 현실일 수 있겠습니까? 현실·환상·비전, 어떤 것이 진짜이고 어떤 것이 가짜일까? 정체모를 무서운 책임감정을 느끼는 나머지 목구멍이 메일 것 같은 불안감이 또 가슴속에서 용솟음칠 때마다 끊임없이 현실과 환상 사이에서 맞부딪치는 내 생각 ―.

나중에, 훨씬 나중이 된 다음의 일입니다만 ― 유럽으로 돌아오는 여행 도중에 ― 이 사건은 내 기억 속에서 떼낼래야 떼낼 수 없는, 만연되어 늘어만 나는 유독식물(有毒植物)처럼 불어나는 것이었습니다.

잠 못 이루는 밤 등에는 ― 그 '그분은 풀었고, 다시 맬 것입니다'란 구절의 말이 무엇을 의미하는지 ― 무서운 예감이 몽롱하게 마음속을 휘저어놓는 것이었습니다.

그러면 나는 마치 화재(火災)를 초동에 꺼버리려는 듯 ― 그것이 어떤 의미를 제공해 주는 말이 안되도록 지워 버리려고 했습니다 ― 그러나 저항을 해보아도 소용이 없었습니다 ― 정신 속에는 죽은 귀뚜라미의 큰 무리 속에서 빨간색을 띤 아지랑이가 피어오르면서 구름의 모양이 되고, 그것이 몬순의 요괴처럼 공기를 새카맣게 만들면서 서쪽을 향해 무너져 내리는 것이 보입니다.

그리고 이것을 쓰고 있는 지금, 또다시 나는 갑자기 ― 나는 ― 나는 ― .

"편지는 여기서 돌연 중단되고 만 것 같습니다."

고크레니우스 교수는 마지막으로 이렇게 말했다.

"유감스런 일인데 여기 있는 여러분에게 보고하지 않으면 안될 일이 있습니다. 중국 사자(使者)의 입을 통하여…… 극동(極東)에 있던 우리의 동료 요하네스 스코파의 뜻하지 않은 서거(逝去)에 대하여……."

교수의 말은 거기서 끊어지고 말았다. 한자리에 있던 신사들이 기겁을 하며 쩨지는 것 같은 소리를 질렀기 때문이다.

"믿을 수 없소. 이 귀뚜라미는 아직 살아있다구요. 그로부터 1년이나 지났건만! 믿을 수 없어! 잡으시오! 아이구! 날아갔네!"

일동이 이구동성으로 외쳐댔다. 사자 갈기와 같은 머리와 수염을 가진 연구원이 병 주둥이를 열었고, 그바람에 죽은 것처럼 있던 곤충이 밖으로 날아가 버린 것이다.

그리고 잠시 후 귀뚜라미는 창문을 통해 바깥의 뜰로 날아갔고 신사들은 그것을 잡으려고 갈팡질팡 달려나갔는데 하필이면 그때 아무것도 모르는 채 램프 등불을 켜들고 들어오던 박물관의 노(老)관리인 데메토리우스가 문앞에서 그들과 맞부딪치는 바람에 넘어지고 말았다.

이 노관리인은 머리를 흔들면서 격자(格子) 창문 밖에서 일동이 곤충 채집망을 들고 우왕좌왕하는 모습을 바라보았다. 그리고 그는 황혼이 지는 저녁 하늘에 눈길을 주면서 중얼거렸다.

"무서운 전쟁이 일어나자 구름까지도 이상야릇한 모양으로 바뀌는구나! 저것 좀 보라구! 녹색 얼굴에 빨간 모자를 쓴 사나이 모양 그대로가 아닌가! 오른쪽과 왼쪽 눈이 저렇게 짝짝이라니…… 사람치고는 괴상한 인간인걸! 그래! 인간도 부처가 되기 직전이 되면…… 자칫 미신에 깊이 빠질 수도 있다고 했던가!"

기묘한 유령 이야기

가을도 다 갈 무렵 어느 사나이가 아름답기가 눈이 부실 정도인 셰링겐 지방을 여행하고 있었다. 그 사나이는 그러나 산에 오를 때 말을 타면 그 말이 너무 불쌍하다며 도보로 여행을 했는데 한 명의 크렌츠아하인에게 자신의 신상에 일어났던 이야기를 다음과 같이 해주었다.

예(例)의 사나이가 반 년 전 덴마크를 여행하고 있을 때의 일이다. 저녁 늦게 — 그곳에서 그다지 멀리 떨어져 있지 아니한 언덕 위에 아름다운 성(城)이 있는 지점에 당도한 그는 그 지역에서 하룻밤 묵어갈 생각이었다. 그런데 여관 주인의 말로는,

"손님에게 드릴 방이 없습니다."

란 것이었다.

"내일 아침, 어떤 사람이 처형(處刑)을 당하게 되어 있는데 3명의 사형(死刑) 집행인이 저희 여관에 이미 묵고 있습니다."

라고 말했다. 예의 사나이는 말했다.

"그럼 저기 저 성(城)에 가봐야겠소. 성주님이 — 어떤 분인지는 모르겠지만 나를 성안에 들어오게 하고 여분의 침대를 빌려줄지도 모르지."

그런데 여관 주인이 말했다.

254

"침대라면, 비단 커튼을 두른 멋진 것이 천장이 높직한 여러 개의 방안에 얼마든지 있습니다. 열쇠는 내가 보관하고 있지요. 하지만 당신을 천거할 일은 없습니다. 영주(領主)님은 벌써 3개월이나 전에 부인과 함께 향사(鄕土)님 한 분을 데리고 먼 여행길에 나갔습니다.

그런 후에 그 성에는 유령들이 아주 뻔뻔스럽게 나온다는 것입니다. 그래서 성지기도, 젊은이들도 누구 한 사람 그 성에 머물러 있지 못한답니다. 그 이래로 그 성에 들어간 사람은 두번 다시 그곳에 가지를 않습니다."

사나이는 유령 따위는 문제시하지도 않는다며 호언장담하던 인물이었으므로 여관 주인의 말을 일소에 붙였다. 그는,

"그렇다면 한번 시험해 봅시다."

라고 말했다. 여관 주인은 두 눈을 껌벅이면서 열쇠를 건네주지 않을 수 없었다. 유령 구경에 필요한 물건들을 갖추자 데리고 다니던 하인 한 명을 데리고 그 사나이는 성으로 들어갔다. 성안에 들어온 다음에도 그는 옷을 벗지 않고 잠잘 생각도 하지 않으면서, 무슨 일이 일어날지를 기다렸다.

나중에는 불을 켠 밀초 두 개를 테이블 위에 세워놓고 탄환을 장전한 권총을 한 정 옆에 놓아두었다. 그리고 지루함을 달래기 위해 금종이로 장정(裝丁)을 하고 빨간 비단 리본으로 거울 가장자리에 매달아 놓은 《라인 가정(家庭)의 벗》지(誌)를 손에 들고, 그 아름다운 삽화에 눈길을 주고 있었다.

상당한 시간 동안 아무 이상도 없었다. 그러나 교회의 종루(鐘樓)에서 한밤중을 알리는 종소리가 울리고 그 종이 12시임을 알리자, 일진(一陣)의 비구름이 성(城) 위로 몰려왔고 굵은 빗방울이 창문을 두드렸는데 — 이때 문을 세 번 세차게 두드리는 소리가 났다.

그런 다음 검은 사팔뜨기 눈에 ― 한 자도 더 되는 아주 기다란 코에, 덧니투성이인 ― 그리고 온몸에 털이 잔뜩 나있는 ― 그야말로 등골이 오싹해지도록 무시무시한 모습의 것이 방안에 들어오더니 무서운 목소리로 울부짖는 것이었다.

"내가 메피스토펠레스 대황제(大皇帝)이다. 내 궁전(宮殿)에 잘 와주었다! 그대도 아마 처자(妻子)와 함께 물로 영원한 작별을 고하기 위해 온 모양이로군(죽음, 즉 영원한 작별을 할 때는 술이 아닌 물잔을 나누어 든다고 한다)."

여행하던 사나이는 머리끝에서 발끝까지 찬물을 끼얹은 것 같은 전율이 흘렀다. 가련한 하인 따위는 신경쓸 사이도 없었다. 그도 그럴 것이 메피스토펠레스가 그 무시무시한 얼굴로 뚜벅뚜벅 걸으면서 이쪽으로 다가왔기 때문이다. 나그네 사나이는 이때다 싶어 호기 있게 일어서자 괴물에게 향하여 권총을 겨냥하며,

"서! 서지 않으면 쏜다!"

라고 했다. 보통의 경우라면 이정도로 유령이 겁을 집어먹으며 놀랄 리가 만무하다. 가령 총을 쏜다 하더라도 탄환이 나가지 않는다든가, 탄환이 나간다 해도 그것이 되돌아옴으로써 유령에게는 맞지 아니하고 도리어 쏜 사람이 맞고 말기 때문이다.

그런데 메피스토펠레스는 겁을 집어먹은 듯, 집게손가락을 공중에 들어올리면서 천천히 뒤로 돌았고, 왔던 길을 그대로 돌아가는 보조(步調)를 맞추며 나갔던 것이다.

사나이는 그러나 이 마왕(魔王)이 화약을 굉장히 두려워하는 것이라고 생각한 끝에,

"됐어! 이젠 됐다."

라고 자신감에 넘쳐, 다른 한쪽 손에 밀초를 들고 천천히 복도를 걸어가는 유령의 뒤를 역시 천천히 뒤따라갔던 것이다. 그러나 그를

따라온 하인은 얼른 등을 돌리어 교회를 향해 걸음아 나 살려라며 달려서 마을에 도착했는데 그의 생각에는,

'유령이 있는 곳에서 하룻밤을 새기보다는 차라리 사형 집행인들
  과 한지붕 밑에서 지내는 편이 낫겠다.'

라고 단정하는 것이었다.

한편 그 사나이가 복도로 나와 보니 유령은, 이 용감한 추적자의 눈앞에서 갑자기 사라져 버렸다. 마치 지하(地下)로 침몰한 것같이 말이다. 어디로 사라진 것일까?

그 사나이가 몇발짝 앞으로 걸어가서 유령을 찾으려고 하는데 ─ 그때 돌연 발밑이 푹 꺼지며 그 구멍에서 불꽃이 활활 타올랐고 사나이는 그 구멍으로 떨어졌다. 사나이는 그순간,

'아아! 이것은 이세상이 아닌 장소로 통하는 통로로구나!'

라고 생각하였다. 그가 수십 피트가량 떨어지자, 지하실 안의 짚더미 위에 이렇다 할 상처도 입지 않은 채 떨어졌다. 그곳에는 불꽃에 싸여 있는 6명의 젊은이가 있었는데 메피스토펠레스도 그곳에 있었다.

그리고 그곳에는 여러 종류의 이상야릇한 도구들이 굴러다니고 있었는데 번쩍번쩍 빛나는 레스라인 금화(金貨)가 산더미처럼 쌓여 있는 테이블이 두 개 놓여 있는데 그중에서도 한쪽 테이블이 다른 테이블보다 훨씬 많은 금화가 쌓여 있었다. 가까이 다가간 그는 자기도 모르는 사이에,

"우와!"

라며 탄성을 질렀다. 즉, 이들은 틀림없는 화폐 위조의 비밀결사(秘密結社)였던 것이다. 그들은 이곳 성주(城主)가 성을 비운 사이를 이용하여 성안으로 그들의 위조화폐를 운반해왔고, 동료 중 일부를 이 성에 투입시키어 위조화폐를 지키게 하고 있는 게 분명했다. 다

만 그들은 성안에 있으면서도 남들에게는 성안에 사람이 없는 것처럼 감쪽같이 숨어 있었던 것이다.

그리고 그들은 비밀조직을 아무런 방해도 받지 않고 운영해 나가기 위해 그 유령의 소리를 내기 시작했고, 이렇게 함으로써 이집에 들어온 사람은 공포에 떨며 두번 다시 못오도록 만들었던 것이다. 그러나 대담무쌍한 이 사나이는 이제 그 원인을 알아내기는 했지만 자신의 경거망동을 — 그리고 여관 주인의 만류를 듣지 않았던 것을 매우 후회했다.

그도 그럴 것이 그들은 이 사나이를 좁디좁은 구멍을 통해 또다른 어둠침침한 창고로 끌고 가서, 한패거리인 듯한 자에게 전과(戰果)를 보고하며,

"이놈을 죽여서 없애는 것이 상책이라구!"

라고 말하는 것을 들었기 때문이다. 그러자 다른 한 사람이 말했다.

"우린 그놈이 뭘 하는 놈인지 그리고 이름이 무언지, 또 출생지는 어디인지 물어봐야 해. 그것을 확인한 다음에 죽여도 늦지 않아."

그결과 이 사나이가 신분이 높은 영주(領主)로서 코펜하겐의 왕을 찾아가는 길이란 사실을 알게 되자 일당들은 눈을 동그랗게 뜨고 서로 얼굴을 마주보면서 그를 다시 아까 떨어졌던 어두운 지하실로 데려갔다. 그리고 이렇게 말했다.

"이것 귀찮게 되었군. 이놈이 없어진다면 — 이놈이 이 성안에 들어왔다가 다시 나오지 못하게 된 일이 생긴다면 — 그 여관 주인의 입을 통해 그런 사실이 알려지는 날에는 — 날이 밝자마자 경찰이 찾아올 것이고 이 성안을 샅샅이 뒤지어 우리를 찾아낼 것이니 — 그렇게 된다면 우리는 잡혀가서 교수형을 당할 게 뻔해!"

그래서 절대로 이 일을 입밖에 내지 않는다는 서약을 하자, 일당

은 이 포수(捕囚 : 나그네)를 무사히 방면(放免)해 주었던 것인데 그들은 협박하기를,

"코펜하겐에서는 너를 감시시킬 것이니 알아서 해!"

라고 엄포를 놓는 것이었다. 그래서 그는 하느님에게 서언(誓言)을 하고 자신의 거주지를 밝히지 않을 수 없었다.

"녹색 덧문이 있는 큰집 왼쪽의 야인정(野人亭) 옆의 집이오."

라고 그는 말했다. 그런 다음, 일당은 아침 음료수로 들라며 부르고뉴 와인을 내밀었다. 그 사나이는 일당이 밤새도록 레스라인 금화를 만드는 것을 구경했다.

그러나 지하실의 구멍으로 햇빛이 스며들고 거리에서 마차가 달리는 소리와 소 치는 목동의 피리소리가 들려오자 나그네는 밤새도록 함께 있었던 무리들에게 작별을 고하고 후한 대접을 받게 되어 고맙다는 인사말을 한 다음, 기꺼이 이 성에서 나와 여관으로 돌아갔는데 이때 그만 깜박하여 시계와 담배 파이프와 권총을 잊고 그냥 돌아오고 만 것이었다.

여관 주인은,

"아이구, 또다시 만나게 되어 ― 실로 고맙고 축하드리는 바입니다. 밤새도록 걱정을 많이 했습니다. 어떻게 된 것입니까?"

라고 물어왔지만 나그네는 생각을 해보았다.

'하느님께 맹세를 했겠다. 실은 지킬 생각이 있었던 것은 아니었지만 내 몸의 안전을 위해 ― 그리고 하느님의 이름을 함부로 사용해서는 안되지.'

그래서 그는 아무 말도 하지 않는데 그때 신호의 종소리가 울려퍼졌고 불쌍한 사형수가 끌려갔다. 그러자 온동네 사람들 모두가 그곳으로 달려가는 것이었다. 그후 그는 코펜하겐에 가서도 입을 굳게 다물고 다녔으며 자기자신도 이 사건을 거의 잊고 있었다.

그런데 몇주일 후, 우체국에서 그에게 작은 상자 한 개가 배달되었다. 그속에는 은(銀)으로 상감(象嵌)한, 아주 비싼 권총과 최고급 다이아몬드를 박은 신품 금시계(金時計), 금사슬 줄이 달린 터키제(製) 담배 파이프, 금실로 수놓은 비단 담배케이스, 그리고 편지가 한 통 들어 있었다.

편지의 문구는 다음과 같았다.

'그대가 우리에게서 받은 공포감의 대상(代償)으로, 그리고 그대가 침묵을 지켜준 감사의 표시로 이것을 보내오. 이제는 모든 것이 끝났으니 그대는 마음 내키는 대로 그 이야기를 해도 상관없소이다.'

그래서 이 사나이는 크렌츠아하 사람에게 이 이야기를 해주었던 것인데 그 이야기를 한 셰링겐에서 정오(正午)의 종소리가 울려퍼졌다. 이때, 언덕 위에서 이 사나이가 주머니 속에서 꺼내어 셰링겐의 시계가 정확하게 가고 있는지 여부를 확인한 것이 바로 다름아닌 그 시계였다.

후에 이것은 바셀의 여관에서 어느 프랑스 장군이 75신(新)듀브로느 금화(金貨)로 사겠다고 제의했다. 그러나 그는 그정도의 돈으로는 안 팔겠다고 했다 한다.

하시엘과 유령

지금부터 이야기하는 보고는, 천문학자(天文學者)인 윌리엄 하시엘경(卿)의 정신적 특성에 대한 — 단순하기는 하지만, 그런데도 불구하고, 귀중한 증언이 된다면 다행스럽다는 생각이 든다. 보고된 사건이 일어난 것은 당시 — 1772년의 일인데 — 37세인 하시엘이 음악 교사(敎師)로서 서머셋 탕치장(湯治場)에 살고 있을 때의 일이다.

하시엘은 그와 동시에 이른바 '팔각교회(八角敎會)'의 오르간 주자(奏者)이기도 하여 — 모테토(종교 음악으로 多聲 성악곡)라든가 가곡(歌曲), 그뿐 아니라 교회음악 전반에 걸쳐 작곡을 하고 연습을 하고 연주하고 있었다. 그리고 공개(公開) 콘서트의 지휘도 하고 있었던 것이다.

그러나 이런 뼈를 깎는 노력도 모두 세상을 살아가기 위한 것에 지나지 않았다. 즉 여가에 하는 정열의 대상이며, 천직(天職)인 천문학에 몸바쳐 일하기 위한 것이었다. 천문학의 연구는 정신적 작업임과 동시에 또한 힘이 드는 육체적 작업도 그에게 요구하고 있었다.

왜냐하면 필요한 장치가 아직 한 가지도 없었기 때문에, 즉 자신의 망원경 — 우선 20피트인 것을 나중에는 40피트짜리 큰 것으로 — 등을 모두 자기 손으로 만들었으며 반사경(反射鏡)까지 자신이 연마(硏磨)하고, 또 여동생 캐롤라인 — 이 사람은 하시엘네 집의 살림을 하면서 양말 뜨개질하는 것으로부터 대수(對數)까지 모든 것을 다 배웠는데 — 의 도움을 얻어 부품을 하나하나 모두 선반(旋盤)으로 자작(自作)했던 것이다.

열정적으로 연구를 하고 무한한 창조성으로 — 그리고 무서운 세(勢)로 일을 하던 이 시절의 어느 날, 하시엘은 자기에 대하여 호의를 베풀어 주며, 최상의 것을 기대하고 있는 사람들의, 작은 모임에서 자기자신의 힘이 쇠약해졌음을 한탄했다.

그리고 작업을 해내기 위해, 한 가지 작업에 혼자서 전심할 수 있는 것은 불과 2, 3주일밖에 없다고 털어놓았다. 비록 다른 작업으로부터 해방되어 필요한 시간을 손에 넣을 수 있다 하더라도 이처럼 바쁜 탕치장에서는 작업에 방해가 되지 않는 시간이라곤 없을 것이라고 했다.

출석자 중 한 사람인, 유복한 귀족이 — 다른 사람들이 입을 다물고 있자 반(半) 농담삼아,

"나는 마음놓고 작업을 할 수 있을 만한 곳을 알고 있습니다만 하시엘씨의 마음에 들는지는 모르겠습니다."

라고 말했다. 이 귀족에게,

"그곳이 어디입니까?"

하고 질문하자 그는,

"그 장소는 여기서 그다지 멀지 않은, 어느 마을 입구에 있는 조그마한 저택입니다. 우리집 소유입니다만 사람이 살고 있지는 않습니다. 좀더 상세히 말한다면 그 저택 안에서는 유령이 나오기 때문에 사람이 살 수가 없는 것입니다. 조카 한 명이 그곳에서 목숨을 잃었는데……. 그후 몇년이나 빈집으로 남아있답니다.

어떤 사람이 그곳에서 살려고 한 적이 한 번 있기는 했었습니

다만 사악한 망령(亡靈) 때문에 쫓겨나고 말았지요. 지금은 그 저택이 아마 매우 망가져 있을 것 같습니다."
라고 말하는 것이었다.

　결론부터 말한다면 하시엘은 그로부터 몇주일 뒤에 이 유령이 있다는 저택으로 이사를 했다. 여동생도 — 당시 26세였는데 — 망설이지 않고 오빠를 따라갔다. — 좀더 정확하게 말한다면 하시엘이 무너진 곳도 있는 허술하기 짝이 없는 건물 안에, 사람이 살 수 있는 장소를 준비한 후, 며칠 뒤늦게 그의 뒤를 따라왔던 것이다.

　하시엘은 실제로 이미 무너지기 시작한 건물 안에 세 개의 창문이 있는 큼직한 방을 자기가 쓰기로 하고, 그 3분지 2를 작업실로 꾸몄다.

　그리고 나머지 3분지 1은 싸구려 장대에 걸어서 움직이게 만든 커튼을 치고 침실을 만들었다. 이 커튼 — 옥양목으로 만들었다 — 의 벽을 지나지 않고는 침실로 들어갈 수 없게 되어 있었다. 여동생이 쓸 방으로는 그곳으로부터 약 20보 정도의 거리는 될 것으로 생각되는 복도 끝 쪽에 있는 작은방밖에 쓸만한 방이 없었다.

　이렇게 준비를 끝낸 후 며칠 동안은 이렇다 할 사건이 일어나지 않았다. 그러나 마을 사람들 중, 누구 한 사람 이 집안에 들어오려는 사람은 없었다. 이 남매가 이집에 체재하는 동안, 매일 아침 우유 용기(容器)를 가지고 오는 아가씨도 그 용기를 안뜰 건너 대문 앞에 놓고는 도망가듯이 가버리는 것이었다.

　여동생 캐롤라인이 처음으로 자기 방까지 통해 있는 복도를 지나가지 않으면 안되었을 때, 그녀는 몸을 와들와들 떨면서 전속력으로 복도를 달려갔고 방에 뛰어들자마자 뒷손질로 방문을 닫을 지경이었다.

　그러나 캐롤라인은 무언가 말로는 설명하기 어려운 것을 느끼었는데 — 숨이 막히고 가슴이 답답하여 그렇게 뛰지 않고서는 복도를 지나갈 수가 없었다고 했다. 이런 일은 그 남매가 말하고 있는 것처럼 어디까지나 모두가 공포심 때문에 일어나는 일에 지나지 않았다. 그런 다음 그들은 각각 자기자신의 작업을 시작했고 이곳에서 살아가는 데 차츰 익숙해져 갔던 것이다.

그런데 어느 날 밤, 하시엘은 창문 앞으로 옮겨놓은 책상 앞에 앉아서 안뜰의 나무들 위에 비추는 최후의 밝은 빛을 이용하여 표(表)를 작성하고 계산하는 작업을 하고 있을 때, 침실과 작업장을 막아놓은 커튼 고리가 희미하게 철렁 소리를 내고 있는 것을 알아차렸다. 돌아다보니 한 사나이가 방안에 서 있었다.

그는 젊은 사나이로서 이목이 수려한 멋쟁이로 보였다. 입은 옷은 깃과 단에 레이스를 달고 있었고 한쪽 손에는 칼을 들고 있었으며 모자를 옆구리에 끼고 머리기름까지 바르고 있었다. 그 사나이는 뚜벅뚜벅 몇걸음 앞으로 걸어와서 책상 앞에까지 오더니 말 한마디 없이 책상 앞에 놓여 있던 의자에 앉았다.

그 사나이는 하시엘에게 눈길을 보내고 있었는데 저녁 어스름 속에서 파랗고 다소 부어오른 얼굴과 검고 우수(憂愁)를 띤 눈을 껌벅이고 있을 뿐이었다.

하시엘은 펜을 손에 든 채로 이곳에 — 사람이 들어올 까닭이 없는 방까지 들어와 있는 사나이와 — 서로 한마디 말도 없이 한참동안 이렇게 앉아 있었다. 그런 다음 — 이 천문학자가 나중에 한 이야기에 의하면 이 무용(無用)의 존재에 대하여 아주 심한 혐오감이 치솟아 올랐다는 것이다.

이 소름이 오싹 끼치는 무의미한 존재는 그저 그런 식으로 찾아올 뿐이었으며 보잘것없이 무능력한 까닭에 인생의 단순한 부정면(否定面)일 수밖에 없었다……. 그러나 그러는 동안에 이런 일이 일어났다. 이 도깨비처럼 이상한 물체는 그 굳기를 잃어가고 윤곽이 무너지기 시작하더니 녹아갔고 — 그래서 그 의복을 통하여 커튼이 보이기 시작하더니 마침내 사라지고 말았다.

캐롤라인은 오빠로부터 훨씬 후에야 이 사건에 대하여 들었는데, 그날 밤부터 그녀는 보통 걸음걸이로 자기 방에까지 가서 잘 수가 있었다.

필자가 필자의 증조부(曾祖父)의 숙부가 한 이 체험을 기록해 둘 가치가 있다고 생각한 이유는, 진심으로 냉정하여 몽상(夢想) 따위 하고는 인연이 없는 인물이, 우리네 피안(彼岸) 세계의 진짜 주민 (住民), 즉 별을 향하여 그의 정신을 접근시킨다고 하는, 단 한 가 지 마음의 움직임밖에 몰랐던, 그 작업 일변도의 시대에, 이 사건이 일어났었다는 점이다.

그리고 또 한 가지 이유는 유령이라든가, 유령을 쫓아낸다는 숱한 보고 가운데 이 보고는 자신의 작업적 가치와 그리고 물론 왕생(往 生)한 사람들의 영혼의 불멸성(不滅性)만을 확신하고 있는, 하시엘 과 같은 사람에 의해 성불(成佛)하지 못하는 망령(亡靈)의 하나를 단도직입적으로 부정시킴으로써 다른 유(類)를 허수아비쯤으로 생 각해도 좋다고 느꼈기 때문이다.

정원사(庭園師)

　과수(果樹)를 재배하는 정원사가 ― 피오르드의 100m 고지대, 높은 산을 수직으로 잘라 세운 것 같은 진홍색 화강암 벽을 향하고 가자면 해변가가 보이는데 그곳에 움집 비슷한 오두막을 짓고 살고 있었다. 랄스 소르헤임이란 이름을 가진 사나이이다.

　이 정원사는 나이가 상당히 많았다. 두발(頭髮)은 여자 머리처럼 길었는데 눈처럼 새하얀 백발이었다. 구레나룻 역시 하얀데 길게 늘어져 있어서 언제나 흔들거리고 있었다. 몸집은 조그마하고 여위어 있었고 ― .

　그리고 수십 년 동안이나 육류(肉類)를 입에 대지도 않고 있었다. 피부는 밀랍과 같이 노란색을 띠고 있었다.

　그는 죽은 사람과 흡사했다. 이따금 이 정원사가 이야기를 걸며 얼굴을 바싹 댈 때면 나는 공포의 감정을 억누르기 어려웠다. 이 사나이에게는 인간의 통상적(通常的) 표정은 고사하고 인간의 눈빛조차도 있는 것 같지 않았으며 이른바 인간적인 행동거지라든가 이성(理性)이 있는 것 같지 않았다(이상한 體臭가 나서 보통사람이 아니라는 인상을 더하게 만들었다).

　정원사는 나에게 꽃을 보내 주었다. 브안겐에 살고 있는 한, 그것은 거의 미친 사람의 짓과 같이 생각되었다. 정원사는 요술(妖術)에 통하고 있는 인물이었다. 요괴(妖怪)와 교통하고 있는 것이다 — .

무책임하게 남의 소문이나 듣고 글을 쓴다는 것은 어리석다는 것을 나는 충분히 알고 있다(그러나 어떤 사실이, 그리고 어떤 탐구가 무책임한 것이란 말인가?) 어쨌든 나는 이 어리석은 짓을 굳이 하지 않고는 견딜 수가 없는 것이다.

정원사는 그가 아주 이따금 요괴를 기다리곤 한다는 장소를 나에게 가르쳐 주었다. 그것은 거인(巨人)과 같은 산괴(山塊)의 남쪽 벽에서 거의 직각으로 아래에 있는 강(江) 바위 사면(斜面)에 있었다 — .

그 풍경은 지금도 이따금 내 뇌리에 떠오른다. 그러나 내 기억은 이무렵의 기억이 감각 깊숙한 곳까지 스며들고 있는데도 몇가지의 서경적(敍景的)인 소리로밖에 간직되어 있지 아니하다.

강(江) 바위는 편석(片石)으로 되어 있다. 희귀한 케이스이다. 마치 돌로 만들어 놓은 얇은 주름 — 이라기보다는 수백m 사방의 화강암 땅 위에 발라놓은 천 조각과 같다. 담수(淡水)가 어느 바위틈에서 흘러나오고 있다. 빼곡하게 들어서 있는 자작나무 숲이 이미 진흙 모양으로 썩은 쇄석(碎石) 위에 나있다. 자작나무의 뿌리 일대에는 갖가지 풀이 나서 옆으로 누워 있다.

그런데 현실적 장소가 아니라 가공의 장소인 것 같은 아주 온화한 장소이다. 이 장소에서 풍기고 있는 기묘한 느낌은 — 그러나 다른 인상이 강인하게 억눌러 오는데도 분명 우수(憂愁)의 느낌이 손에 잡히듯 들려온다는 점이다.

태풍이 역(逆)으로 소용돌이치면서 프람스달 쪽에서, 혹은 오이에를 넘어서 돌연 내습하더라도 이 장소만은 어느 정도 그 깊은 정적을 유지해 낼 것 같은 생각이 나는 들었다.

이런 식인데 — 이곳에 만추(晩秋)의 자작나무가 낙엽을 떨구어,

반쯤 그 낙엽에 파묻혀 있는 한 개의 돌이 있다. 흔히 볼 수 있는 큰 바위이다.

이 바위 옆에서 — 정원사는 요괴의 출현이 있을 것임에 틀림없는 날 밤, 길게 누워서 잠을 자는 것이었다. 그리고 가슴 답답한 느낌도 없이 자고 있노라면 이윽고 요괴가 와서 눈을 뜨게 해주는 것이다.

그런 식으로 그는 이야기해 주었다. 요괴와 나누는 대화의 내용에 대해서는 아무 말도 해주지 않았다. 정원사는 이것저것 원망(願望)하는 바를 들어주고 법력(法力)을 비장하고 있는 각종 약초(藥草)에 대하여 잘 알고 있었다. 아마 이것도 그 바위에서 요괴로부터 들어 배운 것이리라.

요괴는 동물들의 대리인인 것이다. 동물들을 괴롭히는 인간에게 벌을 내린다. 요괴들 마음에 드는 어떤 종류의 생물은 절대로 죽여서는 안된다. 이따금 요괴들은 큰사슴의 암놈이라든가 순록(馴鹿)에게 연착(戀着)하는 일이 있다. 가축류도 요괴들의 비호(庇護) 대상이 된다. 암소들이 요괴에게 젖을 빨리는 바람에 유방이 쭈글쭈글해지는 일도 있다는 것이다.

그런데 농부들이 그로 인하여 실제로 손해를 보는 일은 없다고 한다. 요괴는 천사(天使)들과 마찬가지로 남성(男性)이다. 이것은 비밀도 아니고 아무것도 아닌데 요괴들의 출생에 대해서는 거의 아무것도 알려진 것이 없다.

인간보다 어느 정도 작은데(나는 요괴가 인간보다 크다는 얘기를 들은 적도 있다) 수천 년 전 옛날부터 수염이 나오지 않다고 말하는 사람도 있다. 검은 바지를 입고 얼룩무늬의 양말 대님을 매고 농부와 같은 복장을 하고 걸어다닌다. 목에는 빨간 천을 감고 있다. 이 빨간 천을 감지 않은 요괴를 보았다는 사람은 아직 한 사람도 없다.

나는 정원사에게 물었다.

"어떤 밤이 — 그 요괴가 나올 것 같은 밤인가요?"

정원사는 대답해 주지 않았다.

정원사에게는 암(癌)이라는 지병이 있었다. 집안 살림을 꾸려나가는, 어른으로 자라난 딸이 그런 사정을 일러주었다.

나는 꺼림칙하게 — 그러나 궁금증이 심한 표정으로 그녀의 얼굴을 바라보았다.

"그분 자신도 알고 있습니다."

그녀는 말했다.

"하지만 그분은 암으로 죽지는 않을 겁니다. 백 살은 살 수 있도록 수호(守護)받고 있답니다."

"자신이 그렇게 말하던가요?"

그녀는 고개를 끄덕이며 말을 이어나갔다.

"나는 믿지 않습니다. 이따금 나는 그분이 죽은 사람처럼 보일 때가 있습니다. 계속해서 아무것도 먹지를 않는 겁니다."

눈물이 그녀의 눈에서 뚝뚝 떨어졌다.

"그분이 좋으시오?"

나는 의미심장하게 물었다.

"미치광이입니다 — 그렇지 않으면 선택받은 자든가 — 어느 쪽이에요"

그녀는 계속해서 말했다.

"어머니는 그분이 독을 먹여서 죽였을 것으로 생각합니다. 전혀 좋아하지 않았거던요. 나는 그분을 아주 싫어합니다. 썩은 고기 같은 냄새가 난다니까요."

"말이 지나칩니다."

"나는 이미 기도도 할 수가 없답니다. 그런가 하면 가만히 있을 수도 없구요. 어쩐지 집안이 이상하기만 합니다."

어느 날 밤, 정원사는 숨을 거두었다. 딱딱하게 경직(硬直)되어 있었고 피부는 노랗게 변해 있었다. 딸이 브안겐 마을로 달려가서 이런 사정을 알렸다. 그녀는 밤을 새지 아니했다. 상당히 흥분되어 있었으므로 다른 집, 어느 친절한 사람 집에서 묵었다.

그런데 다음날 아침이 되자, 마치 언제 죽었었느냐는 식으로, 정원사는 다시 일어났던 것이다. 심장의 고동은 멎어 있었고 폐(肺)는 숨을 쉬지 않고 있었다. 피부는 차디찬 데다가 마치 가죽과 같았다.

눈은 안보였지만 불을 내뿜고 있었다. 그는 브안겐의 광장에까지 가는 것이었다. 틀림없이 죽었을 것으로 생각하는 사람들에게로 —. 그의 모습을 본 사람들은 하나같이 말했다.

"당신은 이미 죽었는데요."

정원사는 대답했다.

"조금만 더 봐야 할 것이 있어서……."

그리고 광장에 서있었는데 그곳에서 하는 일은 아무것도 없었다. 한참 있다가 그는 꽃이라도 팔려는 듯이,

"꽃!"

하고 소리쳤다. 그러나 꽃 따위는 전혀 손에 들고 있지 않았던 것이다. 그는 오라프 에이네스네 소매점(小賣店) 문앞에까지 갔는데 문을 열려고 하지는 않았다. 포석(鋪石)을 가로질러 호텔의 화장실에까지 발을 끌면서 갔다. 그리고 반쯤 열려져 있는 문을 밀고 그 안을 들여다보았다.

교회에도, 묘지(墓地)에도 눈길을 돌리지 않았다. 정원사는 보이지 않는 눈으로 여러 가지 것을 투시하는 것이었다. 무언가 지금까지 없었던 점을 깨닫는 듯했다. 그는 말했다.

"라군바르도는 강한 뼈를 가지고 있다. 그 뼈는 5백 년이 지났어

270

도 아직 없어지는 일이 없을 것이다."

근육은 문제시하지 않았다. 그는 집으로 돌아왔고 누워서 또 죽었다. 다음날 아침, 사람들은 또다시 광장에서 그와 만났다.

"무엇하러 이곳에 온 거요?"

젊은 무리들이 큰 소리로 외쳤다.

"말의 뼈를 가진 인간은 어디 있어?"

정원사는 말했다.

"유리 뼈를 가진 인간, 예쁘고 하얗고 딱딱한 뼈를 가진 인간은 어디 있느냔 말야? 라군바르도, 너다! 그리고 페르, 너다! 카레, 너다! 시글드, 너다!"

그리고는 이 세 사람의 몸을 특히 만져보는 것이었다.

3일째 되는 날에는 18명이나 되는 사람의 이름을 대면서 중얼거렸다. 다음날도, 다음날도 그는 또 찾아와서, 누가 예컨대 산에서 내려왔는지를 이것저것 조사해 보기도 하고 젊은이들을 찾듯 바라보는 것이었다.

그로부터 얼마 후 그는 돌연 집집마다 그 집안에 나타나서, 음란한 눈길로 젊은 여인들을 바라보는데 — 목구멍에서는 가래가 그렁그렁 끓고 있었다. 참을 수 없는 — 그래서 주눅이 들지 않고는 견딜 수 없을 정도였다. 모두가 그에게 덤벼들었다.

"더러운 냄새를 풍기는 돼지 코를 해가지고!"

"알고 있어."

정원사는 대답했다.

"이제 곧 끝날 거야."

스부엔 온스타드는 산(山)의 영지(領地)에서 내려와 여러 가지 이야기를 들은 터라, 정원사 랄스 소르헤임에게 이런 말을 했다.

"우리집에 와서 집사람에게 쓸데없는 말을 하면 가만두지 않을 거요!"

노인은 대답했다.

"걱정 마. 걱정 말라구."

그런데 실제로는 젊은 농부의 짐작과는 어긋나는 결과가 되고 말았다.

저녁때, 산으로 돌아가는 길에서 문득 정원사가 그의 앞에 나타났다. 고양이처럼 낭창낭창하고 잎사귀가 다 떨어진 나뭇가지처럼 야위어 있다. 희미하긴 하지만 썩은 냄새가 공기 속에 섞이어 풍겨왔다. 스부엔 온스타드는 두 주먹이 마비되는 것 같았다.

노인은 그 목소리가 폭포수 떨어지는 소리처럼, 아니면 착각되어 들리는 폭포수 소리가 그의 소리인 양, 성급하게 말해댔다.

그런데 젊은 농부는 아무리 애써도 대항할 대답을 생각해 낼 수가 없었다.

"그대는 젊어! 젊고 기골이 센 사나이는 무언가 하는 게 좋다구. 내가 하는 말의 의미를 곧 알게 될 거야. 지금은 말일세. 알겠나? 낡은 기억이 되어 금방 사라져 버릴 것이네. 그대는 예쁜 부인이 있는 곳으로 돌아가는 길이야. 그대의 발은 다른 길을 걸을 수도 있어. 곧 알게 될 거라구. 머리를 맑게 식히기만 하면 말일세. 그대의 대답 따위는 필요치도 않아. 1분 안에 그대와 나는 한몸이 될 것일세."

그렇게 말했다. 정원사는 옆으로 다가왔다. 그리고 무엇인가를 공중에 집어던졌다. 아마 별것도 아니었을 것이다.

그러나 스부엔 온스타드의 머릿속에서 이상한 통증이 일어나기 시작했다. 젊은이는 그자리에 넘어졌다. 그가 타고 있던 말도 놀라서 앞발을 들어올리며 벌벌 떨었다. 떨던 말은 헐떡이면서 다시 걷기 시작했다.

스부엔 온스타드는 땅바닥에서 일어나며 말했다.

"예, 알겠습니다."

스부엔 온스타드는 자기집으로 들어갔다. 그는 아내를 노려보았다. 그리고 아내를 목졸라 죽였다. 아무 이유도 없이 말이다. 목졸라 죽이면서도 아무런 감정도 없었다. 정원사가 그곳에 서있었다. 일언반구도 없었다. 세 사람은 이미 할 말이 아무것도 없었던 것이다.

스부엔 온스타드는 다음날, 또다시 불시에 브안겐에 모습을 나타냈는데 얼굴에 갈색 상처가 나있었다. 그는 산에서 있었던 일을 전혀 종잡을 수 없게 이야기했다.

그는 돌연 교회의 벽을 향하여 무서운 속도로 달려갔고 머리를 들이받았다 — 봄철, 처음으로 관목(灌木)이라든가 어린 나무에 뿔을 대고 들이받는 황소처럼 — 마치 그 벽을 부수기라도 하려는 듯이 말이다. 그는 세 번째 박치기를 했다. 그러자 뇌(腦)가 터지면서 피가 흘렀다.

일단(一團)의 젊은이들이 해변을 따라 정원사의 오두막으로 달려갔다. 일행은 정원사를 보았다. 정원사는 침대에 누워 있었다. 이승 사람 같지가 않았다. 말 못하는 돌처럼 부동자세로 있었던 것이다.

가을도 깊어가고 있었다. 11월 하순인가 12월 상순이었다. 그 정원사가 털어놓았던 비밀이 자꾸만 떠오르는 것이었다. 낙엽이 떨어진 자작나무 숲이 나를 사로잡았다. 나는 분별력을 잃고 이상한 모험심에 불타고 있었다. 이른 저녁 노을이 평지에 어둠을 내려주는 무렵 나는 떠났다.

만나는 사람은 하나도 없었다. 나는 어둠 속에서 그 사면(斜面)을 기어올라갔고 정원사가 가르쳐 준 바위 위에 앉았다. 나는 정적 속에서 귀를 곤두세웠다. 기대감은 점차 잃고 있었다. 반달이 건너편

산에 그 빛을 내리쏟고 있었다.

그 장소, 즉 나는 바위 그림자 속에 있었다. — 요괴는 나를 만나러 오지 않을 것이다. 나는 동물들을 사랑했었고 때로는 동물들의 대리인이었던 적도 있다. 하지만 땅속 깊이 잠들어 있는 요괴의 눈을 뜨게 하는 데는, 그 사랑이 얼마나 강해야 했을 것인가 — 나는 나 자신이 경솔했다는 것을 깨달았다. 요괴는 나타나지 않을 것이다.

그러나 지금 나는 유리처럼 투명한 공기라든가, 시냇물이 졸졸 흐르는 소리라든가, 신발에 스치는 풀소리를 즐기고 있었다. 피오르드 대안(對岸)에 보이는 높직한 화강암 대(臺) 위에는 첫눈이 깔려 있었다. 가슴에는 대지(大地)의 멜로디를 받아들이려는 동경(憧憬)이 있었고 — .

자작나무 잎이 떨어지고 — 첫눈이, 깨끗한 별의 우유처럼 눈 녹은 물이 되어 — 자작나무가 나있는 강물의 돌 속에서 노래를 받아들이려고 하는, 그런 동경이다.

나는 일어났다. 그리고 다시 걷기 시작하자 가슴을 아프게 하던 그 경련이 사라져 갔다. 상상도 할 수 없는 우수(憂愁)의 한복판에서 나는 행복했다. 나는 금방 울 것만 같았다. 그러나 나는 눈물을 참았다. 나는 뚜벅뚜벅 발짝을 크게 떼면서 걸었다. 누군가가 뒤에 서있는 것 같았다.

울퉁불퉁한 길에 그 사람의 구두 발짝 소리가 들려왔다. 나는 멈춰 서서 — 나보다 걸음이 훨씬 빨라 보이는 그 사람이 스쳐 지나가기를 기다렸다.

그것은 남자였다. 그 사람은 인사를 하지 않았다. 내가 그곳에 있는 것을 알아차리지 못한 것 같았다. 그 사람이 스무 발짝쯤 앞으로 갔을 때 빨간 천을 목에 두르고 있는 것이 보이는 듯했다. 내 가슴은 미친 듯이 고동치기 시작했다. 이 너무나 뜻밖의 일에 나는 거의 기절할 것 같았다.

나는 그 사나이의 뒤를 따라가면서 어떻게 하든 그 모습을 놓치지 않으려고 했다. 강력한 시의(猜疑)에 의해 그만큼 나는 기(氣)가 쇠약해져 있었던 것이다.

나는 브안겐에 도착했다. 사나이는 대장간 쪽으로 길을 돌아, 도시의 뒤쪽 골짜기 사이를 산 쪽으로 올라가는 길로 갔다. 교회에 도착하기 직전 그 사람은 길을 벗어나, 강 쪽으로 내려가려는 듯, 강가 돌투성이인 초지(草地)를 가로질러 나갔다.

그런데 — 초지에는 여러 그루의 오래된 자작나무가 서있었다. — 그리고 그 자작나무가 서있는 곳에까지 가자, 그곳에서 방향을 바꾸어, 저지대에 있는 어떤 작은 농가(農家) 쪽으로 향하였다. 나는 사나이가 소 외양간 문을 열고 그속으로 사라지는 것을 보았다. 나는 무슨 일이 일어날까 궁금하여 문앞에서 기다렸다.

달은 하얗게 골짜기의 상공에 걸려 있었다. 물살이 빠르게 흘러 멀리서 우레소리가 들려오는 것처럼 들려왔다. 외양간에서는 소가 우는 소리밖에 들려오지 아니했다. 나는 농가 오두막의 문을 열었다. 오체(五體)가 와들와들 떨렸다.

붉으스름한 각재(角材) 사이에 끼어있는 두 개의 낮고, 폭이 넓은 창문에서 달빛이 스며들었다. 소는 세 마리 있었다. 또 한 마리의 소가 맞배지붕 벽 앞에 몽롱하게 기대고 있었다. 나는 그 등과 꼬리를 붙잡고 배와 유방도 손으로 붙잡았다.

그 사나이는 보이지 아니했다. 그리고 외양간의 오두막 문은 내가 들어온 문 하나밖에 없었던 것이다. 나는 건초가(乾草架)에 허리를 기대고 기다렸다. 소들이 낯설은 내 얼굴 쪽으로 고개를 돌리는 것 같았다.

그 순간 나는 '나 자신은 행복하구나'라고 생각했다. 한 사나이의 뒤를 따라와가지고 지금은 이 오두막 속에 혼자 남아있는 것이었다. 별들이 나누는 평화가 나에게도 도달한 것이다. 그때 문득 내가 이 곳에 있는 것을 누군가에게 들킬는지도 모르겠다는 생각이 들었다.

마음에 돌아온 불안감을 안고 나는 서둘러 그 장소를 떠났다. 정신을 차리고 보니 새하얀 서리가 내려 있었다. 달은 보이지 않았다. 벌써 밤도 훤하게 새고 있었던 것이다.

폐가(廢家)

사실은 소설보다도 기묘(奇妙)하다고 하는데 실제로 그러한 것 같다.

"그것에 대해서는……"

이라고 레리오가 말을 이었다.

"역사가 증명해 주는 바이며, 이른바 역사소설이 별볼일없는 점 도 똑같은 이유에서일 거야. 역사소설의 작자(作者)들이란, 대단 치도 않은 두뇌를 모두 짜내어 근거도 없는 거짓말을 꾸며내고는 그것을 가지고 우주(宇宙)를 지배하고 있는 현묘(玄妙)한 영원 의 힘에 동참이라도 한 것같이 구는데 재치가 있다고 할 수도 없고……. 그저 교활할 뿐이라구."

프란츠가 입을 열었다.

"아직도 전연 파악이 안되는 비밀이란 것이 있게 마련이지. 그것 이 인간을 감싸고 있는 거야. 우리네 인간들을 지배하고 있지. 그 위력의 정도에 따라서 자기네를 움직이고 있는 것이 무엇인지 인 식할 수 있는 거라구."

"아니, 그런 말을?"

레리오가 말을 가로챘다.

"인식할 수 있다는 등이라고 입으로 말하기란 간단한 거야 —

그러나 실로 그 인식이 결여되어 있기에 원죄(原罪)를 가진 인간
은 끊임없이 타락해 온 게 아닐까?"

"부름받은 자는 많아도 택함을 받은 자는 적다고 하잖는가!"

프란츠가 친구의 말을 막았다.

"그 인식이란 것에 대해서인데 인생의 불가사의를 예감하는 능력
인 것이며 누구에게나 갖추어져 있다고 할 수는 없지. 그것은 특
이한 감각이란 생각이 들지 않는가? 그러나 추상론(抽象論)의 깊
은 곳에 빠져들면 결론이 나오지 않아. 해님 밑에 나와서…… 좀
이상한 비유를 해서 미안하네만 박쥐를 상상해 보도록 하세.

　불가사의한 것을 알아차릴 수 있는 시력(視力)이란 것은 박쥐
의 눈과 같은 것이 아닐까. 해부학자(解剖學者)인 스파란츠아니
선생에 의하면 박쥐에게는 대단히 편리한 제육감(第六感)이란 것
이 있어서 장난기말고도 오감(五感)의 대리 역할을 하고 있는 것
같아. 더구나 실제로 그밖의 오감 전부를 합친 것보다 더 뛰어난
능력이라는구먼."

"그래? 그 박쥐가?"

레리오가 미소를 띠면서 말했다.

"그러기에 태어나면서부터 몽유(夢遊)의 종족(種族)이라고 하는
게 아닌가! 그러나 황혼 때를 제일 좋아하는 그 짐승을 해님 밑에
서라니……그건 좀 이상한 걸. 나라면 차라리 이렇게 말하겠네.
놀라운 제육감은 사람이든 행위이든 사진이든 간에 색다른 것을
직관적(直觀的)으로 보고 알아차릴 수 있는 것이며, 그 색다른
것에 대하여 우리의 통상적인 생활에서는 서로 응하는 것이 없지.
그러기에 불가사의한 것이라고 부르는 것인데 그렇다면 통상적인
생활이란 어떤 것일까?

　어차피 코와 코를 서로 맞대고 있는 것과 같은 좁은 곳에서 당

당하게 살아가면서도 그런 규칙적인 일상생활 속에 있어서도 이상하게 젠체하는 인간이 있게 마련이지. 천리안(千里眼)의 능력이라고나 할까?

그런 것을 몸에 듬뿍 지니고 있는 사람을 알고 있는데 아무래도 그래서인 것 같애. 걸음걸이라든가 복장이라든가 언어 구사라든가 눈초리에 조금이라도 이상한 점이 있는 사람과 만나면 온종일 그뒤를 따라다니는 것 같다구.

그뿐 아니라 무슨 일이든 어떤 행위든 털어놓고 말하면 아무 것도 아니고, 그러기에 그 누구의 주의(注意)도 끌지 않을 것을, 큰 의미라도 있는 것처럼 생각에 잠기고, 관계가 없는 것을 억지로 끌어다가 연결시키는가 하면, 누구 한 사람 생각도 하지 않는 것을 연관시키어 상상하곤 한다니까."

"그렇다면 테오도르가 그렇지 아니한가?"

프란츠가 말했다.

"마침 그런 종류의 상상을 한참 하고 있는 것 같군. 저것 봐, 묘한 눈초리로 하늘을 노려보고 있는데……."

그순간, 그때까지 침묵을 지키고 있던 테오도르가 입을 열었다.

"그래, 분명 묘한 눈초리이지. 마음으로 보고 있는 — 기묘한 것의 반영(反映)이라구. 전에 경험했던 사건을 열심히 생각하고 있는 중이야."

"그렇다면 이야기 좀 해 줘."

레리오와 프란츠가 동시에 말했다.

"이야기하고 싶은 것은 산더미처럼 많네. 그전에 레리오에게 애기해 주고 싶은 것이 있네. 자네가 지금 천리안의 능력을 구실삼아서 한 얘기는 틀렸어. 에베르하르트의 《유의어론(類義語論)》에도 쓰여 있는데 이성(理性)에 의해 근거가 되지 않는 인식이라든가 욕망의 출현을 뭉뚱그려서 '기묘한' 등으로 말하는 것에 비하여 '불가사의한'이라고 하는 것은 자연(自然)의 널리 알려진 힘을 초월하는 것을 뜻함일세. 혹은 자연의 통상적 도(道)에 어긋나는 것을 가리킴이야.

자네는 아까 내가 지니고 있는 것 같은 천리안 능력을 운운했을 때 '기묘한 것'과 '불가사의한 것'을 착각하고 있었던 것은 아닌가? 하긴 그래……. 보기에 기묘한 것은 불가사의한 것의 첫 싹인 것 같아.

그런데도 불구하고 우리는 종종 기묘한 가지[枝]라든가 잎사귀라든가 꽃들은 보고, 불가사의라는 줄기는 보지를 않아. 지금부터 이야기할 생각인 한 건(件)에는 기묘한 것과 불가사의한 것이 뒤섞이어 있지. 무시무시하게, 그리고 미묘하게 뒤섞이어 있단 말일세."

그런 말을 하면서 테오도르는 수첩을 꺼냈다. 여행할 때마다 그가 수첩에 여러 가지를 적어넣고 있다는 것을 친구들은 모두 잘 알고 있다. 이따금 수첩에 눈길을 주면서 그는 다음과 같은 이야기를 했다. 하도 재미있는 이야기이기에 다음에 그 이야기를 적기로 한다.

자네들도 잘 알다시피(라면서 테오도르는 이야기를 시작했다) 지난 해 여름을 나는 ○○시(市)에서 보냈네. 그곳에는 옛날부터 알고 지내는 친구와 친지들이 많이 살고 있지.

그곳 사람들의 생활상(生活相)은 자유 활달하고, 예술 학문이 꽃을 피우고 있으므로 그곳에서 얼른 떠날 수가 없더라구. 더 이상 없을 만큼 즐거웠었지.

원래부터 — 혼자서 거리를 어슬렁거리며 돌아다닌다든가 건너편에 걸려 있는 동판화(銅版畵)를 본다든가 이쪽에 붙어 있는 광고를 본다든가 — 또는 걸어가는 사람들을 관찰하며 이 사람 저 사람의 운수(運數)를 생각하기를 아주 좋아하는 나 자신이지만, 그런 성질 그대로 시간을 보내고 있었다네.

예술 작품이라든가 진귀한 것들을 구경하면서 돌아다니는 것만도 즐거운데 거리 양쪽에는 아무리 보아도 싫증이 안나는 건물이 있지 않겠나. 그중에서도 특히 ○○문(門) 앞의 큰 거리가 특출했었네. 갖가지 취향이 다른 건물들이 즐비하게 늘어서 있고, 신분이 높은 사람이라든가 부호들이 — . 그러니까 이 도시의 역력한 건물 집합소라고 할 수 있는 곳이었어.

처마를 앞다투어 궁전식(宮殿式)으로 꾸민 건물들의 1층은 대개가 고급상품들의 점포로 되어 있고 2층부터 위쪽이 방금 말한 사람들의 주거(住居)로 되어 있어. 큰 거리에는 또 고급 호텔이 있어서 외국의 대사(大使)라든가 공사(公使)들이 살고 있고 — .

그런 까닭에 수도(首都) 중에서도 특히 활기가 넘치는 곳이었으며 실제 이상으로 인구가 밀집되어 있다는 느낌이 들더군. 누구나 모두 이 부근에서 살고 싶어하는데 문제는 좁은 공간의 주거에서 살지 않으면 안되는 거야. 그래서 한 건물에 몇세대씩 살고 있어서 마치 벌집과 같더군.

이 큰 거리를 벌써 여러 차례나 어슬렁거리며 지나다녔는데, 어느 날 문득 한 건물이 눈에 띄더라구. 기묘하게도 다른 집과 비교할 때 두드러지는 집이었어. 창문이 네 개뿐인 나지막한 건물로서 좌우의 높직하고 아름다운 건물 사이에 끼어있더군.

이 건물의 2층이, 좌우 건물의 1층 창문보다 조금 높은 그런 집이었어. 지붕이 드리워진 창문에는 두꺼운 종이가 발라져 있었으며 벽의 색깔이 벗겨져 있어서 주인이 팽개쳐 둔 채 관리를 안하고 있는 건물임에 틀림없었지. 그런 까닭에 각종 취향과 취미에 따라 장식되어 있는 이 큰 거리의 집들 가운데, 이집만이 예외였던 거야.

나는 발길을 멈추었네. 그리고 가까이 다가가 보니 창문마다 커튼이 단단하게 쳐져 있더라구. 1층 창문 앞은 일부러 널판장으로 가려 놓았더군. 현관 옆에 있어야 할 초인종도 없고 문에는 열쇠구멍도 없으려니와 빗장도 없었어. 사람이 안 사는 집임에 틀림없었네. 그후 여러 차례나, 다른 시각에 이집 앞을 지나갔었지만 그때마다 인기척이라고는 없었어.

인구 밀집지역인 이 근방에 사람이 안 사는 집이 있다니 놀라운 일이 아닌가? 색다르다면 분명 색다른 일인데, 그러나 지극히 단순한 이유에 의한 것인지도 모를 일이지. 소유주가 장기간 동안 여행을 하고 있다고 볼 수도 있었고, 어딘가 가까운 곳에 거처를 또 가지고 있으면서, 이집은 임대하기도 싫고 그렇다고 해서 팔기도 싫은 그런 경우도 있을 수 있지.

언젠가는 이 동네로 돌아와서 살되 즉시로 이집을 이용하고 싶을 — 그런 경우도 상정할 수 있다는 말일세. 그런데 어찌된 일인지 폐가(廢家)와 같은 이집 앞에 다다르면 누가 붙잡기라도 하듯 발길을 멈추지 않고는 견딜 수가 없는 것이었어. 무엇을 — 어떻게 생각해서가 아니라 그저 종잡을 수조차 없는 생각을 억제할 수가 없었던 거야.

한창 좋을 때요 — 청춘의 좋은 동반자인 자네들일세. 자네들은 내가 천리안을 가지고 이세상에서 괴이한 것을 보려고 하는 — 묘한 사람이란 것을 잘 알고 있네. 목전에서 조소(嘲笑)당하는 것이 고작이긴 하지만 말일세. 그래서 자네들만 만나면 얼굴을 찡그리게 되기도 하지만 —.

그러나 그런 점에서 분명 나는 지금까지 여러 번이나 특별하게 신비화(神秘化)하며 혼자서 기쁨에 빠져들기도 했었다네. 자네들은 지금 이 이야기도 그런 식의 이야기일 것으로 생각하고 있는 것 같네만 — 그것이 그렇지 않네. 끝이 재미있는 아주 특색이 있다네. 자네들도 틀림없이 놀랄 거야. 그러니 말참견을 함부로 하지 말고 — 자아, 조용히 들어보게나.

어느 날, 적당한 시각을 잡아가지고 나는 예의 큰 거리를 지나가고 있었네. 그 폐가와 같은 집을 바라보면서 이런저런 생각에 빠져 있었지. 그때 돌연 옆에 누군가가 있고, 그가 나를 바라보는 것 같더라구. 눈을 들어 살펴보니 P백작(伯爵)이 있는 게 아닌가. 그는 나와 비슷한 성격의 소유자로 알려진 사람이야.

나는 '선생도 나와 마찬가지로 이집이 이상하다고 생각하는 것'이라는 느낌이 들더군. 그래서 얼른,

"수도(首都) 한복판, 제일 번화한 곳에 이런 폐가가 있다니 기묘한 일이로군요?"

라며 상대가 관심을 갖도록 유도해 보았지. 그러자 백작은 나를 무시하는 듯 비웃음을 띠더라구.

그런 다음에 이야기를 털어놓더군. 백작은 나보다 훨씬 더 그 사정에 밝았어. 그런데다가 자기가 깨달은 것이라든가 제반 사정을 곁들여가면서 폐가가 되어 버린 이유를 설명해 나가는 거야. 백작의 추론(推論)은 상상력이 풍부한 시인(詩人)의 머리속에나 깃들어 있는 진귀한 것이었으며 일언반구 잊지 않고 있으므로 지금 당장에라도 모두 피로(披露)할 수가 있겠지만, 그러나 나 자신에게 일어났던 사실 쪽이 더 재미가 있을 것이네.

그러므로 곁길로 새는 일 없이 본론으로 들어가겠네. 이집은 바로 이웃한 건물에서 점포를 멋지게 꾸미고 하는 제과점의 작업장이라는 게야. 그러기에 1층의 창문은 벽으로 막혀 있어. 빵을 굽는 부뚜막이 있기 때문인데 구워낸 빵과 과자를 보관하기 위한 2층의 방은

두꺼운 커튼으로 태양빛과 벌레 등을 가리고 있다는군.

처음으로 이말을 들었을 때, P백작도 그러했던 것 같은데 나도 깜짝 놀랐네. 어쨌든 시적(詩的)인 것에는 심술궂은 악마놈이, 즐거운 꿈을 꾸고 있는 이쪽의 코를 잡고 아프도록 비틀어대는 법이 아닌가.

그것은 그렇다 치고, 싱거운 사실을 알게 된 다음에도 그곳을 지나갈 때마다 눈길을 주지 않을 수 없었고 그때마다 은연중 차가운 전율을 느끼며 폐가에 갇혀져 있는 것에 대해서 상상을 하곤 했었다네.

그곳에는 단지 사탕과자라든가 멀티빵이라든가 봉봉이라든가 케이크라든가 찐 사과가 있을 뿐일 것이라고는 도저히 생각되지 않더군. 상상이 나래를 펼 때마다 귓가에서 달콤하게 속삭이는 소리가 들리더라니까. 예컨대 이런 식으로 ─ .

'알겠습니까? 놀라지는 마세요. 우리는 철이 없는 아이들과 같은 것이기는 하지만 우레처럼 소리치며 떨어지는 일도 있답니다.'

그러나 얼른 생각을 고치고 나와 내 몸을 질책했다네.

'대체 네 놈은 머리가 얼마나 이상해진 놈이란 말이냐? 아무런 이상도 없는 것을 이유도 없이 기이한 것으로 바꾸려고 하다니……. 친구들이 선견지명도 없는 천리안 등 운운하며 비웃는 것도 당연하지, 당연해.'

그집에는 그후, 별다른 변화가 없어 그러는 사이에 이쪽의 눈도 이제 그집을 보는 데 익숙해지고 말았네. 한다 하는 나도 벽에서 수상한 모습이 튀어나올 것이라는 연상은 어느 사이에 하지 않게 되었네. 그런데 어느 우연한 일로 잠들어 있던 상상이 그만 벌떡 되살아나서 일어나는 거야.

방금 말했듯이 일이 그렇게 되어 어느 사이엔가 일상(日常)에 순

응하고 있기는 했지만 그래도 그집에 신경이 쓰여서 견딜 수가 없더라구. 이상한 일에 열중하기 좋아하는 내 성격상 당연한 일이기도 하지.

그러나 어느 날 평소와 마찬가지로 점심때가 지나서 그 거리를 어슬렁거리며 걸어가다가 커튼이 쳐져 있는 창문을 유심히 바라보았지. 그런데 이게 웬일인가. 제과점과 제일 가까운 창문의 커튼이 움찔 움직이는 거야. 그러더니 제일 먼저 손이 보였어. 그리고 이어서 가슴이 나타나더군.

나는 서둘러 오페라글라스를 꺼내어 눈에 댔네. 하얗고 예쁜 여인의 손이 확실하게 보였네. 작은 손가락에 낀 다이아몬드 반지가 반짝반짝 빛나고 있더군. 통통하여 보기에 좋은 팔에는 폭이 넓은 리본을 달고 있더라구. 그 손이 기묘한 모양을 한, 운두가 높아 기다란 꽃병을 창가에 놓더니 커튼 뒤로 사라지는 거야.

나는 돌처럼 굳어져서 그자리에 서있었네. 불안과 기쁨이 뒤섞인 감정으로 — 뜨거운 전류(電流)가 몸을 꿰뚫으며 지나가는 것 같았어. 그 창문에서 눈길을 뗄 수가 없더라구. 동경(憧憬)의 마음이 섞인 탄식이 내 입술에서 새어나온 것 같았어.

정신을 차리고 보니 여러 계층의 호기심 많은 사람들 틈에 내가 끼어있는 게 아니겠나. 그들은 나와 같은 방향을 향하여 멍청한 표정으로 바라보고 있더군.

소름이 오싹 끼치더라구. 그러나 생각해 보면 무리한 일도 아니지. 도시의 주민들이란 어떤 사소한 일만 있어도 무리를 지어 구경하는 버릇이 있으니까 — . 예를 들어 7층에서 어떤 여성이 뜨개질 바늘 한 개를 떨어뜨렸다고 소리치면 목들을 내밀고 구경한다니까……

나는 슬며시 그자리를 떴네. 그런데 그때도 귓가에서 멋을 부리기 좋아하는 제과점 여주인이 향수의 빈병을 어떻게 했으면 좋겠느냐 며 속삭이는 소리가 들려오는 게 아닌가. ― 나는 깜짝 놀랐네 ― 돌연 번득이는 무엇이 있더군 ― 나는 뒤로 돌아서 예의 폐가가 이웃한 제과점으로 들어갔다네.

사방의 벽에 거울을 단, 밝은 점포 안 의자에 앉아서 뜨거운 초콜 릿의 거품을 후우후우 불면서 별 의미 없이 말하는 양 중얼거렸네.

"정말로 잘한 일이군. 작업장을 이웃에 두다니 잘한 일이야."

주인은 조그마한 과자 봉지에 두어 개의 봉봉을 재빠르게 담아 가지고 점두(店頭)에 서있는 귀여운 여자아이에게 건네준 다음 테 이블에 두 손을 얹으며, 이쪽의 말이 이해가 안된다는 표정으로 애 매한 미소를 띠더라구. 그래서 나는,

"바로 이웃에 빵을 굽는 작업장이 있으니 얼마나 편리하겠소?"
라고 다시 한 번 말한 다음,

"그러나 그때문에 번화한 거리가 한 채의 이채로운 집으로 인하 여 음침해져서 안타깝군요."
라고 덧붙였지.

"손님, 그게 아니랍니다."

제과점 주인이 입을 열었어.

"그집이 우리 작업장이라니요? 누가 그러던가요? 그렇게 해보려 고 여러 면으로 손을 써보았지만 허사였습니다. 그런데 지금 와서 생각해 보면 그렇게 안된 것이 다행이었습니다. 이웃집인 저집은 요 ― 어떤 매력이 있는 집이니까요."

제과점 주인의 말을 듣고 내가 얼마나 마음속으로 놀랐는지 ― 그리고 또 그 주인을 어떻게 구슬러서 사실 이야기를 털어놓도록 했는지 ― 자네들은 짐작도 못할 걸세.

"말씀드리지요."

주인은 말했어.

"그러나 나 자신 각별하게 알고 있는 터는 아닙니다. 내가 알고 있는 한, S백작(伯爵) 부인의 소유인 것 같습니다. 그분은 영지(領地)에 살고 있으면서 오랫동안 이곳에 오지 않았습니다. 지금은 이 거리가 보시다시피 이처럼 번화해졌지만 이전에는 아주 한적한 곳이었습니다.

그럴싸한 건물은 한 채도 없었을 무렵부터 저 이웃집은 현재 보는 모습 그대로 이곳에 서있었던 것 같습니다. 그당시부터 허물어지기 직전인 상태였다는 것입니다.

그곳에 살고 있는 사람은 — 살고 있는 생명이라고 해야겠군요 딱 둘뿐입니다. 나이가 아주 많은 노인으로서 사람들을 싫어하는 사람과, 음침한 눈매를 가진 개가 한 마리 있는데 이 개란 놈은, 이따금 뒤뜰에서 달을 보고 짖어대는 거예요.

그집에는 유령이 나온다는 소문이 떠도는데 전혀 근거가 없는 소문만은 아닌 것 같습니다. 이 점포의 경영을 나는 우리 형에게 맡기고 있습니다만 형과 나는 조용한 밤중에 — 특히 크리스마스 무렵에는 밤일에 쫓기어 거의 밤을 새다시피 하거던요 — 그런 때에 몇번이고 기묘한 울음소리를 들었습니다.

분명, 벽 건너편에서 나는 소리였습니다. 그런 다음에는 언제나 느닷없이 일대 소동이 벌어지곤 했습니다. 등골이 오싹해지더군요. 한바탕 소동이 벌어진 다음에는 한밤중이 되는데 그때 노래를 부르는 겁니다. 뭐라고 표현할 수 없는 이상한 노래가 들려오는 거예요. 그것은 분명 노파의 목소리가 틀림없구요.

빵집을 해먹고 있기는 합니다만 이래봬도 나는 귀로 들은 음악은 많답니다. 이탈리아라든가 프랑스는 말할 것도 없고 독일 각지에서 여러 가수들의 노래를 들었습니다. 그러나 전혀 들어본 적이 없는 노래를 불러대는 것입니다. 투명하게 맑고 억양도 풍부하게 변화되는가 하면 그런 다음에는 미묘한 떨림을 띠면서 소리가 높아지는 것입니다.

프랑스어로 부르는 노래 같았지만 꼭 그렇다고 단언할 수는 없습니다. 머리카락이 곤두설 정도로 무서워서 오래 들을 수가 없었습니다. 더더구나 이따금 사람이 왕래하는 소리가 들려오는데 그럴 때면 으레껏 깊은 한숨소리가 들려오는 것이었습니다. 그리고 탄식 소리는 땅바닥이 울릴 것 같은 웃음소리로 바뀝니다.

벽에 귀를 대고 들으면 그것이 이웃집에서 나는 소리임을 알 수 있습니다. 자아, 이리 와보십시오!"

주인은 나를 안쪽에 있는 방으로 데리고 갔고 창가를 손가락으로 가리키는 것이었네.

"저곳에 철관(鐵管) 몇개가 벽에서 튀어나와 있는 게 보이시지요. 이따금 저 철관에서 연기가 모락모락 나오는 겁니다. 난로를 피울 필요가 없는 여름철에도요. 화재가 날 염려가 있다면서 우리 형이 그집 관리인 노인에게 따진 일이 있습니다.

그런데 그 노관리인은 식사 준비를 하고 있는 것뿐이라고 대답하는 것이었습니다. 도대체 무엇을 어떻게 요리하고 있다는 것인지 이상하기 짝이 없습니다. 그런데 또 저 철관에서 흘러나오는 냄새라니 — 아주 기괴하다니까요."

그때 점포의 유리문이 열렸네. 주인이 일어나서 뒤돌아보더니 턱으로 손님을 가리키면서 의미있는 눈길을 나에게 보내더라구. 나는 금방 알아차렸지. 그 기묘한 사람이야말로 비밀에 싸인 이웃집 관리인일 것임에 틀림없다는 것을 — .

해골과 같은 살갗에 키가 작고 바싹 야윈 사나이를 상상들 해보게나. 코는 날카로울 만큼 콧날이 서있더군. 입술은 아주 얇고 — . 눈

288

은 고양이 눈처럼 녹색을 띠고 있는데 반짝반짝 빛나는 거야. 입가에 엷은 웃음을 기분 나쁘게 띠고 있고 ─.

요즈음에도 이상할 만큼 높게 가발(假髮)을 쓰고 듬뿍 분을 바르는 자가 있지만 꼭 그런 모양으로 머리를 틀어올리어 장식하고, 뒤쪽에 커다란 머리주머니[髮袋]를 매달고 있었네. 목에는 리본까지 매고 있었고 ─.

낡은 갈색 상의에는 정성껏 손질을 한 흔적이 보이더군. 발에는 회색 양말과 조임쇠가 달린, 아주 큰 구두를 신고 있더군. 작은 몸집에 야위기는 했지만 손가락은 굵고 길어서 손이 아주 크다는 점만 보더라도 몸집이 단단하고 건강하다는 것을 짐작할 수 있더라구.

그 노인은 기운찬 발걸음으로 걸어오더니 점포 테이블 쪽으로 다가왔어. 입을 히죽거리며 유리그릇에 들어 있는 과자류를 뚫어지라고 바라보더니 이윽고 힘이 없는 목소리로 이렇게 말했어.

"조미료로 쓸 등자(橙子)를 조금 주고 ─ 단 마카롱을 조금, 그리고 사탕을 묻힌 밤도 조금."

자네들은 그저 그정도더냐고 말하는지 모르겠네. 그러나 여기에서 이상성(異常性)을 발견할 것인지 아닌지는 각 사람에 따라 의견이 갈리게 될 것일세. 그야 어쨌든 제과점 주인은 노인의 주문대로 물건들을 꺼내놓았어.

"이웃집 주인나리, 저울에 달아 주시오. 저울에 달아 주시오."

괴상한 노인은 신음하듯 말했어. 겨우 목구멍에서 기어나오는 듯한 목소리로 말한 노인은 주머니 속에서 조그마한 가죽 지갑을 꺼내더니 돈을 꺼내는 것이었어.

내가 본 바로는 그 노인이 점포 테이블에서 헤아리고 있는 돈에는 옛날의 화폐가 섞여 있었는데 어떤 것은 요즈음에 와서는 거의 볼 수 없는 고전(古錢)도 있었던 것 같아. 돈을 세는 동안에도 그 노인은 뭐라고 계속해서 중얼대고 있더군.

"달지 않으면 안돼 —. 단것이 무엇보다도 — 악마도 신랑의 입에 꿀을 바른다고 했잖나 — 불순물이 안섞인 진짜 꿀을……."

제과점 주인은 웃으면서 나를 돌아다보았다. 그리고 노인에게 말했다.

"건강이 썩 좋지 않은 것 같습니다. 이제는 연세가 많으십니다. 나이는 속일 수가 없다고 했잖습니까. 나이가 들수록 조심하셔야지요. 작년이 다르고 올해가 다르고 할 것입니다."

표정은 조금 전과 마찬가지인데 노인은 새된 목소리로 외쳤다.

"나이 탓이라고! — 쇠약해졌다고 말했습니까? 점점 약해지다가 죽는다고 말했소이까? 이걸 보시오! 어떻소?"

두 손을 굳게 쥐자 관절에서 우두둑 소리가 나더군. 이어서 두 발을 모으면서 펄쩍펄쩍 뛰자 점포 안이 진동을 하고 유리병이 맞부딪치며 소리를 낼 정도였다네.

바로 이순간, 무서운 비명 소리가 났어. 바로 뒤에서 두 다리를 모으고 앉아 있던 검은 개를 노인이 밟았던 거야.

"빌어먹을 놈! 이 마귀의 종놈아!"

아까와 마찬가지로 신음하듯 말한 노인은 과자 봉지를 열고 큰 마카롱을 한 개 꺼냈어. 개는 '으악!'하고 우는 인간과 마찬가지로 소리를 지르다가 금방 뒷다리로 일어서서, 마치 다람쥐가 그렇게 하듯, 앞발로 마카롱을 받아 먹기 시작하는 거야. 노인이 과자 봉지를 주머니 속에 넣었는데 거의 동시에 개는 마카롱을 먹어치웠어.

"그럼 이만 돌아가겠습니다, 이웃집 주인나리."

노인은 손을 내밀어 제과점 주인이 비명을 지를 정도로 악수를 세게 하는 것이었어.

"조심해서 가십시오."

노인은 점포에서 나갔네. 그 뒤를 따라 나가는 검은 개는 입 가장 자리에 묻어 있는 마카롱을 핥아대더군. 노인은 내가 앉아 있는 모습은 보지 못했는지 신경조차 쓰지 않는 것 같았어. 나는 너무 놀란 나머지 멍청하게 일어서 있었지.

"보셨지요?"

제과점 주인이 말을 걸어오더군.

"한 달에 두어 번, 저렇게 찾아오곤 합니다. 정체를 알 수 없는 노인이라니까요. 아무래도 옛날에는 S백작의 근시(近侍)였던 것 같은데, 지금은 이곳에 살고 있으면서 집 관리나 해주는 것 같으며 벌써 몇년씩이나 S백작네 사람들이 찾아오기만을 기다리고 있는 것 같습니다. 그래서 그집을 아무에게도 임대하지 않고 있는 것 같습니다.

언젠가 예(例)의 한밤중에 이상한 소리가 나서 우리 형이 담판을 지러 갔는데 저 노인은 천연스럽게 유령이 나온다는 괴상한 소문이 돌고 있지만 그런 것에는 신경을 쓰지 말라고 말하더란 것입니다. 그야말로 밑도 끝도 없는 이야기를 하더란 거예요"

때마침 과자류를 사러 오는 여인네들이 점포에 몰려 들어오므로 나는 하는 수 없이 점포에서 나왔네.

그야 어찌되었든 간에 분명해진 것이 있네. 우선 P백작에게서 들은 정보는 틀렸다는 점일세. 또 당사자의 말이야 어떻든 간에 관리인인 노인이 혼자서만 살고 있을 리는 만무하고 ─ 그런즉 어떤 비밀이 있다는 것은 틀림이 없다는 점일세.

제과점 주인이 말하는 기묘하고 소름이 끼치는 노랫소리와 창가에 나타났던 그 예쁜 손과는 어떤 연관성이 있는 것일까? 그 하얀 손이 늙어빠진 노파의 손이라고는 상상도 할 수가 없는 일이지. 그러나 점포 주인의 이야기에 의하면 노랫소리는 아가씨의 목소리 같지는 않다는 거야.

어찌되었든 내 뇌리(腦裏)에서는 그 하얀 손이 떠나지를 않는 것이었어. 그러나 나 자신을 설득하기란 어려운 일이 아니었네. 즉 제과점 주인이 노파의 쉰 목소리와 같았다고 한 것은, 그가 잘못 들은 착각일 수도 있고 — 공포에 싸여 있을 때이니 귀인들 정상이 아닐 수도 있는 법이거늘 — 그리고 나는 기이한 연기와 이상한 냄새가 났었다는 점에 대해서 생각해 보았네. 그리고 내 눈으로 직접 보았던 아주 색다른 유리병에 대한 생각도 곁들였지.

그러자 곧 교활한 마귀의 손에 붙잡힌 미녀의 모습이 눈앞에 선명하게 떠오르는 것이었어. 예의 노인은 악랄하고 무도하기 짝이 없는 마왕(魔王)으로서 저주받아야 하는 마술사(魔術師)라는 셈이지. S백작의 집안과는 인연을 끊고 지금은 폐가에 눌러살면서 제멋대로 행동을 하고 있는 노인 — .

상상력이 점점 더 깊이 작용을 하자 꿈속이 아닌 — 잠들기 전의 조는 상태 속에서 이미 — 손가락에 다이아몬드 반지를 낀 손이 뻗쳐오더니 새하얀 팔이 나타나는 거야. 그리고 희미한 회색 안개 속에서 차츰 고상하게 생긴 얼굴이 다가왔고 예쁜 파란 눈으로 애처롭게 호소하더군.

내가 살피고 있는 동안에 향내를 풍기는 아름다운 여성의 모습이 나타났어. 회색 안개라고 생각했지만 자세히 보니 그게 아니야. 그녀가 손에 들고 있는 유리병에서 둥근 원을 그리며 가느다란 증기(蒸氣)가 피어오르는 게 아닌가 — .

"오오, 품위있는 환상의 사람이여!"
라고 나는 외쳤네.

"부탁하겠는데 가르쳐 주오! 그대는 지금 어디에 있소? 무엇에게 붙잡혀 있는 게요?"

292

그 모습을 보니 실로 애처로운 표정을 짓고 있더군. 그래, 마귀에게 붙잡혀 있는 게 분명해. 사악한 마귀의 손에 걸려든 거야. 그 마귀란 놈은 갈색 상의를 입고 머리를 자루[袋] 모양으로 묶고는 제과점 등을 배회하고 있는 게 틀림없어.

껑충 뛰어올라서 점포가 흔들리게 하고 개를 밟았던 바로 그놈이라구. 개가 캥캥거리며 짖어대자 마카롱 과자로 달랬겠다 — 맞아, 틀림없어. 그놈이라니까 — .

아름다운 환상의 사람이여! — 그 손의 다이아몬드는 빛나는 마음을 나타내는 것이오! 가슴의 열혈(熱血)로 물들여졌을 것임에 틀림없소. 그렇지 않고서야 이렇게 빛이 날 수가 없지요. 이세상의 것이 아닌 사랑 — 그 사랑을 색깔로 바꿔서 빛이 나게 한 것일 게요 — 알고 있고 말고요.

당신의 팔을 장식하고 있는 리본에 대하여, 그 갈색 상의를 걸치고 다니는 노인은 자력(磁力)을 가진 사슬이라고 말했지요 — 알겠습니까? 믿지 마시오 — 가령 리본의 끝이 늘어져서 파란 불꽃을 뿜어대는 레토르트에 다 있더라도 — 나에게 맡겨 주시오. 홱 집어던지면 당신은 이미 자유의 몸! — 그렇지요! 틀림없겠지요? 저어, 당신! 부탁합니다. 그 장미 봉오리와 같은 입술을 열어 주세요, 무슨 말이라도 한마디 해주세요 — .

마침 이때 내 어깨에 걸쳐 있던 주먹이 뻗어지면서 유리병을 붙잡으려고 하는 게 아니겠나. 병은 날아갔고 산산조각이 나버렸어. 희미한 울음소리가 들려오는가 했더니 아름다운 여인의 모습은 어둠 속으로 사라져 버렸고 — .

아니, 모두들 짐작했던 대로라며 비웃고 있군! 자네들은 틀림없이 나를 천리안(千里眼)인 체하는 몽상가(夢想家)라고 생각들 하고 있지? 그러나 단언을 해도 좋네. 이 꿈은 말일세. 어쨌든 이제 와서는 꿈이었다고밖에 할 수 없지만 이 꿈이 사건의 본질을 모조리 해명해 주었던 거야.

밤이 새기를 기다리지 못하고 조급한 마음을 달래면서 발걸음을 재촉하여 폐가 앞으로 달려갔다고 생각해 보게! 안쪽의 커튼은 말할 것도 없고 덧문까지 닫혀 있더군. 길에는 통행인 하나 없고 — . 나는 오히려 다행스런 일이라고 생각했고 1층 창문에 바싹 다가서서 귀를 곤두세웠지. 한마음으로 긴장하고 귀를 곤두세우고 있었어.

그러나 아무 소리도 들려오지 않더라구. 깊숙한 구멍 속처럼 아무 소리도 나지 않았어 — 그러는 사이에 시간이 흘러서 점포들이 문을 열기 시작했네. 나는 슬그머니 물러갈 수밖에 없었지.

이 일이 있은 후로 날이면 날마다 그집 부근을 어슬렁거렸을 것은 두말할 나위도 없네. 그러나 아무 소득도 없었지. 여기저기서 물어보기도 하고 살펴보기도 했지만 단서가 될 만한 것은 아무것도 없었어. 그러는 동안에 환상의 사람 모습도 잊혀지기 시작했고 — .

어느 날, 밤늦게 산책길에서 돌아오는 중이었네. 아, 그런데 그집 문이 반쯤 열려져 있는 게 아니겠나. 가까이 다가가자 예의 노인이 그곳에 있더군. 나는 그자리에서 결심했어.

"추밀재무관(樞密財務官)이신 빈터님의 댁이 이곳인가요?"

그렇게 말한 나는 노인을 밀치듯 하면서 램프불이 희미하게 비쳐지고 있는 현관으로 들어섰네. 노인은 미소를 띤 채로 천천히 말하더군. 아주 작은 목소리로 — .

"그런 분은 이곳에 없소. 있어 본 일도 없으려니와 앞으로도 있지 않을 것이며 이 근처 어디에도 있을 분이 아니외다. 이집에서는 유령이 나온다는 소문이 있는데 그것은 엉터리 말일 뿐이오 살기에 좋고 아름다운 집으로서 내일에라도 S백작 부인마님께서 오실 예정이시오 — 그럼 안녕히!"

현관에서 나는 밀려나왔어. 그러자 등 뒤에서 '콰탕!' 소리가 나며 문이 닫히더군. 그리고 뭐라고 중얼거리며 자물쇠를 걸고 안으로 들어가는 노인의 발짝 소리가 들려오더군. 그 다음에는 계단을 내려가는 것 같았고 ―. 한순간적인 일이었지만 그사이에 나는 힐끗 보았다네.

방의 바닥에는 고풍스럽고 여러 가지 색깔과 무늬로 짜여진 융단이 깔려 있었어. 또 새빨간 단자(緞子)가 깔려 있고 대형 팔걸이 의자가 놓여 있었다구. 실로 색다른 모양새의 의자였어.

나는 모험심이 용솟음쳐 오르더군. ― 그런데 말일세, 제군(諸君)! 그 다음날의 일이었네. 나는 한낮에 평소처럼 그 근처를 배회하고 있었지. 그러다가 무심코 눈을 들어 예의 폐가를 보는 순간 2층 끝자락의 창가에 무엇인가 반짝거리는 게 있는 것이 아니겠나 ― 나는 가까이 다가가 보았네. 바깥쪽의 덧문이 열려져 있고 안쪽 커튼이 반쯤 열려져 있더군. 그곳에 다이아몬드가 반짝이고 있는 거였어.

그래, 맞아. 창가에 팔꿈치를 대고 ― 환상 속에서 보았던 그 얼굴이 애처로운 눈초리로 이쪽을 바라보고 있는 것이었어. 그러나 큰 거리 한복판이므로 앞뒤에는 인파(人波)가 가득하데그려. 그러니 한 군데에 오래 머물러 서있을 수가 없지.

이때 벤치가 눈에 들어오더군. 산책자용으로 만들어 놓은 벤치인데 그곳에 가서 앉으면 폐가는 등 뒤쪽에 있게 마련이었어. 그러나 얼른 다가가서 벤치 등받이를 가슴 쪽에 대고 앉았지. 이렇게 앉으면 마음 편히 문제의 창문을 바라볼 수 있을 테니 말일세.

그래, 생각했던 대로였어. 바로 그 사람이었다구. 가련하고 품위 있는 아가씨였어. 조금도 틀리지 않았다구! 다만 눈초리가 어쩐지 희미하고 ― 처음에는 나를 바라보고 있는 것 같았는데 오히려 두 눈은 얼어붙어 있는 것 같아서, 이따금 팔과 손을 움직이지 않았더라면 등신대(等身大)의 그림으로 착각할 정도였다네.

마음이 마구 떨리는 채, 창가의 이상한 사람에게 눈길을 빼앗기고 있던 나머지, 이탈리아인 행상(行商)이 바로 옆에서 물건을 사라고 고래고래 소리지르는 것도 듣지 못했다니까. 그 이탈리아인은 벌써 한참동안이나 물건을 사라고 권했던 듯, 마침내는 내 팔을 잡고 흔들더군.

나는 홱 돌아보면서 귀찮기만 한 이 사나이의 팔을 뿌리쳤는데 그는 포기하려고 하지 않았네.

"하루 온종일 영 장사가 안돼서 그러니 연필 몇자루, 이쑤시개 몇다발이라도 팔아 주십시오"

라며 사정을 하는 게야. 나는 얼른 이 사람을 쫓아보내야겠기에 주머니를 뒤져 지갑을 찾았네.

"그밖에도 아주 좋은 게 있습니다."

행상은 상품상자 밑쪽의 서랍을 열더니 유리제품들 속에서 작고 둥근 손거울을 꺼내가지고 내 눈앞에 디미는 거였어. —등 뒤쪽의 폐가가 그 거울에 확실하게 비추더군. 예의 창문이 보이고 그 환상의 여인 모습도 또렷하게 보이는 게 아니겠나.

나는 그것을 얼른 샀네. 그 손거울만 있으면 아주 자연스러운 자세로 그 누구의 주의도 끌지 않고 마음껏 창문 쪽을 바라볼 수 있을 테니까 —.

그런데 창가에 있는 얼굴을 보면 볼수록 뭐라고 형언할 수 없는 기묘한 기분에 사로잡히게 되더군. 예를 들자면 비몽사몽간이라고나 할까? 어쨌든 몸은 깨어 있는데 눈은 꿈을 꾸고 있는 것 같아서 거울 속으로 빨려들어가지 않을 수가 없더라구.

부끄러운 일이지만 고백을 하겠는데 나는 어렸을 때 유모(乳母)

로부터 들었던 무서운 이야기를 떠올렸다네. 밤중에 내가 아버지 방에서 그 커다란 거울에 내 모습을 비춰보거나 기웃거리면 유모는 이런 무서운 이야기를 해서 나를 내 침대로 쫓아 버리곤 했었지.

즉 아이가 밤중에 거울을 기웃거리면 거울 속에서 낯모를 무서운 얼굴이 노려보는데 그렇게 되면 두번 다시 거울에서 눈길을 뗄 수 없게 된다고 ─ .

나는 무서워서 견딜 수가 없었네. 그러나 무서워하면서도 거울을 들여다보고 싶어서 견딜 수가 없었어. 그 무서운 얼굴이란 것에 대하여 호기심이 발동을 했던 것이지. 실제로 한번은 두 개의 무서운 눈동자가 거울 속에서 번득이고 있는 것을 본 것 같은 생각이 들었어.

나는 그때 크게 비명을 지르고 실신하여 쓰러졌던 것 같아. 우연한 일이겠지만 그날부터 오랫동안 병상에 누워 있었지. 물론 옛날의 일이지만 지금도 나는 두 개의 눈동자가 진짜로 번득이고 있는 것 같아서 찜찜할 때가 있지.

그야 어쨌든 어렸을 때의 무서웠던 일이 갑자기 떠올라서 온몸에 냉수를 끼얹은 기분이 들어 ─ 거울을 그만 들여다보려고 했는데 ─ 그것이 잘 안되는 거야. 품위있는 사람의 불타는 듯한 눈이 바라보고 있지 아니한가 ─ 이제는 그눈이 오직 나에게 향하고 있으면서 마음을 찔러 꿰뚫듯이 빛을 내고 있지 아니한가.

온몸에 흐르고 있던 공포는 어느 사이에 사그라지고 그대신 괴로울 만큼 도취(陶醉)가 감싸고 있었어. 감미로운 동경(憧憬)에 싸인 것 같더니 온몸에 뜨거운 것이 치밀어 오르더군.

"편리한 거울을 가지고 있군요?"

옆에서 목소리가 들려왔네. 정신을 차리고 주위를 둘러보니, 좌우에서 의미있는 미소를 머금고 있는 얼굴들이 둘러싸고 있더군.

여러 사람이 벤치에 같이 앉아 있었는데 — 오로지 거울을 들여다 보는 데만 열중하고 있는 나를 보면서 은근히 즐거워하고 있었던 것 같아.

"아주 편리한 거울을 가지고 계십니다그려."

이쪽에서 대답을 하지 않자 눈초리에까지 호기심을 잔뜩 머금고 똑같은 말을 하는 것이었어.

"그나저나 그렇게 열심히 들여다보다니…… 대체 무엇이 보입 니까?"

깨끗한 몸차림을 한 — 나이가 상당히 든 것 같은 노인이 물었어. 그 말씨도, 그리고 눈초리도 아주 온순하고 믿음직한 노인이더라구. 그래서 나는 주저하지 않고 얼른 뒷집의 창가에 예쁜 여성이 서있 기에 그 모습을 거울로 보고 있었노라고 털어놓았지.

그리고 이어서 노인에게 예쁜 여자의 얼굴을 보지 못했느냐고 반 문을 했어. 그랬더니 노인은 두 눈을 동그랗게 뜨더군.

"뒤쪽이라면…… 저기 저 낡은 집의…… 끝자락 창문 쪽?"

"그렇습니다. 그렇다니까요"

그순간 그 노인은 파안대소하며 이렇게 말했어.

"그건 착각을 해도 한참 착각을 한 것이오. 내가 보기로는 — 그 래요. 늙은이의 눈으로 보기에는 좀 흐릿하긴 하지만 — 창가의 예쁜 얼굴이라니요? 그게 아니라 진짜 살아있는 사람처럼 생생하 게 그려놓은 유화(油畵)가 아니었을까요? 초상화였다구요."

나는 얼른 돌아보았네. 그런데 이미 그곳에는 아무것도 없었어. 덧문이 완전히 닫혀 있었다네. 그 노인이 말을 이었어.

"유감스럽게도 착각을 한 거요 방금 그집 하인이 안으로 들어갔 소이다. 그 하인은 S백작 부인의 집을 관리하면서 혼자 살고 있 는 것 같은데 방금 창가에서 초상화의 먼지를 털어내고 있었구요.

그런 다음에 안으로 들어갔고 덧문을 닫은 것이오."

어안이벙벙해진 나는 물었어.

"정말로 유화였습니까?"

"저어, 젊은이. 내 눈을 믿어주구려."

노인은 그렇게 대답하더군.

"당신은 그 거울로 비추어 보았지요? 그러니까 착각을 일으켰던 것이오. ― 그리고 나도 그런 경험이 있소이다만 당신과 같은 나이 때는 ― 한낮에 예쁜 여성의 환상을 보았다고 해서 크게 이상할 것은 없소이다."

"하지만 손과 팔이 움직이고 있었는걸요."

나는 항변했다.

"움직이고 말고. 이것 보시오. 무엇이든지 움직인다오."

상냥한 웃음을 띠면서 ― 그리고 내 어깨를 툭툭 치면서 노인은 일어섰다. 노인은 그곳을 떠나려고 할 때, 공손히 머리를 숙이더니 이렇게 말했다.

"손거울에는 주의를 하십시오. 자칫하다가는 한 대 얻어맞는 수가 있다오 ―. 그럼 이만 실례!"

요컨대 환상에 눈이 먼 젊은이로 취급받았던 거지. 나 역시 그 노인의 말이 맞는다는 생각을 하지 않을 수 없었네. 이른바 폐가에 관하여 스스로 너무 지나칠 만큼 신비화(神秘化)시키려 하고 있다는 것이지.

나도 공포심을 떨쳐 버릴 생각으로 그곳에서 발길을 돌렸어. 폐가의 일건(一件)은 잊어야겠다, 적어도 당분간은 예의 큰 거리를 피해서 다녀야겠다고 결심을 했네. 그리고 그대로 실행했지. 그 다음날부터 글을 쓰기 위해 책상 앞에 앉아서 작업에만 열중했고, 밤은 밤대로 술로 유쾌하게 지내는 친구들과 어울렸네.

그러니 당연한 일이지만 그 이상한 집 따위는 거의 생각조차 안할 정도였지. 단, 그런 나날에도 이따금 문득 잠에서 깰 때가 있었어. 무엇인가가 접촉되어져, 눈이 떠지는 것이었는데 그때마다 환상 속에서 보았고, 그 폐가의 창가에서도 보았던 이상한 여성에 대한 생각 때문이라고 판단되더군.

집필(執筆)을 하는 중에도, 친구들과 유쾌하게 대화를 나누고 있는 중에도 돌연, 이렇다 할 이유도 없는데 전광석화(電光石火)와 같이 머리에 떠오르곤 하는 것이었어.

한편 아름다운 얼굴을 비춰주던 그 손거울 말인데 그것은 별볼일 없는 일상용품으로 전락시키고 말았네. 그것을 앞에 놓고 넥타이를 매는 데 사용할 뿐이었으니까.

그런데 어느 날, 평소와 마찬가지로 그 손거울을 놓고 들여다보니 유리가 흐려서 아무것도 안보이는 거야. 그런 때면 누구나 그러하듯이 거울을 문지르기 위해 입김을 '후우'하고 불었지 ― 그순간 나는 기겁을 할만큼 놀라고 말았다네! 숨이 막힐 것 같더군. ― 그것은 감미(甘美)로운 공포라고나 할까, 그런 기분에 싸이는 것이었어.

한번 입김을 내뿜는 순간, 새하얀 안개 속에 품위가 있어 보이는 얼굴이 하나 떠오르는데 ― 아주 애처롭게 이쪽의 가슴을 찌르기라도 하는 눈초리로 나를 바라보고 있는 게 아니겠나!

아니, 이사람들 웃고 있군! 자네들이 짐작했던 대로 이야기가 전개되어간다는 것이겠지. 나를 틀림없는 몽상가(夢想家)라고 생각할 것이네. 어떻게 생각해도 좋아. 분명 거울 속에서 예쁜 얼굴이 나를 바라보고 있었다네. 그런데 내가 내뿜은 하얀 입김이 사라지자 손거울은 원상대로 되었고 물론 여인의 얼굴도 간 데가 없었어.

그 다음 이야기를 이러쿵저러쿵 늘어놓지는 않겠네. 지루할 뿐이니까. 그러나 이점만은 이야기해 두지 않으면 안되겠어. ― 다른 게 아니라 ── 거울에 똑같이 입김을 불어도 언제나 그 귀여운 얼굴이 비취는 것은 아니었다는 점 말일세.

때로는 아무리 끈기있게 불어보아도 얼굴 그림자조차 나타나지 않을 때가 있었네. 그런 때면 나는 미친 사람처럼 예의 폐가 앞을 왔다갔다하며 일심불란(一心不亂)으로 창문을 바라보곤 했었지. 그러나 사람의 모습 따위는 그림자조차 나타나지 않았네.

오로지 그 사람에 대해서만 생각하고 있었네. 다른 모든 것은 모두 다 죽은 것이나 마찬가지였어. 나는 친구들을 버리다시피 하고 또 작업도 하지 않았네 ── 실로 악화된 상태였지. 어느 사이에 고통은 누그러지고 꿈을 꾸는 것 같은 동경(憧憬)으로 변하더니, 환상 속의 여인의 모습도 희미해져 갈 뿐이었는데, 이따금 그넷줄이 돌아오듯 격렬하게 생각나는 일이 있더군.

지금도 새삼스럽게 등골이 오싹해지는 기분에 사로잡히는 경우가 있네. 그러기에 이점에 대해서는 비웃거나 함부로 말참견하는 일 없이 정중하게 들어주기 바라는 바일세. 내가 당했던 느낌을 함께 느껴보기 바라네.

방금 말했던 것처럼 거울 속의 얼굴이 사라져 버린 일이 있었네. 그런 때는 몸이 몹시 나른해져서 견딜 수가 없는 거였어. 그런가 하면 예의 모습이 마치 두 손으로 껴안고 있는 것 같을 정도로 생생하게 ── 지금까지 그랬던 것보다 더욱 빛나게 나타나는 일도 있었어. 그러는 가운데 무섭다는 생각이 들기 시작했네.

예의 모습은 나 자신이 아니었던가! 거울의 안개에 싸여 희미하기 때문에 나 자신인 줄 모르고 있었다는 것을 깨닫게 되었네. 그러자 가슴이 조여오면서 괴로워 견딜 수가 없더군. 고통이 사라지자 온몸이 풀리는 것 같고 몸의 심(芯)을 좀먹히는 것 같은 걱정만 남더군. 그런 때는 입김을 거울에 내뿜어도 얼굴이 나타나지 않는 거였어.

그래도 자신을 격려하면서 힘을 내면 겨우 거울 속에서 희미하게 나마 모습이 나타나는 거야. 그래서 생각한 것인데 자신도 깨닫고 있지 못하는 어떤 특수한 체력(體力)의 비결(秘訣)과 관계가 있는 것 같아.

그야 어쨌든 이런 초긴장 상태가 매일 이어지고 있는 터이니 몸에 좋을 까닭이 없지. 나는 얼굴이 창백해져서 죽은 사람 같았고 아랫도리는 후들후들 떨리는 상태에서 배회하고 있었어. 그것을 보고 친구들은 틀림없이 큰 병에 걸린 것으로 생각하고 시끄럽게 설교하더군.

그러는 와중에 나 자신도 내 몸의 상태에 대해서 심각하게 생각하던 참인데 한 친구가 찾아왔어. 그는 의학을 열심히 공부하던 친구인데 고의였는지 우연이었는지는 모르겠으나 정신병에 관한 라일의 저서를 내 방에 놓고, 그대로 돌아간 거야.

나는 그책을 무심코 읽어보았는데 책을 읽는 사이에 그만 그책에 푹 빠져들었고 열심히 읽었네. 고정관념(固定觀念)으로서의 망상(妄想)에 대해서 언급한 곳은 나의 경우와 딱 들어맞는 게 아니겠나.

나는 기겁을 했지. 나는 실로 정신병원에 가는 도중에 서있는 셈이었네. 나는 제정신을 차림과 동시에 결단을 내리고 조속히 그것을 실행하기로 했네. 손거울을 주머니에 넣고 K박사에게로 달려갔지.

K박사는 정신병의 진찰과 치료라는 점에서 유명할 뿐만 아니라, 마음의 구조(構造)에도 깊이 통하고 있으며, 질병은 기(氣)에서 생기는 것이므로 마음을 치유하면 육체도 건강해진다는 사고방식의 소유자로 잘 알려져 있는 인물이지.

나는 K박사에게 모든 것을 털어놓았네. 아무리 사소한 일이더라도 하나 숨김없이 털어놓았고, 내 몸에 닥쳐올 것만 같은 무서운 운명으로부터 나를 구해 달라고 간청했지. K박사는 침착한 표정으로 듣고 있더군. 그러나 그의 눈은 매우 놀랍다는 눈치였네.

"자신이 생각하고 있을 정도로 그렇게 위험한 상태는 아닙니다."

K박사가 입을 열었어.

"그리고 단언할 수 있는데…… 틀림없이 위험을 모면하도록 해주겠습니다. 당신이 마음의 상처를 터무니없이 받고 있다는 것은 의심할 여지가 없습니다. 뭔가 어떤 사악(邪惡)한 원리가 마음에 상처를 입힌 것인데 그것이 무엇에 의한 것인지를 확실하게 인식하기만 하면 몸을 지켜내는 무기(武器)를 입수한 것과 같습니다.

그 손거울은 나에게 맡겨두십시오. 그리고 온몸과 온 정신을 쏟아서 하는 작업에 착수하십시오. 예의 큰 거리에는 가까이 가지도 말고요. 가급적 이른 아침부터 작업에 착수하기 바랍니다. 산책을 시간맞춰서 한 다음에는 친구들의 모임에 참가하십시오. 친구들도 당신이 오지 않기 때문에 섭섭해하고 있습니다.

그리고 영양가가 높은 음식을 듬뿍 먹고 도수가 높은 술을 마시도록 하십시오. 이제 모든 것을 이해하셨을 줄 압니다만 당신의 고정관념 말입니다. 폐가의 창문에 서있기도 하고 거울 속에 나타나기도 하면서 당신을 괴롭히는 괴물을 퇴치할 뿐만 아니라, 당신의 정신을 다른 곳으로 유도하여, 당신의 몸을 강건하게 만들어주고 싶습니다. 꼭 협력해 주기 바랍니다."

손거울을 내준다는 것은 마음 아픈 일이었네. K박사는 꼼꼼히 살펴본 다음 '후우' 하고 입김을 분 다음 내 눈앞에 내밀었네.

"뭐가 보입니까?"

"아뇨, 아무것도……."

나는 대답했어. 실제로 아무것도 안보였던 거야. K박사는 손거울을 돌려주면서 이렇게 말하더군.

"당신이 한번 해보시오."

나는 그의 지시에 따라 입김을 내뿜으면서 들여다보니 예의 모습이 지금까지보다도 선명하게 나타나는 게 아니겠나.

"이겁니다. 바로 이거예요."

내가 큰 소리로 외치자 K박사가 옆에 와서 들여다보더라구.

"나에게는 아무것도 안보이는데요. 그러나 ― 아까 당신이 거울을 들여다볼 때, 전율과 같은 것을 느꼈던 것은 사실입니다. 금방 없어지기는 했소이다만……. 나 역시 조금도 숨김없이 말하겠소. 그러니 전폭적인 신뢰를 가지고 대해주기 바랍니다. 그럼 자아, 아까처럼 다시 한번 해보시오."

나는 다시 입김을 불었는데 그때 K박사가 내 등을 밀었을 것 같아. 등 뒤에 어떤 손이 닿는 압력을 느꼈네 ― 그리고 또다시 예의 모습이 나타났어.

함께 거울을 들여다보던 K박사의 안색이 창백해지더군. 손거울을 들고 다시 한번 들여다본 다음 K박사는 그 손거울을 책상 서랍 속에 넣고 잠그어 버렸네. 그는 손을 이마에 대고 입을 다문 채 한참 동안 서있더니 그제서야 나에게 다가오더군.

"아까 말한 주의사항을 꼭 지키도록 하시오. 당신은 망아(忘我) 속에서 스스로의 자아(自我)를 통감하는 순간을 가지고 있는 것입니다. 정직하게 말해서 당신에게는 아직 그런 순간이 어떤 것인지를 잘 모르고 있는 것이지요. 그러나 머지않은 장래에 좀더 좋은 이야기를 나누게 될 것으로 생각하고 있소이다."

어떤 일이 있더라도 해내고야 말겠다는 결심을 단단히 굳힌 나는 K박사가 지시한 대로 실행하기에 노력했지. 기력(氣力)을 기울이어 작업에 착수하고 식사라든가 음료의 점에서도 나름대로의 효과를 얻었는데, 그러나 정각 12시만 되면 그것도 특히 밤 12시만 되면, 틀림없이 일어나는 발작(發作)은 여전히 계속되는 것이었어.

술이 얼근해지고 노래를 불러대는 모임이 한창 무르익었을 때도 돌연 칼로 가슴을 찌르는 것 같아서 — 아무리 마음을 격려하고 참으려고 애를 써도 견딜 수가 없어서 그자리를 물러나왔다가 그런 발작이 가라앉은 다음에야 겨우 되돌아오는 처지가 되고 말았네.

어느 날, 밤의 모임에 갔을 때의 일일세. 영혼의 힘이라든가 최면술이라든가 미지(未知)의 분야가 화제가 되었네. 먼곳에 있는 사람의 마음에 어떤 작용을 할 수 있느냐 없느냐로 논의가 벌어졌고 갖가지의 실례(實例)도 직접 들어가면서 이야기는 계속되었지.

모인 사람들 중에 특히 한 젊은 의학자가 열심으로 — 그는 최면술을 신봉(信奉)하고 있는 것 같았는데 — 이름이 알려져 있는 최면술사에 못지않게 — 영혼에 작용을 젊으로써 먼곳에 있는 사람을 움직이도록 할 수가 있노라고 주장했지.

크루게라든가 슈바트라든가 발테르스 등, 이 분야에서 알려진 저서들이 입에 올랐어. 이윽고 그자리에 있던 사람 중 한 사람 — 눈이 날카로운 관찰자로 알려진 의사가 이런 식으로 말하더군.

"뭐니뭐니해도 가장 중요한 것은 일상 체험이라고 하는, 아주 비근한 것에도 갖가지 비밀이 있다는 것을 최면술이 가르쳐 주고 있다고 해야 할 것입니다. 물론 이런 점은 신중하지 않으면 안됩니다. 그렇기는 하지만 확실한 이유도 없이 이쪽의 연상적(連想的) 실을 끊으려고 하여도 어떤 사람이라든가 어떤 사건의 정확한 정경(情景)이 갖가지로 떠오르는 것은 왜일까요?

압도적인 힘을 가지고 육박해 오거나 하는 일도 있지 않습니까? 그중에서도 특히 꿈속에서 보는 것이 의미가 깊지요. 꿈의 정경은 나락(奈落)으로 통하고 있습니다. 별로 연관성도 없는 꿈속에서 어떤 분명한 정경이 한 가지 들어있기도 합니다. 어딘지 먼 나라에 있는 수도 있고요. 그곳의 낯모르는 사람들 가운데서 돌연 몇년씩이나 줄곧 잊고 있던 사람이 나타나기도 합니다.

더욱 놀라운 일이 있습니다! 몇년 후에야 겨우 알게 될 사람을 꿈속에서 미리 알게 되는 것입니다. 왜 흔히 하는 말에 이런 말이 있지 않습니까. '분명 초면(初面)이긴 한데 잘 아는 사람 같다. 어디선가 만난 적이 있는 것 같다' 운운의 말 말입니다. 그런 것들은 꿈에 의한 기억 때문이 아니겠습니까.

모르는 정경이 우리들의 사고(思考) 속에 끼어드는 셈이지요. 남의 정신적 조작에 의해 일어나게 되는 상태가 말입니다. 어떤 조건 밑에서는 남의 마음을 좌우하여 자기 생각대로 술수를 걸 수도 있는 게 아닐까요?"

다른 한 사람이 웃으면서 입을 열더군.

"그렇다면 — 어떻습니까? 마술(魔術)이라든가, 부적이라든가, 무당 등의 부류 말입니다. 이미 시효가 지나간 엉터리 같은 시대의 미신 같은 망상(妄想)과 크게 다를 것이 없지 않습니까?"

다시 말을 이어나가려고 하는 것을 의사가 가로막았네.

"실례입니다만 어떤 시대이든 시효에 걸리거나 하는 일은 없습니다. 그리고 현대까지 포함하여 인간이 사물에 대해서 생각을 하고 있는 한, 엉터리 같은 시대란 없습니다 — 법률에 근거하여 증명까지 되어 있는 것을 무조건 부정하려고 하는 것은 이치에 안맞는 일이지요.

우리의 정신적 고향인 어두운 비밀로 가득 차있는 왕국(王國)에는 유일한 존재이기는 하지만 — 우리의 약한 눈에는 눈이 부실 정도로 밝은 램프가 불타고 있다는 등의 이야기를 하는 사람이 있습니다. 동감(同感)한다고는 도저히 말할 수 없습니다만, 그러나 이렇게 생각되기도 하는군요. 우리네 인간이 비록 캄캄한 땅속의 두더지라 하더라도 본성으로 볼 때, 두더지의 재능과 자질은 타고났을 것이라고요.

눈이 안보이더라도 어두운 길을 기가 막히게 찾아가는 법이거던요. 땅 위에 사는 시각 장애자가 수목(樹木)의 소리라든가 물이 흐르는 소리에 의해, 선선한 그늘을 드리우는 숲을 찾아간다든가 갈증을 달래주는 시냇물 쪽을 정확하게 찾아내는 것처럼 우리들도 비록 미지(未知)이더라도 정신의 촉수(觸手)를 스치는 날개의 깃털 소리에 의해 편력(遍歷)의 종말이 ― 눈을 뜨게 해주는 광명(光明)의 근원으로 통하고 있음을 예감하는 것입니다.”
나는 더 이상 잠자코 있을 수가 없어서 의사 쪽으로 돌아앉았네.
“그러면 즉, 어떤 정신적 원리란 것의 힘이 다른 사람의 콧등이라도 잡아 비틀 수 있다는 건가요?”
상대방은 대답하더군.
“과대평가하지 않기 위해서도 그 힘이 만능이라고 생각하지는 않습니다. 최면술적인 상태에 의하여 새삼스러이 생겨나는 정신의 전개(展開)도 마찬가지로 힘이 있는 것이라고 생각하고 있습니다.”
“그렇다면 마성(魔性)의 힘이 우리를 파멸시키려고 작용하는 수도 있다는 건가요?”
“영락(零落)한 악령들은 사악하기 짝이 없답니다.”
의사는 빙긋이 웃음을 띠면서 이야기를 계속하더군.
“결코 그런 종류의 힘에 말려드는 일은 없겠지요. 그리고 내가 이야기한 것은 모두가 가설(假說)입니다. 가설이기에 더욱 덧붙여 말하지 않을 수가 없습니다. 즉, 나는 어떤 정신적 원리라고 하는 것이, 남을 완전히 손안에 넣을 수 있다고 믿지는 않습니다. 오히려 이렇게 생각하고 있습니다. 그런 힘에 말려들어가는 것은 무엇인가 의존심이라든가 의지의 박약이라든가, 그런 상태의 결과가 아닐까요."

상당히 나이가 많은 사람이 — 그때까지 입을 다문 채 귀를 기울이고 있던 사나이가 이때 처음으로 말을 하기 시작하더군.

"여기까지 듣고서야 겨우 알게 된 일입니다만 — 우리네 인간들을 감싸고 있는 신비에 대한 생각 말입니다. 우리 인간들을 위협하는 신비적 힘이 있다고 한다면 그것을 멋지게 퇴치할 힘과 용기도 있게 마련일 것이며, 무언가 이상(異常)이 발생할 경우에 한하여 그런 힘과 용기를 빼앗긴 것이지요 — 바꾸어 말한다면 정신의 질병이라고나 할까요 — 아니면 죄에 의해 마성(魔性)의 힘에게 삼켜진 것이지요.

그야 어쨌든 기묘한 일이 있습니다. 먼 옛날과 다름없이 마성의 힘이 횡행하는 것은 사람의 마음을 눌러서 짓이기는 심정의 장난에 의한 것입니다. 즉 우리가 말하는 것은 사랑의 마력(魔力)이라고 하는 것으로서 먼 옛날부터 연면하게 이어져 왔다고 말할 수 있습니다.

터무니없는 마녀(魔女) 재판에도 으레 끼어드는 것이고 상당히 이성적인 나라의 법률서(法律書)도 사랑의 영액(靈液)을 말하고 있습니다. 홀리는 약(藥)이지요. 마음을 좌우하는 음료도 그러하고 — 흥분제라는 것은 아니지만 어떤 특정 인간을 열중하게 만드는 약도 그러하다니까요.

실은 방금 전의 이야기를 듣고, 어느 슬픈 사건을 떠올렸습니다. 얼마 전, 우리집에서 일어난 일입니다. 나폴레옹군(軍)이 노도와 같이 우리나라에 쳐들어 왔을 때의 일인데, 이탈리아 근위병(近衛兵) 대장(隊長)이 우리집에 머무르고 있었습니다.

그는 성품이 고귀하기로 소문난, 대대(大隊)에서 몇 안되는 장교 가운데 한 사람이었습니다만 안색이 안좋고 눈은 시커멓게 흐려 있어서 어떤 병 — 우울병 같은 것에 걸려 있는 것 같았습니다.

그 사람이 우리집에 있었던 것은 불과 며칠 동안이었습니다만 어떤 우연한 기회에 그 원인을 알게 되었습니다. 같은 방에 앉아 있을 때의 일입니다. 돌연 대장은 깊은 한숨을 내쉬었는가 했더니 손을 가슴에 갖다대는 것이었습니다. 아니, 가슴이라기보다 위(胃) 근처라고나 할까요. 무언가에게 몹시 찔린 것 같은 태도였습니다. 입을 열지도 못하는 채, 무너지듯 소파에 앉는 것이었습니다.

그리고 금방 눈동자가 흐려지면서 석상(石像)처럼 경직되어가는 것이 아니겠습니까. 그러다가 가까스로 꿈에서 깬 것처럼 제정신을 차렸는데 잠시동안은 영 몸을 움직이지도 못하고 있더군요. 의사가 달려왔지만 어떤 약도 효과가 없었고, 끝내는 최면 치료를 했습니다. 그것은 효과가 있는 것 같았습니다. 그런데 의사 자신이 최면 치료를 한참 하고 있던 중 불쾌감에 사로잡히게 되어 그 치료도 얼른 끝낼 수밖에 없었습니다.

그야 어쨌든 의사는 대장의 신뢰를 얻게 되었습니다. 그는 의사에게 모든 것을 다 털어놓았습니다. 피사시(市)에서 알게 된 어떤 여성의 모습이 불의에 나타났었다는 것이었습니다. 불타오르는 것 같은 눈으로 바라보는 순간 갑자기 심한 고통을 느끼게 되었고 의식을 잃었다고 고백했습니다. 그리고 아직도 두통이 심하다고 호소했습니다.

마치 사랑의 유희를 즐긴 다음과 마찬가지로 꼼짝도 못하고 있었습니다. 피사시에서 알게 된 여성과 분명 어떤 일이 있었던 것 같은데 더 이상 자세한 이야기는 하지 않으려고 하더군요.

그러던 사이에 부대가 떠나야 할 날이 되어 짐을 꾸리는 등 기타 준비도 끝내고 — 마차가 문앞에서 대기하고 있을 때의 일입니다. 대장은 아침 식사를 하고 있었습니다. 마텔라주(酒) 컵을 입술에 대는 순간 나지막한 목소리가 들려오는가 했더니 그가 의자에서 굴러떨어지는 것이었습니다. 그리고 숨을 거두고 말았습니다. 의사의 이야기에 의하면 뇌졸중인 것 같았습니다.

그로부터 몇주일 지나서 있었던 일인데 죽은 대장 앞으로 한 통의 편지가 날아왔습니다. 친척이나 친지로부터 왔을 것으로 생각한 나는, 그렇다면 돌연사(突然死)한 것을 알릴 수 있겠다는 생각에서 겉봉을 뜯었습니다.

그것은 피사시에서 온 것으로서 발신인의 이름이 적혀 있지 않은 편지에는 간단한 내용만이 적혀 있었습니다. '아아, 애석하게도 오늘 7일 정각 12시, 당신의 안토니아는 사랑의 손을 뻗은 채 죽었습니다!'라고만 적혀 있었습니다. 나는 달력에 눈길을 주었습니다. 대장이 죽은 날을 확인해 보았던바 안토니아가 죽은 날과 똑같은 날이 아니겠습니까!"

사나이는 다시 이야기를 이어나간 것 같은데 나는 듣지 않았네. 이탈리아인(人) 대장의 경우가 내 경우와 아주 똑같은 기괴함에 놀라는 순간, 가슴을 찌르는 것 같은 통증이 일어난 거야. 그 통증과 함께 맹렬히 그 창가의 사람이 그리워져서 견딜 수가 없었어. 그래서 그자리에 그냥 머물러 있을 수가 없더라구. 나는 그 장소에서 뛰쳐나왔고 예의 그집으로 달려갔네.

멀리서 바라보니 덧문 사이로 불빛이 새나오는 것 같더라구. 그러나 가까이 다가가자 어둠 속으로 사라지더군. 사랑의 갈증에 못이기어 문으로 뛰어들었지. 그러자 문이 활짝 열리면서 둔탁한 불빛이 비치는 현관이 눈에 들어오더군. 숨이 막힐 것만 같은 공기가 꽉 차

있는 것 같았어. 불안감과 초조감이 뒤엉키는 느낌인데 가슴은 콩콩 뛰기만 하고 숨이 막힐 것 같더군.

그때 목이 조인 듯한 여성의 목소리가 집안에서 흘러나오는 거야. 나 자신으로서도 어떻게 해서 그곳까지 갔는지 알 수가 없는 일이었는데, 정신을 차리고 보니 눈이 부실 정도의 거실에 내가 서있는 게 아닌가.

수많은 촛불이 켜져 있고 금박을 한 가구(家具)라든가 외국산 집기 등이 즐비하게 늘어서 있는 고풍(古風)스런 방을 촛불이 비춰주고 있더군. 파란 연기 덩어리 같은 것이 밀려오면서 강렬한 냄새가 코를 찔렀다네.

"잘 오시었습니다 — 신랑님. — 암 그렇고 말고요. 결혼식 할 때가 되었습니다."

여자의 목소리였네. 그 목소리가 차츰 더 높아지는 거였어. 내가 어떻게 해서 그 거실에 와있는지 알 수 없는 것처럼 어떻게 해서 그 여인이 나타났는지 알 수가 없더군.

그때 돌연 연기 덩어리 속에서 화려한 옷을 몸에 걸친 — 그리고 키가 헌칠한 젊은이인 듯한 모습이 나타나더군.

"잘 오셨어요, 신랑님!"

쥐어짜내는 것 같은 목소리로 외치면서 두 팔을 벌리고 달려오는 그는 — 그러나 누렇게 뜬 노파였네. 나이도 많은 데다가 광기(狂氣)가 있어서인지 무섭게 일그러진 얼굴로 나를 노려보고 있는 거였어.

질겁을 한 나는 그자리에서 쓰러질 뻔했지. 방울뱀이 노려보는 것 같은 그녀의 눈에서 눈길을 돌려보려고 애썼지만 그게 안되는 거야. 몸조차 움직일 수가 없는 거였어. 그런데 노파는 자꾸만 나에게 다가오는 거야. 이때 그녀의 추악한 얼굴이 실은 엷은 깁의 마스크였고, 그속에는 거울에서 본 품위 있는 여성의 얼굴이 감춰져 있다는 생각이 들더라구.

노파가 손을 뻗는 순간이었네. 금속성 고함 소리가 들리는가 했더니 그녀가 바닥에 쓰러졌고 뒤쪽에서 여전히 고함을 치는 것이었네.

"이 악마야! 또 나리에게 악태(惡態)를 부리는군! 저어 나리, 어서 나가 주십시오. 이 악마를 혼내 줘야겠습니다."

깜짝 놀라며 돌아다보니 예의 노관리인이 내복 차림으로 서있는데 머리 위로 치켜든 커다란 채찍을 마구 휘두르며 노파를 때리는 거였어. 노파는 엉엉 울면서 새우등처럼 몸을 동그랗게 구부리더군. 내가 그 사이로 끼어들려고 하자 노관리인은 완강하게 말리면서 이렇게 말하는 거였네.

"무슨 짓을 하는 겁니까? 가만 계십시오. 자칫했더라면 저 악마에게 죽음을 당할 뻔했습니다. ─ 자아, 어서 나가십시오!"

나는 거실로 나왔지. 그러나 너무 캄캄해서 문이 어느 쪽에 있는지 알 수가 없더라구. 뒤에서는 채찍 소리와 함께 울어대는 노파의 비명이 들려왔네. 도움을 청하며 소리치려는 순간 ─ 다리가 허공에 뜨면서 계단으로 굴러떨어지더니 내 몸이 문짝에 부딪치고 말았어. 그바람에 문이 열리고 조그만 방안으로 들어가게 되었네.

조금 전까지 누가 잠을 자고 있었던 것 같은 방이었어. 침대를 보든, 의자에 걸쳐놓은 갈색 상의로 보든, 노관리인의 방이란 것을 금방 알아차릴 수 있었지.

잠시 후 계단을 내려오는 소리가 시끄럽게 들리더니 당사자가 달려오더군.

"제발 부탁입니다."

바닥에 무릎을 꿇자 그는 두 손을 들며 간청하더라구.

"나리가 어디 사는 누구이신지는 알 수가 없고, 또 저 우글쭈글한 노파가 어떤 술수를 써서 나리를 이곳에 끌어들였는지는 알 수가 없습니다만 제발 부탁이니 비밀로 해주십시오. 보신 것을 그냥 가슴속에 묻어두시기 바랍니다. 그렇지 않으면 제가 이곳에서 쫓겨나고 맙니다. 머리가 이상한 노파는 처치했습니다.

끈으로 단단히 묶어 가지고 침대에 눕혀놓았으니까요. 그러니어서 돌아가셔서 쉬도록 하십시오. 모든 것을 다 잊으시고 푹 쉬십시오. — 기분이 상쾌해지는 7월의 밤이 아닙니까? 달님은 숨었습니다만 별님들은 반짝반짝 빛나고 있습니다 — 그럼 어서 쉬십시오."

이런 이야기와 함께 노관리인은 일어서면서 등불을 들고 그 작은 방에서 나를 끌고 나왔고 대문 밖까지 밀어낸 다음 자물쇠를 채우더군.

나는 망연자실하여 집으로 돌아왔네. 자네들도 이해해 주겠지. 그 다음 며칠 동안 나는 그 비밀을 알게 된 것 — 그것으로 인하여 머리가 복잡해져서, 조리있게 생각할 정신적 여유조차 없었다구. 그야 어쨌든 오랫동안 나 자신을 사로잡고 있던 마성(魔性)의 힘으로부터 해방된 것 같았던 것은 사실이었네. 거울 속에서 보았던 그 이상한 모습에 대한, 비통하기까지 했던 동경(憧憬)은 거짓말처럼 사라졌네.

그러는 사이에 나 스스로도 폐가에서 있었던 사건이 나도 모르는 사이, 정신병원에 밀려들어갔던 것과 마찬가지로 생각되더라구. 고귀한 집안에서 태어난 여성이 정신이상자가 되어 있다. 그것은 세상에 알려져서는 안되는 일이며 끝내는 노관리인이 싫더라도 엄격한 감시역을 맡고 있지 않으면 안될 것이리라.

그럴 것임에 틀림없는데 — 그러나 거울 속의 사건은 어떻게 해석해야 한단 말인가? — 거울에 나타난 그 불가사의한 모습은 대체 어떻게 된 것일까 — 그 다음 이야기를 계속하기로 하겠네.

어느 화려한 회합(會合)에 얼굴을 내밀었을 때의 일일세. 때마침 뜻밖에도 P백작과 만나게 되었다네. 백작은 나를 방 한구석으로 데리고 가더니 상냥한 목소리로 말하는 거였어.

"알고 계신가요? 그 예의 수상한 집의 비밀이 슬슬 벗겨지고 있다던데요"

나는 귀를 곤두세웠네. 백작이 다음 이야기를 계속하려고 할 때 연회장으로 통하는 문이 양쪽으로 활짝 열렸어. 이제 식탁에 가서 앉지 않으면 안되었지. 백작의 입에서 나온 '비밀'이란 말에 머리속이 꽉 차있으면서, 그순간 무심코 옆에 있는 젊은 여성에게 손을 내밀었고, 의식(儀式)에 따라 정중하게 걸어가는 사람들 틈에 끼어들었네.

그리고 우선 그 여성을 적당한 좌석으로 안내하고 적당히 어울리는 초대면 인사를 해야 했는데 — 거울 속에서 보았던 그 얼굴이 바로 내 눈앞에 있는 게 아닌가. 그것은 틀림없는 사실이었네. 자네들도 상상할 수 있는 일이겠는데 나는 간(肝)이 떨어질 지경이었지. 그러나 거울에 입김을 불어넣으면서 불러냈던 때처럼 미칠 것 같은 사랑의 발작(發作)과는 큰 차이가 있더군. 이점은 분명히 말해 두겠네.

나는 아연실색하고 말았어. 기절할 뻔했지. 아마도 내 안색이 변했을 거야. 그녀는 의아하다는 표정으로 나를 바라보더군. 나로서는 속을 드러낸 셈이 되었지. 그래서 마음을 안정시키어 아무 일도 없는 것처럼 이야기를 걸 수밖에 없었지.

"어디서 한번 본 일이 있는 것 같습니다."

"분명 본 적이 있는 얼굴인데요"

라는 식으로 이야기를 꺼냈네.

그런데 그 젊은 아가씨는 그럴 리가 없다는 거였어. 그녀는 어제 서야 난생 처음으로 이 ○○시(市)에 왔다는 거야. 그말을 들은 나는 또 한번 아연실색하지 않을 수 없었지. 나도 모르게 입을 다물고 말았는데 젊은 아가씨의 맑디맑은 눈을 앞에 두고 멍청하게 가만히 있을 수도 없는 일이 아니겠나.

이런 때는 마음의 촉수(觸手)란 것으로 슬슬 상대방의 마음을 끌어들인 다음, 차츰 상대방의 사람 됨됨이를 음미하는 법인데, 나 역시 그런 수단으로 점차 이웃한 여성을 파악해 나갔네.

나긋나긋한 마음에 순진한 아가씨였는데 다소 민감하다는 인상을 풍기어 상대하기가 쉽지 않을 것으로 판단했지. 나는 이야기를 재미있게 끌고 나갔네. 요리에 양념을 조금 치듯이 재치있는 이야기를 곁들여 나가자 그녀도 모르는 사이에 웃음을 띠더군. 단, 그것은 무언가 놀라움에 움찔 하는 쓴웃음이긴 했지만 —.

"아가씨, 피곤하신 것 같네요. 멋진 밤을 보내시고 새벽에 귀가 (歸家)하신 것 같군요"

가까운 좌석에 있던 사관(士官)이 말을 걸어왔네. 그순간 옆자리에 있던 남자가 팔로 쿡 찌르더니 서둘러 귀엣말로 속삭였어. 그런가 하면 테이블 끝쪽에 앉아 있는 여성은 파리에서 보고 왔다는 오페라에 대하여 큰 소리로 떠들어대는 거였어. 볼을 붉히고 눈을 빛내면서 그 오페라를 추켜세우는데, 이곳과는 비교가 안된다며 역시 파리에서 구경을 해야 한다고 떠들더군.

문득 바라보니 아가씨의 눈에 눈물이 떠오르고 있었네.

"나는 바보라구요"

그녀는 얼굴을 이쪽으로 돌리더군. 그녀는 조금 전에도 두통을 호소한 적이 있었어. 나는 아무렇지도 않다는 표정으로 이렇게 말했네.

"신경성 두통이란 것은 눈물을 수반하는 것이어서요 — 시인(詩人)이 마신다는 미주(美酒) 말입니다, 그것의 거품이 효능이 좋아서인지 양약(良藥)으로 꼽는답니다."

그런 말을 하면서 샴페인을 따르자 그녀는 처음에는 사양을 했지만, 그러다가 조금씩 마시더군. 그녀 자신으로서도 참을 수 없는 눈물이었다는 것을 이해하는 것 같아서 기뻤네. 그 다음에는 기분이 좋아지는 것 같아서, 만사가 순조롭게 진행되어가는 판인데, 이쪽의 부주의로 앞에 놓였던 얇은 글라스를 맞부딪치는 얼간이 짓을 하고 말았어. 날카로운 소리가 나더군.

그순간 상대방의 얼굴이 사색이 되는 거야. 아주 창백해지더군. 나도 소름이 끼치데그려. 글라스가 맞부딪는 째지는 듯한 소리에서, 폐가에서 들었던 일이 있는 광녀(狂女)의 소리를 들었기 때문이지.

커피가 나오는 시간을 택하여 가까스로 P백작에게 다가갈 수가 있었네. 백작은 짐짓 아는 체하는 표정으로 입을 열더군.

"아까, 당신 옆에 있던 여성은 S백작의 딸 에드비네양이었지요? — 더 이상 무엇을 숨기리까 — . 그녀의 이모(어머니의 언니) 말인데요, 예의 수상한 집에 살고 있는 사람은 바로 그 사람입니다. 상당히 오래된 이야기입니다만 그때부터 머리가 돌아서 그집에 갇혀 있는 것입니다.

오늘 아침 그녀는 어머니와 함께 문병하러 왔었던 것인 줄 압니다. 광인(狂人)은 발작이 아주 심한 상태라고 들었습니다. 그 발작을 잠재우는 것은 그집의 관리인인 노인밖에 없는데, 즉 그 노인은 광녀(狂女)의 간호사이기도 한 셈이지요.

그는 환자입니다. 그것도 오늘 내일을 기약할 수 없는 질병이어서 — 그 때문에 백작 부인도 결심을 하고 K박사에게 모든 것을 털어놓은 것 같습니다. 언니의 미친 짓은 고칠 수 없더라도 이따

금 일어나는 심한 발작을 좀 진정시켜 달라구요. 지금까지 알아낸
것은 대략 이런 것들입니다."

사람이 와서 이야기는 끊어지고 말았네.

K박사라면 얼마 전, 내가 진단을 받기 위해 찾아갔던 의사일세.
내가 즉시로 그 K박사를 찾아갔을 것은 당연한 일이 아니겠나.

나는 K박사에게 그후에 있었던 일에 대해서 경과 보고를 한 다
음, 나 자신의 안정을 위해서도, 폐가에 살고 있는 광녀에 대하여
알고 있는 바를 빼놓지 말고 이야기해 달라고 간청했네. 절대로 입
밖에 내지 말라며 못을 박더니 K박사는 이어서 이런 이야기를 들려
주더군.

Z백작의 큰딸 안게리카는(이라고 K박사는 이야기의 실마리를 풀
었지), 나이 30세가 되었건만 아주 예뻤다. 이 아가씨보다 나이가
훨씬 아래인 S백작이 그녀에게 한눈에 반하고 말았다. ㅇㅇ시(市)
의 성(城)으로 인사하러 왔을 때, S백작은 안게리카를 처음 보았던
것 같은 데 반한 나머지 열심으로 구애하기 시작했다.

여름철 휴가 때, 딸이 아버지의 영지(領地)로 돌아가자 그 뒤를
따라가는 등 열을 올렸다고 하니 그 딸의 마음도 S백작에게 쏠려
있었던 것 같았다. 그래서 아버지 Z백작에게 직접 담판을 할 생각이
었다.

그런데 막상 영지에 가서 안게리카의 여동생인 가브리엘을 보는
순간, 생각이 달라진 것 같았다. 여동생에게 비하면 언니는 한참 모
자랐기 때문이다. 색향(色香)이란 면에서 두 자매는 완전히 달랐던
것이다.

일이 이렇게 되니 안게리카는 팽개치고 가브리엘에게 열을 올리
게 된 S백작이었다. Z노백작도 이를 허락했고 가브리엘 역시 S백

작의 구애에 사랑으로 응수했다. 안게리카는 이 불성실한 연인에게 화를 내지는 않았다.

"나를 버릴 생각일는지 모르겠지만 천만의 말씀 — . 내가 그 사람의 장난감이 아니라, 그 사람이 내 장난감이라구. 그 장난감을 내가 버린 것뿐이야."

안게리카는 오히려 자랑스럽게 말했다. 말로만 그렇게 단순하게 한 것이 아니라 불성실한 사나이에 대하여 경멸하는 태도까지 나타내 보였던 것이다.

이윽고 가브리엘과 S백작의 약혼이 발표되자 그때부터 안게리카는 바깥에 나오는 일이 드물어졌다. 식사 때도 식당으로 나오지 아니했다.

혼자서 뒷동산 숲속을 걸어다니고 있다는 것이다. 그곳을 산책지로 정해놓고 다닌다는 것이다 — 그래도 그런대로 평온무사하게 지냈는데, 이 영지의 평화가 깨지는 사건에 의해 소란이 벌어지기 시작했다.

이전부터 빈번하게 영지 일원에서 살인·방화(放火)라든가 강탈하는 사건이 있었는데 영지에 소속된 엽사(獵師)들이 여러 농부의 힘을 빌어 집시 일단(一團)을 붙잡았다. 그리고 이 집시들이야말로 그 일대에서 살인·방화·강탈을 일삼던 무리임에 틀림이 없다고 했다. 집시 사나이들은 쇠사슬로 묶고, 여자와 어린이들은 끈으로 묶은 채, 짐수레에 싣고 백작의 저택 정원에까지 끌고 왔다.

이때 집시들은 망연자실했던 것 같다. 사로잡힌 호랑이처럼 두 눈에 불을 켜고 있으면서도 고개를 숙인 채 사방을 두리번거렸다고 한다. 그렇게 하고 있는 그들의 태도가 강도·살인자처럼 보이게 만들었다. 그런데 특별히 키가 크고 피골(皮骨)이 상접한 — 보기에도 기분이 나쁜 노파 한 명이 사람들의 눈길을 끄는 것이었다.

새빨간 숄로 몸을 싸고 있는 이 노파는 짐수레 위에서 벌떡 일어서더니 '어서 이곳에서 내려달라'고 소리치는 것이었다. 시키는 대로 하지 않았다가는 큰코 다칠 것이라는 어조로 말이다. 그런 와중에 Z 백작이 저택의 정원으로 나왔다. 그리고 백작의 명령에 따라 각각 저택의 감옥 속에 가두게 되었는데, 그때, 바로 그때다.

새파랗게 질린 얼굴에 공포와 불안에 떠는 안게리카가 머리를 풀어 산발하고 대문에서 뛰어들어오는 것이었다. 그리고는 갑자기 땅바닥에 무릎을 꿇으면서 쥐어짜내는 목소리로 이렇게 외치는 것이었다.

"이 사람들을 풀어 주세요 — 부탁합니다 — 모두가 죄 없는 사람들입니다 — 네, 아버지! 어서 풀어 주시라구요! — 누구 한 사람의 — 한 방울의 피라도 흘리게 하면 나는 이 칼로 내 가슴을 찌르고 말겠습니다!"

그녀는 예리한 칼을 흔들어 대면서 이렇게 외치더니 그자리에서 실신하여 쓰러지고 말았다.

"이 얼마나 인정 많은 아가씨란 말인가. 이 얼마나 사랑스런 아가씨란 말인가! 생각했던 대로야. 당신의 그 사랑에는 어느 누구도 견디어 내지 못할 것이오."

우물쭈물 입속으로 중얼거리는 — 그 빨간 숄을 걸친 여인은 안게리카 옆으로 다가와서 그녀의 얼굴과 가슴에 대충대충 입맞춤을 했다.

"색깔이 하얀 아가씨, 색깔이 하얀 아가씨 — 자아, 일어나요 눈을 뜨라구요 — 아이구, 색깔이 하얀 신랑이 나오시네요!"
라며 속삭였다. 그런 다음 조그마한 유리병을 꺼냈다. 병 속에는 은색(銀色)의 술이 들어 있는데 마치 작은 금붕어가 몸을 뒤집고 헤엄을 치고 있는 것 같았다.

노파가 병을 안게리카의 가슴에 놓자 그녀는 갑자기 눈을 떴다. 누운 채로 눈을 뜨더니 발딱 일어나서 노파를 끌어안고는 좋아하다가 손에 손을 마주잡고 저택 안으로 달려 들어가는 것이었다.

이러는 사이에 Z백작도, 가브리엘도, 약혼자 S백작도 표현할 수 없는 공포감에 사로잡히어 멍하니 서있을 뿐이었다. 집시들은 나하고는 상관이 없는 일이라는 식으로 침착하게 서있었는데, 몇명씩 함께 엮어 놓은 쇠사슬은 풀려지고, 각자 새끼줄에 묶인 채로 감옥으로 끌려갔다.

다음날, Z백작은 영지 사람들을 불러모으고 집시 일단이, 이전부터 있었던 강탈사건과는 일체 관계가 없음을 언명하는 한편, 영지 안에서 자유롭게 통행할 것을 허락했는데 놀랍게도 일부러 통행증까지 만들어 주는 것이었다. 떠나가는 집시의 일단 중에 빨간 숄의 여인은 빠져 있었다.

집시의 두목은 목에 늘어뜨린 황금 줄과, 차양이 넓은 스페인풍의 모자에서 흔들거리고 있는 빨간 새의 깃털에 의해 두목이란 것을 알게 되는데, 이 마을에 도는 소문에 의하면 한밤중에 그 사나이가 백작의 방에 모습을 나타냈다는 것이다. 그야 어쨌든 그후 얼마 안 되어 집시가 이 지역의 강도라든가 살인과는 아무런 관계가 없었다는 사실이 판명되었다.

그러는 동안에 가브리엘의 결혼식이 가까워졌다. 어느 날의 일이다. 가브리엘은 깜짝 놀랐다. 가구라든가 의복, 내복류 등 일상 필수품을 가득 실은 여러 대의 짐수레가 차례로 출발하는 것이었다. 날이 바뀌어 한밤중에 언니인 안게리카가 마차를 타고 떠났다는 전갈이 들어왔다.

Z백작의 하인이 따라갔으며 또 한 사람, 천으로 얼굴을 가린 여자가 따라갔다고 하는데 빨간 숄을 두르고 다니던 노파와 어딘가

비슷했다는 것이다. 그후 아버지인 Z백작의 이야기에 의해 다음과 같은 사실이 밝혀졌다.

즉, 어떤 사정이 있어서 안게리카가 하자는 대로 따를 수밖에 없었는데 그결과 아버지는 언니에게 ○○시(市)의 큰 거리에 있는 가옥을 주었고, 그집에서 안게리카가 원하는 생활을 해도 좋다고 묵인하게 되었다는 것이다.

더구나 그 딸 쪽의 허락이 없으면 비록 아버지라 하더라도 그집에 들어갈 수 없다는 조건부였다는 것이다. 그리고 Z백작이 말하기로는 안게리카가 원하는 하인 한 사람을 붙여 주었다. 그는 안게리카를 따라 ○○시로 떠났다는 것이었다.

결혼식은 순조롭게 치르어졌고, S백작은 아내 가브리엘과 함께 D시(市)로 이사갔다. 꿈과 같은 하루하루가 1년이 지났다. 그런데 그 무렵부터 S백작은 기묘한 병으로 고생하게 되었다. 은근히 쑤시고 아파서 유쾌한 삶을 영위해 나갈 힘을 잃고 만 것이다.

남편의 마음을 괴롭히는 것이 무엇인지를 묻고, 온 정성을 다 쏟아가면서 간병을 하는 가브리엘이었지만 효험은 없었다. 심한 허탈 상태가 이어지더니 이제 생명조차도 위험한 사태가 되었다. S백작은 의사의 권유로 전지요양(轉地療養)을 하기 위해 피사시(市)로 떠났다. 가브리엘은 집에 남아있었다. 임신을 했기 때문이다. 그리고 몇주 후, 아기를 출산했다.

"유감스럽게도 그 이후의 일에 대하여 가브리엘 백작 부인은 단편적으로밖에 이야기를 하지 않는군요. 따라서 대략적인 일은 추측할 수밖에 없습니다."

K박사는 그렇게 전제한 다음 이야기를 계속해 나갔다.

태어난 아기는 여자아이였는데 어느 날, 실로 불가사의하게 요람 속에서 사라지고 말았다. 사방팔방으로 손을 써가며 찾아보았지만 발견되지 아니했다. 가브리엘의 비탄(悲嘆)은 말할 것도 없었는데 — 여기에 더하여 아버지 Z백작으로부터 무서운 소식이 전해왔다.

남쪽 피사시에 가있는 것으로 알고 있던 남편이 어처구니없게도 ㅇㅇ시(市)에 있다가 하필이면 언니 안게리카네 집에서 뇌졸중으로 세상을 떠났다는 소식이었다. 안게리카는 광란상태(狂亂狀態)이며 아버지 자신도 이 슬픈 충격을 견디어 낼 힘이 없다고 쓰여 있었다.

가브리엘은 가까스로 기력을 찾아, 아버지의 영지로 급행했다. 밤중이건만 잠을 못 이룬 채, 남편의 죽음과 행방불명이 된 딸아이를 생각하고 있는데 침실 문 쪽에서 울음소리가 은은하게 들려오는 것 같았다. 무서움을 참아가며 램프불을 촛대의 양초에 옮겨 붙인 다음 문을 열어 보니 — 아니 이게 웬일이란 말인가.

빨간 숄을 몸에 두르고 있는, 예의 집시 여인이 몽롱한 눈매로 올려다보고 있는 것이었다. 그 여인은 갓난아기를 안고 있었는데 그 아기가 약하디 약한 목소리로 울고 있는 것이었다. 가브리엘의 가슴은 콩콩 뛰었다 — 그 아이였다 — 행방불명이 되었던 그 딸이었!

상대방으로부터 갓난아기를 빼앗아 안는 순간 집시 여인은 인형처럼 바닥에 쓰러졌다. 가브리엘이 지른 비명에 놀란 이 저택 사람들이 잠에서 깨어 달려나왔다. 집시 여인은 약석(藥石)의 효과도 없이 그대로 숨을 거두었다. 그래서 후히 장사지내 주었다.

일이 이렇게 된 이상 이제는 ㅇㅇ시로 달려가 안게리카에게 진상을 털어놓을 수밖에 없었다. 그렇게 하면 아이에 대해서도 무언가 알아낼 길이 생길는지 모른다. 그러나 모든 것이 이상하게만 돌아갔다. 안게리카의 착란에 겁을 집어먹은 하녀들은 모두 도망치고 말았고 노인 하인 한 명만 남아있었다. 안게리카 자신은 안정을 되찾고 머리도 이상이 없는 것 같았다.

그런데 아버지 Z백작이 가브리엘의 딸에 관한 이야기를 꺼내자 안게리카는 두 손을 탁 치며 깔깔대고 웃었다.

"인형이 돌아왔군요 — 그렇죠? — 장사지냈어요? 파묻었느냐구요? 저것 좀 봐, 금색의 꿩이 멋드러진 깃털을 펄럭이고 있네요! 파란 눈을 가진 녹색 사자(獅子)를 알고 있는지요?"

광기(狂氣)에 빠져 있는 것은 분명한 것 같았다. 더구나 그렇게 생각해서인지 얼굴 모습이 집시 여인과 똑같았다. 아버지는 고향의 영지로 데려가려고 결심했는데 근시역(近侍役)을 맡고 있는 노인 하인이 반대했다. 실제로 집에서 데리고 나올 준비를 하자 안게리카는 손을 쓸 수 없을 정도로 광기를 부리는 것이었다.

발작을 일으켰다가 다소 가라앉았을 때 안게리카는 눈물을 흘리면서 자기를 이집에서 죽게 해달라고 애원했다. 그 눈물에 패(敗)하여 백작도 승낙을 하고 말았는데, 애원하는 말 속에서 안게리카가 중얼대는 말들은 광기의 증거로밖에 볼 수가 없었다.

왜냐하면 안게리카가 중얼거린 말에 의하면 S백작은 자기 가슴 속으로 되돌아왔던 것이며, 집시 여인이 Z백작의 영지에 있는 저택으로 데리고 갔던 아이는 자기와 연인(戀人) 사이에서 태어난 사랑의 결정(結晶)이었다고 했으니 말이다.

광란의 딸은 아버지에게 이끌리어 영지로 돌아왔다고 믿고 있었지만 실제로는 폐가 속 깊숙한 방에서 감시인의 감시를 받으며 살고 있는 것이다.

얼마 전 Z백작이 세상을 떠났다. 가브리엘은 딸 에드비네를 데리고 아버지의 유산을 정리하기 위해 ○○시에 왔다. 불행한 언니를 만나지 않을 수가 없었다. 그때 어떤 일이 일어났었을 것임이 틀림없는데 가브리엘은 그점에 대해서 한마디도 말하지 않았다.

짐작하건대 그녀는 불행한 언니를 늙은 하인의 손에서 빼내어 데려가야겠다는 각오를 굳힌 것 같다. 왜냐하면 판명된 점에 의하면 여주인(안게리카)의 광란에 대항하기 위해 늙은 하인은 너무나 지나친 조치를 취했던 것 같고, 또 광녀가 연금술(鍊金術)을 알고 있다는 암시(暗示)을 받고는 함께 불을 피우고 무엇인가를 삶거나 찌는 등 기괴한 실험을 하고 있었기 때문이다.

"당신에게는 — 다른 사람이 아닌 당신에게는 — ."
K박사는 긴 이야기를 이런 식으로 마무리짓고 있었다네.
"이 사건을 더 이상 설명할 필요조차 없을 것 같습니다. 안게리카는 광기가 치유될는지도 모릅니다. 혹은 곧 죽을는지도 모르지요. 그 전말(顚末)에 결정적 역할을 한 사람은 실로 당신이었습니다. 그래요, 참 그래요…… 잊을 뻔했는데 최면술 이야기를 하면서 함께 거울을 들여다본 적이 있지요?

그때 당신과 마찬가지로 나 역시 예의 얼굴을 보았습니다. 적지 않게 놀랐었지요. 이제는 우리 두 사람 모두 그것이 에드비네의 얼굴이었다는 것을 알고 있습니다만……."
K박사는 그 이상의 설명은 불필요하다고 생각하는 것 같았는데 나도 역시 같은 생각이었지. 안게리카와 에드비네와 그리고 나와 노관리인이 은밀한 가운데 어떤 연관성이 있었는지를 — 얼마나 신비로운 마성(魔性)의 힘이 작용하고 있었는지 지루하게 설명할 필요가 없을 것 같네.

단, 한 가지만 더 덧붙인다면 이 사건 이후로 왠지 나는 숨이 막힐 것만 같아서 조속히 ○○시에서 떠났다네. 그리고 그곳을 떠난 지 얼마 안되어 숨막힐 것 같은 가슴의 통증이 없어지더군. 선선한 바람이 불어오는 것 같은 시원함을 느끼게 되었는데 — 나중에 안 일이지만 바로 그녀, 안게리카가 죽었다는 거였어.

324

이야기를 끝낸 테오도르는 입을 다물었다. 그뒤 친구들은 그의 체험에 대하여 여러 가지 이야기를 나누었는데, 분명 거기에는 '불가사의한 것'과 '기묘한 것'이 아무래도 이상하게 얽혀 있다는 것을 인정하지 않을 수 없었다.

　헤어질 때 프란츠는 테오도르의 손을 잡자, 슬며시 슬픈 웃음을 띠면서 이렇게 말했다.

　"그럼 이만 실례하겠네. 스파란츠아니의 박쥐군!"

● 원작품명과 작가

이 책에 실은 원작품명과 작가를 참고로 다음에 소개한다.

괴 담
　〈Gespenster〉 Marie Luise Kaschnitz
죽음의 무도회
　〈Gebärden da gibt es vertrackte〉 Karl Hans Strobl
사 진
　〈Die Photographie〉 Franz Hohler
금발(金髮)의 에크베르트
　〈Der blonde Eckbert〉 Ludwig Tieck
로카르노의 여자 거지
　〈Das Bettelweib von Locarno〉 Heinrich von Kleist
유령선(幽靈船) 이야기
　〈Die Geschichte von dem Gespensterschiff〉 Wilhelm Hauff
말을 하는 해골
　〈Sprechschädel〉 Herbert Meier
오르라하의 아가씨
　〈Geschichte des Mädchens von Orlach〉 Justinus Kerner
삼위일체관(三位一體舘)
　〈Das Wirtshaus zur Dreifaltigkeit〉 Oskar Panizza

카디스의 카니발

　〈Karneval in Cadiz〉 Hanns Heinz Ewers

기사(騎士) 밧솜피에르의 기묘한 모험

　〈Das Erlebnis des Marschalls von Bassompierre〉 Hugo von

Hofmansthal

귀뚜라미의 놀이

　〈Das Grillenspiel〉 Gustav Meyrink

기묘한 유령 이야기

　〈Mer Kwürdige Gestenstergeschichte〉 Johann Peter Hebel

하시엘과 유령

　〈Herschel und das Gespenst〉 Albrecht Schaeffer

정원사

　〈Der Gärtner〉 Hans Henny Jahnn

폐가(廢家)

　〈Das öde Hans〉 Ernst Theodor Amadeus Hoffmann

독일의 괴담

初版 印刷●2000年　10月　10日
初版 發行●2000年　10月　14日

編譯者●金 淵 三
發行者●金 東 求

發行處●明 文 堂
　　　서울특별시 종로구 안국동 17~8
　　　대체　010041-31-001194
　　　전화　(영) 733-3039, 734-4798
　　　　　　(편) 733-4748
　　　FAX 734-9209
　　　등록　1977. 11. 19. 제1~148호

값 7,000원
ISBN 89-7270-623-0 03850